AS DEZ MIL PORTAS

ALIX E. HARROW

São Paulo
2020

Grupo Editorial
UNIVERSO DOS LIVROS

The ten thousand doors of January
© 2019 by Alix E. Harrow
© 2019 Cover copyright by Hachette Book Group, Inc.

© 2020 by Universo dos Livros
Todos os direitos reservados e protegidos pela Lei 9.610 de 19/02/1998.

Nenhuma parte deste livro, sem autorização prévia por escrito da editora, poderá ser reproduzida ou transmitida sejam quais forem os meios empregados: eletrônicos, mecânicos, fotográficos, gravação ou quaisquer outros.

Diretor editorial: **Luis Matos**
Gerente editorial: **Marcia Batista**
Assistentes editoriais: **Letícia Nakamura e Raquel F. Abranches**
Tradução: **Jacqueline Valpassos**
Preparação: **Nilce Xavier**
Revisão: **Juliana Gregolin**
Arte: **Valdinei Gomes**
Diagramação: **Aline Maria**
Capa original: **Lisa Marie Pompilio**
Ilustrações de capa: **Shutterstock**

Dados Internacionais de Catalogação na Publicação (CIP)
Angélica Ilacqua CRB-8/7057

H261d
Harrow, Alix E.
As dez mil portas / Alix E. Harrow ; tradução de Jacqueline Valpassos. — São Paulo : Universo dos Livros, 2020.
384 p.
ISBN: 978-85-503-0518-9
Título original: *The ten thousand doors of January*
1. Ficção norte-americana 2. Ficção fantástica I. Título II. Valpassos, Jacqueline
20-1608   CDD 813.6

Universo dos Livros Editora Ltda.
Avenida Ordem e Progresso, 157 – 8º andar – Conj. 803
CEP 01141-030 – Barra Funda – São Paulo/SP
Telefone/Fax: (11) 3392-3336
www.universodoslivros.com.br
e-mail: editor@universodoslivros.com.br
Siga-nos no Twitter: @univdoslivros

Para Nick, meu companheiro e minha bússola.

1

A porta azul

Quando eu tinha sete anos, encontrei uma porta. Desconfio que eu deveria colocar essa palavra em maiúsculo, para que você entenda que não estou falando da sua porta comum que se abre para o jardim ou que infalivelmente leva a uma cozinha de azulejos brancos ou ao closet de um quarto.

Quando eu tinha sete anos, encontrei uma Porta. Pronto! Repare quão empertigada e orgulhosa a palavra está na página agora, a barriga do P se projetando como um arco negro contra o fundo branco. Quando você vê essa palavra, imagino que um formigamento de familiaridade faz os pelos da sua nuca se arrepiarem. Você não sabe nada sobre mim; não pode me ver sentada diante dessa escrivaninha de pau-amarelo, a suave brisa salgada virando essas páginas tal qual uma leitora procurando seu marcador de livros. Não consegue ver as cicatrizes que serpenteiam e se entrelaçam na minha pele. Você nem ao menos sabe meu nome (é January Scaller; então, suponho que agora você já saiba um pouco sobre mim e, com isso, eu lancei por terra o meu argumento).

Mas, quando vê a palavra *Porta*, você sabe o que isso significa. Talvez já tenha visto uma por si mesmo, entreaberta e caindo aos pedaços em uma igreja antiga, ou lubrificada e lustrosa em uma parede de tijolos. Talvez, se você for daquelas pessoas imaginativas que de repente se veem correndo em direção a lugares inesperados, você até já pode ter atravessado uma delas e ter ido parar em algum lugar extraordinário.

Ou talvez você nunca tenha visto uma Porta na sua vida. Não existem mais tantas como costumavam existir.

Mas, mesmo assim, você já ouviu falar dessas Portas, não é? Porque existem dez mil histórias sobre dez mil Portas, e nós as conhecemos tão bem quanto nossos próprios nomes. Elas levam ao Mundo das Fadas, ao Valhala, a Atlântida e a Lemúria, Céu e Inferno, a todas as direções que uma bússola nunca poderia indicar, a *outro lugar*. Meu pai – que é um verdadeiro erudito e não apenas uma jovem com uma caneta-tinteiro e uma série de histórias a contar – apresenta a questão muito melhor: "Se abordarmos narrativas como sítios arqueológicos, e escavarmos suas camadas com cuidado meticuloso, descobriremos que em algum nível sempre há uma porta. Um ponto de divisão entre *aqui* e *ali*, nós e eles, o comum e o mágico. São nos momentos em que as portas se abrem, quando os fatos fluem entre mundos, que as histórias acontecem".

Ele nunca colocou as portas em maiúsculo. Mas talvez os eruditos não coloquem as palavras em maiúsculo só por causa das formas que elas projetam na página.

Era o verão de 1901, embora o arranjo de quatro números em uma página não significasse muito para mim na época. Penso nele agora como um ano arrogante e cheio de si, reluzindo com as promessas douradas de um novo século. Toda a bagunça e confusão do século XIX havia ficado para trás – todas aquelas guerras, revoluções e incertezas, todas aquelas dores de crescimento imperiais – e agora não havia nada além de paz e prosperidade aonde quer que se olhasse. J. P. Morgan tornara-se o homem mais rico de toda a história do mundo; a rainha Vitória finalmente falecera e deixara seu vasto império para o filho de aparência majestosa; aqueles Boxers rebeldes haviam sido subjugados na China; e Cuba fora habilmente enfiada sob a asa civilizada dos Estados Unidos. Razão e racionalidade reinavam supremas, e não havia espaço para mágica ou mistério.

Logo ficaria claro que também não havia espaço para menininhas que vagavam pela borda do mapa e contavam a verdade sobre os eventos loucos e impossíveis que ali encontraram.

Eu a encontrei no extremo oeste do Kentucky, bem onde o estado mergulha o pé no Mississippi. Não é o tipo de lugar em que se espera encontrar algo misterioso ou mesmo vagamente interessante: é insípido e desleixado, povoado por pessoas insípidas e desleixadas. O sol é duas vezes mais quente e três vezes mais brilhante do que no restante do país, mesmo no final de agosto, e tudo é úmido e pegajoso, como o sebo da espuma de sabão que fica na sua pele quando você é a última a usar a água da banheira.

Mas as Portas, assim como suspeitos de assassinato em romances de mistério baratos, costumam estar onde menos se espera.

Eu só estava no Kentucky porque o sr. Locke me levara em uma de suas viagens de negócios, afirmando que se tratava de um "verdadeiro regalo" e de uma "chance de ver como as coisas são feitas", mas na verdade era porque minha babá estava à beira da histeria e ameaçara se demitir pelo menos quatro vezes no último mês. Eu era uma criança difícil naquela época.

Ou, quem sabe, o sr. Locke estivesse tentando me animar. Na semana anterior, havia recebido um cartão postal do meu pai. Tinha a foto de uma garota parda com expressão ressentida usando um chapéu pontudo e dourado, com as palavras AUTÊNTICO TRAJE BIRMANÊS estampadas a seu lado. Na parte de trás, três metódicas linhas em tinta marrom: PRORROGANDO MINHA ESTADA, VOLTO EM OUTUBRO. PENSANDO EM VOCÊ. J.S. O sr. Locke leu por cima do meu ombro e, meio sem jeito, deu uns tapinhas de encorajamento no meu braço.

Uma semana depois, eu estava enfiada no caixão forrado de veludo e painéis de madeira de um vagão-leito de trem, lendo *The Rover boys in the jungle*, enquanto o sr. Locke lia a seção de negócios do *Times* e o sr. Stirling olhava para o nada com a profissional impessoalidade de um assistente.

É meu dever apresentar o sr. Locke corretamente; ele odiaria entrar na história de forma tão casual e oblíqua. Permita-me apresentar, então, o senhor William Cornelius Locke, quase bilionário por esforço próprio, chefe da W. C. Locke & Co., proprietário de nada menos do que três mansões senhoriais ao longo da costa leste, proponente das virtudes da Ordem e da Propriedade (palavras que ele certamente preferiria ver iniciadas em maiúsculas – reparou nesse *P*, que mais parece uma mulher com a mão na cintura?), e presidente da Sociedade Arqueológica da Nova Inglaterra, uma espécie de clube social para homens ricos e poderosos que também eram colecionadores amadores. Digo "amadores" somente porque era moda entre os homens ricos referir-se às suas paixões dessa maneira desdenhosa, com um pequeno peteleco de seus dedos, como se admitir uma profissão que não fosse lucrativa pudesse manchar suas reputações.

Na verdade, às vezes suspeitava de que toda fortuna acumulada por Locke destinava-se especificamente a alimentar seu hobby de colecionador. Sua casa em Vermont – aquela em que realmente morávamos, em oposição às outras duas propriedades imaculadas, cujo principal propósito era destacar sua importância para o mundo – era um vasto Smithsonian privado e com tantas obras amontoadas que mais parecia ter sido construído de artefatos do que de pedras e argamassa. E pecava na organização: figuras calcárias de mulheres de quadril largo faziam companhia a biombos indonésios com telas tão minuciosamente entalhadas que mais pareciam renda, e pontas de flechas de obsidiana dividiam uma redoma de vidro com o braço taxidermizado de um guerreiro Edo (eu odiava aquele braço, mas não conseguia parar de olhar para ele, imaginando como teria sido quando vivo e musculoso, como o seu dono se sentiria com uma garotinha nos Estados Unidos olhando para sua carne seca como papel sem nem ao menos saber seu nome).

Meu pai era um dos agentes de campo do sr. Locke, contratado quando eu não passava de um pacotinho do tamanho de uma berinjela, enrolada em um velho casaco de viagem. "Sua mãe tinha acabado de falecer, sabe? Foi um episódio muito triste", gostava de recitar para mim o sr. Locke, "e lá estava seu seu pai – aquele sujeito de cor estranha, parecendo um espantalho, com, valha-me-Deus, o braço repleto de *tatuagens* – no meio do mais absoluto nada, com um bebê. Eu disse a mim mesmo: Cornelius, aí está um homem que precisa de um pouco de caridade!".

Antes do pôr do sol, papai já estava contratado. Agora ele rodava o mundo coletando objetos "de valor único e particular" e os enviando ao senhor Locke, que os coloca em redomas de vidro com plaquinhas de latão e grita comigo quando eu tento tocar ou brincar com eles ou então quando roubo as moedas astecas para recriar cenas de *A ilha do tesouro*. E lá fico eu no meu quartinho cinzento na Mansão Locke, atormentando as babás que Locke contrata para me civilizar e esperando papai voltar para casa.

Aos sete anos, já passei muito mais tempo com o sr. Locke do que com o meu próprio pai biológico e, tanto quanto é possível amar alguém que se sente naturalmente tão confortável em ternos de três peças, eu o amava.

Como era de costume, o sr. Locke reservara aposentos para nós no melhor estabelecimento disponível; em Kentucky, isso correspondia a um amplo hotel de madeira às margens do Mississippi, obviamente construído por alguém que queria abrir um grande hotel, mas nunca vira um na vida. Havia papel de parede listrado e candelabros elétricos, mas um cheiro azedo de peixe subia das tábuas do chão.

O sr. Locke gesticulou para o gerente como se estivesse espantando uma mosca e lhe disse: "Fique de olho na garota, que é levada da breca", e adentrou o saguão com o sr. Stirling seguindo em seu encalço como um cão antropomorfo. Locke cumprimentou um homem de gravata-borboleta que o esperava em um dos sofás floridos. "Governador Dockery, que prazer! Li sua última missiva com muita atenção, garanto-lhe. E como vai sua coleção de crânios?".

Ah. Então foi por isso que viemos: o sr. Locke estava encontrando um de seus amigos da Sociedade Arqueológica para uma noite de drinques, charutos e vanglória. Todo verão, eles compareciam a uma reunião anual da Sociedade na Mansão Locke – uma festa chique seguida por um evento formal, apenas para membros, do qual nem eu nem meu pai podíamos participar –, mas alguns dos verdadeiros entusiastas não conseguiam esperar o ano inteiro e procuravam um ao outro sempre que podiam.

O gerente me deu um sorriso amarelo, demonstrando o pânico típico de adultos sem filhos, e sorri de volta. "Vou lá fora", disse-lhe confiante. Ele sorriu um pouco mais forçado, piscando de incerteza. As pessoas sempre ficam incertas diante de mim: minha pele é avermelhada, como se estivesse coberta de serragem de cedro, mas meus olhos são grandes e claros e minhas roupas são caras. Eu era um animalzinho de estimação mimado ou uma criada? Deveria o pobre gerente me servir chá ou me jogar na cozinha com os empregados? Eu era o que o sr. Locke chamava de "uma criatura intermediária".

Derrubei um vaso alto de flores, ofeguei um *"oh, meu Deus"* fingido e afastei-me enquanto o gerente praguejava e enxugava a bagunça com o casaco. Fugi portão afora (vê como essa palavra se infiltra até nas histórias mais sem graça? Às vezes, sinto que há portas ocultas nas dobras de cada frase, com pontos-finais no lugar de maçanetas e verbos como dobradiças).

As ruas não passavam de tripas que se cruzavam e assavam sob o sol antes de terminarem no rio lamacento, mas o povo de Ninley, Kentucky, parecia propenso a passear por elas como se fossem avenidas de cidade grande. E olhavam e murmuravam enquanto eu passava.

Um estivador ocioso apontou para mim e cutucou seu companheiro.

– Aposto que aquela ali é uma garotinha Chickasaw. – Seu colega de trabalho balançou a cabeça, citando sua vasta experiência pessoal com garotas indígenas, e especulou:

– Índias Ocidentais, talvez. Ou mestiça.

Continuei andando. As pessoas sempre tentavam fazer esse tipo de adivinhação, categorizando-me como uma coisa ou outra, mas o sr. Locke me garantiu que todas estavam igualmente incorretas. "Um espécime perfeitamente único", ele me chamava. Uma vez, após um comentário de uma das criadas, perguntei se eu era de cor e ele bufou. "De alguma cor, talvez, mas dificilmente *de cor*." Eu realmente não sabia o que fazia uma pessoa ser de cor ou não, mas a maneira como ele disse isso me deixou feliz por não ser.

A especulação era pior quando o papai estava comigo. Sua pele é mais escura que a minha, um lustroso negro-avermelhado, e seus olhos são tão pretos que até o branco é raiado de castanho. Depois de levar em consideração as tatuagens – espirais de tinta subindo dos dois pulsos – e o traje surrado, os óculos, o sotaque carregado e... bem. As pessoas encaravam.

Eu queria que ele ainda estivesse comigo.

Estava tão ocupada em andar e não olhar para todos aqueles rostos brancos que trombei em alguém.

– Desculpe, senhora, eu... – Uma velha, corcunda e enrugada como uma uva-passa, olhou feio para mim. Era um olhar feio de avó, experiente, destinado especialmente a crianças que se moviam rápido demais e esbarravam nela. – Desculpe – repeti.

Ela não respondeu, mas algo mudou em seus olhos como um abismo se abrindo. Ficou boquiaberta e seus olhos embaçados se arregalaram como persianas.

– Quem... quem diabos é você? – ela sussurrou para mim. As pessoas não gostam de criaturas intermediárias, suponho.

Eu deveria ter corrido de volta para o hotel com cheiro de peixe e me aconchegado à sombra segura e endinheirada do sr. Locke, onde nenhuma daquelas malditas pessoas poderia me alcançar; teria sido o certo a fazer. Mas, como o sr. Locke costumava reclamar, às vezes eu podia ser bastante inconveniente, voluntariosa e temerária (uma palavra que eu imaginava ser pouco lisonjeira, a julgar pelas outras que a acompanhavam).

Então, fugi.

Corri até minhas pernas finas e magrelas tremerem e meu peito arfar contra as costuras delicadas do meu vestido. Corri até a rua virar uma via sinuosa e os prédios atrás de mim serem engolidos por glicínias e madressilvas. Corri e tentei não pensar nos olhos da velha no meu rosto ou na encrenca em que eu estaria por desaparecer.

Meus pés só pararam quando perceberam que a terra batida embaixo deles havia se transformado em grama. Eu me vi no meio de um campo deserto e coberto de vegetação alta sob um céu tão azul que me lembrou dos azulejos que papai trouxera da Pérsia: um majestoso azul no qual dava vontade de mergulhar. Grama alta, da cor de ferrugem, estendia-se sob a imensidão celeste e alguns cedros esparsos erguiam seus troncos espiralados como se tentassem alcançá-lo.

Algo na composição daquela cena – o intenso aroma de cedro seco ao sol, a grama balançando sob o céu como uma tigresa laranja contra o fundo azul – me inspirava o desejo de aconchegar-me entre as hastes secas como uma corça esperando por sua mãe. Segui em frente, vagando, deixando minhas mãos roçarem o topo áspero dos grãos silvestres.

Quase nem percebi a Porta. Todas as Portas são assim, meio sombreadas e de lado, até que alguém bata o olho nelas no momento certo.

Aquela nada mais era do que um batente de madeira antiga disposto como o começo de um castelo de cartas. Marcas de ferrugem manchavam a madeira onde dobradiças e pregos haviam se dissolvido em nada, e da própria porta apenas algumas corajosas tábuas restavam. Alguns resquícios de tinta descascada ainda se agarravam a ela, do mesmo azul royal do céu.

Acontece que eu não sabia sobre Portas na época, e se você me contasse eu não acreditaria mesmo se me entregasse uma coleção de três volumes comentados com relatos de testemunhas oculares.

Mas quando vi aquela porta azul arruinada, tão solitária no meio do campo, queria que ela levasse a algum outro lugar. Algum outro lugar além de Ninley, Kentucky, algum lugar novo, nunca visto e tão vasto que eu nunca chegaria ao seu fim.

Pressionei a palma contra a tinta azul. As dobradiças gemeram, assim como as portas das casas assombradas em todas as minhas historietas baratas e romances de aventura. Meu coração saltou no peito, e em um canto ingênuo da minha alma eu estava prendendo a respiração na expectativa, esperando que algo mágico acontecesse.

Não havia nada do outro lado da Porta, é claro: apenas as cores de cobalto e canela do meu próprio mundo, céu e campo. E – só Deus sabe por quê – aquilo partiu meu coração. Sentei-me no chão sem me importar com meu belo vestido de linho e chorei com a perda. O que eu esperava? Uma daquelas passagens mágicas em que as crianças estão sempre tropeçando nos meus livros?

Se Samuel estivesse lá, poderíamos pelo menos fingir. Samuel Zappia era meu único amigo não ficcional: um garoto de olhos escuros, com um vício em literatura barata e a expressão distante de um marinheiro observando o horizonte. Ele visitava a Mansão Locke duas vezes por semana em uma carroça vermelha com os dizeres MERCEARIA FAMÍLIA ZAPPIA, INC. pintados na lateral em letras douradas, e geralmente dava um jeito de me passar escondido a última edição de *The argosy all-story weekly* ou *The halfpenny marvel*, junto com a farinha e as cebolas. Nos fins de semana, ele escapava da loja de sua família para se juntar a mim às margens do lago em elaborados jogos de fantasia envolvendo fantasmas e dragões. *Sognatore*, sua mãe o chamava, e Samuel me explicou que era o termo em italiano para garoto-imprestável-que-enche-a-mãe-de-desgosto-por-sonhar--o-tempo-todo.

Mas Samuel não estava comigo naquele dia no campo. Então, peguei o meu pequeno diário de bolso e escrevi uma história.

Quando eu tinha sete anos, esse diário era o item mais precioso que eu já possuíra, embora, tecnicamente, essa posse fosse legalmente questionável. Não o comprei nem ganhei de ninguém – eu o encontrei. Estava brincando na Sala do Faraó, pouco antes de fazer sete anos, abrindo e fechando todas as urnas e experimentando as joias, e por acaso abri uma bela arca do tesouro (*Caixa com tampa abobadada, decorada com marfim, ébano, faiança azul, Egito; original e par correspondente*). E, no fundo do baú, havia esse diário: couro da cor de manteiga queimada, páginas de papel de algodão cor de creme tão vazias e convidativas quanto a neve fresca.

Achei provável que o sr. Locke o tivesse deixado ali para eu encontrar, um presente secreto que ele era muito rude para me entregar pessoalmente, então eu o aceitei sem hesitar. Escrevia nele sempre que me sentia sozinha ou perdida, ou quando meu pai estava longe, ou o sr. Locke ocupado ou a babá sendo horrível. Eu escrevia muito.

Escrevia principalmente histórias como as que lia nas edições do *The argosy* de Samuel, sobre meninos corajosos de cabelos louros e nomes como Jack, Dick ou Buddy. Passava muito tempo pensando em títulos arrepiantes e escrevendo-os com linhas ultrarrebuscadas ("O mistério da chave-mestra"; "A sociedade da adaga dourada"; "A garota órfã voadora") e nenhum me preocupando com a trama. Naquela tarde, sentada naquele campo solitário ao lado da porta que não levava a lugar nenhum, eu queria escrever uma história diferente. Uma história verdadeira, para a qual eu poderia me esgueirar se acreditasse nela o suficiente.

Era uma vez uma garota corajosa e temerrária (é assim que escreve?) *que encontrou uma Porta. Era uma Porta mágica, por isso tem uma letra maiúscula P. Ela abriu a Porta.*

Por um único segundo – uma fatia prolongada de tempo que começou no ancinho formado pelo *E* e terminou quando meu lápis deu seu último giro no ponto-final –, eu acreditei. Não da maneira meio fingida que as crianças acreditam no Papai Noel ou nas fadas, mas da maneira mais profunda que você acredita na gravidade ou na chuva.

Algo no mundo mudou. Sei que é uma descrição de merda, e perdoe minha linguagem imprópria para uma dama, mas não sei dizer de outra forma. Foi como um terremoto que não perturbou uma única folha de grama, um eclipse que não projetou uma única sombra, uma mudança vasta, mas invisível. Uma brisa repentina folheou a borda do diário. Cheirava a sal e pedras quentes e a uma dúzia de aromas distantes que não pertenciam a um matagal ao lado do Mississippi.

Enfiei o diário de volta no bolso da saia e me levantei. Minhas pernas estremeceram como bétulas ao vento, trêmulas de exaustão, mas eu as ignorei porque a Porta parecia estar murmurando em uma linguagem suave e trepidante, feita de podridão da madeira e tinta descascada. Aproximei-me dela novamente, hesitei, e então...

Abri a Porta e entrei.

Eu não estava em lugar algum. Uma vastidão intermediária pressionou meus tímpanos, como se eu estivesse nadando até o fundo de um enorme lago. Estendi minha mão e ela desapareceu no vazio; minha bota girou em um arco que nunca terminava.

Chamo esse lugar intermediário agora de limiar. (A haste do L separando dois lados vazios.) Os limiares são lugares perigosos, nem aqui nem ali, e atravessar um é como pisar na beira de um precipício na fé ingênua de que asas irão brotar na metade do caminho. Você não pode hesitar ou duvidar. Você não pode temer o lugar intermediário.

Meu pé pousou no outro lado da porta. O cheiro de cedro e a luz do sol foram substituídos por um sabor acobreado na minha boca. Abri os olhos.

Era um mundo feito de água salgada e pedra. Eu estava em um penhasco cercado por todos os lados por um infinito mar prateado. Bem abaixo de mim, aninhada na costa curva da ilha como uma pedra na palma da mão, havia uma cidade.

Pelo menos, eu supunha que era uma cidade, embora não possuísse as armadilhas habituais de uma: nenhum bonde zunia e zumbia através dela, nenhuma nuvem de fumaça de carvão a encobria. Em vez disso, havia edifícios de pedra caiada de branco dispostos artisticamente em espirais, salpicados de janelas abertas como olhos negros. Algumas torres se sobressaíam como cabeças acima da multidão e os mastros de pequenos navios formavam uma pequena floresta ao longo da costa.

Eu estava chorando de novo. Sem teatro ou talento, apenas... chorando, como se houvesse algo que eu tanto queria e não podia ter. Como meu pai fazia às vezes, quando pensava que estava sozinho.

– January! *January!* – Meu nome parecia vir de um gramofone barato a vários quilômetros de distância, mas reconheci a voz do sr. Locke ecoando atrás de mim através da Porta. Não sabia como ele me encontrara, mas sabia que estava encrencada.

Ah, não sei nem dizer o quanto queria ficar ali. Como o mar cheirava a promessas, como as ruas serpenteantes da cidade lá embaixo pareciam formar uma espécie de inscrição. Se não fosse o sr. Locke me chamando – o homem que me deixava andar em vagões de trem sofisticados e me comprava bons vestidos de linho, o homem que dava tapinhas reconfortantes no braço quando meu pai me decepcionava e deixava diários de bolso para eu encontrar –, eu poderia ter ficado.

Cruzei a Porta. Parecia diferente deste lado, um arco de basalto desgastado, sem ao menos a dignidade das tábuas de madeira para servir de porta. Uma cortina cinzenta tremulava na abertura. Eu a afastei para o lado.

Pouco antes de eu atravessar o arco de volta para o outro lado, um brilho prateado cintilou aos meus pés: uma moeda redonda jazia meio enterrada no solo, gravada com várias palavras em uma língua estrangeira e a efígie de uma mulher coroada. Senti-a quente na minha palma. Deslizei-a para o bolso do meu vestido.

Desta vez, o limiar passou por mim como a breve sombra da asa de um pássaro. O cheiro seco de grama e sol retornou.

– Janua... Oh, aí está você. – O sr. Locke estava em mangas de camisa e colete, um pouco ofegante, o bigode arrepiado como o rabo de um gato assustado. – Onde você estava? Estive aqui gritando até ficar rouco, tive de interromper minha reunião com Alexander... O que é isso? Ele estava olhando para a porta salpicada de azul, sua expressão se apaziguando.

– Nada, senhor.

Seus olhos se desviaram da porta direto para mim, duros como gelo.

— January. Diga-me o que andou fazendo...

Eu deveria ter mentido. Teria poupado muita dor de cabeça. Mas você precisa entender: quando o sr. Locke olha para você daquela maneira particular, com seus olhos claros como a lua, você acaba fazendo o que ele quer que faça. Suspeito que seja essa a razão pela qual a W. C. Locke & Co. é tão lucrativa.

Engoli em seco.

— Eu-eu só estava brincando e passei por esta porta, veja, e ela leva a algum outro lugar. Havia uma cidade branca à beira-mar. — Se eu fosse mais velha, poderia ter dito: *Cheirava a sal, séculos e aventura. Cheirava como outro mundo, e quero voltar para lá neste exato minuto e caminhar por aquelas ruas estranhas.* Em vez disso, acrescentei articuladamente: — Gostei dela.

— Diga a *verdade*. — Seus olhos me pressionaram.

— Estou dizendo, juro!

Ele me encarou por outro longo momento. Assisti aos músculos de sua mandíbula se contraindo.

— E de onde veio essa porta? Você... você a construiu? Montou-a com esse lixo? — Ele fez um gesto e eu notei a pilha de madeira podre atrás da porta, os ossos espalhados de uma casa.

— Não, senhor. Simplesmente a encontrei. E escrevi uma história sobre ela.

— Uma história? — Percebi que ele tentava acompanhar cada reviravolta improvável em nossa conversa e odiando cada palavra; ele gostava de estar no controle de qualquer interação.

Busquei apressada por meu diário de bolso e o coloquei em suas mãos.

— Bem aqui, viu? Escrevi uma historinha, e então a porta meio que se abriu. É verdade, juro que é verdade.

Seus olhos percorreram a página muitas vezes mais do que o necessário para ler uma história de três frases. Então, ele tirou um toco de charuto do bolso do casaco e acendeu um fósforo, sugando até que a ponta brilhou para mim como o olho incandescente de um dragão.

Suspirou do jeito que suspirava quando era forçado a dar más notícias a seus investidores e fechou o meu diário.

– Que absurdo fantasioso, January. Quantas vezes já tentei curá-la disso?

Ele passou o polegar pela capa do meu diário e, deliberadamente, quase com pesar, jogou-o na pilha de madeira podre atrás dele.

– *Não!* Você não pode...

– Sinto muito, January. De verdade. – Ele buscou os meus olhos e esboçou um movimento, logo interrompido, como se quisesse estender os braços para mim. – Mas isso é simplesmente o que deve ser feito, pelo seu bem. Espero você no jantar.

Eu queria lutar com ele. Discutir, resgatar meu diário do lixo... mas não consegui.

Em vez disso, fugi. De volta ao campo, às sinuosas estradas de terra e de volta para o saguão do hotel, que cheirava a azedo.

E assim, o começo da minha história apresenta uma garota de pernas magrelas fugindo duas vezes no espaço de poucas horas. Não é uma introdução muito heroica, né? Mas, se você é uma criatura intermediária, sem família e sem dinheiro, com nada além de suas próprias pernas e uma moeda de prata, às vezes, fugir é tudo o que lhe resta a fazer.

E, de qualquer forma, se eu não tivesse sido o tipo de garota que fugia, não teria encontrado a Porta azul. E não haveria muita história para contar.

Por medo de Deus e do sr. Locke me comportei naquela noite e no dia seguinte. Fui bem vigiada pelo sr. Stirling e pelo nervoso gerente do hotel, que me vigiavam do jeito como se lida com um valioso, mas perigoso, animal de zoológico. Diverti-me por algum tempo martelando as teclas no piano de cauda e vendo-o se encolher, mas afinal fui conduzida de volta ao meu quarto e aconselhada a dormir.

Antes que o sol se pusesse por completo, eu já tinha pulado a janela baixa e me esquivava por um beco. A estrada estava sarapintada de sombras como poças negras rasas e, quando cheguei ao campo, as estrelas brilhavam através da névoa quente de fumaça e tabaco que pairava sobre Ninley. Fui caminhando aos tropeços pela grama, espremendo os olhos na escuridão no esforço de avistar aquela silhueta de baralho de cartas.

A Porta azul não estava lá.

Em vez disso, encontrei um círculo negro irregular na grama. Cinzas e carvão eram tudo o que restava da minha porta. Meu diário de bolso estava entre as brasas, retorcido e enegrecido. Deixei-o lá.

Quando retornei ao estabelecimento meia-boca que estava longe de ser um grande hotel, o céu estava escuro e minhas meias três-quartos, manchadas. O sr. Locke estava sentado no saguão em meio a uma oleosa e azulada nuvem de fumaça, com seus registros contábeis e papéis espalhados diante de si e seu copo de jade favorito cheio do uísque que bebericava à noite.

— E por onde você andou esta noite? Por acaso voltou a atravessar aquela porta e se viu em Marte? Ou na Lua, talvez? — Mas seu tom era brando. O problema do sr. Locke é que ele realmente era gentil comigo. Mesmo nas piores ocasiões, ele sempre era gentil.

— Não — admiti. — Mas eu aposto que existem mais Portas exatamente como aquela. Aposto que eu poderia encontrá-las e escrever sobre elas, e todas se abririam. E não me importo se você não acredita em mim. — Por que não mantive minha boca estúpida fechada? Por que simplesmente não balancei a cabeça e pedi desculpas com voz embargada, e fui para a cama com a lembrança da Porta azul como um talismã secreto no bolso? Porque eu tinha sete anos e era teimosa e ainda não entendia o custo das histórias verdadeiras.

— É mesmo? — foi tudo o que o sr. Locke se limitou a dizer e então rumei para o meu quarto com a impressão de ter evitado punições mais severas.

Só quando chegamos a Vermont, uma semana depois, percebi que estava enganada.

A Mansão Locke era um imenso castelo de pedra vermelha situado à beira do lago Champlain, coberto por uma floresta de chaminés e torres com telhado de cobre. Suas entranhas eram labirínticas e revestidas de painéis de madeira, cheias de artefatos estranhos, raros e valiosos; um colunista do *Boston Herald* já o descrevera como "arquitetonicamente extravagante, estando mais para uma reminiscência de *Ivanhoé* do que para a residência de um homem moderno". Corria o boato de que um escocês maluco o encomendara sua construção na década de 1790, passara uma semana vivendo nele e depois desaparecera para sempre. O sr. Locke o comprou em leilão na década de 1880 e começou a entulhá-lo com as maravilhas do mundo.

Meu pai e eu fomos acomodados em dois quartos no terceiro andar: um escritório quadrado e muito organizado para ele, com uma grande mesa e uma única janela, e um quarto cinza e com cheiro de mofo com duas camas estreitas para mim e minha babá. A mais recente era uma imigrante alemã chamada srta. Wilda, que usava pesados vestidos de lã pretos e tinha uma expressão que dizia que ela ainda não vira muito do século XX, mas já desaprovava profundamente o que tinha visto. Gostava de hinos e roupas limpas recém--dobradas e detestava barulho, bagunça e petulância. Nós éramos inimigas naturais.

Quando voltamos, Wilda e o sr. Locke tiveram uma conversa apressada no corredor. Os olhos dela brilhavam para mim como reluzentes botões de casaco.

– O senhor Locke me contou que você tem andado hiperativa ultimamente, quase histérica, pombinha. – A srta. Wilda costumava me chamar de *pombinha*; ela acreditava no poder da sugestão.

– Não, senhora.

– Ah, coitadinha. Poremos você na linha como um trem em pouco tempo.

A cura para a hiperatividade era um ambiente calmo e estruturado, sem distrações; meu quarto foi, portanto, sumariamente despojado de tudo que fosse colorido, extravagante ou querido. As cortinas foram fechadas e a estante de livros foi limpa de qualquer objeto mais emocionante do que a *Bíblia ilustrada para crianças*. Minha colcha favorita, cor-de-rosa e dourada – que papai havia me enviado de Bangalore, no ano anterior – foi trocada por lençóis brancos engomados. Samuel foi proibido de me visitar.

A chave da srta. Wilda deslizou e girou no buraco da fechadura, e eu me vi sozinha.

A princípio, imaginei-me como uma prisioneira de guerra resistindo aos casacas vermelhas ou rebeldes e pratiquei minha expressão de resistência estoica. No segundo dia, entretanto, o silêncio foi como dois polegares pressionando meus tímpanos e minhas pernas estremeceram e tremeram com o desejo de correr e continuar correndo, de volta àquele campo de cedros espiralados, através das cinzas da Porta azul para outro mundo.

No terceiro dia, meu quarto se tornou uma cela, que se tornou uma gaiola, que se tornou um caixão, e eu descobri o medo mais profundo que nadava em meu coração como enguias nadando em cavernas submarinas: ficar trancada, presa e sozinha.

Algo no meu âmago se partiu. Rasguei as cortinas com as unhas, arranquei os puxadores das gavetas da cômoda, bati meus pequenos punhos contra a porta trancada, depois sentei no chão soluçando e chorei rios de lágrimas até que a srta. Wilda voltou com uma colher de xarope de alguma coisa que me afastou de mim mesma por algum tempo. Meus músculos se transformaram em rios lânguidos e oleosos e minha cabeça balançava frouxamente na superfície. As sombras rastejando pelos tapetes se tornaram um drama terrível, tão absorventes que não havia espaço para mais nada em minha cabeça até eu adormecer.

Quando acordei, o sr. Locke estava sentado ao lado da minha cama, lendo um jornal.

– Bom dia, minha querida. E como está se sentindo?

Engoli cuspe azedo.

– Melhor, senhor.

– Fico feliz. – Ele dobrou o jornal com precisão arquitetônica. – Ouça-me com muita atenção, January. Você é uma garota de grande potencial... Imenso, eu diria! Mas precisa aprender a se comportar. De agora em diante, nada de bobagens fantasiosas, nada de fugir ou de portas que conduzem a lugares que não deveriam.

Sua expressão enquanto me analisava me fez pensar nas antigas ilustrações de Deus: severamente paternal, concedendo o tipo de amor que pesa e mede antes de considerar alguém digno de recebê-lo. Seus olhos eram como pedras que me pressionavam.

– Você vai se *colocar em seu lugar* e *ser uma boa garota*.

Eu queria desesperadamente ser digna do amor do sr. Locke.

– Sim, senhor – sussurrei. E fui.

Meu pai não voltou até novembro, e tinha uma aparência tão enrugada e cansada quanto sua bagagem. Sua chegada seguiu o padrão habitual: a carroça trilhou seu caminho até a entrada e parou diante da pétrea majestade da Mansão Locke. O sr. Locke saiu para felicitá-lo com tapinhas nas costas e eu esperei no hall da frente com a srta. Wilda, vestida com um macacão tão engomado que me sentia como uma tartaruga com um casco grande demais.

A porta se abriu e ele ficou parado lá, a silhueta recortada contra a claridade, muito escuro e estranho à luz pálida de novembro. Ele parou no limiar, porque esse era geralmente o momento em que vinte e cinco quilos de uma garotinha animada disparavam para os seus joelhos.

Mas eu não me mexi. Pela primeira vez na minha vida, não corri para ele. Os ombros da silhueta caíram em desapontamento.

Parece cruel, não é mesmo? Uma criança emburrada que castiga o pai por sua ausência. Mas asseguro-lhe que minhas intenções na época estavam completamente confusas; algo ao ver sua silhueta diante da porta me deixou tonta de raiva. Talvez porque ele cheirasse a selvas, navios a vapor e aventuras, como cavernas sombrias e maravilhas nunca vistas, enquanto meu mundo era tão ferozmente entediante. Ou talvez apenas porque eu estava trancada e ele não estava lá para abrir a porta.

Ele deu três passos hesitantes e se agachou diante de mim no vestíbulo. Parecia mais velho do que eu lembrava, a barba incipiente no queixo brilhando grisalha em vez de preta, como se todos os dias que ele passara longe de mim correspondessem a três dias em seu mundo. A tristeza era a mesma de sempre, entretanto, como um véu puxado sobre os seus olhos.

Ele pousou a mão no meu ombro, as cobras negras de tatuagens espiralando em torno de seus pulsos.

– January, há algo errado?

O som familiar do meu nome em sua boca e o sotaque estrangeiro, mas tão familiar para mim, quase me desfizeram. Eu queria dizer a verdade – *que esbarrara em algo grandioso e selvagem, algo que rasga um buraco na forma do mundo. Escrevi algo e era verdade* – mas aprendi minha lição. Eu era uma boa garota agora.

– Está tudo bem, senhor – respondi, e vi o tom frio e adulto de minha voz atingir meu pai como um tapa.

Não falei com ele à mesa do jantar e não entrei furtivamente em seu quarto naquela noite para implorar por suas histórias (e uma coisa eu posso afirmar: ele era um excelente contador de histórias; sempre dizia que noventa e nove por cento de seu trabalho era seguir as histórias e ver aonde elas levavam).

As bobagens fantasiosas haviam acabado para mim. Não havia mais portas ou Portas, nem sonhos de mares prateados e cidades caiadas de branco. Nada mais de histórias. Imaginava que essa fosse apenas uma daquelas lições implícitas no processo de crescimento, que todo mundo acaba aprendendo.

No entanto, vou lhe contar um segredo: eu ainda tinha aquela moeda de prata com o retrato da rainha estrangeira. Guardava-a em um bolso minúsculo costurado na minha anágua, sentia seu calor na minha cintura, e quando a segurava, sentia o cheiro do mar.

Foi o meu bem mais precioso por dez anos. Até completar dezessete anos e encontrar *As dez mil portas*.

2

A porta encadernada em couro

Eu não a teria encontrado se não fosse o pássaro.

Eu estava indo à cozinha para roubar o café da noite da sra. Purtram, a cozinheira, quando ouvi o som de algo se debatendo e parei no meio da segunda escadaria. Esperei até que acontecesse novamente: o silêncio disturbado de asas batendo apressadas e um baque surdo. Silêncio.

Segui o som até o salão do segundo andar, rotulado como a Sala do Faraó, que abrigava a extensa coleção egípcia do sr. Locke: sarcófagos vermelhos e azuis, urnas de mármore com asas no lugar de alças, pequenas *ankhs* de ouro presas em cordões de couro, colunas de pedra entalhada órfãs de seus templos. A sala inteira tinha um brilho dourado, mesmo na quase completa escuridão de uma noite de verão.

O som vinha do canto sul da sala, onde ainda jazia minha arca do tesouro azul. Ela chocalhou em seu pedestal.

Depois de encontrar meu diário de bolso, não podia deixar de, volta e meia, dar uma espiada no interior do baú que cheirava a pó. Perto do Natal, um boneco de papel apareceu com varetas pequenas de madeira afixadas em cada um de seus membros. No verão seguinte, havia uma minúscula caixa de música que tocava uma valsa russa, e depois uma bonequinha marrom enfeitada com contas de cores vivas e, em seguida, uma edição ilustrada de *O livro da selva* em francês.

Nunca perguntei a ele diretamente, mas tinha certeza de que eram presentes do sr. Locke. Eles costumavam aparecer exatamente quando eu mais precisava, quando meu pai esquecia outro aniversário ou perdia mais um feriado. Eu quase podia sentir sua mão desajeitada no meu ombro, oferecendo um consolo silencioso.

Parecia extremamente improvável, no entanto, que ele esconderia de propósito um pássaro no baú. Levantei a tampa, meio incrédula, e uma criaturinha cinza e dourada explodiu para cima de mim como se tivesse sido disparada de um pequeno canhão e ricocheteou ao redor da sala. Era um pássaro delicado, de penas eriçadas, com a cabeça cor de marmelada e pernas finas. (Tentei pesquisar mais tarde, mas ele não se parecia com nenhum pássaro do livro do sr. Audubon.)

Estava me virando, deixando a tampa do baú cair, quando percebi que ainda havia algo mais ali dentro.

Um livro. Um livro pequeno, encadernado em couro, com cantos descascados e título em baixo relevo com as letras douradas parcialmente apagadas: AS DEZ MI ORTAS. Folheei as páginas com um polegar.

Aqueles de vocês que estão mais do que casualmente familiarizados com livros – aqueles que passam suas tardes livres em livrarias empoeiradas, que passam a mão de forma furtiva e carinhosa ao longo das lombadas de títulos conhecidos – entendem que o folhear de páginas é um elemento essencial no processo de introdução a um novo livro. Não se trata de ler as palavras; trata-se de ler o cheiro, que sai das páginas em uma nuvem de poeira e polpa de madeira. Pode cheirar caro e bem encadernado, ou cheirar a folhas finas como lenço de papel e impressões borradas em duas cores, ou a cinquenta anos não lidos na casa de um velho fumante de tabaco. Os livros podem cheirar a emoções baratas ou a estudos minuciosos, a peso literário ou a mistérios não resolvidos.

Aquele tinha um cheiro diferente de qualquer livro que eu já tivera nas mãos. Canela e fumaça de carvão, catacumbas e barro. Noites úmidas à beira-mar e meio-dia escorregadio de suor sob folhas de palmeira.

Cheirava como se tivesse passado mais tempo no correio do que qualquer outro pacote, circulando o mundo por anos e acumulando camadas de cheiros como um mendigo vestindo várias peças de roupas.

Cheirava como se a própria aventura tivesse sido colhida na natureza, destilada em um bom vinho e respingada em cada página. Mas estou me adiantando. As histórias devem ser contadas em ordem, com princípios, meios e fins. Não sou nenhuma erudita, mas sei disso.

Passei os anos que se seguiram à Porta azul fazendo o que as meninas mais voluntariosas e temerárias devem fazer: domando tais características.

No outono de 1903, eu tinha nove anos e o mundo estava provando a palavra *moderno* em sua língua. Uma dupla de irmãos nas Carolinas experimentava com entusiasmo suas máquinas voadoras; nosso novo presidente havia acabado de nos aconselhar a falar manso, mas carregar grandes porretes, o que parecia significar que deveríamos invadir o Panamá; e o cabelo ruivo vivo foi brevemente popular, até que mulheres começaram a relatar tonturas e queda de cabelo e a poção capilar da srta. Valentine revelou-se pouco mais que veneno vermelho de rato. Meu pai estava em algum lugar do norte da Europa (meu cartão-postal mostrava montanhas nevadas e um par de crianças vestidas como João e Maria; a parte de trás dizia *Feliz aniversário atrasado*), e o sr. Locke finalmente confiava em mim o suficiente para me levar junto em outra viagem.

Meu comportamento desde o incidente em Kentucky fora impecável: não atormentei o sr. Stirling nem atrapalhei as coleções do sr. Locke; obedeci a todas as regras de Wilda, mesmo as realmente estúpidas como dobrar seus colarinhos logo após terem sido passados; não brinquei com "garotos imigrantes maltrapilhos e piolhentos", e apenas observava Samuel dirigindo a carroça de compras da janela do escritório de meu pai, no terceiro andar. Ele ainda me dava historietas sempre que conseguia passá-las escondido da sra. Purtram, com o canto das páginas favoritas dobrado, e eu as devolvia enroladas nas garrafas vazias de leite, com todas as melhores e mais sanguinárias linhas circuladas.

Ele sempre olhava para cima quando saía, demorando-se o tempo suficiente para eu saber que ele tinha me visto, e levantava a mão. Às vezes, se Wilda não estivesse olhando e eu me sentisse ousada, tocava as pontas dos dedos na vidraça em resposta.

Passava o tempo todo conjugando verbos em latim e fazendo somas sob os olhos lacrimejantes do meu tutor. Participava de minhas aulas semanais com o sr. Locke, acenando educadamente com a cabeça enquanto ele palestrava sobre ações, conselhos reguladores que não diziam ao que vinham, seus estudos quando jovem na Inglaterra e as três melhores variedades de uísque. Pratiquei boas maneiras com a governanta sênior e aprendi a sorrir com cortesia para todos os hóspedes e clientes. "Que coisinha *encantadora* que você é", eles diziam encantados. "E tão articulada!". E faziam-me um cafuné como se eu fosse um cãozinho bem treinado.

Às vezes, eu me sentia tão sozinha que achava que iria murchar até virar cinzas e ser carregada pela próxima brisa errante.

Às vezes, eu me sentia mais um item da coleção do sr. Locke rotulado como *January Scaller, 1,42 m, bronze; finalidade desconhecida*.

Então, quando ele me convidou para acompanhá-lo a Londres – com a condição de que eu me dispusesse a seguir cada palavra que ele dissesse como se fossem os próprios mandamentos de Deus – eu disse sim com tanto entusiasmo que até o sr. Stirling sobressaltou-se.

Metade das minhas histórias e romances baratos se passava em Londres, então minhas expectativas estavam bem altas: ruas escuras tomadas por neblina densa povoadas por crianças maltrapilhas e homens nefastos com chapéus-coco; edifícios manchados de fumaça preta que assomavam deliciosamente sombrios sobre a cabeça dos transeuntes; fileiras silenciosas de casas cinzentas. Uma mistura de *Oliver Twist* com Jack, o Estripador, talvez com uma pitada de Sara Crewe.

Talvez partes de Londres de fato sejam assim, mas a cidade que vi em 1903 era quase exatamente o oposto: barulhenta, brilhante e movimentada. Assim que descemos do vagão da London and North Western Railway na estação de Euston, quase fomos atropelados por um grupo de crianças em idade escolar com uniformes de marinheiro; um homem usando um turbante esmeralda curvou-se educadamente ao passar; uma família de pele escura discutia em seu próprio idioma; um pôster vermelho e dourado na parede da estação anunciava o *Genuíno zoológico humano do dr. Goodfellow, com pigmeus, guerreiros zulu, caciques e escravas do Oriente!*

– Nós já estamos em um maldito zoológico humano – Locke resmungou e mandou o sr. Stirling chamar um táxi para nos levar diretamente à sede da Royal Rubber Company. Os carregadores enfiaram a bagagem do sr. Locke na parte traseira do táxi, e Stirling e eu a arrastamos pelos degraus de mármore branco dos escritórios da empresa.

O sr. Locke e o sr. Stirling desapareceram nos corredores sombrios com vários homens de ternos pretos e aparência importante, e fui instruída a ficar sentada em uma cadeira de encosto estreito no saguão e não incomodar ninguém, não fazer barulho nem tocar em nada. Contemplei o mural na parede oposta, que mostrava um africano ajoelhado entregando à Britânia uma cesta de bocas-de-leão. O africano tinha uma expressão um tanto servil e deslumbrada.

Perguntei-me se os africanos seriam considerados "de cor" em Londres, e em seguida me perguntei se eu também seria, e estremeci de vontade de ser. Fazer parte de um grupo maior, não ser encarada, saber realmente de onde venho. Ser "um espécime perfeitamente único" pode ser bastante solitário.

Uma das secretárias me observava estreitando os olhos de tanto interesse. Você conhece o tipo: uma daquelas senhoras brancas e magras, com lábios finos, que aparentemente passam a vida inteira ansiando pela chance de bater nas juntas de alguém com uma régua. Recusei-me a dar-lhe tal oportunidade. Levantei-me de um salto, fingindo ouvir o sr. Locke me chamando, e debandei pelo corredor atrás dele.

A porta estava entreaberta. A luz oleosa da lâmpada escapava pela fresta e as vozes dos homens reverberavam em ecos suaves e famintos pelos painéis de carvalho. Eu me aproximei o suficiente para ver o interior: havia oito ou nove homens de bigode em volta de uma mesa comprida, onde se empilhava toda a bagagem de Locke. Os estojos pretos haviam sido abertos, e jornais amassados e palha estavam espalhados por toda parte. O próprio Locke estava de pé à cabeceira da mesa, segurando algo que eu não conseguia ver.

– Um achado muito valioso, senhores, do Sião, contendo o que me afirmaram ser um tipo de balança de precisão, bastante potente...

Os homens ouviam com ansiedade indecorosa em seus rostos, as espinhas curvando-se na direção do sr. Locke como se numa atração magnética. Havia algo de estranho neles – uma espécie de desajuste coletivo, como se não fossem homens, mas sei-lá-que-tipo-de-criaturas enfiadas em ternos pretos.

Percebi que reconhecia um deles. Eu o vira na festa da Sociedade no último mês de julho, esgueirando-se pelas bordas da sala com olhos agitados e amarelados. Era um homem irrequieto, com rosto de furão e cabelos mais vermelhos do que os tingidos pela poção capilar da senhorita Valentine. Ele estava inclinado em direção a Locke, como todo mundo – mas então suas narinas se abriram, como um cachorro farejando um cheiro de que não gosta muito.

Sei que as pessoas não podem *farejar* menininhas desobedientes lhes espionando, sei que não. E será que eu realmente teria me metido em encrenca só por olhar? Mas havia algo de secreto na reunião, algo de ilícito, e o homem estava esticando o pescoço para cima, como se tentasse captar um odor estranho e rastreá-lo...

Afastei-me da porta e voltei para minha cadeira no saguão. Durante a hora seguinte, mantive os olhos pregados no chão de ladrilhos, os tornozelos bem cruzados e ignorei os suspiros e bufadas da secretária.

Crianças de nove anos podem não saber muito, mas não são estúpidas; a essa altura, eu já deduzira que todos os artefatos e tesouros encontrados por meu pai não eram exibidos na Mansão Locke. Aparentemente, alguns eram enviados através do Atlântico e leiloados em salas de reuniões abafadas. Imaginei um pobre tablete de argila ou algum manuscrito roubado de seu lar por direito e enviado pelo mundo, desamparado e sozinho, apenas para acabar rotulado e exibido para pessoas que nem sabiam o que nele estava escrito. Então, lembrei-me de que era mais ou menos o que acontecia na própria Mansão Locke, e não era o sr. Locke que sempre dizia que era um ato de "covardia criminosa" desperdiçar oportunidades?

Decidi que outra parte de ser uma boa garota provavelmente consistia em manter a boca fechada sobre certos assuntos.

Não disse nada ao sr. Locke ou ao sr. Stirling quando eles reapareceram, nem durante o trajeto de táxi para o nosso hotel, nem quando o sr. Locke anunciou abruptamente que estava com vontade de fazer compras e desviou o táxi para Knightsbridge.

Entramos em uma loja de departamentos do tamanho de uma nação independente, toda em mármore e vidro. Atendentes com sorrisos brancos arreganhados postavam-se como soldados em todos os balcões.

Uma delas deslizou em nossa direção pelo piso brilhante e falou:

– Bem-vindo, senhor! Como posso ajudá-lo? E que menininha encantadora! – Seu sorriso era ofuscante, mas seus olhos interrogavam minha pele, meu cabelo, meus olhos. Se eu fosse um casaco, ela teria me virado do avesso e verificado minha etiqueta para saber o fabricante. – Onde você a encontrou?

O sr. Locke pegou minha mão e a colocou de maneira protetora debaixo do braço.

– Esta é minha… filha. Adotiva, é claro. Cá entre nós, você está olhando para o último membro vivo da família real havaiana. – E por causa do tom confiante na voz do sr. Locke e da rica aparência de seu paletó, ou talvez porque nunca encontrara uma havaiana de verdade, a mulher acreditou nele. Eu assisti enquanto sua suspeita desapareceu, substituída por admiração fascinada.

– Oh, que excepcional! Temos alguns turbantes adoráveis de Lahore, bem exóticos, eles fariam uma ótima combinação com esse cabelo dela... ou, quem sabe, ela não gostaria de dar uma olhada nas nossas sombrinhas? Para se proteger do sol do verão?

O sr. Locke olhou para mim, avaliando.

– Um livro, creio eu. Qualquer um de que ela goste. Ela provou ser uma garota muito comportada. – Então, ele sorriu para mim, uma expressão detectável apenas pela ligeira curvatura do bigode.

Fiquei radiante; havia sido julgada e considerada digna.

No início do verão de 1906, eu tinha quase doze anos. O RMS *Lusitania* acabara de ser lançado como o maior navio do mundo (o sr. Locke prometeu que conseguiríamos passagens em breve); os jornais ainda estavam cheios de fotos granuladas dos destroços de São Francisco depois daquele terrível terremoto; e usei minha mesada para adquirir uma assinatura da revista *Outing*, só para poder ler o novo romance de Jack London toda semana. O sr. Locke estava fora a negócios, sem mim, e meu pai estava, pela primeira vez, em casa.

Ele deveria ter partido no dia anterior para se juntar à expedição do sr. Fawcett ao Brasil, mas houve um atraso no carimbo dos documentos por parte das autoridades competentes e na chegada de instrumentos delicados que exigiam remessa cuidadosa – mas nada disso importava para mim. Só o que importava era que ele estava em casa.

Tomamos café da manhã juntos na cozinha, sentados a uma grande mesa com manchas de gordura e queimaduras. Ele trouxe um de seus cadernos de campo para revisar as anotações enquanto comia ovos e torradas com um pequeno V vincando as sobrancelhas. Eu não ligava; tinha comigo o último folhetim de *Caninos brancos*. Mergulhamos em nossos mundos particulares, juntos, mas separados, e era tão pacífico e correto que me vi fingindo que aquilo acontecia todas as manhãs. Que éramos uma pequena família comum, que a Mansão Locke era a nossa casa e aquela mesa era a nossa mesa da cozinha.

Só acho que se fôssemos uma família comum haveria uma mãe à mesa conosco. Talvez ela também estivesse lendo. Talvez ela olhas-

se para mim por cima da lombada do livro e seus olhos se enterne-
ceriam, só um pouquinho, e ela limparia as migalhas de torrada da
barba por fazer do meu pai.

É estúpido dar vazão a esses pensamentos. Eles só provocam
uma sensação de vazio e dor entre suas costelas, como se você
estivesse com saudades de casa, mesmo estando em casa, e depois
você não consegue mais ler sua revista porque as palavras estão
todas distorcidas e com aparência molhada.

Meu pai recolheu o prato e a xícara de café e pôs-se de pé, com
o caderno embaixo do braço. Seus olhos estavam distantes por trás
dos pequenos óculos de aro dourado que ele usava para ler. Ele se
virou para sair.

– Espere. – Engoli a palavra e ele piscou para mim como uma
coruja assustada. – Eu estava pensando se... eu poderia ajudá-lo?
Com o seu trabalho?

Eu o observei começar a dizer não, vi sua cabeça começar a balançar pesarosamente, mas então ele olhou para mim. E o que quer
que tenha visto no meu rosto – o brilho úmido de quase lágrimas nos
meus olhos, a dor vazia – o fez respirar fundo.

– Claro, January – seu sotaque rolou sobre o meu nome como um
navio no mar; eu me diverti com o som disso.

Passamos o dia nos porões sem fim da Mansão Locke, onde todos
os itens não classificados, sem rótulo ou quebrados das coleções do
sr. Locke eram armazenados em caixas cheias de palha. Meu pai
estava sentado com uma pilha de cadernos, murmurando e rabiscando, e ocasionalmente me instruindo a escrever pequenos rótulos em
sua reluzente máquina de escrever preta. Fingi que era Ali Babá na
Caverna das Maravilhas, ou um cavaleiro perseguindo um tesouro
de dragão, ou apenas uma garota com seu pai.

– Ah, sim, a lâmpada. Separe junto com o tapete e o colar, por
favor. Faça o que fizer, não a esfregue... embora... que mal poderia
fazer? – Não sabia se papai estava falando comigo até que ele acenou para que eu me aproximasse. – Traga isso aqui.

Entreguei a ele a lâmpada de bronze que havia pescado de uma caixa rotulada TURQUESTÃO. Não se parecia muito com uma lâmpada; parecia mais um pássaro pequeno e deformado, com um bico muito longo e símbolos estranhos gravados ao longo de suas asas. Papai passou um dedo ao longo desses símbolos, delicadamente, e um vapor branco e oleoso começou a sair pelo bico. O vapor subiu, serpenteando e se contorcendo como uma cobra pálida, produzindo formas que quase pareciam palavras no ar.

Papai abanou a fumaça com a mão e eu pisquei.

– Como... Deve haver algum tipo de pavio lá dentro, e uma faísca. Como funciona?

Ele colocou a lâmpada de volta no caixote, um discreto meio-sorriso recurvando seus lábios. Ele encolheu os ombros para mim, e o meio-sorriso se alargou, um brilho de algo parecido com alegria por trás de seus óculos.

E talvez porque ele sorria muito raramente, ou talvez porque tinha sido um dia perfeito, eu disse algo estúpido.

– Posso ir com você? – Ele inclinou a cabeça, o sorriso recuando. – Quando você for para o Brasil. Ou o lugar depois de lá. Você me leva junto?

Era um daqueles desejos que você almeja tanto que chega a queimar, e por isso o mantém lá no fundo do coração como brasa apagada. Mas, oh, escapar dos saguões de hotel, das lojas de departamento e dos casacos de viagem bem abotoados, mergulhar como um peixe no riacho gorgolejante do mundo, nadando ao lado do meu pai...

– Não. – Frio, duro. Definitivo.

– Sou uma boa viajante, pergunte ao senhor Locke! Não interrompo, não toco em coisas que não devo, não falo com ninguém, nem me afasto...

A testa do meu pai se enrugou mais uma vez naquele intrigado V.

– Então, por que você deveria querer viajar? – Ele balançou a cabeça. – A resposta é *não*, January. É muito perigoso.

Vergonha e raiva subiram pelo meu pescoço num formigamento quente. Não disse nada, porque senão eu choraria e tudo ficaria ainda pior.

– Escute. Acho artefatos valiosos e únicos, não é? Para o senhor Locke e seus amigos da Sociedade? – Não assenti. – Bem, eles não são as únicas, hã, partes interessadas, ao que parece. Existem outros... não sei quem... – Ouvi-o engolir em seco. – Você está mais segura aqui. Este é o lugar certo para uma jovem crescer. – Essa última parte saiu num tom tão monótono e ensaiado que eu sabia que era uma citação direta do sr. Locke.

Balancei a cabeça, concordando, os olhos fixos no chão coberto de palha.

– Sim, senhor.

– Mas um dia te levo comigo. Prometo.

Eu queria acreditar nele, mas já escutara promessas vazias o suficiente na minha vida para saber reconhecer quando ouvia uma. Saí sem falar nem mais uma palavra.

Protegida no casulo do meu quarto, enrolada na colcha cor-de-rosa e dourada que ainda cheirava a noz-moscada e sândalo, tirei a moeda do minúsculo bolso da saia e estudei a rainha de olhos prateados. Ela tinha um sorriso malicioso que parecia dizer fuja-comigo e, por um momento, senti meu coração alçar voo, sentindo o gosto de cedro e sal na boca.

Fui até a minha cômoda e enfiei a moeda em um buraco no forro do meu porta-joias; eu já estava crescida demais para carregar aquelas bugigangas fantasiosas, de qualquer forma.

Em março de 1908, eu tinha treze anos, uma idade tão intensamente conturbada e autocentrada que não me lembro de quase nada daquele ano, exceto o fato de ter crescido 10 centímetros e Wilda me obrigar a começar a usar uma terrível engenhoca de arame nos meus seios. Meu pai estava num navio a vapor em direção ao Polo Sul, e todas as suas cartas cheiravam a gelo e excremento de pássaro; o sr. Locke hospedava um gomalinado grupo de petroleiros do Texas na ala leste da Mansão Locke e ordenou que eu ficasse fora do caminho deles; eu estava tão solitária e infeliz quanto qualquer garota de treze anos já esteve, o que é mesmo muito solitário e infeliz.

Minha única companhia era Wilda. Ela se tornara cada vez mais afeiçoada a mim ao longo dos anos, agora que eu era uma "moça bem-comportada", mas seu carinho só significava que ela sorria com muita frequência – uma expressão rangente e com teias de aranha que parecia ter sido guardada em um baú mofado por décadas – e às vezes sugeria que lêssemos *O peregrino: a viagem do cristão à cidade celestial* em voz alta como regalo. Era quase mais solitário do que não ter companhia alguma.

Mas, então, aconteceu algo que significava que eu nunca mais me sentiria sozinha.

Eu estava copiando uma pilha de livros contábeis para o sr. Locke, debruçada sobre a mesa no escritório de meu pai. Eu tinha uma escrivaninha no meu quarto, mas na maioria das vezes usava a dele – já que ele quase nunca estava em casa para se opor. Também gostava da quietude da sala e do modo como o cheiro dele pairava no ar como partículas de poeira: sal marinho, especiarias e estrelas desconhecidas.

E gostava especialmente do fato de o escritório ter a melhor vista da estrada, o que significava que eu podia observar a carroça de Samuel Zappia balançando em direção à casa. Ele praticamente já não me deixava mais as historietas – hábito que fora minguando entre nós, como colegas cujas cartas ficam mais curtas a cada mês –, mas ele sempre acenava. Hoje vi sua respiração se elevar como uma pluma branca acima da carroça, vi sua cabeça se inclinar para a janela do escritório. Aquilo foi um *flash* de dentes brancos?

A carroça vermelha tinha acabado de sumir em direção à cozinha e eu estava considerando e descartando motivos para passar por lá casualmente na meia hora seguinte, quando a srta. Wilda bateu com os nós dos dedos na porta do escritório. Ela me informou, no mais profundo tom de suspeita, que o jovem sr. Zappia gostaria de falar comigo.

– Oh – disse, afetando indiferença. – Para quê?

Wilda seguiu atrás de mim como uma sombra de lã preta quando desci para encontrá-lo. Samuel estava esperando ao lado de seus pôneis, murmurando em suas orelhas de veludo.

– Senhorita Scaller – ele me cumprimentou.

Notei que ele havia sido poupado dos infortúnios da maioria dos meninos adolescentes; em vez de lhe brotarem vários cotovelos extras e apresentar o andar desajeitado de uma girafa recém-nascida, Samuel crescera mais denso e flexível. Mais bonito.

– Samuel. – Usei minha voz mais adulta, como se nunca o tivesse perseguido pelo gramado, gritando por sua rendição ou o alimentado com poções mágicas feitas de agulhas de pinheiro e água do lago.

Ele me lançou uma espécie de olhar inquisitivo. Tentei não pensar no vestido de lã tosco que eu usava, um que Wilda apreciava especialmente, ou na maneira irreprimível que os fios de meu cabelo se arrepiavam soltando-se dos grampos. Wilda tossiu ameaçadoramente, como uma múmia limpando a garganta da poeira da tumba.

Samuel buscou na carroça uma cesta coberta.

– Para você. – Ele tinha o rosto perfeitamente neutro, mas um leve levantar no canto da boca poderia ter sido o começo de um sorriso. Seus olhos tinham aquele brilho familiar e ansioso; era a mesma expressão de quando recontou o enredo de um romance barato e estava prestes a chegar à parte realmente boa em que o herói chega bem na hora para salvar o garoto sequestrado. – Pegue.

Neste ponto, você deve estar pensando que essa história não é realmente sobre Portas, mas sim sobre aquelas portas mais privadas e milagrosas que podem se abrir entre dois corações. Talvez seja no final – acredito que toda história é uma história de amor, se você a pegar no momento certo, à luz do anoitecer –, mas não agora.

No fim das contas, não foi Samuel que se tornou o meu amigo mais querido no mundo; foi o animal choroso que agitava as patinhas grossas na cesta que ele me entregou.

Das minhas raras viagens a Shelburne acompanhada por Wilda, sabia que os Zappia viviam amontoados na cidade, em um apartamento sobre a mercearia, um tipo de ninho amplo e estridente que fazia o sr. Locke mexer no bigode e reclamar sobre *aquelas* pessoas. A loja era guardada por uma cadela enorme, de poderosas mandíbulas, chamada Bella.

Bella, Samuel explicou, produzira recentemente uma ninhada de filhotes da cor de bronze polido. As outras crianças Zappia estavam ocupadas vendendo a maioria para turistas crédulos o suficiente para não duvidar que eram de uma rara raça africana de cães caçadores de leões, mas Samuel separara um.

— O melhor. Eu o guardei para você. Vê como ele olha para você?
— Era verdade: o filhotinho na cesta parara de se remexer para me encarar com os olhos úmidos e brilhantes, como se estivesse esperando uma instrução divina.

Eu não sabia então o que aquele filhote se tornaria para mim, mas creio que uma parte de mim já suspeitava, porque meu nariz estava formigando daquele jeito você-está-prestes-a-chorar quando olhei para Samuel.

Abri a boca, mas Wilda pigarreou novamente.

— Acho que *não*, garoto — ela declarou. — Leve este animal de volta ao lugar de onde ele veio.

Samuel não franziu a testa, mas o sorriso no canto da boca se apagou. Wilda tomou a cesta das minhas mãos que a agarravam com firmeza — o filhote tombou e rolou, as perninhas remando no ar — e a empurrou de volta para Samuel.

— Tenho certeza de que a senhorita Scaller agradece sua generosidade. — E ela me guiou de volta para dentro e me deu um sermão interminável sobre germes, a inadequação de cães grandes para mulheres e os perigos de aceitar favores de homens de baixa posição.

Meu apelo ao sr. Locke após o jantar não teve êxito.

— Alguma criatura cheia de pulgas da qual se apiedou, suponho?

— Não senhor. Você conhece Bella, a cadela dos Zappia? Ela teve uma ninhada e...

— Um mestiço, então. Eles nunca se desenvolvem bem, January, e eu não quero um vira-lata mastigando meus animais empalhados.

– Ele agitou o garfo para mim. – Mas, veja bem: um dos meus associados cria *dachshunds* muito bons em Massachusetts. Quem sabe, se você se dedicar às suas aulas, eu possa ser persuadido a recompensá-la com um presente de Natal antecipado. – Ele me deu um sorriso indulgente, piscando para Wilda e seus lábios franzidos, e eu tentei lhe sorrir de volta.

Retornei ao livro de contabilidade depois do jantar, sentindo-me mal-humorada e estranhamente em carne viva, como se houvesse correntes invisíveis esfolando minha pele. Os números ficaram turvos e prismáticos quando as lágrimas se acumularam nos meus olhos e eu tive um repentino e inútil anseio pelo meu diário de bolso perdido. Por aquele dia no campo em que escrevi uma história e ela se tornou realidade.

A caneta deslizou para as margens do livro de contabilidade. Ignorei a voz na minha cabeça me dizendo que aquilo era absurdo, sem esperança, vários passos além da fantasia – que me lembrava que palavras em uma página não são feitiços mágicos – e escrevi: *Era uma vez uma boa garota que conheceu um cachorro ruim, e eles se tornaram os melhores amigos.*

Não houve remodelação silenciosa do mundo desta vez. Houve apenas um leve suspiro, como se toda a sala tivesse respirado. A janela do lado sul sacudiu debilmente em sua moldura. Um tipo de exaustão doentia tomou conta de meus membros, um peso, como se cada um de meus ossos tivesse sido roubado e substituído por chumbo, e a caneta caiu da minha mão. Meus olhos estavam embaçados, minha respiração entrecortada.

Mas nada aconteceu; nenhum cachorro se materializou. Voltei ao meu trabalho de cópia.

Na manhã seguinte, acordei abruptamente, muito mais cedo do que qualquer jovem sã acordaria por vontade própria. Um insistente ruído metálico ecoava pelo quarto. Wilda fungou enquanto dormia, as sobrancelhas se contraindo em desaprovação instintiva.

Pulei para a minha janela em meio à confusão da camisola emaranhada nos lençóis. Em pé, no gramado coberto de geada, envolto na névoa perolada do amanhecer, com o rosto virado para cima, naquele quase sorriso, estava Samuel. Uma mão segurava as rédeas de seu pônei cinza, que dava passos furtivos no gramado, e a outra segurava a cesta de fundo redondo.

Saí porta afora e desci as escadas dos fundos antes de ter tempo para algo tão prosaico como um pensamento consciente. Frases como *Wilda vai esfolar você viva* ou *Meu Deus, você está de camisola* me ocorreram apenas depois que eu abri a porta lateral e corri para encontrá-lo.

Samuel olhou para os meus pés descalços, congelando na geada, depois para o meu rosto desesperado e ansioso. Ele me estendeu a cesta pela segunda vez. Peguei o filhote – uma bolinha fria e sonolenta – e o segurei contra o meu peito, onde ele procurou se aninhar no calor debaixo do meu braço.

– Obrigada, Samuel – sussurrei, o que, sei agora, foi uma resposta totalmente insuficiente. Mas Samuel pareceu contente. Ele inclinou a cabeça num gesto galante do Velho Mundo, como um cavaleiro aceitando o favor de sua dama, montou em seu pônei e desapareceu pelo terreno enevoado.

Agora, vamos esclarecer a situação: não sou uma garota estúpida. Eu me dei conta de que as palavras que escrevi no livro contábil foram mais do que tinta e papel de algodão. Elas alcançaram o mundo e torceram sua forma de um modo invisível e desconhecido que levou Samuel a se postar debaixo da minha janela. Contudo, havia uma explicação mais racional disponível para mim – a de que Samuel tinha visto o anseio em meu rosto e decidira mandar para o inferno aquela alemã velha e amarga – e eu escolhi acreditar nisso.

Mesmo assim: quando cheguei ao meu quarto e coloquei a bolinha de pelo marrom em um ninho de travesseiros, a primeira coisa que fiz foi vasculhar a gaveta da mesa em busca de uma caneta. Encontrei minha cópia de *O livro da selva*, folheei as páginas em branco no final e escrevi: *Ela e seu cachorro tornaram-se inseparáveis daquele dia em diante.*

No verão de 1909, eu tinha quase quinze anos e parte do nevoeiro egoísta da adolescência estava começando a se dissipar. O segundo *Anne de Green Gables* e o quinto livro de *Oz* foram lançados naquela primavera; uma mulher branca, de nariz arrebitado, chamada Alice, acabara de dirigir um carro por todo o país (uma façanha que o sr. Locke chamou de "totalmente absurda"); houve algum alarido sobre um golpe ou uma revolução no Império Otomano ("absolutamente inútil"); e meu pai estava na África Oriental há meses sem nem sequer um cartão-postal. No Natal, ele me enviou uma escultura de elefante em marfim amarelado com as letras MOMBASA gravadas na barriga e um bilhete dizendo que ele estaria em casa no meu aniversário.

Ele não veio, é claro. Mas Jane, sim.

Era início do verão, as folhas ainda estavam úmidas e novas e o céu parecia recém-pintado, Bad e eu estávamos aconchegados no jardim, e eu relia todos os outros livros de *Oz* para me preparar para o novo. Já tivera minhas aulas de francês e latim do dia, e terminara todas as somas e a contabilidade para o sr. Locke, e minhas tardes estavam maravilhosamente livres agora que Wilda se fora.

Acho que Bad merece a maior parte do crédito, na verdade. Se fosse possível manifestar os pesadelos mais sombrios de Wilda em um ser físico, ele se pareceria muito com um filhote de olhos amarelos e patas grandes, uma abundância de pelos marrons finos e nenhum respeito por babás. Ela teve um ataque previsivelmente impressionante quando o encontrou no meu quarto e me arrastou até o escritório do sr. Locke ainda de camisola.

– Pelo amor de Deus, mulher, pare de gritar, ainda não tomei meu café. Agora, o que significa tudo isso? Pensei que eu havia sido perfeitamente claro ontem à noite. – O sr. Locke me encarou com *aquele* olhar, duro como gelo e pálido como a lua. – Não quero esse cachorro em casa.

Senti minha força de vontade estremecendo e vergando, fraquejando sob o olhar dele – mas lembrei daquelas palavras escondidas no final de Kipling: *Ela e seu cachorro tornaram-se inseparáveis.*

Apertei os braços em torno de Bad e encarei os olhos do sr. Locke, de queixo erguido.

Um segundo se passou e depois outro. O suor pinicava minha nuca, como se eu estivesse levantando algum objeto imensamente pesado, e então o sr. Locke riu.

– Fique com ele, se é tão importante assim para você.

Depois disso, a senhorita Wilda foi desaparecendo de nossa vida como papel de jornal esquecido ao sol. Ela simplesmente não podia competir com Bad, que crescia em ritmo alarmante. Comigo, ele permanecia devotado e com ares de filhote, dormindo desabado sobre minhas pernas e se apertando no meu colo muito tempo depois de ter deixado de caber ali – mas sua atitude em relação ao restante da população humana era francamente perigosa. Em seis meses, ele expulsou Wilda do nosso quarto e a exilou nos aposentos da criadagem; em oito meses, ele e eu tínhamos quase todo o terceiro andar só para nós.

A última vez que vi Wilda, ela atravessava apressada o amplo gramado, espiando a janela do meu quarto no terceiro andar com a expressão assustada de um general batendo em retirada de uma batalha perdida. Abracei Bad com tanta força que ele ganiu, e passamos a tarde chapinhando ao longo da margem do lago, inebriados com a liberdade.

Agora, deitada com a cabeça apoiada nas costelas de Bad aquecidas pelo sol, ouvi o ruído de um carro descendo a entrada.

A entrada da Mansão Locke é um caminho longo e sinuoso, ladeado por carvalhos imponentes. O táxi estava se afastando no momento em que Bad e eu contornávamos a frente da casa. Uma mulher estranha caminhava em direção aos grandes degraus de pedra vermelha, de cabeça erguida.

Meu primeiro pensamento foi que uma rainha africana estava tentando visitar o presidente Taft em D.C., mas se viu mal orientada e chegou à Mansão Locke por engano. Não que ela estivesse vestida de maneira especialmente grandiosa – um casaco de viagem bege com uma fileira reta de botões pretos, uma única valise de couro, cabelo escandalosamente curto – ou que parecesse particularmente arrogante. Era algo na linha inflexível de seus ombros, ou o modo como ela olhava para toda a grandeza da Mansão Locke sem o menor lampejo de admiração ou intimidação.

Ela nos viu e parou antes de subir os degraus da frente, aparentemente nos esperando. Nós nos aproximamos, minha mão na coleira de Bad, caso ele fosse acometido por um de seus impulsos infelizes.

– Você deve ser January. – O sotaque dela era estranho e rítmico. – Julian me disse para procurar uma garota com cabelos indomáveis e um cachorro malvado. – Ela estendeu a mão e eu a apertei. Calos encrespavam a palma de sua mão como um mapa topográfico de um país estrangeiro.

Por sorte, o sr. Locke saiu pela porta da frente naquele mesmo instante, dirigindo-se para o seu recentemente polido Buick modelo 10, porque minha boca se abriu e parecia improvável que se fecharia novamente. O sr. Locke chegou ao meio da escada antes de nos ver.

– January, quantas vezes eu já lhe disse para *prender* esse animal demente… Em nome de Deus, quem é essa aí? – Seus princípios de cortesia evidentemente não se aplicavam a mulheres de cor estranha que se materializavam à sua porta.

– Sou a senhorita Jane Irimu. Julian Scaller me contratou para ser acompanhante de sua filha, remunerada com seus próprios fundos a uma taxa de cinco dólares por semana. Ele indicou que poderia contar com sua generosidade no que tange a alojamento e alimentação. Acredito que esta carta explique claramente minha situação. – Ela estendeu um envelope manchado e sujo para o sr. Locke. Ele o abriu, leu o conteúdo com uma expressão de profunda desconfiança. Algumas exclamações lhe escaparam:

– O bem-estar de sua filha, é? – E – *Ele* a empregou…?

Ele fechou a carta com grosseria.

– Você espera que eu acredite que Julian tenha enviado uma babá do outro lado do mundo para sua filha? Que é praticamente uma adulta, devo acrescentar?

O rosto da srta. Irimu era construído em planos lisos, quase arquitetônicos em sua perfeição, que dificilmente pareciam ser perturbados pela mobilidade tanto de um sorriso quanto de uma cara feia.

– Eu estava em uma situação infeliz. Como acredito que a carta explique.

– Um pouco de caridade, é? Julian sempre foi muito coração mole para o seu próprio bem. – O sr. Locke bateu as luvas na palma da mão e bufou para nós. – Muito bem, senhorita Seja-lá-qual-for--seu-nome. Longe de mim ficar entre pai e filha. Entretanto, uma ova que vou ocupar um dos meus bons quartos de hóspedes. Mostre-lhe o seu próprio quarto, January. Ela pode ficar com a velha cama de Wilda. – E se afastou a passadas largas, balançando a cabeça.

O silêncio que se seguiu à sua partida foi tímido e furtivo, como se quisesse ser constrangedor, mas não ousasse sê-lo sob o olhar firme da srta. Irimu.

– Hum. – Engoli em seco. – Este é Bad. Sindbad, quero dizer. – Eu queria colocar nele o nome de um grande explorador, mas nenhum deles parecia se encaixar. O dr. Livingstone e o sr. Stanley eram escolhas óbvias (o sr. Locke os admirava, até exibia o próprio revólver de Stanley em seu escritório, um Enfield de cano estreito que ele limpava e lubrificava semanalmente), mas eles me faziam pensar naquele braço africano enrugado na redoma de vidro. Magalhães era muito longo, Drake muito sem graça, Colombo muito desajeitado; no final, eu o batizei em homenagem ao único explorador que tornou o mundo mais estranho e maravilhoso a cada viagem.

Jane o observava com cautela.

– Não se preocupe, ele não morde – assegurei. Bem, ele não mordia *com frequência* e, do meu ponto de vista, as pessoas que ele mordeu no fundo não deviam ser confiáveis e mereceram. O sr. Locke não achava esse argumento convincente.

– Senhorita Irimu... – eu comecei.

– Jane será suficiente.

– Senhorita Jane. Posso ver a carta do meu pai?

Ela me mediu com frieza clínica, como um cientista avaliando uma nova espécie de fungo.

– Não.

– Então, você poderia me dizer por que ele a contratou? Por favor.

– Julian se preocupa profundamente com você. Ele deseja que você não fique sozinha. – Várias malcriações saltaram para os meus lábios, incluindo *Bem, isso é novidade para mim*, mas as mantive trancadas atrás dos dentes. Jane ainda me observava com aquela expressão de identificação de fungo. Ela acrescentou: – Seu pai também deseja que você seja mantida em segurança. Eu vou garantir que assim seja.

Desviei o olhar para os suaves gramados verdejantes da propriedade de Locke e o plácido tom de cinza do lago Champlain.

– Aham.

Estava tentando pensar em uma maneira educada de dizer *Meu pai enlouqueceu e é melhor você ir embora* quando Bad se adiantou na direção dela, farejando-a com uma expressão avaliadora de morder-ou-não-morder. Ele ponderou um pouco, depois encostou a cabeça na mão dela pedindo descaradamente uma coçadinha nas orelhas.

Os cães, é claro, são juízes de caráter infinitamente melhores do que as pessoas.

– Hum… Bem-vinda à Mansão Locke, senhorita Jane. Espero que você goste daqui.

Ela inclinou a cabeça.

– Tenho certeza que sim.

Todavia, ao longo das primeiras semanas que Jane passou na Mansão Locke, ela não deu nenhum sinal de gostar muito da mansão – ou de mim.

Ela passava os dias quase em silêncio, rondando de sala em sala como se estivesse enjaulada. Ela me observava com pétrea resignação e, ocasionalmente, pegava um dos meus exemplares descartados da *The strand mystery magazine* ou do *The cavalier: weekly stories of daring adventure!* com uma expressão duvidosa. Ela me lembrava um daqueles heróis gregos condenados a uma tarefa sem fim, como beber de um rio que desaparecia ou rolar uma pedra montanha acima.

Minhas primeiras tentativas de conversa foram infrutíferas e abortadas. Perguntei educadamente sobre o seu passado e recebi respostas curtas que desencorajavam novas investigações. Sabia que ela havia nascido no planalto central da África Oriental Britânica em 1873, só que a região, na época, não era chamada de África Oriental Britânica; sabia que ela passara seis anos na Escola Missionária da Sociedade Evangélica de Nairu, onde aprendeu o inglês da rainha, vestiu o algodão da rainha e orou ao Deus da rainha. Então, ela se viu em uma "dificuldade considerável" e aproveitou a oportunidade de emprego que meu pai lhe ofereceu.

– Ah. Bem – eu disse com animação forçada –, pelo menos não é tão quente aqui! Comparado à África, quero dizer.

Jane não respondeu de imediato, olhando pela janela do escritório o lago de ouro esverdeado.

– Onde nasci, havia geada no chão todas as manhãs – ela respondeu mansamente, e a conversa morreu uma morte misericordiosa.

Acho que não a vi sorrir uma única vez até a festa anual da Sociedade do sr. Locke.

A festa da Sociedade era idêntica todos os anos, com pequenas atualizações de moda: oitenta dos mais ricos colecionadores amigos do sr. Locke e suas esposas entupiam os salões e os jardins do térreo e riam alto dos comentários espirituosos uns dos outros; centenas de coquetéis eram transformados em suor com cheiro de éter, evaporando nas espirais de fumaça de cigarro que pairavam sobre nós numa atmosfera abafada e atordoante; em determinado momento, todos os membros oficiais da Sociedade se dirigiam até a sala de fumo e empesteavam o primeiro andar inteiro com cheiro de charuto. Às vezes, eu fingia que se tratava de uma grande festa de aniversário para mim, porque as datas eram sempre próximas, mas é difícil fingir que é a sua festa quando convidados embriagados ficam te confundindo com uma garçonete e pedindo mais xerez ou uísque.

Naquele ano, meu vestido foi um amontoado disforme de fitas e babados cor-de-rosa que me deixaram com a aparência de um cupcake emburrado. Infelizmente, tenho provas – esse foi o ano em que o sr. Locke contratou um fotógrafo como toque especial. Na foto, estou rígida e com uma expressão levemente assustada, com o cabelo tão brutalmente repuxado e preso que poderia ter ficado careca. Uma das minhas mãos está em torno dos "ombros" de Bad e não está claro se eu estou me agarrando a ele para ter forças ou impedindo-o de devorar o fotógrafo. No Natal, o sr. Locke presenteou meu pai com uma pequena cópia da foto emoldurada, talvez com a encantadora crença de que ele a levaria consigo em suas viagens. Meu pai segurou a foto nas mãos, franzindo a testa e disse:

— Não parece você na foto. Você não está parecendo com... ela. — Com minha mãe, presumi.

Encontrei a foto com a face virada para baixo em uma gaveta da escrivaninha alguns meses depois.

Mesmo naquele vestido de bolo de noiva, e mesmo ladeada por Bad e Jane como tristes sentinelas, não era difícil ser ignorada na festa da Sociedade. A maioria das pessoas me via como uma vaga curiosidade — tendo ouvido os rumores de que eu era filha de um mineiro de diamantes boer e sua esposa hotentote, ou a indígena herdeira de uma fortuna — ou como uma criada vestida de maneira espalhafatosa, e nem um grupo nem outro prestava muita atenção em mim. Estava me divertindo, principalmente porque vira aquele sujeito ruivo e furtivo, o sr. Bartholomew Ilvane, esquivando-se pelas bordas da multidão. Eu me encostei na parede revestida de papel e desejei, breve e inutilmente, que Samuel estivesse ali comigo, sussurrando uma história sobre um baile, um feitiço mágico e uma princesa que voltaria a ser criada ao badalar da meia-noite.

O sr. Locke estava cumprimentando cada convidado num tom jovial e com um leve sotaque; ele estudara em algum lugar da Grã--Bretanha quando jovem, e a bebida fazia com que arrastasse seus "r" e destacasse as vogais.

— Ah, senhor Havemeyer! Estou extasiado por você ter conseguido comparecer, simplesmente extasiado. Já conheceu minha pupila, January, não é? — Locke gesticulou para mim, seu copo de jade favorito derramando uísque pela borda.

O sr. Havemeyer era uma criatura alta e difusa, com a pele tão branca que dava para ver as veias azuis em seus pulsos, aparecendo sob aquelas pretensiosas luvas de couro que os homens usam para lembrar a todos que têm um automóvel.

Ele acenou com uma bengala de castão de ouro e falou sem olhar para mim.

– Sim, claro. Não tinha certeza de que seria possível, ainda mais com a greve, mas consegui arrumar um bando de *coolies** no último segundo, graças a Deus.

– O senhor Havemeyer está no negócio do açúcar – explicou o sr. Locke. – Passa a metade do ano em alguma ilha esquecida por Deus no Caribe.

– Oh, não é tão ruim. Combina comigo. – Seus olhos deslizaram para mim e para Jane e sua boca se curvou em um sorriso de escárnio. – Se um dia se cansar dessa dupla, mande-as para uma visita. Estou sempre precisando de mais corpos quentes.

Meu corpo inteiro enregelou e ficou duro como porcelana. Não sei por quê – mesmo crescendo à rica sombra do sr. Locke, não era a primeira vez que alguém zombava de mim. Talvez tenha sido a fome casual queimando como veio de carvão subterrâneo na voz de Havemeyer, ou o som da respiração profunda de Jane ao meu lado. Ou talvez meninas sejam como copos cheios d'água, basta uma gota para transbordar.

Só sei que subitamente estava tremendo de frio e Bad estava se levantando como uma terrível gárgula ganhando vida, com os dentes arreganhados, e por um segundo eu poderia ter agarrado sua coleira, mas não consegui me mover – e, em seguida, o sr. Havemeyer estava gritando em estridente fúria, Locke praguejava e Bad rosnava enquanto abocanhava a perna do sr. Havemeyer – e, então, houve outro som, baixo e ondulante, tão incongruente que eu quase não acreditei. Era Jane. Ela estava rindo.

No final, tudo poderia ter sido muito pior. O sr. Havemeyer recebeu dezessete pontos e quatro doses de absinto e foi levado de volta

---

* Termo usado no século XIX e começo do século XX para aludir a trabalhadores braçais asiáticos. Hoje, é considerado depreciativo. (N. T.)

ao hotel; Bad ficou confinado no meu quarto "para todo o sempre", que durou três semanas até o sr. Locke partir em uma viagem de negócios para Montreal; e eu fui submetida a um sermão de várias horas sobre a natureza dos convidados, boas maneiras e poder.

– O poder, minha querida, tem um idioma. Tem uma geografia, uma moeda e, desculpe, uma cor. Não é algo que você deva levar para o lado pessoal ou contestar; é simplesmente um fato do mundo, e quanto mais cedo você se acostumar, melhor. – Os olhos do sr. Locke demonstravam pena; saí de seu escritório sentindo-me pequena e machucada.

No dia seguinte, Jane desapareceu por uma ou duas horas e voltou trazendo presentes: uma grande junta de porco para Bad e a mais nova edição do *The argosy all-story weekly* para mim. Ela se empoleirou na extremidade da cama estreita e dura de Wilda.

Eu queria dizer *Obrigada*, mas o que saiu foi:

– Por que está sendo tão gentil comigo?

Ela sorriu, revelando um espaço fino e travesso entre os dentes da frente.

– Porque eu gosto de você. E não gosto de valentões.

Depois disso, nossos destinos estavam mais ou menos selados (uma frase que sempre me faz imaginar um Destino cansado e velho enfiando nossos futuros em um envelope e pressionando seu selo de cera sobre nós): Jane Irimu e eu nos tornamos amigas.

Por dois anos, vivemos nas margens secretas da Mansão Locke, explorando seus sótãos, despensas esquecidas e jardins não cuidados. Transitávamos às margens da alta sociedade como espiãs ou ratos, permanecendo nas sombras, notadas apenas esporadicamente por Locke ou seus variados asseclas e convidados. Ainda havia algo confinado nela, algo tenso e em espera, mas agora pelo menos parecia que compartilhávamos a mesma gaiola.

Eu não pensava muito no futuro, e se o fazia era com o desejo infantil de aventuras vagas e distantes e com a certeza também infantil de que tudo permaneceria como sempre. E foi assim, de maneira geral.

Até o dia anterior ao meu décimo sétimo aniversário. Até eu encontrar o livro encadernado em couro no baú.

– Senhorita Scaller.

Eu ainda estava na Sala do Faraó, segurando o livro encadernado em couro na palma da mão. Bad estava ficando entediado, suspirando e bufando periodicamente. A inexpressiva voz do sr. Stirling nos assustou a ambos.

– Oh... eu não... boa noite. – Virei-me para encará-lo escondendo o livro às minhas costas. Não havia nenhuma razão em particular para esconder um romance surrado do sr. Stirling, exceto que havia algo de vital e maravilhoso nele, e o sr. Stirling era mais ou menos o oposto humano de vitalidade e maravilha. Ele pestanejou diante de mim, seus olhos rapidamente se desviando para o baú aberto no pedestal, e então inclinou a cabeça infinitesimalmente.

– O senhor Locke solicita sua presença no escritório. – Ele fez uma pausa e algo sombrio manifestou-se fugazmente em seu rosto. Poderia ter sido medo, se o sr. Stirling fosse fisicamente capaz de expressar qualquer outra emoção a não ser uma tenaz insipidez. – Agora.

Deixando a Sala do Faraó, eu o segui, as unhas de Bad faziam clique-clique logo atrás de mim. Enfiei *As dez mil portas* no cós da minha saia, onde permaneceu quente e sólido contra o meu quadril. *Como um escudo*, pensei, e depois me perguntei por que a ideia era tão reconfortante.

O escritório do sr. Locke tinha o cheiro de sempre: fumaça de charuto, couro fino e as variedades de bebidas que são mantidas em garrafas de cristal no aparador, e o sr. Locke também estava com a mesma aparência de sempre: bem-arrumado e convencional, parecendo rejeitar o processo de envelhecimento como uma perda de tempo valioso. Exibira o mesmo respeitável toque de cabelos brancos nas têmporas a minha vida toda; em contrapartida, da última vez que vira papai, seus cabelos estavam quase totalmente grisalhos.

O sr. Locke ergueu os olhos de uma pilha de envelopes manchados e de aparência desgastada quando entrei. Seus olhos estavam sérios e cinzentos como a pedra de uma lápide, focados em mim de uma forma como raramente ficavam.

— Isso é tudo, Stirling. — Ouvi o assistente se retirar do aposento, o audível clique da fechadura da porta. Uma inquietação manifestou-se no meu peito, como se asas de pássaros batessem contra as minhas costelas.

— Sente-se, January. — Sentei-me na minha cadeira de sempre, e Bad enfiou-se de forma parcialmente bem-sucedida embaixo dela.

— Perdoe-me por Bad, senhor, é que Stirling parecia estar com pressa e por isso eu não o levei antes de volta ao meu quarto...

— Está tudo bem. — A sensação de inquietação e pânico no meu peito ficou ainda mais forte. Bad havia sido banido do escritório do sr. Locke (assim como de todos os automóveis, trens e salas de jantar) desde a festa da Sociedade, dois anos antes. A mera visão do cachorro geralmente já levava Locke a proferir um sermão sobre animais de estimação malcomportados e donos negligentes ou, pelo menos, um bufar rabugento através do bigode.

A mandíbula de Locke mexia para trás e para frente, como se suas próximas palavras exigissem mastigação para amaciá-las.

— É sobre o seu pai. — Achei difícil olhar diretamente para o sr. Locke; em vez disso, fitei o estojo de vidro em sua mesa, sua brilhante placa metálica de identificação: *Revólver Enfield, Mark I, 1879.*

— Ele estava no Extremo Oriente nas últimas semanas, como deve saber.

Papai zarpara do porto de Manila e então foi pulando de ilha em ilha rumo ao norte, para o Japão, ele havia me dito. Prometera escrever com frequência; eu não tinha notícias suas há semanas.

O sr. Locke mastigou a frase seguinte ainda mais detidamente.

– Os relatórios dele sobre esta expedição eram irregulares. Mais irregulares do que o normal, quero dizer. Mas, ultimamente, eles... pararam de chegar de vez. Seu último relatório foi em abril.

O sr. Locke estava olhando para mim agora, com intensidade e expectativa, como se estivesse cantarolando uma melodia e houvesse me dado a deixa para que eu a terminasse. Como se eu devesse saber o que ele diria a seguir.

Continuei encarando o revólver, sua escuridão lubrificada, o cano quadrado e opaco. Sentia a respiração quente de Bad nos meus pés.

– January, você está prestando atenção? Não há notícias do seu pai há quase três meses. Recebi um telegrama de outro homem na expedição: ninguém o viu ou recebeu notícias dele. Eles encontraram o acampamento espalhado e abandonado na encosta de uma montanha.

O pássaro no meu peito estava esgaravatando, batendo as asas em terror frenético. Permaneci perfeitamente imóvel.

– January. Ele sumiu. Parece... bem. – Agora a respiração do sr. Locke estava curta e ofegante. – Parece muito provável que seu pai esteja morto.

Sentei-me no meu fino colchão, observando o sol se derramar suave como manteiga na minha colcha cor-de-rosa e dourada. Os trechos desfiados e o enchimento de algodão produziam sombras e pináculos através dela, como a arquitetura de alguma cidade desconhecida. Bad enrolou-se às minhas costas, embora estivesse muito quente para se aconchegar, emitindo sons delicados, meio de filhotinho, do fundo do peito. Ele cheirava a verão e grama recém-cortada.

Não queria acreditar. Eu uivei, gritei, exigi que o sr. Locke retirasse o que havia dito ou que provasse. Enterrei as unhas em minhas mãos, deixando meias-luas sangrentas marcadas nas palmas, no esforço de não descarregar minha indignação, não espatifar seus pequenos estojos de vidro em milhares de cacos cintilantes.

Por fim, senti mãos como paralelepípedos pesando em meus ombros, subjugando-me.

– Já chega, criança. – Olhei no fundo de seus olhos, pálidos e implacáveis. Senti-me desmoronando e desabando sob eles. – Julian está morto. *Aceite isso.*

E eu aceitei. Caí nos braços de Locke e ensopei sua camisa com lágrimas. Seu murmúrio áspero retumbou contra o meu ouvido.

– Está tudo bem, garota. Você ainda tem a mim.

Agora eu estava sentada no meu quarto, com o rosto inchado e os olhos secos, cambaleando no limite de uma dor tão vasta que não conseguia enxergar seu fim. Ela me consumiria por inteiro, se eu permitisse.

Pensei no último cartão-postal que havia recebido de meu pai, com a foto de uma praia e várias mulheres de aparência robusta, cuja legenda dizia PESCADORAS DE SUGASHIMA. Pensei no meu próprio pai, mas só consegui imaginá-lo afastando-se de mim, curvado e cansado, desaparecendo por uma terrível porta final.

Você prometeu que me levaria contigo.

Eu queria gritar de novo, senti o som arranhando e se contorcendo na minha garganta. Queria vomitar. Queria fugir e continuar correndo até cair em outro mundo, um mundo melhor.

E, então, lembrei-me do livro. Perguntei-me se o sr. Locke o havia me dado justamente para este momento, sabendo o quanto eu precisaria dele.

Puxei-o de minha saia e passei o polegar sobre o título gravado. Ele se abriu para mim como uma pequena Porta encadernada em couro com dobradiças feitas de cola e fio encerado.

Atravessei-a correndo.

As dez mil portas: um estudo comparativo de passagens, portais e entradas na mitologia mundial

Este texto foi produzido por Yule Ian Scholar para a Universidade da Cidade de Nin, entre os anos 6908 a —, em satisfação parcial por sua conquista da Maestria.

A presente monografia refere-se às permutações de um tema que se repete nas mitologias do mundo: passagens, portais e entradas. Tal estudo pode parecer, à primeira vista, padecer desses dois pecados capitais da academia – frivolidade e trivialidade –, mas a intenção do autor é demonstrar o significado das portas como realidades fenomenológicas. As potenciais contribuições para outras áreas de estudo – gramática, glotologia, antropologia – são inúmeras, mas, se o autor se permite a presunção, este estudo pretende ir muito além das limitações de nosso conhecimento atual. De fato, essa pesquisa pode remodelar nossa compreensão coletiva das leis físicas do universo.

A tese central é simplesmente esta: passagens, portais e entradas comuns a todas as mitologias têm origem em anomalias físicas que permitem que os usuários viajem de um mundo para outro. Ou, para simplificar: essas portas realmente existem.

As páginas seguintes oferecerão extensa evidência na defesa de tal conclusão e fornecerão um escopo de teorias sobre natureza, origens e função das portas. As propostas mais significativas incluem:

i) que portas são portais entre um mundo e outro, que existem apenas em lugares de ressonância particular e indefinível (o que os filósofos físicos chamam de "acoplamento fraco" entre dois universos). Embora a construção humana – batentes, arcos, cortinas etc. – possa cercar uma porta, o próprio fenômeno natural preexiste sua decoração em todos os casos. Parece também que esses portais são, por alguma peculiaridade da física ou da humanidade, extremamente difíceis de se encontrar.

ii) que esses portais geram um certo grau de vazamento. Matéria e energia fluem livremente através deles, assim como pessoas, espécies desconhecidas, música, invenções, ideias – todo tipo de coisas que geram mitologias, em resumo. Se seguirmos as histórias, quase sempre encontraremos uma porta enterrada em suas raízes.[1]

iii) que esse vazamento e a narração de histórias resultante foram e continuam sendo cruciais para o desenvolvimento cultural, intelectual, político e econômico da humanidade, em todos os países. Na biologia, é a interação entre a mutação genética aleatória e a mudança ambiental que resulta em evolução. Portas introduzem *mudanças*. E da mudança vêm todos os desdobramentos: revolução, resistência, empoderamento, revolta, invenção, colapso, reforma – em suma, todos os mais vitais componentes da história humana.

iv) que as portas são, como a maioria dos artefatos preciosos, frágeis. Uma vez fechadas, não podem ser reabertas por qualquer meio que este autor tenha descoberto.

As evidências que sustentam as teorias i-iv foram divididas em dezoito subcategorias, apresentadas a seguir.

***

Pelo menos, esse é o livro que eu pretendia escrever quando era jovem e arrogante.

Sonhava com evidências incontestáveis, respeitabilidade acadêmica, publicações e palestras. Tenho caixas e mais caixas de cartões de anotação perfeitamente organizados, cada qual descrevendo um pequeno tijolo em um imenso muro de

---

1 Estudiosos anteriores tiveram êxito em coletar e documentar essas histórias, mas não foram capazes de *acreditar* nelas e por isso não encontraram o único artefato que une todos os mitos: portas. Veja James Frazer, *The golden bough: a study in magic and religion*, 2. Ed. (Londres: Macmillan and Co. Limited, 1900).

pesquisa: uma história indonésia sobre uma árvore dourada cujos galhos formavam um arco cintilante; uma referência em um hino gaélico aos anjos que voam através dos portões do céu; a lembrança de uma porta de madeira entalhada no Mali, desgastada pelo tempo e enegrecida por séculos de segredos.

Este não é o livro que escrevi.

Em vez disso, escrevi algo estranho, profundamente pessoal, altamente subjetivo. Sou um cientista estudando a própria alma, uma cobra engolindo o próprio rabo.

No entanto, mesmo que eu pudesse domar meus impulsos e escrever algo acadêmico, temo que isso não importe, porque quem levaria a sério minhas alegações sem provas concretas? Provas que não posso fornecer, porque desaparecem praticamente assim que as encontro. Há uma névoa rastejando nos meus calcanhares, engolindo meus passos e apagando minhas evidências. *Fechando as portas.*

O livro que você tem em mãos não é, portanto, um trabalho respeitável financiado por uma bolsa de estudos. Não se beneficiou de supervisão editorial e contém poucos fatos passíveis de verificação. É apenas uma história.

Eu o escrevi assim mesmo, por duas razões:

Primeira, porque o que está escrito é o que é verdadeiro. As palavras e seus significados têm peso no mundo da matéria, moldando e remodelando as realidades através da alquimia mais antiga. Até meus próprios escritos – tão abominavelmente impotentes – podem ter poder suficiente para alcançar a pessoa certa, dizer a verdade exata e mudar a natureza dos fatos.

Segunda, meus longos anos de pesquisa me ensinaram que todas as histórias, mesmo o pior dos contos populares, são importantes. São artefatos e palimpsestos, enigmas e histórias. São os fios vermelhos que nós podemos seguir para sair do labirinto.

Espero que esta história seja o seu fio e que, no fim dele, você encontre uma porta.

Capítulo Um

Uma introdução à srta. Adelaide Lee Larson e suas explorações formativas
Sua linhagem e juventude • A abertura de uma porta • O fechamento de uma porta • As mudanças forjadas na alma de uma jovem

A senhorita Adelaide Lee Larson nasceu em 1866.

O mundo acabara de sussurrar a palavra *moderno* para si mesmo, juntamente de palavras como *ordem* e *livre comércio irrestrito*. Ferrovias e linhas de telégrafo serpenteavam pelas fronteiras como longas fileiras de pontos de costura; impérios mordiscavam as costas da África; moinhos de algodão agitavam-se e zumbiam como bocas abertas, engolindo trabalhadores encurvados e exalando vapor fibroso.

Mas outras palavras, mais antigas – como *caos* e *revolução* – ainda permaneciam nas margens. As rebeliões europeias de 1848 pairavam como fumaça de pólvora no ar; os sipaios da Índia ainda podiam saborear o motim em suas línguas; as mulheres sussurravam e conspiravam, costurando faixas e produzindo panfletos; libertos tomavam posição à luz sangrenta de sua nova nação. Todos os sintomas, em suma, de um mundo ainda cheio de portas abertas.

Mas a família Larson estava, de maneira geral, totalmente desinteressada nos acontecimentos do restante do mundo, e o restante do mundo educadamente retribuía seus sentimentos. Sua fazenda estava escondida em um trecho verde de terra no meio do país, exatamente onde o coração da nação estaria se fosse um corpo vivo, que as tropas de ambos os lados da Guerra Civil haviam ignorado enquanto passavam. A família cultivava milho suficiente para alimentar a si e às quatro vacas leiteiras, colhia cânhamo suficiente para vender rio abaixo para as enfardadeiras de algodão do sul, e salgava carne de veado suficiente para impedir que seus dentes tiritassem no inverno até se soltarem. Seus interesses iam pouco além das fronteiras dos seus sete acres, e suas visões políticas nunca se tornaram mais complexas do que o ditado de Mama Larson de que "quem é rico fica cada vez mais rico". Quando, em 1860, o jovem Lee Larson teve um ímpeto de patriotismo e correu para a cidade para dar seu voto a John Bell, que imediatamente perdeu não apenas para o sr. Lincoln, como também para Douglas e Breckenridge, isso apenas confirmou a suspeita de seu clã de que politicagem era um ardil destinado a distrair o povo trabalhador de seus negócios.

Nada disso distinguia os Larson de qualquer um de seus vizinhos. Parece improvável que algum biógrafo, cronista ou mesmo um jornalista local tenha publicado seus nomes até este momento. As entrevistas conduzidas para este estudo deram-se numa situação forçada e de desconfiança, como interrogar estorninhos ou veados de cauda branca.

Havia apenas um fato notável sobre a família: quando Adelaide Lee nasceu, todos os últimos Larson vivos eram mulheres. Por falta de sorte, insuficiência cardíaca e covardia, seus maridos e filhos haviam deixado para trás um bando de mulheres de traços fortes que eram tão parecidas entre si que era como ver a vida de uma única mulher se dividir em todas as fases possíveis.

Lee Larson foi o último a partir. Com sua característica falta de sincronia, ele esperou até que a Confederação estivesse mal das pernas para marchar rumo ao sudeste para se juntar às tropas. Sua recém-esposa – uma desenxabida jovem do condado vizinho – encolheu-se em casa e esperou por notícias. As notícias não chegaram. Em vez disso, dezessete semanas depois, o próprio Lee Larson apareceu à noite com um uniforme esfarrapado e uma bola de chumbo na nádega esquerda. E partiu novamente quatro dias depois, caminhando rumo a oeste com uma expressão apreensiva. Durou apenas tempo suficiente para conceber um filho com a esposa.

Adelaide Lee tinha três anos quando sua mãe sucumbiu à tuberculose e à depressão e definhou até a morte; daí em diante, ela foi criada pela avó e quatro tias.

Assim, Adelaide Lee nasceu da má sorte e pobreza e foi criada pela ignorância e solidão. Que essa ignóbil história de origem lhe sirva de lição valiosa de que as origens de uma pessoa não costumam prenunciar sua conclusão, pois Adelaide Lee não se transformou em mais uma Larson apagada.[2] Ela se tornou algo completamente diferente, algo tão radiante, livre e intenso que um único mundo não podia contê-la e ela foi obrigada a encontrar outros.

***

O nome Adelaide – um nome adorável e feminino que veio de sua tataravó, uma mulher franco-alemã tão pálida e desenxabida quanto a mãe de Adelaide – estava fadado ao fracasso. Não porque a própria criança levantasse objeções quanto a ele, mas simplesmente porque o nome não "pegou" nela, assim como água escorrendo de um telhado de zinco. Aquele era um nome que combinaria com uma garota delicada que fazia suas orações todas as noites, mantinha suas camisolas limpas e baixava os olhos quando os adultos se dirigiam a ela. Não era um nome para aquela magricela selvagem e encardida que agora ocupava a casa das Larson da mesma forma que um prisioneiro de guerra ocuparia um campo inimigo.

Em seu quinto aniversário, todas as mulheres da casa, exceto sua tia Lizzie (cujos hábitos não podiam ser alterados por nenhuma força menor do que um tiro de um canhão) já haviam admitido a derrota e a chamavam de Ade. Ade era um nome

---

2 Como outros estudiosos observaram (ver Klaus Bergnon, "An Essay on Destiny and Bloodright in Medieval Works", em palestra na American Antiquarian Society, 1872), a importância do sangue e da ascendência é uma suposição frequentemente repetida em muitos contos de fadas, mitos e fábulas.

mais curto e mais áspero, que se prestava mais a gritos de advertência e admoestações. Este sim pegou, embora o mesmo não tenha acontecido com as advertências.

Ade passou a infância explorando, cruzando pra lá e pra cá os sete acres como se tivesse deixado cair algo precioso e esperasse encontrá-lo de novo ou, mais precisamente, como um cachorro em uma guia curta, pressionando contra sua coleira. Ela conhecia a terra daquela forma que só uma criança pode conhecer, com uma intimidade e fantasia que raríssimos adultos jamais atingiriam. Ela sabia onde os plátanos haviam sido escavados por raios, virando esconderijos secretos. Sabia onde os cogumelos eram mais propensos a levantar a cabeça pálida nos círculos de fadas, e onde o ouro dos tolos brilhava abaixo da superfície do riacho.

Em particular, conhecia cada tábua e viga do casebre caindo aos pedaços que ficava nos confins das terras de sua família, um pequeno trecho de campo de feno que já fora um sítio separado. Quando os Larson compraram a propriedade, a casa foi abandonada e passou os anos seguintes afundando na terra como uma criatura pré-histórica presa em um poço de piche. Mas, para Ade, ela era tudo: um castelo em ruínas, um forte avançado, uma mansão de piratas, um covil de bruxas.

Como fazia parte de sua propriedade, as Larson não proibiam expressamente suas brincadeiras por lá. No entanto fitavam-na de cenho franzido quando retornava cheirando a madeira podre e cedro, e proferiam terríveis alertas sobre a casa ("É assombrada, sabe, todo mundo diz isso") e sobre o inevitável destino daqueles que saíam perambulando por aí. "Seu pai era um andarilho, sabia?" – sua avó assentia sombriamente – "e o que de bom isso nos trouxe?". Costumavam pedir a Ade que refletisse sobre a vida de seu pai – uma esposa abandonada, uma filha órfã, tudo por causa de sua inquietação –, mas isso provou ser uma advertência ineficaz para Ade. O pai a abandonara, sem dúvida, mas também tinha visto amor e guerra e

AS DEZ MIL PORTAS

talvez um pouco do inebriante mundo além da fazenda, e tal aventura não tinha preço.

(Ao que tudo indica, a vida de Lee Larson foi mais definida pela impulsividade e pela covardia do que por um espírito aventureiro, mas uma filha deve encontrar o valor que puder em seu pai. Especialmente se ele está ausente.)

Às vezes, Ade saía perambulando por aí com um objetivo em mente, como quando se escondia a bordo de algum trem da Central de Illinois e fazia todo o percurso até Paducah antes que algum funcionário da ferroviária a apanhasse; às vezes simplesmente se deslocava pelo movimento em si, como fazem os pássaros. Passava dias inteiros caminhando ao longo da serpenteante margem do rio, observando os barcos a vapor passarem exalando fumaça das chaminés. Vez por outra, fingia ser um membro da tripulação, debruçada sobre a amurada; mais frequentemente, imaginava que era o próprio barco a vapor, um ente construído com o único propósito de chegar e partir.

Se desenhássemos suas andanças de infância em um mapa, representássemos suas descobertas e os destinos percorridos em forma topográfica e traçássemos sua trajetória sinuosa por eles, nós a veríamos como uma garota resolvendo um labirinto do centro para fora, um minotauro tentando se libertar.

Aos quinze anos, Ade estava extremamente irritada com suas andanças em círculos, melancólica com a mesmice de seus dias. Ela poderia ter se fechado em si mesma, curvada pelo peso do labirinto invisível ao seu redor, mas foi resgatada por um evento tão poderosamente estranho que a deixou permanentemente insatisfeita com o trivial e convencida da existência do extraordinário: encontrou um fantasma no velho campo de feno.

Aconteceu no início do outono, quando o mato alto do campo adquiria uma coloração castanho-avermelhada com nuances rosadas, e o grasnar dos corvos ecoava pelo ar limpo. Ade ainda visitava regularmente o antigo casebre nos limites da propriedade, embora estivesse velha demais para brincar de faz-de-conta. No dia em que viu o fantasma, planejava escalar os blocos ásperos da chaminé e se empoleirar no telhado para observar os estorninhos em seu padrão de voo maluco.

Ao se aproximar, viu uma figura escura próxima ao casebre em ruínas. Interrompeu sua caminhada. Não havia dúvida de que suas tias a aconselhariam a dar meia-volta imediatamente e retornar para casa. A figura era ou um estranho, que deveria ser evitado a todo custo, ou um fantasma da própria construção, que deveria ser tratado da mesma forma.

Ade, no entanto, viu-se atraída tal qual uma agulha de bússola.

– Olá? – gritou ela.

A figura se contraiu. Era alguém alto e esguio, com jeito de menino, mesmo à distância. Ele gritou algo de volta para ela, mas as palavras soaram embaralhadas.

– Desculpe, o que disse? – ela gritou novamente, porque boas maneiras eram aconselháveis ao se tratar tanto com estranhos quanto com fantasmas. Ele respondeu com outra série de palavras sem sentido.

Agora Ade estava perto o suficiente para vê-lo com clareza, e se perguntou se, no fim das contas, não deveria ter mesmo dado meia-volta: sua pele era escura, de um negro avermelhado para o qual Ade não conhecia um nome.

A família Larson não assinava o jornal sob o pretexto de que todas as notícias de que precisavam elas recebiam na igreja, mas, de vez em quando, Ade mendigava exemplares usados. Estava familiarizada, portanto, com os perigos que representavam homens negros desconhecidos – tinha lido as colunas descrevendo suas ofensas, os desenhos retratando seu apetite por mulheres brancas e inocentes. Nos desenhos, os homens eram monstruosos e tinham braços peludos, com roupas esfarrapadas e expressões fanfarronas. Mas o garoto no campo não se parecia com os desenhos dos jornais.

Era jovem – tinha a idade dela ou talvez um pouco menos – e seu corpo era liso e com membros longos. Ele vestia uma estranha composição de um tecido meio tosco, enrolado e dobrado ao seu redor em um padrão intrincado, como se tivesse roubado a vela de um navio e envolvido o corpo nela. Suas feições eram finas e de aparência delicada, seus olhos límpidos e escuros.

Ele falou novamente, uma série de palavras repletas de sílabas organizadas na entonação de perguntas. Ade imaginou que deveria ser um dialeto do inferno, conhecido apenas por fantasmas e demônios. As palavras mudaram repentinamente em sua boca e vogais familiares se encaixaram.

– Perdão, senhorita? Consegue me ouvir? – Seu sotaque era tão estranho, mas sua voz era meiga, gentil no trato, como se estivesse com receio de assustá-la.

Ade decidiu naquele momento que sua tia Lizzie estava certa: os jornais não valiam o papel em que eram impressos. O garoto à sua frente, com olhos amedrontados, roupas que mais pareciam lençóis de cama e voz macia, dificilmente representava uma ameaça à sua pessoa.

– Consigo entendê-lo – ela respondeu.

O menino se aproximou, confusão e incredulidade estampadas em seu rosto. Resvalou a mão nas pontas duras das plantas, parecendo surpreso ao senti-las contra sua palma. Então, ergueu a mão, hesitante, e pousou a palma pálida na bochecha de Ade. Ambos se sobressaltaram, como se nenhum deles acreditasse que o outro pudesse ser sólido.

Foi algo na gentileza, na inocência de sua surpresa, na delicadeza de suas mãos de dedos longos que subitamente deixou Ade menos cautelosa.

– Quem é você? E de onde exatamente você vem? – Se ele era um fantasma, era um membro perdido e hesitante da espécie.

Ele parecia buscar as palavras certas em algum escaninho abandonado de sua memória.

– Venho de... outro lugar. Não daqui. Atravessei uma porta na parede. – Ele apontou para trás, na direção do casebre em ruínas, para a porta da frente, vergada, que estava emperrada no batente desde antes do nascimento de Ade, o que a obrigava a entrar pela janela, escalando-a. Agora, a porta estava entreaberta, com uma fresta da largura do peito de um garoto magro.

Ade era uma garota racional o bastante para saber que garotos estranhos que perambulavam por sua propriedade vestidos com lençóis e alegando ser de outro lugar deveriam ser tratados com desconfiança. Ou ele estava louco ou estava mentindo, e nenhuma das duas opções era digna do seu tempo. Todavia, ela sentiu algo estremecer no peito enquanto ele falava, algo perigosamente parecido com esperança. Como se aquela história pudesse ser verdade.

– Aqui. – Ela deu um passo para trás e estendeu seu cobertor de flanela vermelho e branco, que mais parecia uma tenda de circo, sobre o mato alto. Pisou forte sobre ele, achatando-o, e se sentou, gesticulando para que ele se juntasse a ela.

O menino olhou para Ade com aquele encantador ar de surpresa novamente, esfregando os braços nus na brisa fria de outono.

– Parece que o clima é mais quente no outro lugar, não? Vista isso. – Ela tirou o rústico casaco de lona, uma peça de roupa passada tantas vezes de uma irmã para outra que já perdera todas as cores e o formato, e o entregou a ele.

Ele puxou as mangas sobre os braços, como um animal faria se lhe pedissem para usar uma segunda pele. Ade teve certeza de que ele nunca usara um casaco na vida, assim como teve certeza de que isso era impossível.

– Bem, vamos lá, sente-se e me conte tudo, garoto fantasma. Sobre o outro lugar.

Ele a encarou.

Perdoe-me a interrupção, e permita-me fazer aqui uma pausa para reintroduzir a cena da perspectiva do garoto:

ele saiu de um lugar muito distinto do antigo campo de feno e, enquanto ainda piscava sob o sol desconhecido, viu uma jovem diferente de tudo o que já vira antes. Ela veio em sua direção com passos largos, o vestido de botões escuros roçando silenciosamente a grama, os cabelos da cor de trigo no inverno emaranhados sob um largo chapéu. Agora, ela estava sentada diante de si, aquele rosto um tanto etéreo virado para cima encarando-o com candura no olhar, e se ela tivesse lhe pedido qualquer coisa no mundo, ele teria dado a ela.

Então, o menino se sentou e contou-lhe sobre o outro lugar.

Em outro lugar havia sal marinho e brisa marítima. Era uma cidade, ou talvez um país, ou talvez um mundo (seus substantivos eram imprecisos nesse ponto) onde as pessoas viviam em casas de pedra e usavam longas túnicas brancas. Era uma cidade pacífica, que se tornou próspera pelo comércio ao longo da costa e famosa pelo estudo hábil das palavras.

– Você tem muitos autores na sua cidade? – Ele não estava familiarizado com a palavra. – Pessoas que escrevem livros. Você sabe... aqueles troços longos e chatos, sempre sobre pessoas que não existem.

Um olhar de profunda consternação.

– Não, não. *Palavras.* – Ele tentou explicar mais a fundo, com muitas frases gaguejadas sobre a natureza da palavra escrita e a forma do universo, a espessura relativa da tinta e do sangue, o significado das línguas e seu estudo cuidadoso; mas entre seus verbos limitados e a tendência dela a rir, pouco progresso fizeram. Ele desistiu e, em vez disso, perguntou a ela sobre seu próprio mundo.

Ade respondeu o melhor que pôde, mas viu-se limitada por sua vida restrita. Sabia pouco sobre a cidade vizinha, e sobre o mundo inteiro somente aquilo que se podia aprender em duas séries na escola de um só cômodo.

– Não é tão emocionante quanto o seu, aposto. Conte-me sobre o oceano. Você sabe navegar? Quão longe você já foi?

Ele falou e ela escutou, e o crepúsculo envolveu a ambos como a asa de uma grande pomba. Ade notou o silencioso pôr do sol e o gorjear característico dos pássaros noturnos e sabia que já passava da hora de estar em casa, mas não conseguia partir. Sentia-se suspensa, pairando sem peso em algum lugar onde podia acreditar em fantasmas, magia e outros mundos, naquele estranho garoto negro e suas mãos que volta e meia apareciam através da penumbra.

– E ninguém onde eu vivo é como você. Aconteceu alguma coisa que removeu a sua pele? Será que... mas o que...? – O inglês do garoto transformou-se em uma sucessão de exclamações guturais que Ade entendeu que poderiam ser traduzidas universalmente por *Que* diabos *é isso?* Ele balançava as mãos no ar de um lado para o outro, olhando para o campo mergulhado em sombras.

– São vaga-lumes, garoto fantasma. Os últimos do ano. Você não tem desses do outro lado da sua porta?

– Vaga-lumes? Não, nós não temos desses. Para que servem?

– Não têm uma função. A não ser mostrar que está escuro e que você estará encrencada até o pescoço se não chegar em casa logo. – Ade suspirou. – Tenho que ir.

O garoto olhava para as estrelas da noite cintilando com um brilho condenatório acima deles. Soltou outra série de palavras que Ade não teve dificuldade em traduzir.

– Também devo partir. – Seus olhos escuros e brilhantes encontraram os dela. – Mas você vai voltar?

– Droga, num domingo? Depois de ficar fora até tarde? Terei sorte se elas não me trancafiarem no celeiro de feno até o Natal. – Ficou evidente que o garoto não compreendera vários substantivos importantes nesta frase, mas ele insistiu e eles concordaram: em três dias, ambos retornariam.

AS DEZ MIL PORTAS

– E a levarei de volta comigo, e você vai acreditar em mim.

– Combinado, garoto fantasma.

Ele sorriu. Era uma expressão tão boba e deslumbrada, como se o garoto não pudesse imaginar nada melhor do que encontrá-la neste campo dentro de três dias, que Ade não teve outro remédio senão beijá-lo. Foi um beijo desajeitado, um resvalar seco que por pouco não errou sua boca por completo, mas logo em seguida seus corações martelavam estranhamente em seus peitos e os membros de ambos formigavam e tremiam, então talvez não houvesse sido uma tentativa tão ruim, afinal.

Ade partiu a seguir como um redemoinho de saia e cobertor vermelho, e vários minutos se passaram até que o garoto conseguisse se lembrar exatamente de onde estava e para onde deveria ir.

Em casa, Mama Larson a recebeu com um sermão lamurioso sobre o destino de meninas que ficavam sozinhas lá fora até tarde da noite, o medo e a ansiedade que causara a suas queridas tias (tia Lizzie interrompeu para dizer que estava fula como uma lebre, não temerosa, e que Mama Larson podia falar apenas por si mesma) e a inevitabilidade do declínio da condição de mulher neste país.

– E onde está o seu *casaco*, criança tola?

– Em outro lugar – Ade respondeu após refletir brevemente, e subiu as escadas como se flutuasse pelo ar.

***

Ade descobriu que a provação semanal do culto dominical era um pouco mais fácil de suportar quando se nutria um delicioso e impossível segredo ardendo como um lampião dentro de si. Os moradores da cidade – que na verdade não eram moradores da cidade e estavam mais para um aglomerado de indivíduos broncos que viviam em fazendas tão isoladas e distantes quanto a família Larson, e se reuniam apenas para leilões, funerais e Deus – distribuíam-se pelos bancos com as mesmas expressões entorpecidas que carregavam todo domingo, e Ade sentiu-se à parte deles de uma forma nova e bastante agradável. O sermão do reverendo McDowell gorgolejou à sua volta como um rio desviando-se de uma pedra.

As Larson sempre se sentavam na terceira fileira a partir dos fundos, porque Mama Larson insistia que era falta de humildade sentar-se na primeira fileira, mas indelicado sentar-se muito atrás, e porque todas elas desfrutavam da sensação de superioridade ao testemunhar os retardatários entrando e deslizando para o último banco com seus pescoços curvados. Naquele domingo, o último banco estava ocupado por alguns membros da família Buhler, com seus rostos corados, e pelo garoto Hanson, que estava na casa dos quarenta anos, mas que ainda era chamado de "garoto" porque o tempo que passara na guerra havia abalado o seu juízo. Mas, faltando pouco para terminar o sermão, o que se constatava pelo volume e pela transpiração crescentes de McDowell, um homem que Ade não reconheceu entrou na igreja e enfiou-se na penúltima fileira.

Ade não sabia muito sobre o restante do mundo, mas sabia com certeza que aquele homem era de lá. Tudo nele denunciava precisão e ordem. Seu casaco de lã era curto e distinto, revelando um longo comprimento de calças pretas impecavelmente passadas. O bigode grisalho estava aparado com precisão cirúrgica. Houve um burburinho quase imperceptível quando cada membro da congregação tentou olhar para o forasteiro sem que mais ninguém os visse encarando.

O culto terminou e o fluxo de pessoas se afunilou em torno do intruso. Algumas das famílias do primeiro banco encarregaram-se de fazer apresentações e perguntas. Esperavam que ele tivesse desfrutado do pequeno culto (embora Ade estivesse convencida de que "desfrutar" não era nem sequer uma meta distante do Reverendo McDowell) e se perguntaram sobre sua ocupação na área. Teria parentes na região? Ou negócios no rio?

– Agradeço gentilmente, senhores, mas não, não tenho interesse em barcos. Confesso que sou um homem da terra, procurando por potenciais propriedades. – Sua voz propagou-se por sobre as cabeças da congregação, um som anasalado e estrangeiro, e Mama Larson bufou ao lado de Ade. Ninguém deveria falar mais alto do que um murmúrio respeitoso enquanto está sob o teto da igreja.

– Ouvi dizer em Mayfield que pode haver uma área cultivável acessível por aqui... aparentemente assombrada e pouco usada... e aproveitei a oportunidade para me apresentar a vocês. – Houve uma retração ao redor do estranho, um afastamento. Ade deduziu que não gostavam muito da ideia de um nortista de cidade grande invadindo a igreja apenas para ludibriá-los em busca de terras baratas. Não estavam tão ao sul assim para que os oportunistas não passassem de tirinhas ruins no jornal de domingo, mas eles conheciam os sinais. Pelo tom de suas respostas murmuradas, Ade adivinhou que o estavam rechaçando (*Não, senhor, não há terra por perto, você terá que procurar em outro lugar*).

O fluxo de pessoas começou a se dispersar e sair e Ade seguiu atrás de tia Lizzie pelo corredor. O estrangeiro ainda sorria com afável condescendência para todos, destemido. Ade parou.

– Temos uma casa em nossa propriedade que todo mundo sabe que está cheia de assombrações! Vi uma pessoalmente, ontem mesmo, mas não está à venda – disse ela ao estranho. Não sabia por que falara isso, apenas que queria acabar com a presunção dele e provar que não eram pobretões do meio rural que venderiam terras a baixo custo por superstição infundada. E talvez porque estivesse curiosa, faminta pela alteridade mundana do homem.

– Então você sabe. – O homem sorriu para ela de uma forma que deveria julgar ser encantadora e se inclinou para mais perto. – Permita-me acompanhá-la até lá fora, nesse caso. – Ade viu seu braço preso à manga do terno dele, seus pés tropeçando ao lado dos dele. Suas tias já estavam do lado de fora, provavelmente se abanando e fofocando. – Agora, conte-me, qual é a natureza dessas assombrações? O que você viu, exatamente?

Mas seu desejo de falar com o homem evaporara. Ela puxou a mão para longe, dando de ombros de um jeito impertinentemente adolescente, e teria lhe dado as costas sem dizer mais nada se os olhos dele não houvessem capturado os dela. Eram da cor da lua ou de moedas, indizivelmente frios, mas também de alguma forma atraentes, como se possuíssem sua própria força gravitacional.

Mesmo anos depois, encolhida ao meu lado no calor lânguido do sol do fim da tarde, Ade estremeceria um pouco ao descrever aquele olhar.

– Conte-me tudo – o estranho sussurrou.

E Ade contou.

– Bem, eu estava indo para a velha cabana sem nenhum motivo especial e havia um garoto fantasma esperando lá. Ou, pelo menos, foi o que pensei que ele fosse a princípio, porque ele era negro, estava vestido de maneira estranha e falava em línguas. Mas ele não veio do inferno nem nada. Não sei exatamente de onde veio, só que ele tinha acabado de sair pela porta da cabana. E estou feliz que ele tenha feito isso, gostei dele, gostei de suas mãos... – Ela se interrompeu, cambaleando e um pouco sem fôlego.

O sorriso pseudocharmoso retornou ao rosto do estranho enquanto ela falava, só que agora havia uma espécie de quietude predatória por baixo.

– Muito obrigado, senhorita...?

– Adelaide Lee Larson. – Ela engoliu em seco, pestanejando. – Desculpe-me, senhor, minhas tias estão chamando.

Ela atravessou rapidamente as portas da igreja sem fitar o estranho de terno elegante. Mas sentiu os olhos dele como um par de moedas pressionadas na sua nuca.

AS DEZ MIL PORTAS

**

Por causa do coração mole de suas tias, as punições de Ade nunca variavam. Ela ficou confinada no cômodo do andar de cima, onde todas dormiam (exceto Mama Larson, que não dormia, apenas cochilava ocasionalmente em várias posições semissupinas no andar de baixo) pelos dois dias seguintes. Ade suportou esse confinamento com impaciência – as mulheres Larson passaram aqueles dias assombradas por estrondos e pancadas acima delas, como se a casa abrigasse um *poltergeist* particularmente desagradável –, mas sem real resistência. Na sua opinião, era melhor embalá-las em complacência antes de sair pela janela e descer pela madressilva na noite do terceiro dia.

Na segunda-feira, Ade recebeu uma cesta de roupas lavadas para dobrar e algumas pilhas de roupas de baixo rasgadas para consertar, porque tia Lizzie insistia que ficar deitada na cama o dia todo era mais recompensa do que punição, e disse que ela também estava pensando em fugir à noite no dia seguinte para ver se também seria trancada no andar de cima para ter algum descanso. Na hora do almoço, o andar de cima se encheu com o aroma gorduroso de bacon frito e feijão. Ade jogou uma Bíblia no chão para lembrá-las de lhes trazerem algo para comer.

Nenhuma de suas tias apareceu, entretanto. Houve um barulho autoritário na porta da frente, seguido pelo silêncio atônito de cinco mulheres tão desacostumadas a receber visitas que não tinham certeza de que curso de ação deveria ser tomado após uma batida na porta. Em seguida, um tímido arrastar de cadeiras, e a porta rangendo. Ade se deitou no chão e pressionou a orelha nas tábuas de pinho.

Não ouviu nada além dos murmúrios baixos e estrangeiros de um homem desconhecido em sua cozinha, e a voz das cinco mulheres se elevando e baixando como um bando alvoroçado de pássaros do rio. A certa altura, uma gostosa gargalhada retumbou, estrondosamente vazia e bem-estudada. Ade pensou no homem da cidade grande no culto da igreja e sentiu uma estranha tristeza, um receio de algo que não conseguia identificar pairando em seu horizonte.

O homem foi embora, a porta se fechou, e o chilrear das tias foi crescendo até se transformar em algo semelhante a cacarejos.

Passou-se uma hora ou mais até que tia Lizzie lhe trouxesse um prato de feijão frio.

– E quem era aquele na porta? – Ade perguntou, ainda deitada no chão, encontrando-se paralisada por uma combinação de cansaço e um medo profundo.

– Não é da sua conta, curiosa. Um pouco de boas notícias apenas. – Lizzie parecia bastante satisfeita ao dizer isso, como uma mulher escondendo uma grande surpresa. Se tivesse sido uma de suas outras tias, Ade poderia tê-la pressionado por mais informações, mas pressionar Lizzie era como pressionar uma montanha, com a diferença de que as montanhas não te surram por impertinência. Ade rolou de costas e observou os raios de sol se alongarem pelo teto do sótão, acumulando-se nos vãos entre as vigas. Perguntou-se como seria o sol em outro lugar, em algum outro mundo, e se realmente havia outros mundos para visitar. Já estava desaparecendo e se desfazendo tudo o que o garoto fantasma lhe dissera.

Na manhã do terceiro dia, Ade acordou com um pressentimento ruim pesando-lhe os membros. Suas tias e a avó ainda roncavam e fungavam ao seu redor em um mar de mantas e corpos de mulher. O nascer do sol estava relutante e cinzento, demorando muito a chegar.

Ade sentou-se tensa entre as tias enquanto elas se vestiam, desejando já sair pela janela e ir até o campo de feno. Seus ossos zumbiam e se estiravam; seus pés batiam contra as tábuas do chão. O cômodo estava apertado e úmido de hálito do sono.

– Vamos à cidade hoje – anunciou Mama Larson, e gesticulou para o seu chapéu de ir à cidade – uma enorme touca branca que ela havia comprado em determinado momento da década de 1850, e que parecia e cheirava cada vez mais como um coelho de pelúcia. – Mas você ficará aqui, Ade, por causa do ataque do coração que quase nos provocou.

Ade piscou de perplexidade. Então, assentiu resignadamente, porque parecia educado manter a ilusão de que obedeceria.

No momento em que todas as Larson efetivamente deixaram a casa – e isso demorou uma eternidade no rebuliço com vestidos e meias, seguido por outra leve eternidade no celeiro até conseguir convencer as mulas de que deveriam usar arreios e puxar uma carroça –, Ade estava quase tremendo com a ânsia de estar em outro lugar. Ela pegou uma maçã e o casaco de trabalho de sua tia Lizzie e saiu apressada, quase correndo.

Não havia ninguém esperando no velho casebre. Na verdade, não havia velho casebre no qual esperar: o campo estava vazio, sem nada que se destacasse na paisagem, deserto, a não ser por alguns corvos de aparência rabugenta e uma fileira de estacas de ferro novas cravadas na terra.

Ade fechou os olhos lutando contra uma súbita tontura que a desorientou e a fez cambalear. No local onde costumava ficar o casebre, ela encontrou um caos de madeira destruída, como se a mão de um gigante tivesse despreocupadamente descido do céu para derrubá-la.

Não restava mais nada da porta além de algumas lascas de madeira manchadas de líquen.

***

Os lampiões estavam acesos nas janelas quando ela chegou em casa. As mulas haviam retornado ao pasto e pareciam irritadas e manchadas de suor; Ade podia ouvir o cacarejar de satisfação de suas tias na cozinha. O riso parou quando ela abriu a porta.

As cinco mulheres estavam reunidas em volta da mesa da cozinha, admirando uma pilha de caixas de compras com listras cor de creme. Papéis de embalagem pareciam flutuar ao redor delas como nuvens amassadas, e cada uma das mulheres estava com as bochechas coradas por alguma euforia secreta. Seus sorrisos eram estranhos, parecendo de menininhas.

– Adelaide Lee, *onde você...*

– Por que há estacas de marcação em nossa terra? – perguntou Ade. Ela reparou que cada uma de suas parentes vestia-se de maneira mais luxuosa do que haviam estado naquela manhã, com uma profusão de fitas de veludo e até as estranhas curvas das anquinhas sob as saias de cores vivas. De seu vestido enlameado com as tranças emaranhadas, Ade sentiu-se subitamente distante de todas elas, como se ela e suas tias estivessem em lados opostos de uma sala muito grande.

Foi Mama Larson quem respondeu.

– Tivemos um pouco de sorte, finalmente. – Ela indicou a mesa da cozinha com um gesto majestoso. – Aquele homem da cidade grande apareceu ontem e nos ofereceu um bom dinheiro pelo velho campo de feno. Um dinheiro *muito* bom. – As tias soltaram risadinhas. – E não havia razão alguma para não aceitarmos. Ele nos pagou em dinheiro vivo... Estava todo enfiado nos seus bolsos! E eu assinei a escritura no ato. De que serve um campo de feno tomado pelo mato, afinal? – A última frase parecia ter sido dita várias vezes entre elas no dia anterior.

Tia Lizzie aproximou-se de Ade com uma caixa.

– Não fique com essa cara, Adelaide. Olhe, eu pretendia guardá-lo para o seu aniversário, mas... – Ela abriu a caixa para mostrar a Ade uma longa peça de algodão azul-pervinca. – Achei que combinaria com seus olhos.

Ade descobriu que sua voz a abandonara por completo. Deu uns tapinhas na mão de Lizzie, torcendo para que pensassem que estava consumida pela gratidão, e subiu correndo as escadas antes que suas lágrimas pudessem escorrer traiçoeiramente pelas bochechas.

Arrastou-se como um animal para o centro da cama de corda. Sentia-se como se houvesse sido esfolada até ficar em carne viva, como se o mato do campo tivesse pontas afiadas, dilacerando aquela sua parte infantil que acreditava em aventura e magia.

Permanecera ao lado das ruínas do casebre o dia todo, sabendo que o garoto fantasma não apareceria, mas esperando mesmo assim.

Talvez nunca tivesse existido um outro lugar, e ela era simplesmente jovem, solitária e tola, e fantasiara uma história sobre um garoto fantasma e outro mundo para lhe fazer companhia. Talvez não houvesse nada além do mundo restringido pelas regras de suas tias e avó, real assim como pão de milho e tão maçante e sujo quanto a terra.

Chegou muito perto de acreditar naquilo. Mas descobriu que havia algo novo dentro de si, alguma semente selvagem enterrada em seu peito, que não podia aceitar o mundo como ele era.

Veja bem, portas não são apenas portas: podem ser fissuras e rachaduras, passagens, mistérios e fronteiras. Mais do que qualquer outra coisa, porém, portas são mudanças.[3] Quando algo passa por elas, não importa quão pequenas ou breves, as mudanças o acompanham como golfinhos seguindo o rastro de um navio. A mudança já havia acontecido em Adelaide Lee, e ela não podia dar meia-volta.

---

3 Essa teoria – descrita no prefácio como conclusão iii – baseia-se em décadas de pesquisa de campo, mas também é indiretamente sustentada por muitos trabalhos acadêmicos no Ocidente. Considere, por exemplo, o *Ystoria Mongalorum*, uma respeitada obra sobre as primeiras explorações europeias que detalha a jornada de João de Plano Carpini à corte mongol na década de 1240. Nela, Carpini afirma que uma grande mudança ocorrera entre os tártaros várias décadas antes, o que não poderia ser explicado por meios razoáveis. Ele relata um mito mongol popular de que seu Grande Khan havia desaparecido durante um período quando criança, atravessando uma porta amaldiçoada em uma caverna e não retornando por sete anos. Talvez, teorizou Carpini, houvesse passado algum tempo em "um mundo que não era o seu" e retornado com a terrível sabedoria necessária para conquistar o continente asiático. Talvez não se possa entrar por uma porta e retornar sem mudar o mundo.

E, então, naquela noite, deitada meio perdida e de coração partido em sua cama, Ade decidiu acreditar. Acreditou em algo insano e diferente, na sensação dos lábios secos do garoto contra os seus enquanto escurecia, na possibilidade de haver lugares entreabertos no mundo através dos quais seres estranhos e maravilhosos pudessem se infiltrar.

Ao acreditar, Ade sentiu as incertezas dispersas de sua juventude desaparecendo. Ela era um cão de caça que finalmente detectara o cheiro que buscava, um marinheiro perdido que de repente recebe uma bússola. Se as portas fossem reais, ela as procuraria, dez ou dez mil delas, e cairia em dez mil vastos outros lugares.

E um deles, um dia, poderia levar a uma cidade à beira-mar.

3
Uma Porta para qualquer lugar

Sabe a sensação de acordar em um aposento desconhecido sem saber como chegou lá? Por um minuto, você está apenas flutuando, suspenso no desconhecido atemporal, como Alice caindo para sempre na toca do coelho.

Eu acordara quase todas as manhãs da minha vida naquele quartinho cinza no terceiro andar da Mansão Locke. As tábuas de chão desbotadas pelo sol, a estante requenguela transbordando com pilhas de livros, Bad espalhado ao meu lado como uma fornalha peluda: tudo era tão familiar quanto a minha própria pele. Mas ainda assim – por um único momento, eu não sabia bem onde estava.

Não sabia por que havia trilhas de sal grosso nas minhas bochechas. Não sabia por que havia um vazio dolorido logo abaixo das minhas costelas, como se algo vital tivesse sido cortado de mim durante a noite. E não sabia por que a quina de um livro estava espetada na minha mandíbula.

Lembrei-me do livro primeiro. Um campo de feno coberto de vegetação crescida além da conta. Uma garota e um fantasma. Uma porta que levava maravilhosamente a outro lugar. E uma estranha e ecoante sensação de familiaridade, como se eu já tivesse ouvido a história antes e não conseguisse lembrar o final. Como ele foi parar no meu baú egípcio azul? E quem o escreveu, para começo de conversa? E por que tinha a sensação de que Ade Larson era uma amiga que tive quando criança e depois esqueci?

(Eu podia me sentir debruçando-me desesperadamente sobre esses agradáveis mistérios. Como se houvesse algo mais pairando nos limites da minha visão, esperando para atacar se eu olhasse diretamente para ele.)

Ouvi Jane se mexendo na cama do outro lado do quarto.

– January? Você está acordada?

Algo em sua voz, uma hesitação incomum, uma delicadeza receosa, me fez pensar: *ela sabe.*

E depois: *sabe o quê?*

E então eu lembrei. *Papai está morto.* A coisa enorme e fria brotou das sombras e me comeu inteira, e tudo ficou meio acinzentado, sem brilho e aparentemente distante. Minha história de aventura e mistério tornou-se nada além de um livro encadernado em couro.

Ouvi Jane se levantando, espreguiçando-se, vestindo-se para o dia. Tive a sensação sombria de que ela iria me dizer algo, algo reconfortante ou consolador, e tal pensamento era como uma escova de arame na pele esfolada. Fechei os olhos e abracei Bad, puxando-o bem para junto de mim.

Então, o rangido da janela se abrindo, e uma brisa quente e úmida agitou meus cabelos. Jane disse delicadamente:

– Que tal sairmos, hein? Está uma manhã adorável.

Era uma algo tão normal para ela sugerir num sábado de manhã. Esse era um de nossos rituais favoritos: passear pelos jardins com uma cesta de biscoitos, um monte de livros e uma colcha de retalhos que cheirava permanentemente a grama devido ao seu longo serviço prestado como toalha de piquenique. Pensando nisso agora – o silêncio pacífico; o som quente e sonolento das libélulas – era como pensar em um porto seguro durante uma tempestade.

Deus a abençoe, srta. Jane Irimu.

Descobri que era capaz de me sentar, levantar e fazer todos os meus movimentos matinais habituais. Acontece que, assim que você começa, o hábito e a memória mantêm seu corpo se movendo na direção certa, como um relógio de corda correndo obedientemente através dos segundos. Vesti-me de maneira aleatória: meias com vários furos nos calcanhares, uma saia parda lisa, uma blusa cor de peônia vários centímetros muito curta nos meus pulsos. Repeli mordidinhas empolgadas de Bad e arrastei uma escova pelo meu cabelo rebelde (tinha alimentado a esperança secreta de que a puberdade pudesse domesticar meu cabelo, mas ela o inspirara a novas e maiores alturas).

Quando saímos do quarto, eu havia alcançado uma normalidade falsa e frágil. E então tropecei no pacote à minha espera no corredor.

Era uma caixa tão perfeitamente branca e quadrada que eu sabia que devia ter vindo de uma daquelas lojas exclusivas de Nova York com um letreiro em letra cursiva dourada e vitrines brilhantes. Um bilhete fora meticulosamente disposto em cima dela:

Minha querida menina,
Embora você se sinta indisposta, solicito sua participação na festa de hoje à noite. Desejo lhe dar seu presente de aniversário.

Várias linhas foram riscadas neste ponto. Então:

Sinto muito por sua perda.
C.L.
P.S.: Arrume seu cabelo.

Locke não o ditara para seu secretário; era sua própria caligrafia arquitetônica. Ver tais linhas era como sentir seus olhos gélidos me pressionando novamente – *aceite isso* – e a coisa obscura e fria parecia se envolver mais firmemente ao meu redor.

Jane leu o bilhete por cima do meu ombro e contraiu os lábios até que ficassem mais finos e duros que uma moeda de um centavo.

– Parece que nada poderá salvá-la da festa da Sociedade.

A festa anual – que eu vinha temendo há umas duas semanas – era hoje à noite. Eu tinha esquecido. Imaginei-me ziguezagueando através da multidão de gente branca e bêbada, passando por homens que riam alto e derramavam champanhe nos meus sapatos, desejando poder limpar da minha pele a sensação pegajosa de seus olhares. Todo mundo saberia sobre o meu pai? Se importariam? Senti o bilhete tremer na minha mão.

Jane pegou-o de mim, dobrou-o e o meteu no bolso de sua saia.

– Deixe isso pra lá. Ainda temos boas horas até o anoitecer. – E ela enfiou minha mão sob o cotovelo e nos guiou, descendo dois lances de escada, passando pelas cozinhas onde os cozinheiros estavam muito atormentados e suados para nos notar surrupiando geleia, pãezinhos e uma chaleira de café, e seguindo para os gramados imaculados da Mansão Locke.

Nós vagamos no começo. Pelos jardins cobertos, onde os jardineiros estavam ocupados matando qualquer criatura que parecesse viva demais ou indomável, ao longo das margens do lago, onde as garças gazeavam seu incômodo com Bad e as marolas se agitavam. Acabamos em um mirante natural, um gramado longe o bastante da casa, que nenhuma tesoura de jardim havia desnudado, com o campo estendendo-se diante de nós como uma toalha de mesa verde e amassada.

Jane serviu-se de café e mergulhou imediatamente no sétimo livro da série Tom Swift (Jane passara de cética para viciada em ficção barata; assim, o vício de infância de Samuel reivindicara outra vítima). Eu não estava lendo nada. Deitei-me na colcha, olhei para a lisa casca de ovo do céu e deixei o sol brilhar e chiar na minha pele. Quase podia ouvir o sr. Locke soprando no meu ouvido: *não está fazendo nenhum favor à sua pele, menina.* Meu pai nunca pareceu se importar.

Não queria pensar no meu pai. Queria pensar em alguma outra coisa, qualquer outra coisa.

– Você já quis sair? – A pergunta escapou da minha boca antes que eu tivesse tempo de entender de onde ela veio.

Jane depositou o livro aberto e emborcado na colcha e olhou para mim.

– Sair de onde?

– Não sei, da Mansão Locke. De Vermont. De tudo.

Houve um breve silêncio, durante o qual me dei conta simultaneamente de dois fatos. Primeiro, que eu era tão egoísta que nunca perguntara a Jane se ela queria ir para casa e, segundo, que não havia nada no mundo a segurando aqui, agora que meu pai e sua pensão semanal se foram. O pânico deixou minha respiração superficial e rápida. Será que também perderia Jane? Ficaria completamente sozinha? Dentro de quanto tempo?

Jane suspirou com cuidado.

– Sinto falta de casa... mais do que posso descrever. Eu penso nisso a todo instante. Mas não vou deixá-la, January. – Um *ainda* não dito parecia pairar entre nós como um espectro, ou talvez fosse um *até*. Senti vontade de chorar e me agarrar às saias dela, implorando para que ficasse para sempre. Ou implorando para ir embora com ela.

Mas Jane nos salvou do embaraço, perguntando gentilmente.

– *Você* quer ir embora?

Engoli em seco, afastando meu medo para algum tempo futuro, quando eu seria forte o suficiente para encará-lo de frente.

– Sim – respondi, e ao responder percebi que era verdade. Eu queria horizontes abertos, sapatos gastos e constelações estranhas girando sobre mim como enigmas da meia-noite. Eu queria o perigo, o mistério e a aventura. Como meu pai antes de mim? – Oh, *sim*.

Pareceu-me que eu sempre tive tais desejos, desde que era uma garotinha escrevendo histórias no diário de bolso, mas havia deixado para trás sonhos tão fantasiosos junto com a minha infância. Só que, na verdade, eu não os deixara para trás, simplesmente esquecera deles, deixara que se depositassem no fundo de mim como folhas secas. E então *As dez mil portas* apareceu e os rodopiou no ar novamente, uma profusão de sonhos impossíveis.

Jane não disse nada.

E nem precisava: nós duas sabíamos o quanto era improvável que eu deixasse a Mansão Locke. As jovens órfãs de cor estranha não se saíam bem no mundo lá fora, sem dinheiro ou perspectivas, mesmo que fossem "espécimes perfeitamente únicos". Locke era meu único abrigo e âncora agora que meu pai se fora. Talvez ele se compadecesse e me contratasse como secretária ou datilógrafa da W. C. Locke & Co., e eu me tornaria enfadonha e tímida, usaria óculos de lentes grossas no nariz e teria manchas de tinta permanente nos dois pulsos. Talvez ele me deixasse ficar no meu quartinho cinzento até eu ficar tão velha e desbotada que me tornaria um quase fantasma assombrando a Mansão Locke, alarmando os convidados.

Depois de algum tempo, ouvi o ruído regular de Jane virando as páginas de *Tom Swift among the diamond makers*. Olhei para o céu e tentei não pensar nas aventuras que nunca tive ou no pai que nunca mais veria ou na coisa obscura e fria ainda em volta de mim, tornando o sol de verão úmido e pálido. Tentei não pensar em nada.

Eu me pergunto se já houve uma garota de dezessete anos que quisesse menos do que eu participar de uma festa chique naquela noite.

Fiquei parada no limiar da porta do salão por vários minutos ou possivelmente um século, tomando coragem para dobrar a esquina e adentrar a névoa química de gomalina e perfume. Os garçons passavam por mim com reluzentes bandejas de taças de champanhe e canapés de aparência apetitosa. Não paravam para me oferecer nada, apenas manobravam ao meu redor, como se eu fosse um vaso fora do lugar ou uma luminária incômoda.

Respirei fundo, passei a palma da mão suada contra o pelo de Bad e entrei no salão.

Seria exagerado da minha parte afirmar que a sala inteira ficou parada ou que o silêncio reinou como quando uma princesa entrava em seu salão de baile nos meus livros, mas havia uma espécie de *sopro* silencioso ao meu redor, como se eu fosse escoltada por um vento invisível. Algumas conversas foram interrompidas quando os interlocutores se viraram para mim, sobrancelhas meio levantadas e lábios curvados.

Talvez estivessem olhando para Bad, firme e mal-humorado ao meu lado. Ele fora tecnicamente banido de todos os eventos sociais até o fim dos tempos, mas eu estava apostando que Locke não criaria caso em público e que Bad não machucaria ninguém sério o suficiente para exigir pontos. E, de qualquer maneira, não tinha certeza de que seria capaz de me forçar a sair fisicamente do meu quarto sem ele ao meu lado.

Ou talvez eles estivessem encarando a mim. Todos eles já tinham me visto antes, à sombra de Locke em todas as festas da Sociedade e banquetes de Natal, alternadamente ignorada ou paparicada. *Que vestido bonito você está usando, srta. January!* Cantarolavam para mim, rindo como um gorjeio de passarinho, da maneira que só as esposas ricas de banqueiros sabem fazer. *Oh, ela não é encantadora? Onde mesmo você disse que a encontrou, Cornelius? Zanzibar?* Mas eu era uma garotinha na época – uma inofensiva criatura intermediária vestida com roupa de boneca e treinada para falar educadamente quando interpelada.

Só que eu não era mais uma garotinha, e eles não estavam mais tão cativados. Durante o inverno, sofri todas essas misteriosas mudanças alquímicas que transformam repentinamente crianças em adultos desajeitados: estava mais alta, menos rechonchuda, menos confiante. Meu próprio rosto refletido nos espelhos dourados era estranho para mim, sem bochechas.

E também havia os presentes do sr. Locke agora em exibição: luvas compridas de seda, várias voltas de pérolas rosadas e um vestido drapeado de chiffon marfim e rosa que era tão obviamente caro que vi mulheres encarando e calculando, incrédulas. Até travei uma guerra diligente com o meu cabelo, que só poderia ser derrotado pela aplicação de um pente quente e pelo Maravilhoso Tratamento Condicionador de Madame Walker. Meu couro cabeludo ainda chiava levemente.

A conversa voltou de modo desajeitado à vida. Ombros e costas viraram-se decididamente, e leques rendados estalaram como escudos contra algum intruso. Bad e eu deslizamos ao redor deles e nos postamos como manequins descombinados em nosso canto de sempre. Os convidados nos ignoraram gentilmente, e eu estava livre para relaxar a postura e puxar os botões muito apertados do meu vestido e observar a multidão cintilante.

Era, como sempre, uma exibição impressionante. A criadagem havia polido todos os lustres e castiçais até a sala irradiar uma luz dourada sem fonte definida, e os tacos do piso de parquet foram encerados a ponto de oferecer risco de vida. Peônias transbordavam de enormes vasos esmaltados e uma pequena orquestra havia sido espremida entre um par de estátuas assírias. Toda a falsa realeza da Nova Inglaterra ataviada e cintilando uns para os outros era refletida uma centena de vezes pelos brilhantes espelhos.

Notei garotas da minha idade espalhadas pela multidão, com faces coradas e cabelos arrumados em cachos sedosos e perfeitos, os olhos correndo esperançosamente pelo salão (as páginas de fofocas do jornal local sempre exibiam uma coluna listando os solteiros mais elegíveis e sua fortuna estimada antes da festa). Imaginei todas se preparando e planejando por semanas, comprando o vestido ideal com as mães, fazendo e refazendo os penteados no espelho. E agora ali estavam elas, refulgindo com promessas e privilégios, seus futuros dispostos diante de si em uma ordenada procissão dourada.

Eu as odiava. Ou as odiaria, não fosse aquela coisa escura e sem forma que ainda estava enrolada firmemente em torno de mim, tornando difícil sentir qualquer outra emoção, a não ser uma abafada aversão.

Um barulho estridente ecoou pela multidão e as cabeças giraram como marionetes bem controladas. O sr. Locke estava parado embaixo do maior lustre, batendo no copo com uma colher de sobremesa para chamar atenção. Nem precisava disso: o sr. Locke era sempre olhado e escutado, como se gerasse seu próprio campo magnético.

A orquestra parou no meio do minueto. Locke levantou os braços em uma saudação benevolente.

– Senhoras, senhores, membros honrados da Sociedade, deixem-me agradecer a todos por comparecerem e beberem todo o meu melhor champanhe. – Risadas ressoaram em borbulhas douradas. – Estamos aqui, é claro, para celebrar o 48º aniversário da Sociedade Arqueológica da Nova Inglaterra, um pequeno grupo de estudiosos amadores que, perdoem minha arrogância, fazem o possível para contribuir com o nobre progresso do conhecimento humano. – Alguns aplausos obedientes. – Mas também estamos aqui para celebrar algo bem maior: o progresso da própria humanidade. Pois parece claro para mim que as pessoas reunidas aqui hoje à noite são testemunhas e administradores de uma nova era de paz e prosperidade de polo a polo. Todos os anos, vemos a redução de guerras e conflitos, um aumento nos negócios e na boa fé, a expansão do governo civilizado entre os menos afortunados.

Eu já ouvira esse texto tantas vezes que provavelmente poderia terminar o restante do discurso: como o trabalho duro e a dedicação de pessoas como aquelas – ricos, poderosos, brancos – melhoraram a condição da raça humana; como o século XIX não passou de caos e confusão, e como o século XX prometia ordem e estabilidade; como os elementos de descontentamento estavam sendo erradicados, no país e no exterior; como os selvagens estavam sendo civilizados.

Uma vez, quando menina, eu disse ao meu pai: *não deixe que os selvagens te peguem*. Ele estava prestes a partir, com a bagagem surrada na mão, o casaco marrom disforme pendurado nos ombros curvados. Ele me deu um meio-sorriso. *Estarei bastante seguro*, ele me assegurou, *pois não existe essa coisa de selvagens*. Eu poderia ter respondido que o sr. Locke e várias toneladas de romances de aventura discordavam dele, mas não disse nada. Papai tocou a junta da mão na minha bochecha e desapareceu. De novo.

E agora ele desaparecera pela última vez. Fechei os olhos, senti a coisa fria e escura se enrolar mais forte ao meu redor.

O som do meu próprio nome me sacudiu:

– … considerem minha própria senhorita January, se quiserem uma prova! – Era o sr. Locke, jovial e estrondoso.

Abri os olhos.

– Ela chegou a esta casa apenas como um pequenino embrulho sem mãe. Órfã de origem misteriosa, sem sequer um centavo em seu nome. E agora olhem para ela!

Eles já estavam olhando. Uma onda de marfim se voltou para mim, seus olhos como dedos arrancando cada costura e pérola. O que exatamente eles deveriam estar olhando? Eu ainda não tinha mãe, ainda não tinha um tostão… só que agora também não tinha pai.

Pressionei minhas costas contra os painéis de madeira, desejando que aquilo acabasse, desejando que o discurso do sr. Locke terminasse, a orquestra reiniciasse e todos esquecessem de mim novamente.

Locke me fez um imperioso gesto de "venha aqui".

– Não seja tímida, minha garota. – Eu não me mexi, meus olhos arregalados, meu coração gaguejando *oh não oh não oh não*. Imaginei-me fugindo, correndo pelos convidados e saindo para o gramado.

Então olhei para o rosto radiante e orgulhoso do sr. Locke. Lembrei-me do calor sólido de seus braços enquanto ele me amparava, o ronco bondoso de sua voz, os presentes silenciosos deixados na Sala do Faraó todos aqueles anos.

Engoli em seco e me desgrudei da parede, cambaleando por entre a multidão com pernas duras e pesadas como madeira esculpida. Sussurros me seguiram. As unhas de Bad estalavam muito alto no chão polido.

Assim que eu estava ao alcance, o braço de Locke desceu e me esmagou contra si.

– Aqui está ela! A imagem da civilidade. Um testemunho do poder das influências positivas. – Ele deu um aperto nos meus ombros.

Será que as mulheres realmente desmaiavam, eu me perguntava, ou seria isso uma invenção de romances ruins da época vitoriana e de espetáculos das noites de sexta-feira? Ou será que as mulheres simplesmente afetavam colapsos em momentos convenientes para adiar o fardo de ouvir, ver e sentir, apenas por determinado tempo. Toda minha solidariedade para elas.

– ... mas chega disso tudo. Agradeço a todos por cederem ao otimismo e entusiasmo de um velho, mas estamos aqui, disseram-me, para nos divertirmos. – Ele ergueu seu copo em um brinde final; seu amado copo de jade entalhada, verde translúcido. Será que foi meu pai que o trouxera para ele? Será que o roubara de um túmulo ou templo, empacotara-o em serragem e o colocara no correio, atravessando todo o mundo para ser segurado por aquela mão quadrada e branca?

– À paz e prosperidade. Para o futuro que construiremos! – Eu me atrevi a olhar para os rostos pálidos e suados que nos cercavam, suas taças brilhando na luz prismática do grande lustre, seus aplausos quebrando à minha volta como ondas do mar.

O braço do sr. Locke se soltou dos meus ombros e ele falou em voz muito mais baixa.

– Boa menina. Encontre-nos na sala de fumo da ala leste às dez e meia, está bem? Eu gostaria de lhe dar seu presente de aniversário. – Ele fez um círculo preguiçoso com o dedo para indicar o "nós" a que se referia, e eu percebi que os membros da Sociedade haviam se reunido ao seu redor como mariposas de terno. O sr. Havemeyer entre eles, observando-me com as mãos enluvadas apoiadas na bengala e um nojo da mais alta estirpe estampado no rosto. Os pelos do pescoço de Bad se eriçaram debaixo da minha palma e ele rosnou num tom tão grave que pareceu um terremoto submarino.

Virei-me e me afastei cegamente, Bad me seguindo de perto com passadas duras. Apontei para o nosso canto invisível e seguro, mas não consegui chegar até lá. A multidão agitava-se e girava em padrões vertiginosos, seus rostos maliciosos, seus sorrisos largos demais. Algo mudara: o discurso de Locke me arrastara para o centro do palco, como um elefante relutante cutucado para entrar no picadeiro do circo. Senti dedos enluvados acariciarem minha pele quando passei, ouvi um trinado de risadas vívidas. Um puxão no meu cabelo preso e queimado.

Uma voz masculina muito próxima do meu ouvido:

– Senhorita January, não é? – Um rosto branco-azulado pairava acima de mim, cabelos louros penteados contra o crânio e abotoaduras de ouro faiscando. – Que tipo de nome é esse, *January*?

– O meu – respondi secamente. Certa vez, perguntei ao meu pai que diabos dera nele para me batizar com o nome de um mês, e justo um mês tão morto e consumido pelo gelo como janeiro, e se havia outros nomes mais normais que eu poderia ter em vez disso. É um bom nome, ele disse, esfregando suas tatuagens. E quando eu o pressionei: *Sua mãe gostava. Do significado dele.*

(Não se dê ao trabalho de procurar o significado. O Webster diz: *O primeiro mês do ano, com trinta e um dias. L. Januarius, fr. Janus, uma antiga divindade romana.* Que esclarecedor.)

– Ora, não seja rude! Venha dar uma volta comigo, sim? – O rapaz olhou maliciosamente para mim.

Eu não havia passado muito tempo com pessoas da minha idade, mas já havia lido histórias o suficiente para saber que os cavalheiros não deveriam levar jovens sozinhas para o calor escuro de uma noite de verão. Mas, bem, eu não era realmente uma dama, era?

– Não, obrigada – respondi. Ele piscou com a expressão atordoada de um homem que sabia que a palavra *não* existia, mas que nunca se deparara com ela de verdade.

O jovem se inclinou mais perto, a mão úmida alcançando meu cotovelo.

– Venha agora...

Uma bandeja de prata com champanhe se materializou entre nós e uma voz baixa e hostil disse:

– Posso lhe oferecer uma bebida, senhor?

Era Samuel Zappia, vestido com o uniforme preto e branco dos garçons contratados.

Mal o vira nos últimos dois anos, principalmente porque a carroça de compras vermelha da mercearia Zappia havia sido substituída por uma bem-cuidada caminhonete preta com uma cabine fechada e eu não podia mais acenar para ele da janela do escritório. Passei pela loja com o sr. Locke uma ou duas vezes e tive vislumbres borrados de Samuel nos fundos, descarregando sacos de farinha da caçamba de uma caminhonete e olhando para o lago com uma expressão distante e sonhadora. Gostaria de saber se ele ainda assinava o *The Argosy*, ou se abandonara essas fantasias infantis.

Agora a visão que tinha dele era bem nítida e sólida, como se estivesse focado por completo pela lente de uma câmera. Sua pele ainda tinha aquele tom dourado escuro misteriosamente conhecido como azeitonado; seus olhos ainda eram pretos e brilhantes como xisto polido.

E eles agora estavam fixos no cavalheiro louro, encarando-o sem piscar, sob as sobrancelhas arqueadas em indagação educada. Havia algo de inquietante naquele olhar, algo tão flagrantemente não servil que o rapaz deu um passo para trás. Olhou para Samuel com uma expressão de classe alta ultrajada que geralmente fazia os criados correrem para se desculpar.

Samuel, no entanto, não se mexeu. Uma chama voluntariosa brilhava em seus olhos, como se ele estivesse esperando que o jovem tentasse puni-lo. Não pude deixar de notar a maneira como os ombros de Samuel pressionavam as costuras de seu paletó engomado, a aparência vigorosa de seu pulso segurando a pesada bandeja; ao seu lado, o louro parecia pálido e amassado como massa de pão que não cresceu.

O janota girou nos calcanhares e se afastou, mordendo os lábios finos, e deslizou de volta para a proteção de seus colegas.

Samuel virou-se suavemente em minha direção, levantando uma taça dourada cintilante.

– Para a aniversariante, talvez? – Sua expressão era perfeitamente cordial.

Ele se lembrou do meu aniversário. Meu vestido de repente começou a pinicar e me dar calor.

– Obrigada. Por, hum, me resgatar.

– Oh, eu não estava resgatando *você*, senhorita Scaller. Estava salvando aquele pobre jovem de um animal perigoso. – Ele baixou a cabeça para Bad, que ainda mirava o rapaz batendo em retirada com o pelo eriçado e os dentes arreganhados.

– Ah... – Silêncio. Gostaria de estar a milhares de quilômetros de distância. Gostaria de ser uma garota de cabelos louros chamada Anna ou Elizabeth, que ri como um pássaro mecânico e sempre sabe o que dizer.

Vi um esboço de sorriso quando os cantos dos olhos de Samuel se apertaram. Ele roçou meus dedos ao me dar a haste da taça de champanhe, suas mãos secas e quentes de verão.

– Pode ajudar – disse ele, e sumiu em meio à multidão.

Engoli o champanhe tão rapidamente que meu nariz borbulhou. Ataquei várias outras bandejas de prata ao atravessar o salão e, quando afinal cheguei à sala de fumo, estava pisando com muita atenção e tentando não notar a maneira como as cores escorriam e gotejavam pelos cantos da minha visão. Meu véu escuro, aquela coisa invisível que se enrolara ao meu redor o dia todo, parecia tremeluzir e se deformar.

Respirei fundo do lado externo da porta.

– Está pronto, Bad? – Ele suspirou para mim.

Minha primeira impressão foi a de que a sala encolhera consideravelmente desde a última vez que a vira, mas também eu nunca a vira entupida com uma dúzia de homens usando coroas de fumaça azulada e conversando num tom grave. Reconheci aquilo como uma das reuniões importantes e exclusivas das quais nunca pude participar: aquelas congregações regadas a bebida no fim da noite em que as verdadeiras decisões eram tomadas. Deveria ter me sentido satisfeita ou honrada; em vez disso, senti um gosto amargo no fundo da minha garganta.

Bad espirrou com o fedor de cigarro e couro, e o sr. Locke virou-se para nós.

– Você chegou, minha querida. Venha, sente-se. – Ele apontou para uma poltrona de encosto alto no centro da sala, ao redor da qual os homens da Sociedade Arqueológica estavam postados como se estivessem posando para uma pintura do grupo. Lá estavam Havemeyer, o sr. Ilvane com sua cara de furão, e outros que reconheci de festas e visitas anteriores: uma mulher de lábios vermelhos usando uma gargantilha de fita preta; um jovem com um sorriso faminto; um homem de cabelos brancos e unhas compridas e curvas. Havia algo de dissimulado neles, como predadores armando o bote na grama alta.

Eu me sentei na poltrona, sentindo-me a presa.

A mão do sr. Locke pousou no meu ombro pela segunda vez naquela noite.

– Chamamos você aqui hoje à noite para um pequeno anúncio. Depois de muita reflexão e discussão cuidadosas, meus colegas e eu gostaríamos de lhe oferecer algo bastante raro e muito desejado. É pouco ortodoxo, mas cremos que se justifica por sua, hum, situação única. January – uma pausa dramática –, gostaríamos de lhe oferecer uma adesão formal à Sociedade.

Pisquei de perplexidade para ele. Esse era o meu presente de aniversário? Eu me perguntei se deveria estar satisfeita. Eu me perguntei se o sr. Locke sabia que, quando menina, eu sonhava em ingressar na sua sociedade boba e viajar ao redor do mundo vivendo aventuras, coletando objetos raros e valiosos. Eu me perguntei se o meu pai já quisera se juntar à Sociedade.

Aquele gosto amargo voltou, e algo mais, que queimou na minha língua. Eu engoli de volta.

– Obrigada, senhor.

A mão do sr. Locke deu duas batidinhas no meu ombro em sinceros parabéns. Ele se lançou em discurso sobre o processo formal de admissão e certos rituais e juramentos que devem ser feitos diante do Fundador – viu esse *F* maiúsculo parecendo um soldado batendo continência? –, mas eu não estava ouvindo. A queimação na minha boca estava ficando mais forte, escaldando minha língua, e meu véu invisível estava se desfazendo em cinzas e carvão ao meu redor. A sala à minha volta parecia latejar com o calor.

– Obrigada – eu o interrompi. Minha voz soou estável, quase sem entonação; eu a ouvi com distante fascínio. – Mas receio que terei de recusar o seu convite.

Silêncio.

Uma voz de olhos prateados na minha cabeça estava sibilando para mim: *seja uma boa garota, lembre-se de seu lugar –*, mas foi afogada pelo álcool correndo no meu sangue.

– Quero dizer, por que eu deveria querer me juntar à sua Sociedade, de fato? Um bando de velhos aristocratas melindrosos que pagam homens melhores e mais corajosos para sair e roubar artefatos para vocês. E se um deles desaparecer, vocês nem sequer fingem lamentá-lo. Vocês apenas continuam, como se não fosse nada, como se ele não *importasse*. – Eu me interrompi, ofegante.

Você só percebe quantos pequenos sons uma casa emite – as batidas do relógio carrilhão, o suspiro da brisa de verão contra as vidraças, o gemido das vigas do chão sob uma centena de pares de sapatos caros – quando leva uma sala inteira ao silêncio absoluto pelo choque. Agarrei a coleira de Bad como se fosse ele que precisasse ser contido.

A mão do sr. Locke se apertou no meu ombro e seu sorriso magnânimo se tornou uma expressão dura e de aparência perturbadora.

– Desculpe-se – ele me ordenou entredentes.

Meu queixo travou. Uma parte de mim – a boa garota do sr. Locke, a garota que nunca reclamava, que sabia o seu lugar e sorria e sorria e sorria – queria se atirar aos pés dele e pedir perdão. A maior parte de mim, no entanto, preferiria morrer a fazer isso.

Os olhos de Locke encontraram os meus. Frios, cor de aço, pressionando-me como duas mãos frias no meu rosto...

– Perdão? – falei com rispidez. Um dos homens da Sociedade deu uma gargalhada irônica.

Observei o sr. Locke se forçando a descerrar os dentes.

– January. A Sociedade é muito antiga, muito poderosa e muito prestigiada.

– Oh, sim, muito *prestigiada* – zombei. – Prestigiada demais para pessoas como meu pai serem admitidas, não importa quanto lixo ele roube para você, não importa quanto dinheiro você ganhe em leilões secretos. Tenho a pele clara o suficiente para me inscrever, é isso? Existe uma tabela de cor que eu possa consultar? – Mostrei os dentes para eles. – Talvez um de vocês possa me adicionar à sua coleção de crânios quando eu morrer, como uma espécie de elo perdido.

O silêncio desta vez foi absoluto, como se até o relógio carrilhão tivesse sido insultado demais para emitir qualquer som.

– Parece que você gerou um pouco de descontentamento, Cornelius. – Era o sr. Havemeyer, assistindo a tudo com um sorriso da mais pura malícia e girando um charuto apagado nos dedos enluvados. – Nós lhe avisamos, não é mesmo?

Senti o sr. Locke respirar fundo, não sabia se para me defender ou para me punir, mas não me importava mais. Colocara um ponto-

-final naquilo tudo: aquela gente, ser uma boa garota e saber o meu lugar, e agradecer por cada migalha de dignidade que lançavam na minha direção.

Levantei-me, sentindo a efervescência do champanhe chiar doentiamente no meu crânio.

– Obrigada, senhores, pelo meu presente de aniversário. – E girei nos calcanhares e saí pelas portas escuras envernizadas com Bad trotando atrás de mim.

A multidão estava mais suada, mais histérica e mais bêbada. Era como estar presa em uma pintura de Toulouse-Lautrec, com rostos iluminados em verde girando ao meu redor com expressões macabras. Minha vontade era soltar Bad em cima deles, todo dentes e pelo de bronze polido. Queria gritar até ficar rouca.

Queria desenhar uma porta no ar, uma porta para algum outro lugar, e atravessá-la.

A bandeja de prata se materializou novamente ao lado do meu cotovelo. Um hálito quente sussurrou na parte de trás do meu pescoço. *Lá fora, ala oeste. Em cinco minutos.* A bandeja desapareceu e eu observei Samuel se aventurar na horda tagarela.

Quando Bad e eu saímos pela porta da ala oeste, nos sentindo fugitivos de algum baile de fadas infernal, encontramos Samuel sozinho. Ele estava encostado nos tijolos ainda quentes da Mansão Locke, com as mãos enfiadas nos bolsos. O traje elegante de garçom parecia ter sofrido uma tentativa recente de fuga: a gravata estava solta e amassada, as mangas desabotoadas, o paletó escuro desaparecera.

– Ah, eu não sabia se você viria. – Seu sorriso finalmente se estendeu para além de seus olhos.

– Sim.

É mais fácil lidar com os silêncios ao ar livre. Ouvi Bad farejando alguma criatura azarada ao longo de uma sebe, e o riscar e chiar de um fósforo enquanto Samuel acendia um cigarro toscamente enrolado. Chamas gêmeas brilhavam em seus olhos.

Ele respirou fundo e exalou uma nuvem perolada.

– Escute, eu... nós ouvimos sobre o que aconteceu. Com o senhor Scaller. Sinto... – Ele ia dizer o quanto lamentava, quão trágico e repentino havia sido etc., e eu soube com súbita clareza que não seria capaz de suportar. Qualquer que tivesse sido a fúria lunática que me permitiu fugir para longe da Sociedade, ela já havia talhado e esfriado, e me deixado muito sozinha.

Interrompi-o antes que ele pudesse terminar, apontando abruptamente para Bad.

– Por que você o deu para mim? Você nunca disse realmente. – Minha voz soou muito alta e falsa, como um ator canastrão em uma peça amadora.

Samuel arqueou as sobrancelhas. Observou Bad mastigando alegremente algo do tamanho de um rato do campo, depois deu de ombros.

– Porque você estava muito sozinha. – Ele esmagou o cigarro no tijolo ao seu lado e acrescentou: – E eu não gosto de ver pessoas em desvantagem numérica. O sr. Locke e aquela velha alemã... Você precisava de alguém do seu lado, assim como Robin Hood precisava de um João Pequeno, sabe? – Seus olhos faiscaram para mim; eu sempre o obrigava a ficar com o papel de João Pequeno em nossas brincadeiras de Floresta de Sherwood, alternando conforme a necessidade com Alan Dale ou Frei Tuck. Samuel apontou para Bad, que estava fazendo uma série de sons desagradáveis de tosse seca para remover os ossos do rato de sua garganta. – Este cachorro, ele está do seu lado.

Tão casual e impulsivamente bondoso. Eu me vi inclinando-me para mais perto, adernando em sua direção como um navio perdido rumo a um farol.

Samuel ainda estava observando Bad.

– Você nada muito, hoje em dia?

A pergunta me pegou de surpresa e eu pisquei.

– Não. – Ele e eu costumávamos passar horas nos divertindo no lago quando crianças, mas agora eu não pisava na água há anos. Esta era apenas mais uma das coisas que perdi de certa forma ao longo do caminho.

Surpreendi o cantinho de sua boca se elevando num meio-sorriso.

– Ah, então você está sem prática. Aposto um quarto de dólar que posso te vencer agora.

Ele sempre perdia nossas corridas, provavelmente porque precisava ajudar na loja de sua família e não tinha as intermináveis tardes de verão que eu tinha para praticar.

– Uma dama não aposta – eu disse de forma afetada. – Mas, se o fizesse, ficaria vinte e cinco centavos mais rica.

Samuel riu – um som infantil e atrevido que eu não ouvia desde que éramos crianças – e sorri de maneira tola para ele. E, então, de algum modo, estávamos parados mais próximos um do outro, de modo que tinha que inclinar minha cabeça para cima para ver seu rosto, e podia sentir o cheiro de tabaco, suor e algo quente e verde, como grama recém-cortada.

Uma lembrança louca de *As dez mil portas* cruzou meus pensamentos, Adelaide beijando seu garoto fantasma sob as constelações de outono sem pestanejar. Eu queria ser como ela: selvagem e destemida, corajosa o suficiente para roubar um beijo.

Seja uma boa menina.

… Para o inferno com ser boa.

O pensamento era vertiginoso, inebriante – eu já havia quebrado tantas regras aquela noite, deixando-as esmagadas e brilhantes no meu rastro – o que seria mais uma?

Então, pensei no rosto do sr. Locke enquanto saía da sala de fumo – as linhas rígidas de indignação ao redor de sua boca, a decepção em seus olhos cinzentos e gelados – e senti um frio no estômago. Meu pai se fora e sem o sr. Locke eu não teria nada no mundo.

Baixei meus olhos para o chão e me afastei, tremendo um pouco na noite fria. Pensei ter ouvido Samuel suspirar. Houve um breve silêncio enquanto eu reaprendia o truque de respirar. Então, Samuel perguntou, não muito a sério:

– Se pudesse ir para outro lugar agora, para onde iria?

– Qualquer lugar. Outro mundo. – Estava pensando na Porta azul e no cheiro do mar quando disse isso. Não pensava nela há anos, mas a história de Adelaide a arrastou de volta à superfície de minha memória.

Samuel não riu de mim.

– Minha família tem uma cabana no extremo norte de Champlain. Costumávamos ir para lá todos os verões e passar uma semana inteira, mas a saúde do meu pai e a loja… Não vamos há anos. – Imaginei Samuel como o conhecia antes, jovem e de braços fortes e tão bronzeado que parecia refletir a luz. – Não é uma cabana muito grande nem muito bonita; apenas um caixote revestido de telhas de parede de cedro com uma chaminé enferrujada. Mas é bem isolada, na borda de sua própria ilha. Quando você olha pelas janelas, não há nada além de água do lago, céu e pinheiros… Quando me canso de tudo isso – ele continuou e acenou com a mão tão amplamente que parecia incluir não apenas a Mansão Locke, mas tudo dentro dela, toda garrafa cara de vinho importado, todo tesouro roubado, toda esposa de banqueiro trinando como um pássaro e pegando uma taça da bandeja de Samuel sem nem ao menos olhar para ele –, eu penso naquela cabana. Longe de gravatas-borboleta e paletós, de homens ricos e pobres e do espaço entre eles. É para onde eu iria, se pudesse. – Ele sorriu. – Outro mundo.

De repente, tive certeza de que ele ainda lia suas historietas de jornal e romances de aventura, ainda mantinha os olhos nos horizontes distantes.

É uma sensação profundamente estranha tropeçar em alguém cujos desejos são tão próximos dos seus, como estender a mão para tocar o seu reflexo no espelho e encontrar carne quente na ponta dos dedos. Se você tiver a sorte de encontrar essa simetria mágica e assustadora, espero que tenha coragem o suficiente para agarrá-la com as duas mãos e nunca mais largar.

Eu não tinha. Na época.

– Está tarde. Vou entrar – anunciei, e a dureza dessa frase apagou o círculo milagroso que desenháramos em torno de nós como um sapato borrando uma linha de giz. Samuel ficou rígido. Não consegui olhar para o rosto dele; teria eu visto arrependimento ou recriminação? Desejo ou desespero para combinar com o meu? Mas apenas assobiei para Bad e me afastei.

Hesitei na porta.

– Boa noite, Samuel – sussurrei e entrei.

O quarto estava escuro. A luz da lua traçava os contornos pálidos ao redor do vestido marfim agora amassado no chão, da mecha dos cabelos de Jane contra o travesseiro, da curva da coluna de Bad pressionada contra mim.

Deitei na cama, sentindo a maré de champanhe recuar e me deixar encalhada, como uma infeliz criatura marinha. Com sua ausência, a Coisa – pesada, preta, sufocante – retornou, como se esperasse a noite toda para que nós duas estivéssemos a sós. Deslizou como uma mancha de óleo sobre a minha pele, encheu minhas narinas, acumulou-se no fundo da minha garganta. Sussurrou em meu ouvido histórias sobre perda, solidão e menininhas órfãs.

Era uma vez uma garota chamada January que não tinha mãe nem pai.

O peso da Mansão Locke, pedra vermelha, telhas de cobre e todos aqueles artefatos preciosos, secretos e roubados, me sufocavam. Depois de vinte ou trinta anos debaixo desse peso, o que restaria de mim?

Queria fugir e continuar correndo até sair daquele triste e feio conto de fadas. Há apenas uma maneira de fugir de sua própria história, e é se esgueirar para a de outra pessoa. Peguei o livro encadernado em couro debaixo do colchão e respirei o cheiro de tinta e aventura dele.

Atravessei para outro mundo.

Capítulo dois

Sobre a descoberta de mais Portas pela srta. Larson e sua saída da história documentada
Uma morte oportuna • As boo hags de St. Ours • Os anos de fome e sua conclusão

Mama Larson morreu no amargo março de 1885, uma semana após os narcisos-amarelos terem sido derrubados por uma geada forte e oito dias antes de sua neta completar dezenove anos. Para as tias Larson, a morte de sua mãe foi uma tragédia equivalente à queda de um grande império ou ao colapso de uma cordilheira, quase além da compreensão, e, por um tempo, a família se degradou em luto disperso e sem rumo.

O luto é um negócio autocentrado; portanto, não deveria nos surpreender que as mulheres Larson não prestassem muita atenção a Adelaide Lee. Ade estava agradecida por tal falta de atenção – pois, se suas tias *tivessem* considerado seu semblante, teriam-no achado muito longe do desespero ou da tristeza.

De pé ao lado do leito de morte da avó, usando um vestido de lã ainda cheirando a corante preto de campeche, Ade sentia-se como decerto se sentiria uma árvore nova ao observar um dos velhos gigantes da floresta caindo magnificamente para descansar: impressionada e talvez um pouco assustada. Mas quando o último suspiro de Mama Larson sacudiu suas costelas, Ade descobriu o mesmo que a jovem árvore teria descoberto: na ausência da velha árvore, havia um buraco nas copas acima dela.

Ade começou a suspeitar de que, pela primeira vez em sua vida, estava livre.

Era verdade que tinha sido livre nos últimos anos. Na verdade, em comparação a outras jovens mulheres naquela época, ela levava uma vida sem restrições e irresponsável.

Fora autorizada a usar calças de lona e chapéus masculinos, principalmente porque suas tias acabaram perdendo a esperança de conseguir manter suas saias apresentáveis; não se esperava que ela seduzisse jovens solteiros elegíveis, porque suas tias compartilhavam uma visão coletiva e obscura dos homens; não fora forçada a frequentar a escola ou a encontrar emprego; e, embora seu hábito errante não fosse encorajado, suas tias estavam pelo menos resignadas.

Contudo, Ade ainda sentia como se uma coleira invisível repousasse em torno de sua garganta, cuja trela a conduzia de volta à fazenda Larson. Ela podia desaparecer por dois, quatro ou seis dias, pegando um trem para o norte e dormindo nos celeiros de tabaco de estranhos, mas no final sempre voltava para casa. Mama Larson lamentava as mulheres perdidas, as tias franziam os lábios e Ade dormia com o coração dolorido e sonhava com portas.

Sua trela se afrouxou e se desgastou ao longo dos anos, até que era apenas um fio de amor e lealdade familiar. Com a morte de Mama Larson, o fio se rompeu.

Como acontece com muitas criaturas enjauladas e meninas parcialmente domesticadas, Ade levou algumas semanas para perceber que poderia realmente partir. Ficou para o enterro da avó no terreno irregular e comido de hera do outro lado da fazenda e pagou ao sr. Tullsen para gravar uma lápide de calcário (AQUI JAZ ADA LARSON, 1813–1885, UMA MÃE MUITO QUERIDA) e, três semanas depois, acordou com a pulsação de um ritmo marcante na garganta. Era uma clara manhã de primavera, cheia de promessas. A maioria dos viajantes conhece esse tipo de clima – quando o vento quente sopra para oeste, mas o chão ainda esfria as solas dos pés, quando os brotos das árvores começam a se desenrolar e perfumam o ar com a loucura secreta da primavera – e eles sabem que dias assim são feitos para partir.

Ade partiu.

***

Cada uma de suas tias recebeu um beijo na bochecha naquela manhã, na ordem da mais velha para a mais nova. Se os beijos foram mais sinceros do que o normal, e se os olhos da sobrinha tinham um brilho febril, elas não notaram. Apenas tia Lizzie ergueu os olhos de seu ovo cozido.

– Aonde você vai, criança?

– À cidade – Ade respondeu sem alterar o tom de voz.

Tia Lizzie olhou para ela por um longo momento, como se pudesse ler as intenções de sua sobrinha na curvatura de seus ombros, na inclinação de seu sorriso.

– Bem – ela suspirou finalmente –, estaremos aqui quando você voltar. – Ade mal a ouviu na hora, já saindo pela porta da cozinha como um pássaro solto, mas, depois, ela voltaria a essas palavras e as poliria reconfortantemente até que ficassem lisas como seixos de rio.

Ela foi primeiro ao celeiro em ruínas e desenterrou um martelo, um punhado de pregos de cabeça quadrada, um pincel de crina de cavalo e uma lata de tinta enferrujada com o rótulo *Azul da Prússia*.

Levou seus suprimentos para oeste, em direção ao antigo campo de feno. O tempo avançara muito levemente pelo campo. O feno fora cortado por um vizinho rico e depois o terreno foi abandonado novamente; algumas equipes de topógrafos vieram com a intenção de construir uma casa de navegação ao longo da margem do rio, mas acharam o terreno muito baixo. Agora, havia apenas uma linha enferrujada de arame farpado com uma placa de lata indicando que era propriedade privada e sugerindo que os invasores deveriam tomar cuidado. Ade passou por baixo da cerca sem atrasar o passo.

As madeiras da cabana nunca haviam sido totalmente removidas, em vez disso foram deixadas para apodrecer em um emaranhado de madressilva e caruru-bravo. Ade ajoelhou-se diante dos velhos destroços com seus pensamentos profundos e silenciosos, como rios subterrâneos, e vasculhou a pilha em busca de madeira não apodrecida, suportes e dobradiças antigas. A vida na fazenda sem tios ou irmãos rendeu-lhe habilidades de carpintaria mais do que aceitáveis, e levou apenas uma hora mais ou menos para montar os batentes e uma porta tosca. Martelou os batentes na terra e pendurou a porta improvisada neles. Ela rangeu com a brisa do rio.

Foi só quando terminou, e a porta foi pintada num intenso e aveludado tom de azul do oceano, que ela entendeu completamente o que estava fazendo: estava partindo, talvez por muito tempo, e queria deixar algo para trás. Uma espécie de monumento ou memorial, como a lápide de Mama Larson, que marcasse sua lembrança do garoto fantasma e do casebre. Ela também não podia deixar de nutrir a esperança, mesmo ínfima, de que um dia a porta se abriria novamente e levaria a outro lugar. Isso, na minha considerável experiência, era uma esperança equivocada. As Portas, uma vez fechadas, não reabrem.

Ade abandonou as ferramentas de suas tias e caminhou os poucos quilômetros até a cidade. Então, enfiou o cabelo embaixo de um chapéu de couro tão disforme e desgastado que repousava como um animal adormecido sobre o seu crânio e caminhou até as docas para esperar por algum navio a vapor. Tal plano parecia tão bem arquitetado quanto nadar rio abaixo, arrastada por uma força maior e mais louca do que ela em direção a mares desconhecidos. Ade não lutou, só deixou as águas invisíveis se fecharem sobre sua cabeça.

Demorou dois dias a vadiar e implorar antes que encontrasse um navio desesperado o suficiente para levá-la como marinheiro. Não foi o sexo dela que a barrou; as calças manchadas de tinta e a camisa de algodão folgada ofereciam disfarce suficiente, e o rosto sardento e quadrado contornava a feminilidade e a aproximava mais de uma beleza masculina.

(Isso, pelo menos, é o que um daguerreótipo teria registrado, se Ade já tivesse posado para um. Mas fotografias, assim como espelhos, são notórios mentirosos. A verdade é: Adelaide foi o ser mais belo que eu já vi neste mundo ou em qualquer outro, se entendermos a beleza como uma espécie de chama vital e feroz no centro de uma alma que incendeia tudo o que toca.)

Ainda assim, algo em seus olhos fez barqueiros sábios hesitarem – algo que falava de sofreguidão e destemor, uma pessoa perigosamente despreocupada com o próprio futuro. Foi puro acaso que o *Rainha do Sul* fosse comandado por um capitão inexperiente que havia contratado três bêbados e um ladrão rio acima e estava tão ansioso para substituí-los que contratou Ade sem perguntar nada além de seu nome e destino. Os registros do *Rainha* dizem: *Larson* e *Outro Lugar*.

É neste momento, exatamente quando os pés de Ade dançavam nas pranchas caiadas de branco de um navio a vapor do Mississippi, que devemos fazer uma pausa. A vida da srta. Larson até agora tem sido uma história incomum, mas não misteriosa ou desconhecida. Foi possível atuar como historiador, analisando entrevistas e evidências para criar uma narrativa tolerável do crescimento de uma garota. A partir deste ponto, no entanto, a história de Ade se torna maior, mais estranha e mais selvagem. Ela entra na fábula e no conto folclórico, de lado e invisível, deslizando pelas fissuras da história registrada da mesma maneira que a fumaça sobe através das densas copas das árvores. Nenhum estudioso, por mais inteligente ou meticuloso, pode mapear fumaça e mito no papel.

A própria Ade se recusou a divulgar mais do que um punhado de datas ou detalhes, e, a partir daqui, e pelos próximos anos de sua vida, nossa história deve se tornar uma série de vislumbres dispersos.

Portanto, ignoramos seus meses a bordo do *Rainha do Sul*. Não podemos saber como o trabalho lhe convinha, se seus colegas de tripulação ficaram encantados ou assustados com ela, ou o que ela achou das cidades cor de lama correndo pelas margens. Não temos como saber se ela ficava no convés às vezes com o rosto virado para o vento do sul e se sentia livre da pequenez de sua juventude, embora mais tarde ela tenha sido vista a bordo de um navio muito diferente em um lugar muito diferente, olhando o horizonte como se sua própria alma houvesse se desenrolado e se esticado para alcançá-lo.

Nem sabemos se ela ouviu a história da boo hag pela primeira vez enquanto trabalhava navegando rio acima ou abaixo, embora pareça muito provável. De acordo com a experiência deste estudioso, as histórias deslizam pelas margens dos rios ao longo dos barcos, seguindo-os como sereias de prata, e a história da boo hag provavelmente estava nadando entre eles naqueles dias. Talvez a história tenha lembrado Ade do casebre assombrado em seu antigo campo de feno e despertado as promessas empoeiradas de seu eu de quinze anos. Ou talvez tenha apenas incendiado sua imaginação.

Tudo o que podemos afirmar com certeza é o seguinte: no quente inverno de 1886, Adelaide Larson entrou na mansão St. Ours, no distrito de Argel, em Nova Orleans, e não reapareceu por dezesseis dias.

***

Devemos contar aqui com o testemunho de dois habitantes locais que falaram com Ade antes de ela lá entrar. Embora muitos anos houvessem passado antes que eu fosse capaz de localizá-los e registrar suas lembranças, o sr. e a sra. Vicente LeBlanc insistiram que sua narrativa era absolutamente exata porque as circunstâncias eram muito singulares: eles passeavam pela Homer Street às dez horas da noite, de muito bom humor, após deixarem um salão de dança (a sra. LeBlanc insistia que eles estavam na missa da noite; o sr. LeBlanc assumiu uma expressão de neutralidade estudada). O casal foi abordado por uma jovem.

– Ela era... bem, tenho que lhe dizer que ela era uma garota poderosamente estranha. Um tanto suja e vestida como um trabalhador de cais em calças de lona. – A sra. LeBlanc era educada demais para fornecer detalhes adicionais, mas também podemos presumir que ela era muito jovem, estava sozinha, passeando à noite em uma cidade que não conhecia e tinha a pele mais branca do que farinha.

O sr. LeBlanc deu de ombros de maneira conciliatória.

– Bem, quem sabe, Mary. Ela parecia perdida. – Ele esclareceu: – Mas não perdida como uma criança. Ela não estava preocupada. Ela estava perdida de *propósito*, eu diria.

A jovem fez uma série de perguntas. Aquela era a Avenida Elmira? Fortuna Manor ficava perto? Qual era a altura da cerca em volta da construção e eles tinham ideia se havia cães de médio a grande porte nas proximidades? Por fim:

– Vocês conhecem a história de John e da Boo Hag?

Qualquer pessoa em seu juízo perfeito seria perdoada por simplesmente passar ao largo de uma mulher tão louca e lançar olhares nervosos por cima do ombro para garantir que ela não estava vindo atrás. Mas Mary LeBlanc possuía o tipo de compaixão imprudente que leva as pessoas a dar dinheiro a estranhos e convidar mendigos para jantar.

– Elmira fica a um quarteirão a oeste, senhorita – ela informou à mulher estranha.

– Hum... Não faria mal a cidade ter uma ou três placas de rua, se quer saber minha opinião.

– Sim, senhorita. – Tanto Mary quanto Vicente LeBlanc relatam muitos *senhoritas* e *perdões*, presumivelmente porque uma mulher branca, mesmo que poderosamente estranha, ainda era uma mulher branca. Talvez eles temessem um teste de conto de fadas, onde a mendiga se transforma em bruxa e o castiga por sua falta de boas maneiras.

– E essa casa fica nela? Fortuna alguma coisa?

Os LeBlanc se entreolharam.

– Não, senhorita, nunca ouvi falar dela.

– Droga! – ralhou a mulher branca, e cuspiu, com a dramaticidade semiconsciente de uma garota de dezenove anos, na rua de paralelepípedos.

Então, Mary LeBlanc perguntou:

– Será que... tem a St. Ours, em Elmira. – E Vicente aperta o cotovelo ao redor do braço dela, tentando ao máximo enviar um aviso. – É um solar. Está vazio desde que me entendo por gente.

– Pode ser. – Os olhos da garota estavam cravados no rosto de Mary.

Mary se viu meio que sussurrando.

– Bem, já que você mencionou essa história, eu sempre ouvi... são apenas histórias, e nenhuma pessoa culta deveria dar atenção a elas, mas eu sempre ouvi que John Prester morava em St. Ours. E foi lá que ele conheceu a boo hag,[4] senhorita.

Um sorriso tal qual o do gato de Alice no País das Maravilhas, todo dentes e vontade, tomou conta do rosto da garota.

– Não diga! Meu nome é Ade Larson. Posso incomodá-la com mais algumas perguntas, senhorita?

E pediu que contassem a história toda, tintim por tintim, sobre o belo e jovem John que acordava cansado e mais envelhecido todas as manhãs, e tinha sonhos bizarros com céu estrelado e passeios selvagens. Ela perguntou se alguém já entrara em St. Ours (às vezes, meninos, desafiando uns aos outros). Perguntou se eles voltaram a sair (é claro! Só que... bem, havia rumores. Meninos que passaram a noite lá e não reapareceram por um

---

4 Passei algum tempo na região pesquisando esses fenômenos depois de conversar com os LeBlanc. Parece-me uma variação da história habitual da bruxa – mulheres idosas que atacam pessoas mais jovens, sugando o sangue ou a respiração, talvez até roubando a própria pele da pessoa e indo "passear" pela noite. Ouvi relatos com mais frequência nas ilhas ao largo da costa da Geórgia, onde a expressão *atormentado por hag* é ao mesmo tempo terrível e comum. Adelaide Larson não tinha conhecimento da universalidade da história. Ela não encontrou seus destinos por dedução acadêmica ou trabalho minucioso, mas pela bússola menos certeira de um viajante.

ano e um dia. Meninos que se esconderam em armários e se viram sonhando com países distantes).

– Agora, apenas uma última migalha, meus amigos: como esse personagem boo hag entrou na casa, para começo de conversa? Como ela encontrou o pobre John?

Os LeBlanc se entreolharam, e até o coração mole de Mary estava começando a ser perturbado pela intensidade da jovem. Não era apenas a estranheza de sua situação, vestida com roupas de trabalho e vagando à noite; era a maneira como seu rosto parecia iluminado com um brilho interno, o jeito como ela parecia ser simultaneamente a caça e a caçadora, fugindo e ao mesmo tempo farejando.

Mas poucas pessoas conseguem deixar uma história inacabada, com um final pendendo em aberto.

– Da mesma forma que qualquer bruxa entra na casa de alguém, senhorita. Elas encontram uma rachadura, um buraco ou uma porta destrancada.

A garota deu um sorriso beatífico ao casal, fez uma reverência e seguiu na direção oeste.

Ela não foi vista novamente por dezesseis dias, quando um grupo de meninos rolando aros pela rua viu uma mulher branca emergir de St. Ours. Eles descreveram sua aparência "bruxesca": as roupas pouco mais eram que farrapos irregulares ao seu redor, complementadas por um estranho manto de penas pretas lubrificadas; seus olhos eram como vendaval e seu sorriso para o céu noturno era astuto, como se ela e as estrelas fossem amigas íntimas.

Quando os meninos a questionaram sobre suas atividades, a garota não conseguiu fornecer nenhuma explicação clara além de algumas descrições sem sentido de picos de montanhas altas e galhos de pinheiro negro e luzes no céu como seda rosa presa às estrelas. Quando eu mesmo lhe perguntei o que ela tinha visto através da porta – pois deve ter havido uma porta –, ela apenas riu.

– Ora, as boo hags, é claro! – E quando fiz uma careta para ela, ela me calou: – Escute, nem toda história é feita para contar. Às vezes, só de contar uma história, você está roubando, roubando um pouco de seu mistério. Meu conselho é: deixe essas bruxas para lá.

Na época, não entendi o que ela queria dizer. Eu tinha uma fome de erudito de revelar e explicar, de tornar conhecido o desconhecido – mas, no caso da porta de St. Ours, fui frustrado. Segui os passos de Ade até a Avenida Elmira e encontrei uma mansão caiada afundando na doce podridão das flores de magnólia, simultaneamente grandiosa e meio esquecida. Fiz planos de voltar à noite para realizar novas explorações, mas essa foi a noite do Grande Incêndio de Argel, em 1895. À meia-noite, o céu estava laranja-dourado e, ao amanhecer, todo o quarteirão, incluindo a mansão St. Ours, não passava de um fuliginoso esqueleto de si mesmo.

Lembre-se deste incêndio. Lembre-se de que sua origem nunca foi esclarecida e que o fogo não deu bola para mangueiras ou baldes de água até que cada centímetro da grandiosa e arruinada St. Ours fosse reduzida a cinzas.

Ainda assim, registro essas lembranças porque St. Ours foi a primeira porta que encontrei neste mundo e a segunda porta que a senhorita Larson encontrou. Com a descoberta de uma porta vem a mudança.

***

Mais tarde, Ade se referiria ao período entre 1885 e 1892 aproximadamente como seus "anos de fome". Quando perguntei do que tinha fome, ela riu e disse: "Do mesmo que você, aposto. Passagens. Lugares perdidos. Outros lugares". Ela percorreu a Terra, errante e voraz, procurando por portas.

ALIX E. HARROW

E as encontrou.[5] Ela as encontrou em igrejas abandonadas e nas paredes de cavernas incrustradas de sal, em cemitérios e atrás de cortinas esvoaçantes nos mercados estrangeiros. Descobriu tantas que sua imaginação do mundo foi se tornando caleidoscópica e esburacada, como um mapa roído por um rato. Eu a segui na minha própria época e redescobri o máximo que pude. Mas, por natureza, as portas são aberturas, passagens, lugares desaparecidos – e foi difícil registrar a geometria precisa da ausência. Minhas anotações estão cheias de becos sem saída e incertezas, sussurros e rumores, e até mesmo meus relatórios mais cuidadosos estão cheios de perguntas sem resposta, pairando como anjos cinzentos nas margens.

Considere a porta do rio Platte. A trilha iridescente de Ade levava de volta ao Mississippi e em direção ao oeste e, por fim, a um cavalheiro chamado Frank C. True. Quando conversei com True em 1900, ele apresentava números de cavalos no Grande Circo Duplo Americano de W. J. Taylor – O Maior Museu, Caravana, Hipódromo e Coleção de Animais Selvagens Vivos do Mundo.

Frank era um homem de cabelos escuros e olhar penetrante, cujo charme e talento expandiam sua presença para muito além dos limites de sua pequena compleição. Quando mencionei Ade, seu sorriso de artista tornou-se melancólico.

– Sim. Claro que me lembro dela. Por quê? Você é o marido dela ou algo assim? – Depois de garantir-lhe que eu não era um

---

5 Ela é, talvez, uma personagem improvável para o papel de exploradora ousada – uma garota pobre e sem instrução, sem distinção específica. Mas a literatura que reuni sobre o assunto parece indicar que as portas não tendem a atrair o perfil de exploradores e pioneiros que poderíamos esperar – como o dr. Livingstone ou o sr. Boone, que cruzaram impetuosa e bravamente a fronteira. Com mais frequência, encontro companheiros de viagem justamente entre os pobres e miseráveis, os indesejados e os sem-teto; em resumo, aquelas pessoas que correm pelas margens do mundo e procuram saídas.
Considere Thomas Aikenhead, um rapaz órfão e aleijado, que publicou um imprudente manifesto, sugerindo que o céu era um lugar real localizado do outro lado de uma pequena e gasta porta em uma antiga igreja escocesa. Ele admitiu a possibilidade de que o lugar fosse na verdade o inferno, ou talvez o purgatório, mas concluiu que certamente era um "lugar quente e ensolarado, muito melhor do que a Escócia". Foi enforcado um ano depois por blasfêmia.
Thomas Aikenhead, *A Tract on Magick and the Entrance to Heaven*, 1695.

amante ciumento vindo lavar a honra com atraso de uma década, ele suspirou e recostou-se de volta na cadeira de armar e me contou sobre o encontro dos dois no escaldante verão de 1888.

Ele a viu pela primeira vez na plateia do show *Viagens do dr. Carver pelas montanhas rochosas e pradarias*, no qual Frank encarnava o velho oeste no papel de um Genuíno Índio das Planícies ganhando um dólar por dia. Ela estava visivelmente sozinha nos bancos de madeira, os cabelos emaranhados e sujos, vestida com a falta de exigência de um catador de lixo, usando botas grandes demais e camisa masculina. Ela permaneceu durante a encenação sangrenta da Batalha de Little Bighorn, aplaudiu a demonstração do laçar do cavalo mustangue, embora o "mustangue" fosse um pônei barrigudo tão selvagem quanto um gato doméstico, e assobiou quando Frank venceu a Corrida dos Índios. Ele piscou para ela. Ela retribuiu a piscadela.

Quando o show *Viagens do dr. Carver pelas montanhas rochosas e pradarias* partiu de Chicago na noite seguinte, Ade e Frank estavam apertados em seu cubículo no vagão dos artistas. E, assim, Ade caiu precisamente na desgraça que suas tias e avó mais temiam e, ao fazê-lo, fez também uma descoberta: as mulheres perdidas ganham uma espécie de liberdade.[6] Certamente havia um custo social – muitas das mulheres artistas se recusaram a falar com Ade nas tendas do almoço, e os homens fizeram suposições infelizes sobre a sua disponibilidade –, mas, de maneira geral, os horizontes de Ade se expandiram mais do que se encolheram. Ela se viu cercada por um submundo movimentado de homens e mu-

---

6 Não existe, é claro, esse negócio de "mulher perdida", a menos que estejamos falando de uma mulher que chegou recentemente a uma cidade que não conhece e não consegue se localizar pelas ruas. Um dos elementos mais difíceis deste mundo é a maneira como suas regras sociais são simultaneamente rígidas e arbitrárias. É intolerável envolver-se em amor físico antes de unir-se em matrimônio legal, a menos que tal indivíduo seja um homem jovem e de posses. Os homens devem ser ousados e assertivos, mas apenas se tiverem pele clara. Qualquer pessoa pode se apaixonar independentemente da posição, mas apenas se uma delas for uma mulher e a outra, um homem. Peço que você não conduza sua própria vida dentro de tais limites falsos, meu bem. Afinal, existem outros mundos.

lheres que haviam se perdido cada um à sua maneira, fosse por causa da bebida, do vício, da paixão ou pela simples cor da sua pele. Era quase como encontrar uma porta dentro de seu próprio mundo.

Frank relata algumas semanas de satisfação, percorrendo o leste dos Estados Unidos nos carros pintados de azul e branco do show *Montanhas rochosas*, mas então Ade começou a ficar inquieta. Frank contava histórias para distraí-la.

– Nuvem Vermelha, eu disse, já lhe falei dele? Juro que nunca conheci mulher mais apaixonada por uma boa história. – Frank contou-lhe sobre o jovem e valente chefe Lakota que infernizou o exército dos Estados Unidos e as guarnições do rio Powder de forma nunca antes vista. Contou-lhe sobre a estranha capacidade do chefe de prever o resultado das batalhas usando um punhado de ossos entalhados. – Veja, ele jamais disse onde conseguiu aqueles ossos, mas havia rumores de que ele tinha desaparecido por um ano quando menino e retornou carregando um saco de ossos de algum outro lugar.

– Onde ele desapareceu? – Ade perguntou, e Frank lembrou que seus olhos estavam arregalados e negros como luas novas.

– Em algum ponto do rio North Platte, eu acho. Onde quer que seja, talvez ele tenha voltado para lá, porque desapareceu depois que encontraram ouro nas Black Hills e quebraram o tratado. Ficou de coração partido, creio eu.

Ade partiu antes do amanhecer. Deixou um bilhete, que True recusou-se a compartilhar, mas que ainda possui, e as botas de número maior que, afinal, calçavam melhor em Frank. True nunca mais viu ou ouviu falar dela.

Se havia uma porta em algum lugar de North Platte, Nebraska, eu nunca a localizei. A cidade, quando a encontrei, era desumanamente pobre, amarga e açoitada pelo vento. Um velho em um bar sujo disse-me categoricamente que eu deveria ir embora e jamais retornar, porque se existia um lugar desses, certamente não pertencia a mim, e os Oglala Lakota nunca lucraram nada mostrando seus segredos para estranhos. Deixei a cidade na manhã seguinte.

Essa foi apenas uma das dezenas de portas que Ade descobriu durante seus anos de fome. A seguir, descrevo uma lista parcial daquelas que foram confirmadas por este autor:

Em 1889, Ade estava na ilha Prince Edward, trabalhando para um velho cultivador de batatas em busca de algo que ela chamou de "histórias sedosas", provavelmente confundindo *silky* (sedoso, em inglês) com selkies. O fazendeiro contou-lhe sobre um vizinho há muito falecido que encontrou uma jovem nas cavernas do mar. Os olhos da mulher eram estranhamente afastados um do outro, negros como óleo, e ela não falava nem uma palavra sequer de nenhuma língua humana. Ade passou os dias seguintes explorando as cavernas costeiras, até que, certa tarde, ela não retornou. O pobre cultivador de batatas estava convencido de que havia se afogado, até ela reaparecer oito dias depois, cheirando a mares frios e secretos.

Em 1890, Ade estava trabalhando em um navio a vapor que percorria as Bahamas como uma gaivota bêbada, quando, ao que tudo indica, ouviu histórias sobre a rebelião de Toussaint Louverture e a maneira como suas tropas simplesmente se fundiram com as terras altas e desapareceram, quase como num passe de mágica. As rotas de navegação na época desviavam-se do Haiti como se por lá reinasse a peste, por isso Ade abandonou seu posto no navio a vapor e subornou um pescador para levá-la de Matthew Town à acidentada e verdejante costa haitiana.

Encontrou a porta de Toussaint depois de semanas tropeçando nas trilhas de madeira escorregadia de lama das terras altas. Era um longo túnel, emaranhado nas raízes de uma acácia nodosa. Ela nunca descreveu o que encontrou do outro lado, e talvez nunca saibamos agora: a área foi comprada, derrubada e convertida em engenho para produção de açúcar vários anos depois.

No mesmo ano, ela seguiu histórias de monstros cujo olhar gélido podia transformar pessoas incautas em pedra e acabou indo parar em uma pequena e esquecida igreja na Grécia. Lá, encontrou uma porta (preta e congelada) e a atravessou. Descobriu do outro lado um mundo castigado pelo vento e cruelmente frio, que ela teria abandonado com alegria se não houvesse sido atacada no mesmo instante por um bando de gente pálida e selvagem trajando pele animal. Conforme relatou mais tarde, roubaram tudo o que ela possuía "inclusive suas roupas íntimas", gritaram com ela por um tempo e, então, arrastaram-na até sua chefe, que não gritou, mas só fixou o olhar em Ade e falou com ela num sussurro.

– E eu quase podia entendê-la, juro por Deus. Ela estava me dizendo que eu deveria me juntar à tribo deles, lutar contra seus inimigos, agregar riqueza aos seus cofres etc. E juro que quase aceitei. Havia algo naqueles olhos de cor clara, intensamente frios. Mas, no fim, recusei. – Ade não deu mais detalhes sobre as consequências de sua recusa, mas os habitantes da Grécia relatam ter visto uma norte-americana de olhar feroz vagando pelas ruas vestindo nada além de uma capa de pele, com leves queimaduras causadas pelo frio, e carregando uma lança de aparência bastante perigosa. (Minha própria experiência com essa porta em particular será recontada posteriormente.)

Em 1891, Ade descobriu uma arcada de azulejos nas sombras do Grande Bazar de Istambul e voltou com grandes discos de ouro que alegou serem escamas de dragão. Ela visitou Santiago e as Ilhas Falkland, contraiu malária em Léopoldville e desapareceu por vários meses no canto nordeste do Maine. Acumulou a poeira de outros mundos em sua pele como dez mil perfumes, e deixou pelo caminho constelações de homens melancólicos e histórias impossíveis.

AS DEZ MIL PORTAS

Mas nunca permaneceu em nenhum lugar por muito tempo. A maioria dos observadores me disse que ela era simplesmente uma andarilha, levada a se deslocar de um lugar para outro pelas mesmas pressões desconhecidas que fazem as andorinhas voarem para o sul, mas acredito que ela estava mais para um cavaleiro em uma missão. Acredito que Ade estava procurando por uma porta em particular e um mundo em particular.

Em 1893, no auge de sua vida de aventuras, no seu vigésimo sétimo aniversário, ela a encontrou.

***

A história percorreu a trajetória habitual das histórias, passando de boca em boca pelas ferrovias e estradas, como uma doença se espalhando pelas artérias. Em fevereiro de 1893, chegou a Taft, no Texas, e atravessou as paredes da fábrica de algodão onde Ade Larson estava empregada. Seus colegas de trabalho se lembram de um intervalo para o almoço em particular: eles estavam reunidos com suas marmitas de lata atrás do moinho, respirando o vapor pegajoso de óleo e o cheiro de podridão das cascas de sementes de algodão, ouvindo o relatório diário de Dalton Gray sobre as fofocas de bar. Ele lhes contou sobre dois caçadores no norte que haviam descido as Montanhas Rochosas completamente perturbados, jurando por tudo o que era mais sagrado que tinham encontrado um oceano no topo do monte Silverheels.

Os trabalhadores riram, mas a voz de Ade interrompeu a gargalhada como um machado em um toco.

– Como assim, eles encontraram um oceano?

Dalton Gray deu de ombros.

– Como é que eu vou saber? De acordo com Gene, eles estavam perdidos e encontraram uma antiga igreja de pedra da época da mineração de prata e ficaram por lá por uma ou duas semanas. Disseram que era uma igrejinha perfeitamente normal, exceto que havia um oceano na porta dos fundos! – As risadas elevaram-se novamente, mas ficaram para trás; Ade Larson já estava recolhendo o almoço que não comera e caminhando rumo a noroeste, atravessando o pátio da fábrica em direção à East Texas & Gulf Railway.

Não encontrei vestígios de Ade do Texas ao Colorado. Ela simplesmente aparece na cidade de Alma um mês depois, tal qual um mergulhador retornando à superfície, perguntando sobre botas e peles e o tipo de equipamento que uma mulher precisaria para sobreviver à amarga primavera ártica de Front Range. O comerciante local lembra-se de vê-la partir com exasperada pena, certo de que encontrariam seu corpo descongelando nas trilhas quando chegasse o verão.

Em vez disso, no entanto, a mulher voltou do monte Silverheels dez dias depois, com as bochechas rachadas pelo frio e sorrindo de uma maneira afortunada que lembrou o comerciante dos mineiros que encontraram ouro. Ela perguntou-lhe onde poderia encontrar uma serraria.

Ele lhe disse, mas acrescentou:

– Desculpe-me, senhora, mas por que você precisaria de madeira?

– Oh. – Ade riu, e o comerciante mais tarde se lembraria do riso como uma histérica gargalhada de maluca. – Para construir um barco.

O espetáculo de uma jovem solitária sem habilidade específica em carpintaria construindo um barco a vela no ar rarefeito das alturas das Montanhas Rochosas, é claro, não passou despercebido. Ade montou uma espécie de acampamento na base do monte Silverheels que parecia, conforme referiu um repórter, "uma favela recentemente visitada por um tornado". Havia tábuas de pinheiro espalhadas pelo chão congelado, tortuosamente arqueadas. Ferramentas emprestadas amontoavam-se em pilhas descuidadas de uma pessoa que não pretendia usá-las mais de uma vez. A própria Ade presidia o caos vestindo uma pele de urso, praguejando alegremente enquanto trabalhava.

Em abril, o barco tinha uma forma identificável; um esqueleto fino e com cheiro de seiva repousava no meio de seu acampamento, como uma infeliz criatura marinha a quem Deus esquecera de conceder pele ou escamas.

Os primeiros jornalistas apareceram logo em seguida, e a primeira notícia impressa ocupava uma borrada coluna lateral no *Leadville Daily*, com o título pouco criativo de MULHER CONSTRÓI BARCO E INTRIGA MORADORES LOCAIS. Isso gerou fofocas e piadas suficientes para que a história fosse publicada em jornais maiores, impressa e reimpressa e, finalmente, apresentada em conjunto com o relato dos caçadores que encontraram um oceano. Mais de um mês depois, após Ade e seu barco há muito terem partido de Alma, a história tinha circulado a ponto de chegar ao *The New York Times*, sob um título muito mais maldoso: LADY NOÉ DAS ROCHOSAS: MALUCA DO COLORADO PREPARADA PARA O DILÚVIO.

Eu daria qualquer coisa – todas as palavras do Escrito, todas as estrelas em todos os mundos, minhas próprias mãos – para tirar de circulação essa maldita matéria.

Até onde sei, Ade nunca leu nenhum dos artigos a respeito de si. Simplesmente trabalhou em seu barco a vela, pregando tábuas umas sobre as outras para construir o casco e consultou um carpinteiro local que, perplexo, deu-lhe a receita de sebo e seiva de abeto-vermelho para calafetar as junções. A vela de lona era uma lástima mal costurada que teria horrorizado qualquer uma de suas tias, e pendia rígida de um mastro atarracado, mas, no fim do mês, Ade estava convencida de que era o barco mais glorioso e navegável do mundo, ou pelo menos de três mil metros acima do nível do mar. Ela gravou o nome do barco na proa em trêmulas palavras traçadas a carvão: *A Chave*.

Ela foi até a cidade naquela mesma noite e gastou o que restava de suas economias do salário na fábrica de algodão adquirindo presunto defumado e feijão enlatado, três cantis grandes, uma bússola e contratou a ajuda de dois jovens que foram informados em um espanhol capenga de que ela gostaria de levar o barco para o alto da montanha. Encontrei um desses cavalheiros anos depois, o sr. Lucio Martinez, e ele me confessou com amargo cansaço que desejava nunca ter concordado com a empreitada. Ele passou grande parte de uma década sob uma nuvem de suspeitas infundadas porque ele e seu amigo foram as últimas pessoas vivas a ver a mulher branca maluca e seu barco antes que ela desaparecesse. O xerife local chegou até a interrogá-lo um ou dois anos após o evento, insistindo que Martinez lhe desenhasse um mapa preciso de onde Adelaide foi vista pela última vez.

Ade não tinha como saber o tormento a que o pobre sr. Martinez seria submetido quando se separaram no pico do monte Silverheels, e não tenho certeza de que teria se importado na ocasião. Era impulsionada pelo puro egoísmo de um cavaleiro chegando ao fim da jornada, e não podia se afastar de seu objetivo da mesma forma que uma agulha de bússola não pode apontar para o sul.

Ela esperou que Lucio e seu amigo cruzassem de volta a encosta, e a lua crescente pincelasse os pinheiros com um leve prateado. Então, arrastou sua embarcação rudimentar ao longo de uma trilha de veados até uma construção de pedra que um dia poderia ter servido como igreja para os mineiros, ou talvez fosse algo mais antigo e mais sagrado.

A porta estava exatamente como a encontrara semanas antes. Ocupava quase toda a parede de pedra, emoldurada por largas toras de madeira enegrecidas pelo tempo. Um buraco irregular nas tábuas era a única maçaneta, e Ade podia jurar que uma brisa suave já assobiava através dele, carre-

AS DEZ MIL PORTAS

gando o cheiro de sal, cedro e de longos dias dourados pelo sol.

Era um cheiro que não deveria ser familiar para ela, mas era. Era o mesmo cheiro da pele do garoto fantasma quando se beijaram em um campo no fim do verão. Era o cheiro de outro lugar.

Ade abriu a porta e lançou seu barco nos mares desconhecidos de outro mundo.

4

A porta destrancada

Meus olhos, quando os abri, pareciam que tinham sido arrancados da minha cabeça, rolados na areia grossa e enfiados de qualquer jeito nas órbitas. Minha boca estava pegajosa e azeda, e meu crânio parecia ter encolhido vários tamanhos da noite para o dia. Por uns segundos desorientados, esqueci da meia dúzia de taças de champanhe da festa e me perguntei, meio zonza, se o livro havia feito isso comigo. Como se uma história pudesse fermentar em minhas veias, como vinho, e me deixar bêbada.

Se alguma história pudesse fazer isso, teria sido essa. Decerto já li livros melhores, com mais aventura e mais beijos e menos explicações, mas nenhum deles me deixou com essa suspeita frágil e impossível de que talvez, de alguma forma, tudo fosse verdade. Que havia portas escondidas em todos os lugares obscuros, esperando para serem abertas. Que uma mulher poderia deixar para trás sua pele de infância, assim como uma cobra, e se arremessar no fervilhante desconhecido.

Parecia improvável que o sr. Locke me daria algo tão fantasioso, por mais que sentisse pena de mim. Como, então, o livro chegou à minha caixa do tesouro na Sala do Faraó?

Contudo, o mistério parecia tênue e distante sob o peso da Coisa que ainda apertava meu peito. Comecei a perceber que estava criando raízes lá, apegando-se à minha carne como uma segunda pele, envenenando secretamente tudo o que eu tocava.

Senti a cutucada úmida do nariz de Bad enquanto ele se enfiava debaixo do meu braço, como fazia quando era filhote. Estava muito quente – o sol de julho estava escorrendo pelas tábuas do chão agora, assando contra o telhado de cobre –, mas passei meus braços em volta dele e enterrei meu rosto em seu pelo. Ficamos ali deitados suados enquanto o sol se levantava e a Mansão Locke rangia e murmurava ao nosso redor.

Estava mergulhando em um sono forçado e atordoado pelo calor quando a porta se abriu.

Senti o cheiro de café e ouvi passos familiares e decididos pelo chão. Uma tensão secreta no meu peito se desenrolou, exalando alívio: *ela ainda está aqui.*

Jane estava vestida e alerta de maneira que revelava que estava acordada há um tempo considerável e se abstivera de me incomodar pelo tempo que fosse decente. Ela equilibrou um par de xícaras fumegantes na estante de livros, arrastou uma cadeira alta e fina para a minha cabeceira e sentou-se com os braços cruzados.

– Bom dia, January. – Havia algo quase severo em sua voz, um tom profissional. Talvez um único dia tenha sido o período de luto aceitável para um pai na maior parte do tempo ausente. Talvez ela estivesse apenas irritada comigo por dormir até tarde e monopolizar o nosso quarto. – Ouvi das garotas da cozinha que a festa foi, hã, agitada.

Soltei um gemido rabugento, do tipo não-quero-falar-disso.

– É verdade que você ficou bêbada, gritou com o sr. Locke e saiu batendo o pé da sala de fumo? E então… a menos que meus informantes estejam enganados, desapareceu com o garoto Zappia?

Repeti o gemido rabugento, um pouco mais alto. Jane apenas arqueou as sobrancelhas. Joguei um braço sobre o meu rosto, olhei para o brilho alaranjado das minhas pálpebras e resmunguei:

– Sim.

Ela riu, uma gargalhada estrondosa que fez Bad sobressaltar-se.

– Ainda existe esperança para você. Há momentos em que acho que você é covarde demais para se destacar no mundo, mas talvez eu esteja errada. – Ela fez uma pausa, sóbria. – Quando conheci seu pai, ele me disse que você era uma criança feroz e problemática; espero que seja mesmo. Você vai precisar.

Quis perguntar se ele falou muitas vezes de mim, e o que disse, se mencionou que um dia me levaria junto com ele, mas as palavras ficaram engasgadas na minha garganta. Engoli em seco.

– Para quê?

Aquela expressão severa, quase irritada, voltou ao seu rosto.

– As coisas não podem continuar para sempre do jeito que são, January. As coisas devem mudar.

Ah. Então era isso. Agora ela ia me dizer que partiria em breve, que voltaria para casa nas terras altas da África Oriental Britânica e me abandonaria sozinha naquele pequeno quarto cinzento. Tentei sufocar o pânico no meu peito.

– Eu sei. Você está indo embora. – Minha intenção era soar calma e adulta, esperava que ela não percebesse como os meus punhos fechados apertavam os lençóis. – Agora que... agora que papai está morto.

– Desaparecido – ela corrigiu.

– Como disse?

– Seu pai está desaparecido, não está morto.

Balancei a cabeça incrédula, apoiando-me em um cotovelo.

– Mas o sr. Locke disse...

Jane torceu os lábios e fez um gesto de indiferença, como se afastasse um mosquito.

– Locke não é Deus, January.

Ele poderia muito bem ser. Não cheguei a dizer isso, mas sabia que meu rosto estampava uma expressão de teimosa negação.

Jane suspirou para mim, mas quando falou novamente sua voz era mais branda, quase hesitante.

– Tenho motivos para acreditar que... seu pai fez certas promessas... Bem. Ainda não desisti de Julian. Acho que você também não deveria.

A Coisa obscura parecia se enrolar mais próximo de mim, uma concha de náutilo invisível me protegendo de suas palavras, cruéis porque tecidas em esperança. Fechei os olhos novamente e me afastei dela.

– Não estou a fim de café. Obrigada.

Um suspiro profundo. Será que a ofendi? Melhor assim. Talvez ela fosse embora sem fingir sentir minha falta, sem promessas falsas de que manteria contato.

Mas, então, ela sussurrou:

– O que é isso? – Senti sua mão remexer nos lençóis às minhas costas. Uma pequena coisa quadrada deslizou por baixo de mim.

Endireitei o corpo e vi *As dez mil portas* em suas mãos, que agarravam o livro com tanta firmeza que as pontas dos dedos dela estavam esbranquiçadas.

– Isso é *meu*, se você não…

– Onde conseguiu isso? – Seu tom de voz era perfeitamente inalterado, mas estranhamente urgente.

– Foi um presente – respondi na defensiva. – Acho.

Mas ela não estava ouvindo. Estava folheando o livro ligeiramente trêmula, os olhos deslizando através das palavras como se fossem uma mensagem vital escrita apenas para ela. Senti um ciúme estranho e ilógico.

– Diz alguma coisa sobre *irimu*? As mulheres-leopardo? Ele encontrou…

Uma dura batida na porta. Bad se levantou, mostrando os dentes.

– Senhorita Jane? O senhor Locke gostaria de ter uma palavra em particular com você, por favor. – Era o sr. Stirling, parecendo como de costume uma máquina de escrever que aprendera a andar e falar.

Jane e eu nos entreolhamos. O sr. Locke nunca, em seus dois anos na Mansão Locke, falara em particular com ela, nem mais de uma dúzia de palavras em público. Ele a considerava uma necessidade lastimável, como um vaso feio que era obrigado a guardar porque fora presente de um amigo.

Observei a garganta de Jane se mover, engolindo a emoção que fizera suas mãos deixarem manchas escuras e úmidas no livro encadernado em couro.

– Já vou, sr. Stirling, obrigada.

Um pigarrear profissionalmente afinado soou do outro lado da porta.

– Agora, por favor.

Jane fechou os olhos, mandíbula latejando de frustração.

– Sim, senhor – ela respondeu. Jane se levantou, enfiando o meu livro no bolso da saia e apoiando a palma da mão contra ele, como se estivesse se assegurando de sua existência. Com uma voz muito mais calma, ela sussurrou: – Conversaremos quando eu voltar.

Deveria ter agarrado suas saias e exigido uma explicação. Deveria ter dito ao sr. Stirling para calar a boca e apreciar o silêncio atordoado depois disso.

Mas não fiz nada disso.

Jane saiu para o corredor e tudo ficou em silêncio mais uma vez, exceto pelo turbilhão agitado das partículas de poeira perturbadas por sua passagem. Bad pulou no chão, se espreguiçou e se sacudiu. Uma névoa de finos pelos de bronze se juntou à poeira, brilhando dourados nos raios de sol.

Caí de volta no colchão. Podia ouvir o ruído da tesoura de jardineiro do lado de fora. O zumbido distante de um automóvel passando pelos portões de ferro forjado. O tamborilar rápido demais do meu coração, batendo contra as minhas costelas como alguém esmurrando freneticamente em uma porta trancada.

O sr. Locke me falara que meu pai estava morto. *Aceite isso*, ele me disse, e eu aceitei. Mas e se...?

Uma exaustão azeda brotou em meus membros. Quantos anos da minha vida eu passei esperando o meu pai, acreditando que ele voltaria no dia seguinte ou no outro? Correndo para recolher a correspondência, procurando sua letra elegante na pilha? Esperando, tentando não esperar, o dia em que ele chegaria em casa e diria, *January, chegou a hora*, e eu partiria com ele para o brilhante desconhecido?

Certamente eu poderia me poupar dessa última e maior decepção.

Gostaria que Jane tivesse deixado meu livro para trás. Queria fugir de novo, de volta à busca de Ade pelo seu fantasma. Tantos anos ela passara buscando com base apenas no fio de esperança mais fino e improvável. Eu me perguntei o que ela teria feito em meu lugar.

Vá descobrir por si mesma. A resposta veio em uma voz calma e sulista que pensei que deveria ser da própria Ade, se ela fosse uma pessoa e não uma personagem fictícia. Soou clara e forte no meu crânio, como se eu já tivesse ouvido antes. *Vá encontrá-lo.*

Fiquei deitada muito quieta, sentindo um arrepio perigoso irradiar do meu peito como uma febre repentina.

Mas uma voz mais adulta e mais sóbria me lembrou que *As dez mil portas* era apenas um romance e que os romances não são conselheiros confiáveis. Eles não estão preocupados com racionalidade ou sobriedade; eles trafegam em tragédia e suspense, em caos e quebra de regras, em loucura e mágoa, e guiarão você a tais eventos com toda a astúcia de um flautista que atrai ratos para dentro de um rio.

Seria mais sensato ficar ali, implorar para retornar às boas graças do sr. Locke após o desastre da noite anterior e manter meus sonhos infantis trancados onde deveriam ficar. Aprender a esquecer o som grave e sincero da voz de meu pai, quando ele disse *Eu prometo*.

Você nunca voltou para mim. Você nunca me resgatou.

Mas talvez – se eu fosse corajosa, temerária e muito tola – se eu ouvisse aquela voz calma e destemida em meu coração, tão familiar e tão estranha – eu poderia resgatar a nós dois.

Não esperava ver ninguém ao sair. Não deveria ter visto ninguém – vários membros da Sociedade estavam pernoitando como convidados de honra de Locke, ocupando as vistosas suítes de hóspedes no segundo andar, e a casa ainda estava cheia de empregados contratados limpando o salão depois da festa –, mas a empreitada Fugir de Casa envolve um roteiro muito particular e manjado: Bad e eu deveríamos sair pela porta da frente e descer o caminho até o portão como uma dupla de fantasmas. Mais tarde, Locke poderia ir até o meu quarto e encontrar meu bilhete (não informativo, mas com as devidas desculpas, agradecendo-lhe por anos de generosidade e gentileza) e praguejar baixinho. Ele poderia olhar pela janela para ver se ainda poderia me alcançar, mas seria tarde demais.

Só que o sr. Locke estava parado no vestíbulo. E o sr. Havemeyer também.

– ... só uma criança, Theodore. Resolverei tudo em um dia ou dois. – Locke estava de costas para mim, um braço fazendo os gestos confiantes de um banqueiro tranquilizando um patrono nervoso, o outro segurando o casaco para Havemeyer. Havemeyer estava fazendo a menção de pegá-lo, a dúvida transparecendo em seu rosto, quando me viu parada na escada.

– Ah. Sua descontente com o prêmio, Cornelius. – O sorriso de Havemeyer só era um sorriso no sentido de que seus lábios estavam curvados para cima e seus dentes estavam à mostra. Locke se virou. Assisti a seu rosto passar de fria desaprovação para consternação, ligeiramente boquiaberto.

Sob esse olhar carrancudo de que-bobagem-é-essa, eu me senti vacilar. A confiança arrebatadora que me levara até ali – vestindo minhas roupas mais resistentes, enchendo uma sacola de lona de forma meio aleatória com alguns pertences, escrevendo dois bilhetes e organizando-os artisticamente – hesitou, e de repente me senti como uma criança anunciando que fugiria de casa. Ocorreu-me que eu havia embalado pelo menos nove ou dez livros, mas nem um único par de meias sobressalentes.

Locke abriu a boca, o peito inflando com o próximo sermão, mas eu acabara de perceber algo. Se ele estava ali com Havemeyer, obviamente terminara a conversa com Jane – mas ela não voltara.

– Onde está Jane? – interrompi. Ela deveria voltar para o nosso quarto e encontrar o bilhete que eu havia escondido no *Tom Swift and his airship*. Então, ela se juntaria a mim em Boston, compraria uma passagem em um navio rumo ao Oriente, e a nossa aventura começaria. Se ela quisesse, é claro; meu plano inteligente evitava a necessidade de lhe perguntar cara a cara e a possibilidade de ouvi-la dizer não.

O rosto de Locke ficou lívido de irritação.

– Volte já para o seu quarto, garota. Lido com você mais tarde. De fato, você vai ficar de castigo pelo tempo que eu julgar...

– Onde está Jane?

Havemeyer, assistindo, disse com voz arrastada:

– É reconfortante descobrir que você não é rude apenas quando está bêbada, senhorita Scaller.

Locke o ignorou.

– January. Suba. Agora. – Seu tom de voz era grave e urgente. Desviei o olhar de seu rosto, mas senti os olhos pálidos agarrando e apertando minha carne, me empurrando para trás. – Volte para o seu *quarto*...

Só que eu estava cansada de ouvir o sr. Locke, cansada do peso de sua vontade me esmagando cada vez mais, cansada de ter que saber o meu lugar.

– Não. – A resposta saiu como um sussurro vacilante. Engoli em seco, enfiando meus dedos no calor dos pelos de bronze de Bad. – Não. Estou indo embora.

Baixei a cabeça e endireitei os ombros, como uma mulher enfrentando um vento forte de frente, e joguei minha sacola escada abaixo e através do hall de entrada. Mantive minha coluna muito ereta.

Estávamos quase passando por eles, quase ao alcance da maçaneta da porta da frente, quando Havemeyer riu. Foi um assobio hediondo e estridente que fez os pelos de Bad se eriçarem sob a minha palma. Passei meus dedos pela coleira dele.

– E aonde uma coisa como você poderia ir? – perguntou. Ele levantou a bengala e cutucou a minha sacola de lona.

– Encontrar meu pai. – Eu também estava cansada de mentir.

O não sorriso de Havemeyer tornou-se meloso. Algo indefinível – expectativa? deleite? – ardia em seus olhos quando se inclinou em minha direção e curvou um dedo enluvado sob o meu queixo, inclinando meu rosto para cima.

– Seu *falecido* pai, acho que você quis dizer.

Eu deveria ter soltado a coleira de Bad naquele momento e deixá-lo mastigar Havemeyer. Eu deveria ter dado um tapa nele, ou ignorado, ou arremetido para a porta.

Qualquer coisa, menos o que realmente fiz.

– Talvez. Talvez não. Talvez ele esteja perdido por aí em algum lugar. Talvez ele tenha encontrado uma Porta e a tenha atravessado e esteja em outro mundo, um mundo melhor, onde não há pessoas como você. – Como retorno, houve algo entre a *loucura total e a piedade*. Esperei o suspiro do sr. Locke, ou aquele som sibilante trespassava o riso de Havemeyer.

Em vez disso, os dois ficaram muito quietos. Era o tipo de quietude que arrepia os pelos dos braços e faz você pensar em lobos e cobras à espreita na grama alta. O tipo de quietude que faz você perceber que acabou de dar um passo muito errado, mesmo que não saiba qual.

O sr. Havemeyer se endireitou, fazendo meu queixo cair e flexionando as mãos nas luvas de dirigir, como se elas tivessem ficado inquietas.

– Cornelius. Pensei que havíamos concordado em manter certas informações preservadas para os membros da Sociedade. De fato, pensei que este fosse um princípio essencial da nossa organização, conforme estabelecido pelo próprio Fundador. – Pela segunda vez naquela manhã, tive a sensação de que a conversa estava subitamente sendo conduzida em um idioma desconhecido.

– Não contei nada a ela. – O tom de Locke era brusco, mas havia uma nota estrangulada que eu poderia ter chamado de medo, embora nunca tivesse visto Locke com medo.

As narinas de Havemeyer se inflaram.

– É mesmo? – ele murmurou. – Luke! Evans! – Uma dupla de brutamontes desceu as escadas ao ouvir o brado, com a bagagem quase empacotada nos braços.

– Pois não, sr. Havemeyer – eles ofegaram.

– Acompanhem essa garota até o quarto dela e tranquem-na. E cuidado com o cachorro.

Sempre odiei quando, nos livros, um personagem congela de medo. *Acorde!* Queria gritar com eles. *Faça alguma coisa!* Lembrando de mim parada ali, com minha bolsa de lona estupidamente pendurada no ombro, meus dedos afrouxando a coleira de Bad, quero gritar para mim mesma: *faça alguma coisa!*

Mas eu era uma boa garota e não fiz nada. Fiquei em silêncio quando Havemeyer bateu a bengala para apressar seus homens, enquanto Locke bufava e protestava, enquanto as mãos grosseiras se fechavam acima dos meus cotovelos.

Quando Bad entrou em erupção, rosnando corajoso, e um dos homens jogou um casaco pesado sobre sua cabeça e o derrubou no chão.

Fui meio que arrastada pelas escadas e jogada no meu quarto, a chave girou na fechadura e o trinco entrou no lugar como o martelo de metal lubrificado do revólver do sr. Locke.

Não emiti qualquer som até ouvir latidos furiosos e homens xingando, depois uma série de pancadas e chutes, e depois um silêncio hediondo. E, então, já era tarde demais.

Que isso sirva de lição para você: se for boazinha demais e quietinha demais por muito tempo, pagará um preço. Sempre pagará, no final.

Bad Bad BadBadBad. Arranhei a porta, forçando a maçaneta até os ossos do meu pulso rangerem. As vozes dos homens subiam pelas escadas em espiral e deslizavam por baixo da minha porta, mas eu não conseguia entendê-las com o barulho das dobradiças e um lamento horrível e sem origem. Foi só quando captei a voz irritada de Havemeyer no patamar – *Alguém pode calar a boca dessa menina?* – que percebi que o som vinha de mim.

Calei-me. Ouvi Havemeyer gritar lá embaixo:

– Tire isso daqui e limpe essa bagunça, Evans. – E, então, não havia nada além da estrondosa pulsação nos meus ouvidos e o meu silencioso desmoronamento.

Eu tinha sete anos de novo e a chave de Wilda tinha acabado de girar na fechadura de ferro preto e me deixou enjaulada e sozinha. Lembrei-me das paredes me pressionando entre elas como um espécime botânico, o gosto adocicado e doentio de xarope em uma colher de prata, o cheiro do meu próprio terror. Pensei que tinha esquecido, mas as lembranças eram nítidas como fotografias. Perguntei-me com distanciamento se elas sempre estiveram lá, espreitando fora de vista e sussurrando seus medos para mim. Se por trás de toda boa garota espreitava uma boa ameaça.

Ruído de arrastar, xingamentos vindos da sala distante. *Bad*.

Minhas pernas se dobraram embaixo de mim e eu deslizei pela porta, pensando: *É assim que é sentir-se só*. Eu só pensava que sabia, antes, mas agora Jane se fora e Bad havia sido levado, e eu poderia apodrecer até virar fiapos de algodão e poeira naquele decadente quarto cinzento e ninguém na Terra se importaria.

Aquela Coisa obscura desceu de novo e pousou suas asas de fumaça de carvão em volta dos meus ombros. *Sem mãe, sem pai. Sem amigos*.

Fora tudo culpa minha. Culpa minha por pensar que eu poderia simplesmente fugir, por pensar que bastava tomar coragem e sair para o vasto desconhecido como um herói iniciando uma missão. Por pensar que eu poderia torcer um pouco as regras e escrever para mim mesma uma história melhor e mais grandiosa.

Mas as regras eram feitas por Lockes e Havemeyers, por homens ricos em salas de fumo privadas que atraíam as riquezas do mundo para si mesmos como aranhas bem-vestidas no centro de uma teia de ouro. Pessoas de importância; pessoas que nunca poderiam ser trancadas em quartos pequenos e esquecidos. O melhor que eu poderia esperar era uma vida passada rastejando em suas sombras generosas – uma criatura intermediária que não era amada nem desprezada, a quem permitiam correr livremente desde que não causasse problemas.

Pressionei as palmas das mãos sobre os olhos. Queria lançar um feitiço e apagar os últimos três dias, me encontrar outra vez, inocente e confusa, na Sala do Faraó, abrindo o baú azul. Queria desaparecer de novo no *As dez mil portas*, me perder nas aventuras impossíveis de Ade – mas Jane tinha pegado o livro e agora Jane partira.

Eu queria encontrar uma Porta e escrever o meu próprio caminho através dela.

Mas isso era loucura.

Só que… havia o livro, que ecoava minha própria lembrança. E a expressão urgente nos olhos negros de Jane quando ela o segurou. E Havemeyer e Locke, congelando com a mínima menção às Portas. E se…?

Eu oscilava na beirada do penhasco invisível, segurando-me para não cair no agitado oceano lá embaixo. Levantei-me devagar e fui até a cômoda. Meu porta-joias era uma velha caixa de costura recheada com os tesouros acumulados ao longo de dezessete anos – penas e pedras, bugigangas da Sala do Faraó, cartas do meu pai dobradas e redobradas tantas vezes que os vincos eram translúcidos. Passei o dedo pelo forro até sentir a borda fria de uma moeda.

A rainha de prata sorriu seu sorriso estrangeiro para mim, exatamente como tinha feito quando eu tinha sete anos. A moeda pesou na minha palma; bastante real. Senti uma sensação vertiginosa, como se algumas aves marinhas de asas grandes estivessem volteando dentro de mim, arrastando sal, cedro e o sol familiar-mas-não-familiar de outro mundo.

Respirei fundo uma vez e mais outra. *Loucura.* Meu pai estava morto, minha porta estava trancada e Bad precisava de mim, e não havia saída senão a loucura.

Pulei da beirada do penhasco invisível e mergulhei nas águas escuras lá embaixo, onde o irreal se tornou real, onde o impossível nadava com barbatanas cintilantes, onde eu podia acreditar em tudo.

E, ao acreditar, senti uma calma repentina tomando conta de mim. Enfiei a moeda na minha saia e fui para a escrivaninha junto à janela. Encontrei um pedaço de papel meio usado e alisei-o contra a mesa. Fiz uma pausa por um momento, concentrando cada centelha da minha crença tonta e embriagada, depois peguei a caneta e escrevi:

A Porta se abre.

Aconteceu exatamente como quando eu tinha sete anos e ainda era jovem o suficiente para acreditar em magia. A ponta da caneta girou no ponto-final e o universo pareceu suspirar ao meu redor, encolher os ombros invisíveis. A luz que fluía pelas minhas janelas escureceu com as nuvens da tarde, parecendo subitamente mais dourada.

Atrás de mim, as dobradiças se abriram.

Uma sensação de loucura inebriante ameaçou me engolir, seguida por um cansaço dolorido – uma escuridão pegajosa e vertiginosa que pulsava atrás dos meus olhos –, mas não tinha tempo para isso. *Bad*.

Corri com as pernas trêmulas, passando por alguns convidados assustados, passando pelas vitrines com suas placas identificadoras e lancei-me escada abaixo.

A cena no vestíbulo havia mudado: Havemeyer se fora, a porta da frente ainda estava aberta atrás dele, e o sr. Locke falava com um de seus fortes capangas em voz baixa e objetiva. O homem estava assentindo, limpando as mãos em uma toalha branca e deixando para trás manchas cor de ferrugem. Sangue.

"*Bad!*", eu quis gritar, mas meu peito ficou sem ar e apertado.

Ambos olharam para mim.

– O que vocês *fizeram*? – Agora eu estava quase sussurrando.

Nenhum deles me respondeu. O capanga de Havemeyer me encarava com uma expressão nervosa e perplexa, como alguém que duvida da evidência diante de seus próprios olhos.

– Eu a tranquei, senhor, juro que sim, como o sr. Havemeyer mandou... como ela...

– Cale a boca – Locke sibilou, e o homem obedeceu. – Agora, saia. – O homem correu para fora, atrás de seu patrão, olhando para mim por cima do ombro com uma terrível suspeita.

Locke virou-se para mim, levantando as mãos para apaziguar os ânimos ou por frustração, tanto fazia para mim.

– *Onde está Bad?* – Ainda não havia ar suficiente nos meus pulmões, como se minha caixa torácica fosse apertada por um punho gigante. – O que fizeram com ele? Como você pôde permitir?

– Sente-se, garota.

– Uma ova que vou me sentar – Eu nunca falara com ninguém dessa maneira na minha vida, mas agora meus membros estavam tremendo de uma raiva quente e imponente. – Onde ele está? E Jane, preciso de Jane, me *solte*!

O sr. Locke foi até a escada e agarrou meu queixo com força, pressionando os dedos na minha mandíbula. Ergueu meu rosto, olhos nos meus olhos.

– *Eu. Disse. Sente-se.*

Minhas pernas tremeram e vacilaram embaixo de mim. Ele me pegou pelo braço e arrastou para a sala lateral mais próxima – a Sala Safári, um aposento cheio de cabeças de antílopes empalhadas e máscaras de madeira tropical escura – e me jogou em uma poltrona. Eu me agarrei a ela, cambaleando, tonta e ainda atormentada com aquela exaustão doentia.

Locke arrastou outra cadeira pela sala, engruvinhando o tapete com os pés do móvel, e sentou-se tão perto de mim que seus joelhos pressionaram os meus. Ele se recostou numa postura de falsa calma.

– Eu me esforcei muito com você, sabe – disse ele num tom casual de conversa. – Todos esses anos venho cuidando, lapidando e te protegendo… De todos os itens de minhas coleções, é com você que mais me preocupo. – Seu punho se fechou em frustração. – E, ainda assim, você insiste em se colocar em perigo.

– Senhor Locke, por favor, *Bad*…

Ele se inclinou para a frente, olhos árticos nos meus, mãos apoiadas nos braços da minha poltrona.

– Por que você não aprendeu a *se colocar no seu lugar*?

A voz dele ficou mais grave nas últimas palavras, carregada com algum sotaque estrangeiro e gutural que não reconheci. Estremeci; ele se afastou e respirou fundo.

– Diga-me: como saiu de seu quarto? E como, em nome dos deuses, você descobriu sobre as aberrações?

Ele quis dizer… Portas?

Pela primeira vez desde que ouvira aqueles terríveis sons de pancadas e chutes, não pensei em Bad. Mas fora momentaneamente substituído pela distante constatação de que o sr. Locke certamente não me dera *As dez mil portas*.

– Não por seu pai, acho que podemos ter certeza. Esses cartões-postais pouco calorosos mal tinham espaço suficiente para o selo. – Locke bufou através do bigode. – Foi aquela maldita africana?

– Jane? – Eu pisquei perplexa para ele.

– Hum, então ela tem algo a ver com isso! Já suspeitava. Nós a rastrearemos mais tarde.

– Rastrearemos…? Onde ela está?

– Ela foi demitida esta manhã. Seus serviços, quaisquer que tenham sido, certamente não são mais necessários.

– Mas você não pode! Meu pai contratou Jane. Você não pode simplesmente se livrar dela. – Como se isso importasse. Como se eu pudesse trazer Jane de volta por algum detalhe técnico ou brecha.

– Receio que seu pai não empregue mais ninguém. Pessoas mortas raramente o fazem. Mas essa não é a nossa principal preocupação no momento. – Em algum lugar da conversa, Locke havia perdido sua fúria e se tornara cortante, frio, desapaixonado; ele poderia estar se apresentando em uma reunião do conselho ou ditando ordens ao sr. Stirling. – De fato, dificilmente importa *como* você obteve suas informações na atual conjuntura; o que importa é que você sabe demais, de maneira totalmente independente e teve um julgamento infinitamente equivocado ao revelar esse conhecimento a um de nossos membros mais, digamos, imprudentes. – Ele soltou um leve suspiro e meio que encolheu os ombros. – Theodore emprega meios bastante rudimentares e receio que ficará ainda mais empolgado com seu pequeno truque de mágica com a porta trancada. Bem, ele é jovem.

Ele é mais velho do que você. Foi assim que Alice se sentiu atravessando a toca do coelho?

– Por isso, devo encontrar uma maneira de mantê-la segura, mantê-la escondida. Já fiz algumas ligações.

Eu me sentia em uma queda livre.

– Ligações para quem?

– Amigos, clientes, você sabe. – Ele abanou a mão. – Encontrei um lugar para você. Disseram-me que é muito profissional, muito moderno e confortável; nada como as masmorras vitorianas em que costumavam jogar as pessoas. Brattleboro tem uma excelente reputação. – Ele balançou a cabeça para mim como se eu devesse estar satisfeita em ouvir isso.

– Brattleboro? Espere... – Senti meu peito apertar. – O *retiro* Brattleboro? O *hospício*? – Ouvi o nome sussurrado entre os convidados de Locke; era onde as pessoas ricas colocavam suas tias solteiras e filhas inconvenientes. – Mas eu não sou louca! Eles não vão me levar.

A expressão de Locke tornou-se quase pesarosa.

– Oh, minha querida, já não lhe ensinei o valor do dinheiro? Além do mais: até onde se sabe, você é uma órfã mestiça que soube da morte do pai e começou a tagarelar sobre portas mágicas. Custou um pouco mais persuadi-los a ignorarem sua cor, admito, mas garanto: eles vão levá-la.

Vislumbrei a cena na minha cabeça como um rolo de filme: os intertítulos exibindo as falas do sr. Locke para a plateia: "*Seu pai está morto, January!*" e, depois, cenas agitadas de uma jovem chorando, delirante. "*Ela enlouqueceu, pobrezinha!*". E, então, um bonde preto deslizando sob um arco de pedra onde se lê HOSPÍCIO, com relâmpagos ao fundo, e depois há um corte para uma cena de nossa heroína amarrada a uma cama de hospital, olhando apática para a parede. *Não*.

O sr. Locke estava falando de novo.

– Será apenas por alguns meses, talvez um ano. Preciso de tempo para conversar com a Sociedade, acalmar todos os ânimos. Para demonstrar sua natureza tratável. – Ele sorriu para mim e, mesmo com todo o meu horror, enxerguei em seu sorriso a gentileza, as desculpas. – Gostaria que pudesse ser de outra forma, mas é a única maneira que conheço para mantê-la segura.

Eu estava ofegante, meus músculos tremiam.

– Você não pode... não faria isso.

– Você pensou que poderia se aventurar apenas pelas bordas de tudo? Mergulhar só um dedo nessas águas? São assuntos muito sérios, January, tentei lhe dizer. Estamos reforçando a ordem natural das coisas, determinando o destino dos mundos. Talvez um dia você ainda possa nos ajudar. – Ele estendeu a mão para o meu rosto novamente e eu recuei. Locke deslizou um dedo na minha bochecha da forma como poderia ter acariciado um pedaço de porcelana importada: com delicadeza, cobiçoso. – Parece cruel, eu sei... mas, acredite em mim quando digo que é para o seu bem.

E, quando seus olhos encontraram os meus, senti um desejo infantil e estranho de confiar nele, de me encolher dentro de mim e deixar o mundo fluir ao meu redor, como sempre fiz, mas...

Bad.

Tentei correr. De verdade. Mas minhas pernas ainda estavam fracas e trêmulas e Locke me alcançou no meio do caminho antes que eu saísse da sala.

Arrastou-me para o armário de roupas, enquanto eu resistia arranhando e cuspindo, e me jogou dentro dele, como a cozinheira jogava carne na geladeira. A porta do armário bateu e eu fiquei presa na escuridão com nada além do cheiro forte de mofado de casacos de pele não usados e o som da minha própria respiração.

– Senhor Locke? – Minha voz soou trêmula e estridente. – Senhor Locke, por favor, desculpe... – murmurei. Implorei. Chorei. A porta não se abriu.

Supõe-se que uma boa heroína sente de boca fechada na cela de sua masmorra, formulando valentes planos de fuga e odiando seus inimigos com um vigor justificado; em vez disso, implorei, trêmula e com os olhos inchados.

É fácil odiar pessoas nos livros. Também sou leitora e sei como os personagens podem se transformar em Vilões sob a batuta do autor (aquele V maiúsculo lembra pontas de punhal ou dentes afiados). Simplesmente não é assim na vida real. O sr. Locke ainda era o sr. Locke – o homem engravatado que me acolheu quando o meu próprio pai não se deu ao trabalho de me criar. Eu nem *queria* odiá-lo; só queria desfazer tudo, desfazer as últimas horas.

Não sei quanto tempo esperei no armário. Essa é a parte da história em que o tempo se torna instável e tremeluzente.

Enfim, houve uma batida autoritária na porta da frente, e ouvi a voz do sr. Locke:

– Entrem, entrem, senhores. Graças a Deus vocês estão aqui. – Sons arrastados, passos, dobradiças de portas. – Ela está um pouco selvagem no momento. Têm certeza de que podem lidar com ela?

Outra voz respondeu que não haveria dificuldade alguma; ele e sua equipe eram muito experientes em tais assuntos. Talvez o sr. Locke preferisse se retirar para outra sala, para evitar angústia?

– Não, não. Eu gostaria de acompanhar tudo.

Mais passos de botas. Em seguida, o som da porta do armário sendo destrancada e a silhueta de três homens contra a luz da tarde. Mãos firmes e enluvadas apertaram-se em torno dos meus braços e me arrastaram para o vestíbulo, com as pernas dormentes.

– Senhor Locke, *por favor*, não sei de nada, não tive intenção, não deixe que eles me levem...

Um pano tapou meu nariz e boca, úmido e doce como o mel. Gritei sufocada por ele, mas o pano só ficou maior e maior até os meus olhos e membros estarem cobertos de uma escuridão abafada e açucarada.

Minha última sensação foi de alívio distante; pelo menos na escuridão, eu não precisava mais ver a pena estampada nos olhos do sr. Locke olhando para mim.

Primeiro você nota o cheiro. Antes de acordar, o cheiro se emaranha na escuridão: amido, amônia e soda cáustica, e algo mais que pode ter sido pânico, destilado e fermentado nas paredes do hospital por décadas. Você também sente um cheiro gorduroso e suado como carne deixada no balcão. Então, quando abri os olhos – um processo parecido com separar dois caramelos que derreteram no bolso – não fiquei surpresa ao me encontrar em uma sala desconhecida com paredes verde-acinzentadas. Todos os elementos normais de um quarto estavam faltando, restando apenas uma extensão lisa de piso polido e duas janelas muito estreitas. Até a luz do sol que se infiltrava através delas parecia amortecida.

Meus músculos pareciam desarranjados, como se tivessem se desprendido dos meus ossos, e minha cabeça latejava. Estava desesperada de sede. Mas só comecei a ter medo quando tentei alcançar minha cintura para sentir a moeda de prata e não consegui: macias algemas de lã atavam meus pulsos.

Ter medo não serviu para nada, é claro, exceto para me fazer suar ainda mais.

Fiquei ali deitada com meu medo, minha cabeça latejante e minha boca seca por horas, pensando em Bad, Jane, meu pai e no quanto sentia falta do cheiro empoeirado e envelhecido da Mansão Locke. E como tudo saiu terrível e profundamente errado. Quando as enfermeiras enfim chegaram, já estava me contorcendo de tanto esperar.

As enfermeiras eram mulheres decididas, com mãos ásperas de lixívia e vozes persuasivas.

– Agora vamos sentar e comer, como uma boa garota – elas mandaram, e assim fiz. Comi algo mole e sem graça que poderia ter sido aveia, bebi três copos de água, urinei quando mandaram num recipiente aberto de aço e até me deitei na cama quando elas pediram e deixei que recolocassem as algemas em volta dos meus pulsos.

Meu único ato de rebelião (e, Deus, que pateticamente pequeno) foi tirar a moeda do meu cós e segurá-la quente e redonda na palma da mão. Sobrevivi à primeira noite agarrando-a e sonhando com rainhas de rosto prateado navegando em mares estrangeiros, sem limites.

Na segunda manhã, estava convencida de que uma legião de médicos horríveis chegaria a qualquer momento para me administrar drogas ou espancamentos, como nas notícias de jornal mais sensacionalistas sobre hospícios. Passei muitas horas deitada, olhando a encardida luz do sol banhando o chão, antes de me lembrar da lição que aprendi quando criança: não é a dor ou o sofrimento que destrói uma pessoa; é só o tempo.

O tempo, sentado sobre seu esterno como um dragão de escamas negras, minutos fazendo tique-taque como garras no chão, horas deslizando sobre asas sulfurosas.

As enfermeiras voltaram duas vezes e repetiram seus rituais. Eu era muito obediente e elas murmuravam sua aprovação para mim. Quando gaguejei que gostaria de falar com o médico, por favor, porque houve um erro terrível e eu, na verdade, não era louca, uma delas até riu.

– Ele está muito ocupado, meu bem. Sua avaliação está agendada para amanhã, ou pelo menos antes do final da semana. – Então, ela deu uns tapinhas na minha cabeça, como nenhum adulto jamais acariciaria a cabeça de outro adulto e acrescentou: – Mas você tem se comportado *muito* bem e, por essa razão, vamos deixar você sem isso hoje à noite.

O jeito como ela falou – como se eu devesse ser grata simplesmente por não ser algemada, por ter a liberdade humana básica de mover meus braços e tocar em algo que não fossem lençóis superengomados – acendeu como uma brasa na minha barriga. Se eu a deixasse queimar teria acendido uma conflagração, um incêndio voraz que rasgaria os lençóis duros, arremessaria a aveia contra a parede e tornaria meus olhos brancos de tão incandescentes. Ninguém acreditaria que eu era sensata, depois disso. Então abafei a brasa.

Elas saíram e me postei diante da janela, pressionando a testa contra o vidro quente do verão até meus pés começarem a doer. Deitei-me.

Os dragões das horas me perseguiam. Eles cresciam à medida que o sol se punha, multiplicando-se nas sombras.

Acho que teria me despedaçado naquela segunda noite e nunca mais conseguiria me recompor, não fosse por um barulho irregular e meio familiar contra a janela. Suspendi a respiração.

Saí da cama e lutei contra a trava da janela, sentindo a fraqueza líquida dos meus braços. Ela abriu apenas uns centímetros avarentos, mas foi o suficiente para deixar entrar um cheiro doce de noite de verão. O suficiente para eu ouvir, lá embaixo, uma voz conhecida dizer:

– January? É você?

Era Samuel. Por um momento, me senti como Rapunzel deve ter se sentido quando seu príncipe finalmente apareceu para resgatá-la da torre, só que eu não poderia sair pela janela, mesmo que meu cabelo fosse longo e dourado, em vez de encaracolado e emaranhado. Nem assim.

– O que está fazendo aqui? – sussurrei para ele. Não via muito mais do que uma sombra em forma de homem vários andares abaixo, segurando algo nas mãos.

– Jane me enviou, ela pediu para lhe dizer que tentou vê-la, mas não conseguiu...

– Mas como você sabia qual janela era a minha?

Vi a sombra dele dar de ombros.

– Eu esperei. Observei. Até conseguir te ver.

Eu não disse nada. Imaginei-o escondido nas sebes, olhando para minha prisão e esperando por horas e horas a fio até que visse meu rosto na janela – e um arrepio percorreu meu esterno. Na minha experiência, as pessoas com quem mais nos importamos não se demoram. Estão sempre se afastando, deixando você para trás, para nunca mais voltar – mas Samuel esperou.

Ele estava falando de novo.

– Escute, Jane diz que é importante que você tenha...

Ele se interrompeu. Nós dois vimos o brilho amarelo das luzes se acendendo nas janelas do primeiro andar, ouvimos o som abafado de passos vindo para investigar.

– Pegue!

Eu peguei. Era uma pedra amarrada a um pedaço de barbante.

– Puxe para cima! Rápido! – E ele se foi, desaparecendo entre os jardins paisagísticos, assim que as portas do hospital se abriram. Em pânico, puxei o fio pela minha janela e fechei-a. Deslizei pela parede do meu quarto, ofegando como se fosse eu correndo pela noite em vez de Samuel.

Havia alguma coisa pequena e quadrada amarrada ao final do barbante: um livro. *O* livro. Mesmo no escuro, pude enxergar as letras meio gastas sorrindo para mim como dentes de ouro na escuridão: AS DEZ MI ORTAS. Fazia muito tempo desde que Samuel me contrabandeara uma história; eu me perguntei meio sonhadora se ele ainda dobrava a ponta das páginas com as suas cenas favoritas.

Várias centenas de perguntas me ocorreram – como Jane reconheceu o livro e por que ela queria que eu ficasse com ele? E quanto tempo Samuel ficaria me esperando, se eu ficasse presa ali para sempre? – mas as ignorei. Livros são Portas e eu queria sair.

Arrastei-me para o centro do piso, onde havia um quadrado oblíquo e amarelo de luz do corredor, e comecei a ler.

Capítulo três

Muito sobre Portas, Mundos e Palavras
Outros mundos e a flexibilidade das leis naturais
• A Cidade de Nin • Uma porta familiar vista do outro
lado • Um fantasma no mar

É desalmado, mas neste ponto da nossa narrativa devemos abandonar completamente a srta. Adelaide Larson. Nós a deixamos no instante em que ela navega *A Chave* em um oceano estrangeiro, com o vento salgado soprando a seiva de pinheiro de seus cabelos e enchendo seu coração com uma resplandecente certeza.

Não a abandonamos sem uma boa razão: chegou o momento em que devemos discutir mais diretamente a natureza das próprias portas. Devo primeiro assegurar-lhe que não adiei esta instrução para um efeito teatral astuto, mas simplesmente porque agora espero ter conquistado sua confiança. Espero, simplesmente, que você acredite em mim.

Comecemos com o primeiro conceito deste trabalho: portas são portais entre um mundo e outro, que existem apenas em locais de ressonância particular e indefinível. Por "ressonância indefinível", refiro-me ao espaço entre os mundos – aquela vasta escuridão que aguarda no limiar de toda porta e que é terrivelmente perigosa de se atravessar. É como se as fronteiras de si mesmo se dissolvessem e sua própria essência ameaçasse derramar-se no vazio. A literatura e a mitologia estão repletas de histórias daqueles que entraram no vazio e falharam em emergir do outro lado.[7] Parece provável, portanto, que as próprias portas tenham sido originalmente construídas

---

7 Considere todas as histórias de crianças desaparecidas, calabouços, buracos sem fundo, embarcações navegando para fora das margens dos oceanos e para o nada. Elas não são histórias de viagens ou travessias; são histórias de final repentino e irrevogável. É minha convicção que o personagem do viajante desempenha um papel no seu sucesso ou fracasso final. Considere o aparentemente inocente livro de Edith Bland, *The Door to Kyriel:* cinco estudantes ingleses descobrem uma porta mágica que os leva a um novo mundo. Quando as crianças voltam para casa, os mais jovens e mais medrosos caem em uma "grande escuridão" e nunca mais se sabe deles. Os críticos consideraram a obra muito sombria e estranha para crianças. Eu a considero um conselho: quando alguém atravessa uma porta, deve ser corajoso o suficiente para ver o outro lado. Edith Bland, *The Door to Kyriel* (Londres: Looking Glass Library, 1900).

em lugares onde essa escuridão é mais fina e menos letal: pontos de convergência, encruzilhadas naturais.

E qual é a natureza desses outros mundos? Como descobrimos nos capítulos anteriores, eles são infinitamente variados e estão sempre mudando, e geralmente falham em cumprir as convenções de nosso presente mundo, as quais somos arrogantes o suficiente para chamar de leis físicas do universo. Há lugares onde homens e mulheres são alados e de pele vermelha, e lugares onde não existe homem e mulher, mas apenas pessoas em algum ponto intermediário. Existem mundos em que os continentes são carregados nas costas de enormes tartarugas nadando em oceanos de água doce, onde cobras propõem enigmas, onde a separação entre mortos e vivos é tão tênue que beira a insignificância. Vi aldeias onde o próprio fogo havia sido domado e seguia os homens como um cão obediente, e cidades com pináculos de vidro tão altos que reuniam nuvens em torno de suas pontas em espiral. (Se você está se perguntando por que outros mundos parecem tão cheios de magia em comparação com a Terra sem graça, considere quão mágico este mundo parece de outra perspectiva. Para um mundo de pessoas do mar, a capacidade de respirar ar é impressionante; para um mundo de atiradores de lanças, máquinas são demônios explorados para trabalhar e servir incansavelmente; para um mundo de geleiras e nuvens, o verão em si é um milagre.)

Minha segunda suposição é a seguinte: que as portas geram um grau variável, mas significativo, de vazamento entre os mundos. Mas que tipos de vazamentos e qual é o destino deles? Homens e mulheres, é claro, trazendo consigo os talentos e as artes particulares de seus mundos. Alguns tiveram fins infelizes, creio – trancados em hospícios, queimados em estacas, decapitados, banidos etc. –, mas outros parecem ter empregado seus poderes sobrenaturais ou conhecimentos misteriosos de maneira mais lucrativa. Obtiveram poder, acumularam riqueza, moldaram o destino de povos e mundos; em resumo, trouxeram mudanças.

Objetos, também, atravessaram portas entre mundos, soprados por ventos estranhos, à deriva em ondas brancas de gelo, carregados e descartados por viajantes descuidados – até roubados, às vezes. Alguns deles foram perdidos, ignorados ou esquecidos – livros escritos em línguas estrangeiras, roupas de modas estranhas, dispositivos sem utilidade fora do seu mundo de origem –, mas alguns deles deixaram histórias em seu caminho. Histórias de lâmpadas mágicas e espelhos encantados, velocinos de ouro e fontes da juventude, armaduras de escamas de dragão e vassouras voadoras.

Passei a maior parte da minha vida documentando tais mundos e suas riquezas, seguindo os rastros de fantasmas que eles deixaram para trás em romances e poemas, lembranças e tratados, contos da carochinha e músicas cantadas em centenas de idiomas. E, no entanto, sinto que não cheguei nem perto de descobrir todos eles, ou sequer uma fração significativa. Parece-me agora muito provável que semelhante tarefa seja impossível, embora, nos meus primeiros anos, eu tivesse grandes ambições nesse sentido.

Certa vez, confessei meu projeto a uma mulher muito sábia que conheci em outro mundo – um mundo adorável, cheio de árvores tão grandes que se podia imaginar planetas inteiros aninhados em seus galhos – em algum lugar ao largo da costa da Finlândia, no inverno de 1902. Ela era uma imponente mulher de cinquenta anos, dona daquele tipo de inteligência feroz que brilha mesmo através de barreiras linguísticas e várias garrafas de vinho. Eu disse a ela que pretendia encontrar todas as portas para cada mundo que já existiu. Ela riu e disse:

– São dez mil, seu tolo.

Mais tarde, descobri que seu povo não tinha um número superior a dez mil, e, alegando que havia dez mil mundos, ela queria dizer que não havia sentido em contá-los porque eram infinitos. Hoje acredito que o cálculo dela sobre o número de mundos no universo estava perfeitamente correto, e minhas aspirações eram os sonhos de um homem jovem e desesperado.

Todavia não precisamos nos preocupar com todos esses dez mil mundos aqui. Estamos interessados apenas no mundo para o qual Adelaide Larson navegou em 1893. Talvez não seja o mais fantástico ou bonito de todos os mundos possíveis, mas é o que desejo ver acima de todos os outros. É o mundo que passei quase duas décadas procurando.

Os autores que apresentam novos personagens geralmente descrevem seus traços e suas vestimentas primeiro; ao introduzir um mundo, parece educado começar com sua geografia. É um mundo de vastos oceanos e inúmeras ilhas minúsculas – para eles um atlas pareceria estranhamente desequilibrado, como se algum artista ignorante tivesse cometido um erro e pintado a maior parte em azul.

Por acaso, Adelaide Larson navegou até o centro desse mundo. O mar sob seu barco já tivera muitos nomes ao longo dos séculos, como os mares costumam ter, mas naquela época era chamado de Amárico.

Também é costume fornecer um nome ao apresentar um novo personagem, mas o nome de um mundo é uma criatura mais arisca do que se imagina. Considere quantos nomes a própria Terra recebeu, em quantas línguas diferentes – Erde, Midgard, Tellus, Ard, Uwa – e quão absurdo seria para um estudioso estrangeiro chegar e dar ao planeta inteiro um único título. Os mundos são complexos e fraturados demais para serem nomeados. Mas, por uma questão de conveniência, podemos traduzir livremente um dos nomes deste mundo: o Escrito.

Se este parece um nome estranho para um mundo, entenda que em Escrito as palavras têm poder.

E não me refiro a poder no sentido de que podem agitar o coração dos homens, contar histórias ou declarar verdades, pois esses são os poderes que as palavras têm em todos os mundos. Quero dizer que as palavras nesse mundo às vezes podem surgir de seus berços de tinta e papel e remodelar a natureza da realidade. Frases podem alterar o clima e poemas podem derrubar muros. Histórias podem mudar o mundo.

Agora, nem toda palavra escrita possui tal poder – que caos seria! –, apenas certas palavras escritas por certas pessoas que combinam um talento inato com muitos anos de estudo meticuloso e, ainda assim, os resultados não são do tipo de mágica de fada-madrinha que você pode estar imaginando. Mesmo um grande especialista em palavras não poderia rabiscar casualmente uma frase sobre carruagens voadoras e esperar que alguém chegasse voando pelo horizonte, ou escrever os mortos de volta à vida, ou subverter os próprios fundamentos do mundo como eles são. Todavia, pode trabalhar por muitas semanas para elaborar uma história que aumente a probabilidade de chuva em determinado domingo, ou talvez possa compor uma estrofe que mantenha os muros de sua cidade um pouco mais firmes contra invasões ou guie um navio imprudente para longe de recifes ocultos. Há histórias meio esquecidas, tênues e inacreditáveis demais para serem chamadas de lendas, de milagres – de escritores que retrocederam as marés e abriram mares, que arrasaram cidades ou chamaram dragões dos céus –, mas é improvável que essas histórias sejam levadas a sério.

Note que a magia das palavras tem um custo, como sempre acontece com o poder. As palavras extraem a vitalidade de seus escritores e, portanto, a força de uma palavra é limitada pela força de quem a escreve. Atos de magia das palavras deixam seus artesãos doentes e esgotados, e quanto mais ambicioso o trabalho – quanto mais ele desafia a forma e a trama do

AS DEZ MIL PORTAS

mundo –, maior é o número de vítimas. A maioria dos trabalhadores rotineiros das palavras não tem força de vontade para arriscar mais do que um sangramento nasal ocasional e um dia passado na cama, mas as pessoas mais talentosas precisam passar anos em dedicado estudo e treinamento, aprendendo a moderar e equilibrar, para que não drenem suas próprias vidas.

As pessoas que têm esse talento são chamadas de nomes diferentes em diferentes ilhas, mas a maioria de nós concorda que elas nascem com um *dom* específico que nenhum grau de estudo pode imitar. A natureza exata desse dom é um assunto controverso entre estudiosos e sacerdotes. Alguns alegam que está relacionado à sua certeza de si ou ao alcance de sua imaginação, ou talvez simplesmente à intratabilidade de sua vontade (pois são conhecidas por serem pessoas rebeldes).[8]

Também existe uma grande discordância sobre como lidar com essas pessoas e a melhor forma de limitar o caos que elas naturalmente causam. Existem ilhas onde certas crenças pregam que os escritores são os canais da vontade de seus deuses e devem ser tratados como santos abençoados. Há uma série de povoados no sul que proclama que os escritores devem viver separadamente de pessoas iletradas, para que não os infectem com suas imaginações indisciplinadas. Tais extremos, no entanto, são raros; a maioria das cidades encontra algum papel funcional-porém-respeitável para seus escritores e simplesmente segue em frente.

Era o que acontecia nas ilhas ao redor do mar Amárico. Escritores talentosos, em geral, eram empregados pelas universidades e esperava-se que se dedicassem ao bem cívico, e lhes era concedido o sobrenome de Wordworker (Artesão de Palavras).

---

8 Farfey chegou a argumentar que é a pura teimosia e nada mais que lhes concede o seu poder. Como evidência, apresentou Leyna Wordworker, a talentosa autora de "A Canção de Ilgin", que uma vez salvou sua cidade de uma praga mortal. Ela também era a esposa de Farfey e, aparentemente, uma mulher bastante difícil. Farfey Scholar, *Tratado sobre a natureza dos artesãos das palavras* (Cidade de Nin, 6609).

Existem, como diria aquela sábia mulher, dez mil outras diferenças entre esse mundo e o seu. Muitas são insignificantes demais para merecer registro. Eu poderia descrever como o cheiro de sal e de sol permeia todas as pedras de todas as ruas, ou como os observadores das marés postam-se em suas torres de vigia e avisam as horas às suas Cidades. Eu poderia lhe contar sobre os navios das mais variadas formas que cruzam os mares com um texto cuidadosamente bordado em suas velas: uma prece por boa sorte e bons ventos. Eu poderia falar sobre as tatuagens feitas com tinta de lula que adornam as mãos de todos os maridos e todas as esposas e sobre alguns artesãos de palavras que talham as palavras na própria carne.

Todavia, esse registro antropológico de fatos e práticas pouco lhe dirá, no final das contas, sobre a natureza de um mundo. Em vez disso, vou lhe contar sobre uma ilha em particular e uma Cidade em particular, e um garoto em particular que não teria sido notável, não fosse o dia em que tropeçou por uma porta e foi parar nos campos laranja-queimado de outro mundo.

***

Se você se aproximasse da Cidade de Nin no início da noite, como Adelaide acabou fazendo, a princípio talvez a enxergaria como uma espécie de criatura corcunda agarrada a um afloramento rochoso. À medida que chegasse mais perto com o barco, veria a criatura se dividir em uma série de construções enfileiradas como vértebras caiadas de branco. Ruas em espiral derramando-se como veias entre os prédios e, enfim, começaria a distinguir figuras passeando por elas: crianças perseguindo gatos em fuga pelos becos; homens e mulheres trajando túnicas brancas caminhando com expressões sóbrias pelas avenidas; comerciantes retornando da costa apinhada carregando seus cestos. Alguns deles paravam brevemente para contemplar o mar cor de mel.

À primeira vista, você até poderia achar que a Cidade era uma versão menor do paraíso, banhada pelo mar. De modo geral, essa impressão não seria imprecisa, embora eu admita que acho difícil ser objetivo.

A Cidade de Nin certamente era um lugar pacífico, e não era nem a mais grandiosa nem a mais pobre Cidade-ilha que circundava os limites do mar Amárico. Tinha reputação de possuir bons artesãos de palavras e negociantes honestos e conquistou certo grau de fama e prestígio como centro de aprendizagem. A erudição estava enraizada nos vastos arquivos de Nin, que compunham algumas das coleções mais antigas e extensas no Amárico. Se algum dia estiver de passagem pela ilha, recomendo que os visite e passeie pelas infindáveis arcadas e túneis repletos de pergaminhos, livros e páginas escritos em todos os idiomas que já foram documentados naquele mundo.

A Cidade de Nin, é claro, padecia de todas as moléstias comuns das cidades humanas. Pobreza e conflito, crimes e suas punições, doenças e secas – ainda estou para ver um mundo livre de tais mazelas. Mas nenhuma dessas aflições tocou a infância de Yule Ian, um garoto de olhos sonhadores que cresceu no extremo leste da cidade em um apartamento caindo aos pedaços acima do estúdio de tatuagens de sua mãe.

Ele tinha pais dedicados que foram impedidos de mimá-lo só por causa do grande número de filhos. Possuía seis irmãos e irmãs, que eram, como são os irmãos em todo mundo, alternadamente seus amigos mais queridos e inimigos mais terríveis. Ele tinha um beliche estreito decorado com estrelas de lata penduradas no teto, que povoavam seus sonhos de planetas brilhantes e lugares fantásticos. Possuía também uma coleção encadernada de *Contos do mar Amárico*, de Var Storyteller, dada por sua tia favorita, e um gato temperamental que gostava de dormir no parapeito da janela enquanto ele lia.[9] Era uma vida adequada a devaneios e fantasias, que era o que Yule mais amava.

Yule e seus irmãos passavam a tarde trabalhando com o pai no pequeno barco de pesca ou ajudando a mãe no estúdio de tatuagens: copiando bênçãos e orações em diferentes caligrafias, misturando tintas e limpando as ferramentas. Yule preferia a loja ao barco e adorava em especial as longas tardes em que a mãe lhe permitia vê-la gravando com punções palavras minúsculas e pontilhadas de sangue na pele de um cliente. A confecção de palavras de sua mãe não era particularmente forte, mas bastava para que seus clientes estivessem dispostos a pagar mais para que suas bênçãos fossem escritas por Tilsa Ink, porque, às vezes, elas se tornavam realidade.

A intenção original de sua mãe era torná-lo um aprendiz de sua arte, mas logo ficou claro que Yule não levava o menor jeito para a escrita. Ainda assim, ela poderia tê-lo treinado na arte da tatuagem, mas ele também não tinha a menor paciência para o trabalho em si de tatuar. Eram simplesmente as *palavras* que ele amava, o som, a forma e a sua maravilhosa fluidez, então, em vez disso, ele foi levado aos estudiosos, com suas longas vestes brancas.

Todas as crianças da Cidade de Nin eram submetidas a vários anos de escolarização, o que equivalia a reuniões semanais nos pátios da universidade para ouvir um jovem erudito ensinando-as com suas letras e números e a localização de todas as 118 ilhas habitadas no Amárico. A maioria das crianças fugia dessas aulas assim que seus pais permitiam. Yule não. Frequentemente ele se demorava depois das aulas para fazer perguntas e até conseguia alguns livros extras adulando seus professores. Um deles, um paciente jovem chamado Rilling Scholar, deu-lhe

---

9 Descobri que os gatos parecem existir mais ou menos da mesma forma em todos os mundos; estou convencido de que eles vêm se esgueirando para dentro e para fora de portas há muitos milhares de anos. Qualquer pessoa familiarizada com gatos domésticos saberá que esse é um hobby particular deles.

livros em diferentes idiomas e eles se tornaram os bens mais estimados de Yule. Ele adorava a maneira como as novas sílabas eram sentidas em sua mente e a estranheza das histórias que traziam consigo, como tesouros de navios afundados que as ondas deixaram para trás.

Aos nove anos, Yule havia adquirido proficiência em três idiomas, um dos quais existia apenas nos arquivos da universidade e, quando completou onze anos – idade tradicional para tais decisões –, nem mesmo sua mãe podia se opor ao seu claro destino como erudito. Ela comprou os longos pedaços de tecido não tingido no mercado do porto e suspirou só um pouco enquanto envolvia os membros escuros do filho à maneira de um estudioso. Ele não tardou em sair porta afora com uma braçada de livros, rápido como um borrão branco.

Seus primeiros anos na universidade foram passados em um estado de quase gênio sonhador, o que provocava tanto frustração quanto admiração em seus instrutores. Ele continuou a aprender novas línguas com a mesma facilidade que um garoto coleta água de um poço, mas parecia não querer se dedicar o suficiente para dominar qualquer uma delas. Passava incontáveis horas nos arquivos, folheando as páginas manuscritas com uma fina pá de madeira, mas com frequência perdia leituras indicadas porque havia encontrado uma passagem interessante sobre tritões no diário de bordo de um marinheiro ou um mapa em ruínas com símbolos em um idioma desconhecido. Yule consumia livros como se fossem tão necessários à sua saúde quanto pão e água, embora raramente fossem aqueles que lhe haviam indicado para leitura.

Seus instrutores mais generosos insistiam que era apenas uma questão de tempo e maturidade – algum dia, o jovem Yule Ian encontraria um objeto de estudo fixo e se dedicaria a ele. Então, poderia selecionar um mentor e começar a contribuir para o grande corpo de pesquisa que tornava a Universidade de Nin tão prestigiada. Outros estudiosos, observando

Yule apoiar um livro de fábulas contra o jarro de água durante o café da manhã e folhear suas páginas com uma expressão distante, mostravam-se menos otimistas.

De fato, quando o décimo quinto aniversário de Yule se aproximava, até os estudiosos mais otimistas estavam ficando preocupados. Ele não mostrava sinais de restringir seu campo de estudo ou de propor um curso de pesquisa e não parecia nem um pouco apreensivo com os exames que se aproximavam. Se fosse aprovado, poderia ser formalmente declarado como Yule Ian Scholar e iniciar sua ascensão pelos postos da universidade; caso falhasse, seria educadamente convidado a considerar outra formação que lhe exigisse menos.

Em retrospecto, não é difícil presumir que a falta de objetivo de Yule era na verdade uma busca, a procura por algo sem forma e sem nome que espreitava longe das vistas, e que talvez fosse verdade. Talvez ele e Adelaide tenham passado a infância de forma muito semelhante, procurando os limites de seus mundos em busca de outro.

Mas missões obstinadas não são da responsabilidade de estudiosos sérios. Portanto, certo dia Yule foi convocado ao escritório do mestre para ter "uma discussão séria sobre seu futuro". Ele chegou uma hora atrasado marcando com o dedo uma página do livro *Um estudo de mitos e lendas nas ilhas do Mar do Norte* e uma expressão perplexa e distante.

– Chamou-me, senhor?

O mestre tinha o rosto franzido e carrancudo, assim como os eruditos na maioria dos lugares, e veneráveis tatuagens que cobriam ambos os braços, assinalando seu casamento com Kenna Merchant, sua dedicação ao conhecimento e seus vinte anos de louváveis serviços prestados à Cidade. Seus cabelos contornavam a parte posterior do crânio tal qual uma cimitarra branca, como se o calor de sua mente fervilhante houvesse queimado os fios no alto da cabeça. Seus olhos postos em Yule estavam perturbados.

AS DEZ MIL PORTAS

– Sente-se, jovem Yule, sente-se. Gostaria de conversar com você sobre o seu futuro aqui na universidade. – Os olhos do mestre pousaram no livro ainda preso firmemente nas mãos do rapaz. – Serei franco com você: encaramos sua falta de foco e disciplina com séria preocupação. Se não conseguir se ater a um ciclo de estudos, teremos de considerar outras possibilidades para você.

Curioso, Yule inclinou a cabeça para um lado, como faz um gato quando lhe é oferecido um novo tipo de alimento.

– Outras possibilidades, senhor?

– Atividades mais apropriadas à sua mente e temperamento – esclareceu o mestre.

Yule ficou em silêncio por um momento, mas não conseguiu pensar em nada mais adequado ao seu temperamento do que passar as tardes banhadas pelo sol aconchegado sob as oliveiras, lendo livros em línguas há muito esquecidas.

– O que quer dizer?

O mestre, que talvez esperasse que essa conversa envolvesse mais súplicas angustiadas e menos de polida perplexidade, apertou os lábios em uma fina linha castanho-avermelhada.

– Quero dizer que você pode ser aprendiz em outro lugar. Tenho certeza de que sua mãe ainda o treinaria como tatuador, ou você poderia atuar como copista de um dos artesãos das palavras na parte leste, ou mesmo como contador de um comerciante. Eu poderia falar com minha esposa, se você quiser.

Somente agora a expressão de Yule começava a refletir o horror que o mestre antecipava. O mestre tentou amenizar a situação.

– Bem, meu rapaz, ainda não chegamos a esse ponto. Passe a próxima semana em contemplação, considere suas escolhas. E, se constatar que gostaria de ficar aqui e realizar seus exames de erudito... encontre um caminho.

Yule foi dispensado. Viu-se deixando os corredores de pedra fria, passando pelos pátios e pelas ruas em espiral, e en-

150

tão subindo as colinas atrás da Cidade com o sol ardendo em sua nuca, sem ao menos estar totalmente ciente de qualquer destino em particular. Estava simplesmente se movimentando, fugindo das opções que o mestre havia lhe dado.

Para qualquer outro garoto que desejasse se juntar às fileiras de estudiosos, a escolha teria sido fácil: ou apresentava uma linha de pesquisa em história amárica, em línguas antigas ou filosofia religiosa, ou abandonava todas essas aspirações e trabalhava como um humilde copista. Para Yule, no entanto, os dois caminhos eram indescritivelmente deprimentes. Ambos exigiam um estreitamento de seus horizontes sem limites, um ponto-final em seus sonhos. A ideia de qualquer um dos dois causava-lhe um aperto no peito, como se duas grandes mãos pressionassem de cada lado suas costelas.

Ele não sabia disso naquele momento, mas era exatamente como Ade se sentia nos dias em que fugia para o velho campo de feno para ficar sozinha com o som dos barcos do rio e a vastidão do céu. Exceto pelo fato de que Ade crescera com as duras fronteiras de sua vida sempre próximas e há muito tempo impusera sua vontade contra elas; o pobre e deslumbrado Yule simplesmente nunca soube que tais regras existiam até aquele dia.

Cambaleou para longe de sua descoberta, passou pelas fazendas da encosta, pelas últimas estradas de terra, correndo por trilhas de animais e sobre penhascos rochosos. Por fim, até as trilhas dos animais desapareceram em pedras cinzentas retorcidas, e o vento carregava cheiros distantes de madeira encharcada de sal. Nunca estivera tão alto acima de sua Cidade, e descobriu que gostava do modo como ela se encolhia abaixo de si, até que era apenas um conjunto de quadrados brancos distantes cercados pela imensidão do mar.

Sua pele coçava com o suor seco pelo vento e as palmas das mãos estavam em carne viva arranhada pelas pedras. Sabia que deveria dar meia-volta, mas suas pernas continuavam levando-

AS DEZ MIL PORTAS

-o para frente, para cima, até que subiu na saliência de um rochedo e a viu: uma arcada.

Uma fina cortina cinza pendia da arcada, tremulando à sua própria brisa como uma saia de bruxa. Um cheiro emanava dela, como água de rio, lama e luz do sol, nada parecido com o cheiro de sal rochoso de Nin.

Assim que Yule viu a arcada, descobriu que seus olhos relutavam em olhar para qualquer outro lugar. Parecia quase gesticular para ele, como uma mão meio curvada, convidando-o a se aproximar. Caminhou em sua direção com uma sensação irracional de esperança inundando seus membros – uma esperança impossível e de origem desconhecida de que houvesse algo maravilhoso e estranho do outro lado daquela cortina, só esperando por ele.

Afastou a cortina para o lado e não viu nada a não ser um emaranhado de vegetação e pedras além dela. Passou por baixo do arco e adentrou uma vasta e avassaladora escuridão.

O abismo o pressionava e o sugava como piche, sufocando-o com sua enormidade, até que Yule sentiu madeira maciça sob as palmas das mãos. Pressionou o corpo contra ela em desespero e esperança ainda ardente – sentiu-a roçar contra a terra há muito intacta – e então estava aberta, e Yule saiu para a grama laranja-queimado sob um céu de casca de ovo. Ficou parado apenas por alguns instantes, embasbacado no ar estranho de outro mundo, quando ela veio caminhando em sua direção através do campo. Uma jovem cor de leite e de trigo com mel.

Não repetirei a história desse encontro pela segunda vez. Você já ouviu como os dois jovens se sentaram juntos no frio do início do outono e contaram suas verdades impossíveis ali e em outro lugar. Como conversaram em uma língua há muito morta e preservada apenas em alguns textos antigos nos arquivos de Nin, que Yule estudara pelo puro prazer de novas sílabas dançando em sua língua. Como não pareceu um encontro de duas pessoas, mas uma colisão de dois planetas, como se ambos tivessem saído de suas órbitas e se arremessado um contra o outro. Como eles se beijaram, e como os vaga-lumes piscavam ao seu redor.

Quão predestinado e breve foi o encontro deles.

Yule passou os três dias seguintes em um estado de êxtase atordoado. Os eruditos ficaram preocupados que sua mente tivesse sido ligeiramente danificada em alguma queda ou acidente; a mãe e o pai, que estavam mais familiarizados com os problemas dos jovens, preocupavam-se com a possibilidade de ele ter se apaixonado. O próprio Yule não ofereceu qualquer explicação, apenas sorria como se enfeitiçado e cantarolava de forma desafinada versões de canções antigas sobre amantes famosos e barcos a vela.

Voltou à arcada com cortina no terceiro dia, assim como, do outro lado de uma escuridão sem fim, Ade retornou à cabana no campo de feno. Você sabe o que o aguardava, é claro: uma amarga decepção. Em vez de uma porta mágica que levava a uma terra estrangeira, Yule não encontrou nada além de pedras empilhadas no topo de uma colina e uma cortina cinza pendendo imóvel e apodrecida como a pele de uma criatura morta. Não levava a lugar algum, não importava quão furiosamente ele praguejasse.

Por fim, Yule simplesmente sentou-se e aguardou, esperando que a garota pudesse encontrar um caminho até ele. Ela não o fez. Você pode imaginar os dois – Ade esperando na noite cada vez mais profunda do campo coberto de mato com a esperança bruxuleante em seu peito como uma vela quase totalmente consumida, Yule empoleirado no topo da colina com os braços magros ao redor dos joelhos – quase como figuras de ambos os lados de um espelho. Só que em vez do vidro frio, entre eles estava a vastidão entre os mundos.

AS DEZ MIL PORTAS

Yule observou constelações rastejando no horizonte, lendo as palavras familiares tatuadas à luz das estrelas: Navios-Enviados-Pelos-Céus, Bênçãos-De-Verão, Humildade-Do-Erudito. Elas deslizavam sobre ele como páginas de algum grande livro, familiar como seu próprio nome. Ele pensou em Ade, esperando em sua própria e separada escuridão, e perguntou-se o que as estrelas do lado dela lhe diziam.

Levantou-se. Esfregou o polegar na moeda de prata que trouxera consigo – pensando que poderia mostrar a ela como prova de seu próprio mundo – e a deixou cair na terra. Não sabia dizer se era uma oferta ou um descarte, mas sabia que não queria mais carregá-la, não queria mais sentir os olhos gravados em prata da Fundadora da Cidade observando-o.[10] Então, virou-se, e nunca mais retornou à arcada de pedra.

Mas portas, você deve se lembrar, são mudanças.

O Yule que deixou a arcada naquela noite era, portanto, um Yule diferente daquele que a encontrara três dias antes. Algo novo batia em seu peito ao lado do coração, como se um órgão separado tivesse subitamente ganhado vida. Pulsava num ritmo urgente e intenso, que Yule não podia deixar de notar, mesmo com sua tristeza. Refletiu sobre aquela sensação naquela noite enquanto estava deitado em sua cama estreita, ouvindo os resmungos de seus irmãos voltando a dormir depois de serem despertados pelo seu retorno. Não parecia desespero, ou perda, ou solidão. Lembrou-lhe muito da sensação que tinha às vezes nos arquivos, quando um trecho de texto escrito em pergaminho antigo puxava-o para frente, mais a fundo, até que ele se perdia em uma trilha de

---

10   A maioria das cidades do Amárico estampava seus fundadores em suas moedas; a Cidade de Nin fora fundada por Nin Wordworker, muitos séculos antes, e era o rosto meio sorridente dela que encarava Yule da terra iluminada pela lua. As moedas também traziam frases de efeito, que capturam um pouco da alma da Cidade. Uma pessoa que segurar uma moeda de Nin sentirá cheiro de água salgada e poeira de livro, talvez se veja pensando em ruas iluminadas pelo sol e no gorjeio agradável de uma cidade pacífica. Era isso que Yule queria compartilhar com a garota no campo: uma pequena moeda de prata de seu lar.

histórias numa espiral, mas até mesmo isso não era nada comparado à urgência palpitante que sentia agora. Adormeceu preocupando-se vagamente com o fato de ter desenvolvido algum tipo de murmúrio em seu coração.

Na manhã seguinte, reconheceu aquela sensação como algo muito mais sério: a descoberta do propósito de sua vida.

Ficou deitado na cama por mais alguns minutos, contemplando a imensidão da tarefa diante de si, depois se levantou e se vestiu com tanta velocidade que seus irmãos tiveram apenas um vislumbre de suas vestes brancas apressando-se porta afora. Ele foi direto ao escritório do mestre e pediu para fazer os exames imediatamente. O mestre lembrou-lhe gentilmente de que os aspirantes a eruditos deveriam apresentar propostas minuciosas e preparadas para seus estudos futuros, para convencer seus companheiros de sua seriedade, dedicação e habilidade. Ele sugeriu que Yule dedicasse o tempo que fosse necessário para compilar bibliografias e reunir suas fontes, talvez consultar-se com estudiosos mais avançados.

Yule soltou um ruído de exasperação.

– Oh, está bem. Em três dias, então. Isso é suficiente? – O mestre concordou, mas sua expressão revelava que ele não esperava nada além de desastre e mortificação.

Nisso, como em poucas outras questões, o mestre estava enganado. O Yule que chegou para o exame parecia ser um garoto completamente diferente daquele que todos conheciam e com o qual se preocupavam há anos. Todo o deslumbramento sonhador e a curiosidade que o deixava com o olhar perdido haviam desaparecido como a névoa do mar sob o sol, revelando um jovem de expressão séria que irradiava uma espécie de *propósito* feroz e inabalável. Sua proposta era um modelo de clareza e ambição que exigiria domínio de várias línguas, familiaridade com uma dúzia de diferentes campos de estudo e anos a fio vasculhando contos antigos e histórias parcialmente escritas. Na conclusão de tais apresentações, era costume os acadêmicos expressarem objeções e preocupações quanto à proposta, mas a sala permaneceu em silêncio.

Foi o próprio mestre quem falou primeiro.

– Bem, Yule. Não encontro nenhuma falha no seu ciclo de estudos, exceto que você levará metade da sua vida nele. Tudo o que eu gostaria de saber é de onde veio essa súbita... convicção. O que o fez seguir por esse caminho?

Yule Ian sentiu um tremor no esterno, como se houvesse um fio vermelho amarrado ao redor de si e alguém tivesse acabado de puxar a outra extremidade. Considerou, de forma breve e insensata, simplesmente contar a verdade: que procurava seguir as escorregadias trilhas de formiguinhas das palavras até outros mundos, encontrar um campo laranja-queimado iluminado por vagalumes, achar uma garota cor de trigo e leite.

Em vez disso, disse:

– O verdadeiro estudo não precisa de origem nem destino, meu bom mestre. Buscar novos conhecimentos é sua própria motivação. – Esse era precisamente o tipo de resposta vaga e altiva que mais agradava aos eruditos. Eles ficaram envaidecidos e arrulharam como pombas ao redor do pupilo, assinando seus nomes na proposta com muitos floreios extras. Apenas o mestre fez uma pausa antes de assinar, observando Yule como um pescador observa uma nuvem escurecendo no horizonte. Mas ele, enfim, também baixou a cabeça, debruçando-se para as páginas.

Yule deixou o salão naquele dia com uma aprovação oficial e um novo nome, ambos tatuados por sua mãe em espirais sinuosas em torno de seu pulso esquerdo. As palavras ainda ardiam em sua carne no dia seguinte quando Yule subiu as escadas de pedra branca que conduziam à sua sala de leitura favorita. Sentou-se em uma mesa de pau-amarelo com vista para o mar e abriu a primeira página deliciosamente cheirosa de um novo caderno. Em uma caligrafia inusitadamente caprichada, ele escreveu: *Anotações e pesquisas vol. 1: um estudo comparativo de passagens, portais e entradas na mitologia mundial, compilado por Yule Ian Scholar, 6908.*

O título, como você sem dúvida presumiu, foi revisado desde então.

***

Yule Ian Scholar passou uma parte considerável dos doze anos seguintes debruçado sobre essa mesma mesa, escrevendo e lendo alternadamente, cercado por tantas torres de livros que seu escritório ficou parecendo a maquete de papel de uma cidade. Ele leu coleções de contos populares e entrevistas com exploradores há muito falecidos, diários de bordo e textos sagrados de religiões esquecidas. Ele os leu em todas as línguas do mar Amárico e em todas as línguas que calharam de terem caído nas fendas entre um mundo e outro durante vários séculos anteriores. Leu até restar pouco para ler e ele ser obrigado a levar suas pesquisas "a campo", conforme informou despreocupadamente aos colegas. Estes imaginaram, da maneira acomodada dos estudiosos, que "campo" referia-se apenas a arquivos exóticos em outras Cidades e lhe desejaram tudo de bom.

Eles não imaginavam que Yule iria abarrotar sua bolsa de ombro de diários e peixes secos, pagar pela passagem em uma série de navios comerciais e cargueiros postais e partir rumo à natureza selvagem de ilhas estrangeiras com o semblante concentrado de um cão de caça seguindo os rastros de um animal. Mas os rastros que ele seguia eram os rastros invisíveis e sutis deixados por histórias e mitos e, em vez de animais, ele caçava portas.

Com o tempo, encontrou um punhado precioso delas. Nenhuma levava a um mundo com cheiro de cedro e habitantes da cor do algodão, mas ele não desanimou. Yule estava imbuído daquela confiança imaculada que pertence apenas aos muito jovens, que jamais conheceram verdadeiramente a amargura do fracasso ou sentiram os anos de suas vidas escorrendo de suas mãos como água. Pareceu-lhe então que seu sucesso era inevitável.

(Claro que agora tenho mais juízo.)

Ele costumava gostar de imaginar a cena: talvez a encontrasse em casa após semanas de viagens difíceis, e ela ergueria os olhos do trabalho para vê-lo caminhando em sua direção, e aquele sorriso feroz dividiria o seu rosto. Talvez eles se encontrassem no mesmo campo e corressem um para o outro através da grama verde da primavera. Talvez a descobrisse em alguma cidade distante que mal podia imaginar, ou em uma tempestade ululante, ou nas margens de uma ilha sem nome.

Com a arrogância infundada que tão frequentemente atormenta os homens jovens, Yule nem sequer considerou a possibilidade de que Adelaide não estaria esperando passivamente por ele. Nunca imaginou que ela poderia ter passado a última década passeando pra lá e pra cá entre mundos com a desenvoltura instintiva de uma gaivota que voa de navio em navio no porto, sem um único livro ou registro para guiá-la. E decerto jamais cogitou que ela pudesse construir um barco frágil nas montanhas e navegá-lo nas ondas índigo do mar Amárico.

Era uma ideia tão descabida que Yule quase a ignorou por completo quando ouviu um boato estranho nas docas da Cidade de Plumm. Chegou-lhe como a maioria dos rumores: pairando no ar como uma série de piadas e boatos que se juntavam lentamente em uma única história. Os detalhes mais frequentemente repetidos pareciam ser estes: uma estranha embarcação fora avistada na costa leste da Cidade de Plumm, com misteriosas velas de lona branca. Uma ou duas pescadoras e comerciantes haviam se aproximado, curiosas para ver que espécie de maluco conduziria um barco sem as bênçãos bordadas na vela, mas todas se afastaram rapidamente. A embarcação, alegaram, era comandada por uma mulher branca como papel. Um fantasma, talvez, ou alguma criatura submarina pálida subira para a superfície.

Yule não deu crédito às superstições sobre o povo do mar e voltou para seu quarto emprestado nas bibliotecas de Plumm. Ele vinha seguindo lendas locais sobre lagartos cuspidores de fogo que viviam no centro dos vulcões e só emergiam na superfície uma vez a cada 113 anos, e passou a noite examinando cuidadosamente suas anotações. Foi somente depois de deitar-se na cama estreita, a mente transitando livremente para dentro e para fora de sonhos entrecortados, que lhe ocorreu questionar qual era a cor dos cabelos da navegadora fantasma.

Voltou às docas cedo na manhã seguinte e interrogou vários comerciantes assustados antes de extrair uma resposta.

– Eram tão brancos quanto ela! – assegurou um marinheiro em tom sinistro. – Ou, bem, acho que era mais uma espécie de cor de palha. Amarelado.

Yule engoliu em seco.

– E ela estava vindo nesta direção? Para Plumm?

O homem não estava certo sobre isso, pois quem poderia adivinhar os desejos de bruxas do mar ou fantasmas?

– Mas ela irá direto para as praias do leste, se continuar seguindo o mesmo curso. Então, nós veremos quem está contando histórias, não é, Edon? – Neste ponto, ele abandonou a conversa para dar uma cotovelada em seu titubeante companheiro de barco e envolver-se em um debate animado sobre se as criaturas mágicas marinhas usavam roupas.

Yule ficou sozinho na doca, sentindo como se o mundo tivesse subitamente se inclinado em seu eixo. Como se ele fosse um garoto novamente, estendendo o braço na direção daquela fina cortina com as mãos sem tinta.

Ele correu. Não sabia o caminho até as praias do leste – um trecho rochoso e ermo da costa frequentado apenas por colecionadores de bugingangas e uma certa raça de poetas românticos –, mas depois de uma sucessão de perguntas, conseguiu chegar à praia bem antes do meio-dia. Sentou-se, puxou as pernas contra o peito e ficou encarando as ondas coroadas de dourado, aguardando a fina linha branca de uma vela surgir no horizonte.

Ela não chegou naquele dia nem no dia seguinte. Yule retornava à costa todas as manhãs e observava o mar até o anoitecer. Sua mente, incansável e motivada por tantos anos, parecia ter desacelerado como um gato se enrolando para dormir. Aguardando.

No terceiro dia, uma vela surgiu timidamente sobre as ondas, totalmente inflada e perfeitamente branca. Yule observou a embarcação se aproximando, desajeitada e meio quadrada na água, até que seus olhos arderam do sal e do sol. Havia uma única figura a bordo, de frente para a ilha com uma postura desafiadora e orgulhosa e um emaranhado de cabelos claros se agitando em torno de sua cabeça. Yule sentiu um desejo incontrolável de dançar ou gritar ou desmaiar, mas, em vez disso, simplesmente ficou em pé e levantou um braço no ar.

Ele soube quando ela o viu. Ela ficou imóvel, apesar do inclinar da embarcação sob seus pés. E, então, riu – uma risada feroz e convulsa que retumbou sobre a água como um trovão de verão até alcançar Yule –, despiu várias camadas de roupas cor de terra e mergulhou nas ondas rasas sob seu barco sem qualquer sinal de hesitação. Yule teve um breve instante para se perguntar que tipo exatamente de doida meio selvagem esteve procurando por doze anos, e duvidar de sua competência para a tarefa, antes que estivesse entrando no mar para ir ao seu encontro, espirrando água por todo lado, rindo e arrastando pelas ondas suas vestes brancas de erudito.

E, assim, no final da primavera de 1893 em seu mundo, que era o ano de 6920 naquele outro mundo, Yule Ian Scholar e Adelaide Lee Larson encontraram-se nas marés de meio-dia que circundavam a Cidade de Plumm. Eles nunca mais se separaram por vontade própria.

5

A porta trancada

Sonhei em ouro e índigo.

Eu estava navegando em um oceano estrangeiro, seguindo atrás de um navio de vela branca. Havia uma figura embaçada de pé na proa, os cabelos brilhantes esvoaçando atrás dela. Suas feições estavam borradas e incertas, mas havia algo tão familiar em sua silhueta contra o horizonte, tão completa, selvagem e verdadeira, que meu coração sonhador se partiu.

Foi a sensação de lágrimas escorrendo pelas minhas bochechas que me acordou. Deitei no chão do meu quarto, rígido e frio, meu rosto doía onde ficara pressionado contra o canto de *As dez mil portas*. Não me importei.

A *moeda*. A moeda de prata que encontrei quando menina, meio enterrada na terra de um mundo estrangeiro, a moeda que agora jazia quente na minha palma – era *real*. Tão real quanto a lajota fria sob os meus joelhos, tão real quanto as lágrimas esfriando as minhas bochechas. Eu a segurei e senti o cheiro do mar.

E se a moeda era real... Então todo o resto também era. A Cidade de Nin e seus arquivos intermináveis, Adelaide e suas aventuras em centenas de outros lugares, o amor verdadeiro. Portas. Artesanato das palavras?

Senti um arrepio de dúvida reflexiva, ouvi um eco da voz de Locke zombando da *bobagem fantasiosa*. Mas eu já escolhera acreditar uma vez e escrevi para abrir uma porta trancada. Qualquer que fosse essa história – essa improvável e impossível fantasia de Portas, palavras e outros mundos –, ela era verdade. E, de alguma forma, eu fazia parte disso. E o sr. Locke, a Sociedade, Jane, e talvez meu pobre pai perdido.

Eu me senti como uma mulher lendo um romance de mistério em que faltavam todas as quartas linhas.

Na verdade, só existe uma saída para uma pessoa quando já está envolvida com um romance de mistério: continuar lendo.

Peguei o livro e folheei as páginas para encontrar onde havia interrompido a leitura, mas parei: um fino pedaço de papel estava enfiado nas últimas páginas. Era um bilhete, escrito no verso de um recibo da Mercearia Família Zappia Ltda.

AGUENTE FIRME, JANUARY.

As letras eram maiúsculas e sem floreios, escritas com a cuidadosa pressão de alguém desconfortável com uma caneta na mão. Pensei em Samuel falando sobre a cabana de sua família no extremo norte do lago, suas mãos cor de crepúsculo gesticulando na escuridão, seu cigarro desenhando trilhas de cometas na noite.

Oh, Samuel.

Se eu não estivesse segurando aquele pedaço de papel e pensando naquelas mãos, talvez tivesse ouvido os passos das enfermeiras antes que a maçaneta girasse e a porta se abrisse, e elas estivessem na soleira como um par de gárgulas em aventais brancos engomados. Seus olhos examinaram o quarto – cama não desfeita, janela destrancada, paciente no chão com a camisola enrolada nos joelhos – e pousaram no livro. Elas se moveram em minha direção com tanta eficiência e sincronia que devia ter algum Procedimento para aquele tipo de situação. Procedimento 4B: Quando um Interno está Fora da Cama e em Posse de Contrabando.

Suas mãos caíram como garras de harpias nos meus ombros. Eu congelei – tinha que ficar calma e com uma aparência de sanidade, tinha que ser boazinha –, mas uma delas pegou meu livro do chão e eu me joguei para pegá-lo de volta. E, então, lá estavam elas torcendo meus pulsos atrás das costas e eu, chutando, uivando e cuspindo, lutando com o caos não científico de crianças e mulheres loucas.

Só que elas eram mais velhas, mais fortes e deprimentemente capazes, e logo meus braços agitados foram pressionados com firmeza ao longo do corpo e meus pés estavam meio marchando, meio deslizando pelo corredor.

– Direto para o médico, acho – uma delas ofegou. A outra concordou.

Tive vislumbres de mim mesma ao passar pelas portas envidraçadas de outros quartos: um fantasma escuro em algodão branco, olhos desvairados e cabelos emaranhados, escoltado por mulheres tão eretas e engomadas que deveriam ser anjos ou demônios.

Elas me conduziram por dois andares até a porta de um consultório com letras douradas pintadas no vidro: DR. STEPHEN J. PALMER, CHEFE E SUPERINTENDENTE-MÉDICO. Pareceu-me sombria e terrivelmente engraçado que todo o meu bom comportamento e pedidos educados não me tivessem trazido a este consultório, mas um pouco de uivos e chutes me colocassem direto à sua porta. Talvez eu devesse uivar com mais frequência. Talvez eu devesse ser novamente aquela menina obstinada que eu era quando tinha sete anos.

O consultório do dr. Palmer tinha painéis de madeira e poltronas de couro, e era cheio de instrumentos antigos e certificados em latim com moldura dourada. O próprio dr. Palmer era antiquado, indiferente, com minúsculos óculos meia-lua que se empoleiravam na ponta do seu nariz como um pássaro de metal bem-educado. O cheiro de amônia e pânico do hospício estava totalmente ausente ali.

Odiei-o por isso. Por não ter que respirar esse fedor todos os dias de sua vida.

As enfermeiras me encurralaram em uma cadeira e se postaram de pé atrás de mim. Uma delas entregou meu livro ao dr. Palmer. Parecia pequeno e gasto em sua mesa, e nem um pouco mágico.

– Creio que a senhorita January se comportará agora. Não é, querida? – Sua voz tinha uma confiança calorosa e inexpugnável que me fez pensar em senadores ou vendedores, ou no sr. Locke.

– Sim, senhor – sussurrei. As enfermeiras-gárgulas partiram.

O dr. Palmer reorganizou uma série de pastas e papéis sobre sua mesa. Ele pegou sua caneta – um espécime pesado e feio que poderia muito bem funcionar como rolo de pastel numa emergência – e me senti ficando cada vez mais imóvel. Escrevi para abrir uma porta, não foi?

– Então. Este livro. – O médico bateu na capa com o nó do dedo. – Como você entrou com ele no seu quarto?

– Não entrei. Ele veio pela janela. – A maioria das pessoas não sabe a diferença entre a verdade dita e loucura; tente algum dia e você entenderá o que quero dizer.

O dr. Palmer me deu um pequeno sorriso de pena.

– Ah, entendo. Pelo que o senhor Locke me relatou, seu declínio tem muito a ver com o seu pai. Gostaria de me contar um pouco mais sobre ele?

– Não. – Eu queria meu livro de volta. Queria me libertar daquelas amarras, ficar livre, encontrar meu cachorro, meu amigo e meu pai. Eu queria aquela maldita caneta.

O dr. Palmer deu seu sorriso de pena novamente.

– Um estrangeiro, não era? E de cor? Um aborígine ou negro?

Considerei brevemente, mas com vontade, como seria bom cuspir bem no meio no rosto dele, salpicar aqueles óculos limpos com muco.

– Sim, senhor. – Tentei fazer aquela cara de boa garota, organizando minhas feições naquela expressão ingênua e dócil que me servira tão bem no mundo de Locke. A expressão assentou-se dura como madeira no meu rosto, não convincente. – Meu pai trabalhava… trabalha… para o senhor Locke. Como explorador arqueológico. Ele viaja a maior parte do tempo.

– Entendo. E ele faleceu recentemente.

Lembrei de Jane me dizendo que Locke não era Deus e que ela não havia desistido ainda. *Oh, papai, eu também não desisti.*

– Sim, senhor. Por favor... – engoli em seco, tentando montar minha máscara de boa menina – ... quando posso voltar para Mansão Locke?

Mansão. Vê esse *M* como uma casa com duas chaminés? Quando pensei em lar dissera Mansão Locke – com seu familiar labirinto de corredores, sótãos ocultos e paredes quentes de pedra vermelha –, mas era improvável que eu voltasse para lá agora.

O dr. Palmer estava reorganizando suas pastas novamente, sem olhar para mim. Gostaria de saber por quanto tempo o sr. Locke pagara para ele me manter confinada ali, louca ou não.

– Não está claro no momento, mas eu não teria pressa se fosse você. Não há razão para você não ficar aqui por alguns meses, há? Para recuperar suas forças?

Eu conseguia pensar em pelo menos trinta boas razões para não ficar trancada em um hospício por meses, mas tudo o que respondi foi:

– Sim, senhor. E posso... você acha que eu poderia ter meu livro de volta? E talvez uma caneta e papel? Escrever... acalma a minha mente. – Tentei um sorriso tímido.

– Oh, ainda não. Vamos discutir a questão novamente na próxima semana, se você tiver se comportado muito bem. Senhora Jacobs, senhora Reynolds, por favor...

A porta se abriu atrás de mim. Os passos duros das enfermeiras estalaram no chão. *Uma semana?*

Eu me joguei sobre a mesa do médico e agarrei a superfície lisa de sua caneta. Eu a removi de seu alcance, girei, enfiei-me entre as enfermeiras – e, então, elas me pegaram, e acabou. Um braço branco engomado apertou-se contra a minha garganta, de forma bastante profissional, e senti meus dedos sendo afastados inexoravelmente da caneta.

– Não, por favor, vocês não entendem... – Eu me debati, pés descalços deslizando inutilmente pelo chão.

– Éter, acho, e uma dose de brometo. Obrigado, senhoras.

Minha última visão do consultório foi o dr. Palmer colocando a caneta no bolso e metendo meu livro na gaveta da mesa.

Bufei, chorei e gritei pelos corredores, tremendo de ódio e necessidade. Rostos me espiaram através das janelas estreitas das portas, pálidos e vazios como luas. É engraçada a rapidez com que você desce de jovem civilizada para louca; era como se essa criatura bestial e sem limites vivesse logo abaixo da minha pele por anos, balançando a cauda.

Mas existem lugares construídos para receber mulheres bestiais. Elas me arrastaram até a cama, ataram meus tornozelos e pulsos e pressionaram algo frio e úmido sobre a minha boca. Prendi a respiração até não poder mais e depois fui engolida pela escuridão.

Não quero falar muito sobre os próximos dias, então não vou.

Eles foram maçantes, cinzentos e longos. Acordava em horários estranhos e arrítmicos com o cheiro doentio de drogas no meu hálito; à noite, sonhava que estava sufocando, mas não conseguia me mexer. Eu conversava com outras pessoas, acho – enfermeiras, outros internos –, mas a única companhia de verdade que eu tinha era a rainha de prata em sua moeda. E as odiosas horas que me espreitavam.

Tentava me esconder das horas dormindo. Ficava muito quieta e fechava os meus olhos contra a mesmice sem graça do quarto e relaxava os meus músculos até que ficassem frouxos e flácidos. Às vezes funcionava, ou pelo menos eu conseguia um período ainda mais cinzento e mais tedioso do que o restante, mas, na maioria das vezes, não. Na maioria das vezes, eu apenas ficava lá, olhando para as veias rosadas das minhas pálpebras e ouvindo o fluxo do meu sangue.

Enfermeiras e auxiliares apareciam de poucas em poucas horas, pranchetas em mãos para consultar o horário de me soltar da cama e me estimular a entrar em movimento. Havia refeições a serem feitas sob supervisão cuidadosa, camisolas brancas engomadas a serem vestidas, banhos a serem tomados em fileiras de banheiras de estanho. Estremeci ao lado da nudez pálida como peixe de duas dúzias de outras mulheres, todas nós reduzidas a criaturas feias e inseguras, como caracóis arrancados de suas conchas. Eu as observava furtivamente

– contorcendo-se, chorando ou silenciosas como lápides – e queria gritar: *não sou como elas, não sou louca, não pertenço a este lugar*. E então pensei: *talvez elas também não pertençam a este lugar*.

O tempo passava de um jeito estranho. As horas eram dragões que me perseguiam e rodeavam. Ouvia as escamas de sua barriga arrastando nas lajotas enquanto eu dormia. Às vezes, deitavam-se na cama e se estendiam ao meu lado como Bad costumava fazer, e eu acordava de bochechas molhadas, presa de uma solidão terrível.

Em outros momentos, era engolida por uma raiva justificada: como Locke pôde me trair e me colocar neste inferno? Como pude deixá-los machucar Bad? Como meu pai podia me deixar aqui sozinha? – mas, no fim, a raiva ardente acabava se extinguindo e não deixava nada além de cinzas, uma paisagem silenciosa desenhada em cinza-carvão.

E, então, no quinto ou sexto (ou sétimo?) dia da minha prisão, uma voz disse:

– Você tem uma visita, senhorita Scaller. Seu tio veio vê-la.

Fechei bem os olhos, esperando que, se eu fingisse o suficiente que estava dormindo, meu corpo se renderia e entraria na brincadeira. Ouvi o clique da porta, o arrastar de uma cadeira. E então, uma voz falou:

– Só por Deus, são dez e meia da manhã. Eu ia fazer uma piada com a Bela Adormecida, mas seria apenas meia verdade, não é mesmo?

Meus olhos se abriram e lá estava ele: branco como alabastro, olhos cruéis, mãos como aranhas dentro das luvas brancas repousando sobre sua bengala. Havemeyer.

A última vez que escutara sua voz, ele estava ordenando que seus homens se livrassem da bagunça que era meu amigo mais querido.

Fiz menção de avançar nele. Esqueci que estava desesperada, fraca, atada à minha cama; eu só sabia que queria machucá-lo, mordê--lo, arranhar seu rosto com as minhas unhas.

– Ora, ora, não vamos ficar alterados. Ou terei de chamar as enfermeiras e você não me serve de nada drogada e babando.

Rosnei e me contorci nas algemas. Ele riu.

– Você sempre foi tão obediente, tão civilizada na Mansão Locke. Eu avisei Cornelius para não acreditar.

Cuspi nele. Eu não cuspia intencionalmente em ninguém desde que Samuel e eu éramos crianças realizando competições nas margens do lago; foi reconfortante ver que eu não tinha perdido completamente minha mira.

Havemeyer limpou a bochecha com um dedo enluvado, divertindo-se menos.

– Tenho umas perguntas para você, senhorita Scaller. Cornelius gostaria que acreditássemos que tudo isso é desproporcional, que você simplesmente bisbilhotou e saiu falando do que não sabia, que está perturbada com a morte de seu pai, que não é uma ameaça de fato etc. etc. Acho que não. – Ele se inclinou para frente. – Como você descobriu as fraturas? Com quem você anda falando?

Mostrei os dentes para ele.

– Entendo. E como você saiu do seu quarto? Evans tem certeza de que ele a trancou e não é tolo o suficiente para mentir para mim.

Meus lábios se curvaram em um não sorriso. Era o tipo de expressão que faz você pensar *Essa pessoa está desequilibrada* e *Alguém deveria trancafiá-la*; descobri que eu não ligava.

– Talvez eu tenha lançado um feitiço, senhor Havemeyer. Talvez eu seja um fantasma. – O sorriso se transformou em um rosnado torto. – Estou louca agora, você não soube?

Ele inclinou a cabeça para mim, considerando.

– Aquele seu cão repugnante está morto, caso você esteja se perguntando. Evans o jogou no lago. Eu até pediria desculpas, mas alguém já deveria ter feito isso anos atrás, se quer saber o que acho.

Meu corpo recuou como um animal chutado. Minhas costelas estavam quebradas, pressionando a carne macia do meu interior. *Bad, Bad, oh, Bad...*

– Parece que tenho toda a sua atenção. Ótimo. Agora, diga-me: você já ouviu falar de *upyr*? *Vampir*? *Shrtriga*? – As palavras rolaram e assobiaram em sua boca. Elas me lembraram, sem motivo claro, da viagem que fiz com o sr. Locke para Viena, quando tinha doze anos.

Já era fevereiro e a cidade estava nublada, varrida pelo vento, velha.

– Bem, o nome dificilmente importa. Tenho certeza de que você já ouviu falar deles em linhas gerais: criaturas que rastejam das florestas negras do norte e se banqueteiam com a força vital dos vivos.

Ele estava tirando a luva da mão esquerda enquanto falava, puxando cada ponta de dedo branco.

– Mentiras espalhadas por camponeses supersticiosos, principalmente, repetidas em jornais e vendidas a maltrapilhos vitorianos. – Agora sua mão estava totalmente livre, dedos tão pálidos que eu podia ver as veias azuladas subindo por eles. – Stoker deveria ter sido sumariamente executado, se quer saber o que acho.

E ele avançou em minha direção. Talvez tenha havido meio segundo antes que a ponta de seu dedo me tocasse, quando todos os pelos finos do meu braço se arrepiaram e meu coração disparou e eu soube, com um instinto animal e desagradável, que não deveria deixá-lo me tocar, que deveria gritar por ajuda – mas era tarde demais.

Seu dedo estava frio contra a minha pele. Mais que frio. Uma dolorosa e ardente ausência de calor. Meu calor corporal foi drenado desesperadamente em direção a ele, mas o frio era voraz. Meus lábios tentaram formar palavras, mas elas pareciam entorpecidas e desajeitadas, como se eu estivesse lá fora, caminhando no vento gelado.

Havemeyer soltou um suspiro suave de profundo contentamento, como um homem esquentando as mãos junto à lareira ou tomando seu primeiro gole de café quente. Ele afastou o dedo relutantemente da minha pele.

– As histórias sempre têm um fundo de verdade, você não acha? Acredito que esse foi o princípio que manteve seu pai viajando ao redor do mundo, desenterrando restos para o seu patrão. – Suas faces estavam coradas de um jeito doentio, como as de um tuberculoso. Seus olhos negros dançavam. – Então me diga, minha querida: como você descobriu as fraturas?

Meus lábios ainda estavam dormentes, meu sangue corria lento e frio nas veias.

– Não entendo o que… por quê…

– Por que estamos tão preocupados? Cornelius faria um discurso sobre ordem, prosperidade, paz etc., mas confesso que meus propósitos não são tão elevados. Apenas desejo preservar este mundo como ele é: tão acolhedor, tão gentilmente cheio de pessoas indefesas, que não fazem falta. Meu interesse é, portanto, pessoal e apaixonado. Seria sensato me contar tudo o que você sabe.

Olhei para ele – ainda sorrindo confiante, passando o polegar nu pelas unhas – e senti mais medo do que nunca na minha vida. Medo de me afogar em um mar de loucura e magia, medo de trair alguém ou algo sem de fato saber como, mas principalmente medo de que ele me tocasse mais uma vez com aquelas mãos gélidas.

Uma batida forte na porta. Nenhum de nós disse nada.

A sra. Reynolds entrou mesmo assim, batendo os sapatos decididamente nas lajotas do piso.

– Receio que seja hora do banho, senhor. É pedido à família que volte mais tarde.

Uma raiva mal contida curvou os lábios de Havemeyer longe de seus dentes.

– Estamos ocupados – ele silvou. Na Mansão Locke, aquilo seria suficiente para fazer os criados saírem correndo e se esconderem.

Mas ali não era a Mansão Locke. Os olhos da sra. Reynolds se estreitaram, lábios apertados.

– Sinto muito, senhor, mas horários regulares são muito importantes para nossas pacientes aqui em Brattleboro. Elas ficam agitadas com facilidade e requerem uma vida sóbria e previsível para mantê-las calmas.

– *Tudo bem.* – Havemeyer respirou profundamente pelo nariz. Ele sacudiu a luva e puxou-a sobre a mão nua. Algo na lentidão proposital do gesto tornou-o obsceno.

Ele se inclinou para mim, com as mãos cruzadas sobre a bengala.

– Conversaremos mais em breve, minha querida. Você está livre amanhã à noite? Eu odiaria ser interrompido novamente.

Lambi meus lábios que voltavam lentamente a se aquecer, tentei parecer mais corajosa do que me sentia.

— Você não precisa ser convidado?

Ele riu.

— Oh, minha querida, não acredite em tudo o que lê nos jornais. Vocês estão sempre tentando inventar *razões* para os fatos. Que monstros só vêm para crianças malcomportadas, para mulheres soltas, para homens ímpios. A verdade é que os poderosos vêm para os fracos, quando e onde quiserem. Sempre foi assim e sempre será.

— Senhor. — A enfermeira se aproximou de nós.

— Sim, sim. — Havemeyer agitou a mão para ela, sorriu um sorriso faminto para mim e saiu.

Ouvi o toque alegre de sua bengala pelos corredores.

No meio do banho, comecei a tremer e não conseguia parar. As enfermeiras acorreram e esfregaram toalhas quentes nos meus braços e nas minhas pernas, mas o tremor só se intensificou e logo estava agachada nua no chão de ladrilhos, segurando meus próprios ombros para impedir que se estilhaçassem. Elas me levaram de volta ao quarto.

A sra. Reynolds ficou para trás, a fim de prender as amarras em volta dos meus braços arrepiados. Segurei a mão dela com a minha antes que ela pudesse terminar.

— Eu poderia... você acha que eu poderia ter meu livro de volta? Só esta noite? Serei boazinha. P-por favor. — Gostaria de ter fingido essa gagueira, desejei que fosse algum ardil inteligente projetado para convencê-los a confiar em mim antes de fazer minha ousada fuga, mas eu estava exatamente tão aterrorizada e desesperada quanto parecia, e eu só queria me esconder dos pensamentos ululando na minha cabeça. Pensamentos como: *Havemeyer é um monstro e a Sociedade está cheia de monstros. O que isso faz do sr. Locke?* E: *Bad está morto.*

Eu realmente não achei que ela diria que sim. As enfermeiras nos tratavam até agora como móveis volumosos e malcomportados que precisavam de alimentação e cuidados regulares. Elas falavam conosco, mas da maneira superficial e tagarela que a esposa de um fazendeiro fala com suas galinhas. Elas nos alimentavam e nos banhavam, mas suas mãos eram pedras ásperas contra nossa carne.

A sra. Reynolds, no entanto, parou e olhou para mim. Pareceu quase acidental aquele olhar, como se ela tivesse esquecido por meio segundo que eu era uma interna e visse uma jovem garota pedindo um livro.

Seus olhos deslizaram para longe dos meus como ratos assustados. Então ela apertou as algemas até que eu pude sentir meu pulso batendo na ponta dos dedos e saiu sem olhar para mim novamente.

Chorei, incapaz de limpar o rastro brilhante dos lábios, incapaz de pressionar meu rosto no travesseiro ou enrolar a cabeça nos joelhos. Fiquei chorando mesmo assim, ouvindo o som das mulheres nos corredores até a fronha estar úmida embaixo da minha cabeça e os corredores ficarem em silêncio. As luzes elétricas zumbiram e estalaram quando eles as desligaram.

Era mais difícil, no escuro, não pensar no sr. Havemeyer. Seus dedos brancos rastejando até mim na escuridão como aranhas, sua carne azulada brilhando ao luar.

E, então, uma chave raspou na fechadura e girou e minha porta se abriu. Eu me debati contra minhas amarras, coração acelerado, já vendo sua silhueta de terno preto entrar no quarto, a bengala batendo mais perto…

Mas não era Havemeyer; era a sra. Reynolds. Com *As dez mil portas* enfiado debaixo do braço.

Ela correu para o meu lado da cama, uma mancha branca furtiva na escuridão. Colocou o livro embaixo dos meus lençóis e soltou meus punhos com os dedos trêmulos. Abri a boca, mas ela balançou a cabeça sem olhar para mim e saiu. A fechadura se trancou atrás dela.

Apenas segurei o livro, no começo; esfreguei meu polegar contra as letras desgastadas, inalando o perfume de terras distantes e liberdade.

E, então, me aproximei do facho inclinado de luar, abri o livro e fugi.

Capítulo quatro

Sobre o amor
O amor cria raízes • O amor leva ao mar • Os resultados simultaneamente previsíveis e milagrosos do amor

Está na moda entre intelectuais e pessoas sofisticadas zombar do amor verdadeiro – fingir que não passa de um doce conto de fadas vendido a crianças e jovens, e que deve ser levado tão a sério quanto varinhas mágicas ou sapatinhos de cristal.[11] Não sinto nada além de pena dessas pessoas instruídas, porque não diriam semelhantes tolices se tivessem experimentado o amor por si mesmas.

Eu gostaria que pudessem estar presentes no reencontro de Yule Ian e Adelaide Lee em 1893. Ninguém que observasse seus corpos se chocarem nas ondas até a cintura, que visse seus olhos brilharem como faróis levando navios desviados do rumo finalmente para casa, poderia ter negado a presença do amor, que emanava entre eles como um pequeno sol, irradiando calor, tingindo seus rostos de vermelho e dourado.

Mas mesmo eu devo admitir que o amor nem sempre é gracioso. Depois que Ade e Yule se soltaram do abraço, ficaram ali de pé nas ondas, encarando-se como perfeitos estranhos. O que você diz a uma mulher que encontrou apenas uma vez em um campo de feno em outro mundo? O que você diz a um garoto fantasma cujos olhos de couro a assombram há doze anos? Os dois falaram ao mesmo tempo; os dois gaguejaram para o silêncio.

Então, Ade disse impetuosamente:

---

11 Espero que você esteja suficientemente familiarizado com a natureza das portas a esta altura para supor que varinhas mágicas e sapatinhos de cristal existem em abundância, em um ou outro mundo.

– Caramba! – e, depois de uma pausa –, *caramba!* – Ela passou os dedos pelos cabelos e espalhou água do mar nas faces avermelhadas. – É realmente você, garoto fantasma? Qual é o seu nome?

Era uma pergunta perfeitamente natural, mas nublava o sol entre eles. Ambos perceberam abruptamente quão improvável era que duas pessoas que nem sabiam o nome uma da outra pudessem estar apaixonadas.

– Yule Ian – saiu em um sussurro apressado.

– Prazer em conhecê-lo, Julian. Você poderia me dar uma ajuda? – Ela gesticulou para o barco, agora balançando cordialmente para o sul. Foram necessários longos minutos de luta antes que os dois conseguissem levar o pequeno barco para a baía e o ancorassem a uma pedra depois da arrebentação. Eles trabalharam em silêncio, estudando os movimentos do corpo um do outro, a geometria milagrosa dos ossos e músculos, como se fosse um código secreto que eles haviam sido designados para traduzir. Então, ficaram na praia, no desabrochar vermelho do pôr do sol, e ficou difícil olhar diretamente um para o outro mais uma vez.

– Você gostaria... tenho um lugar para ficar, na Cidade. – Yule pensou em seu quarto apertado no segundo andar da casa de uma lavadeira e desejou muito que estivesse convidando Ade para um castelo, palácio ou pelo menos um dos quartos caros com varanda alugados por comerciantes em viagem. Ade concordou, e eles voltaram pela Cidade de Plumm lado a lado. As costas de suas mãos roçaram timidamente algumas vezes nas ruas estreitas, mas nunca se demoravam. Yule sentiu o calor daqueles momentos como fósforos contra sua pele.

Em seu quarto, ele a acomodou na beirada da cama de armar desarrumada e deslizou de um lado para outro, empilhando livros e enfiando frascos de tinta vazios nos cantos. Ade não disse nada. Se Yule a conhecesse mais do que algumas horas em sua juventude, saberia quão incomum isso era. Adelaide Lee era uma mulher que expunha seus desejos abertamente, sem vergonha ou artifício, e geralmente esperava que o mundo os acomodasse. Agora, no entanto, ela estava sentada em um quarto bagunçado que cheirava a oceano e tinta, e não conseguia encontrar as palavras certas.

Yule sentou-se hesitante ao lado dela.

– Como você chegou aqui? – ele perguntou.

– Naveguei por uma porta no topo de uma montanha no meu mundo. Desculpe por ter demorado tanto para chegar aqui, mas há um montão de portas por aí. – Um pouco de sua habitual desenvoltura voltara à sua voz.

– Você estava procurando por este mundo? Por mim?

Ade inclinou a cabeça para ele.

– Claro.

Yule sorriu imensamente, e para Ade parecia o sorriso roubado de um garoto muito mais jovem. Era o mesmo sorriso que ele lhe dera no campo quando ela prometeu encontrá-lo em três dias, estonteada com sua própria sorte, e de repente ficou claro para Ade o que ela deveria fazer a seguir.

Ela o beijou. E sentiu as curvas sorridentes de seus lábios se moldarem contra os dela, as mãos delicadas de erudito pousando levemente em seus ombros. Ade se afastou muito brevemente a fim de olhá-lo – o escuro de sua pele, o sorriso muito diferente agora brilhando como uma lua crescente, a seriedade de seus olhos no rosto dela –, então riu uma vez e o empurrou para baixo.

Do lado de fora do quarto de Yule, a Cidade de Plumm afundou em um doce estupor de fim de tarde, seus cidadãos apanhados naquela hora tranquila depois do jantar, mas antes do anoitecer. Além de Plumm, o mar Amárico acalentava milhares de cascos de navio e ilhas rochosas, e soprava a brisa pesada de sal através de portas para outros céus, e todos os dez mil mundos se desenrolavam em dez mil danças de crepúsculo.

Mas, pela primeira vez em suas vidas, nem Ade nem Yule se preocupavam com esses outros mundos, pois seu próprio universo estava agora contido em uma cama estreita no segundo andar de uma lavadeira na Cidade de Plumm. Passaram-se muitos dias até saírem de lá.

***

Agora que concordamos que o verdadeiro amor existe, podemos tecer considerações acerca de sua natureza. Não é, como muitos poetas equivocados querem que você acredite, um evento em si; não é algo que *acontece*, mas algo que simplesmente é e sempre foi. Ninguém se apaixona; o amor é revelado.

Foi esse processo arqueológico que ocupou Ade e Yule durante seus dias no quarto da lavadeira. Primeiro eles descobriram seu amor pela linguagem estranha e milagrosa do corpo: através da pele e do suor de canela, entre os vincos rosados dos lençóis amarrotados, nos deltas de veias marcando as costas das mãos. Para Yule, era uma linguagem inteiramente nova; para Ade, foi como reaprender uma língua que ela pensava que já sabia.

Mas logo as palavras faladas se infiltraram nos espaços entre os dois. No calor subaquático das tardes úmidas e no alívio das noites frias, eles se contaram doze anos de histórias. Ade contou sua história primeiro, e foi uma emocionante confabulação de viagens de trem iluminadas por estrelas e jornadas a pé, de idas e vindas, de portas inclinadas ao entardecer, entreabertas. Yule descobriu que não podia ouvi-la sem uma caneta na mão, como se ela fosse um pergaminho de arquivo que ganhara vida, que ele precisava documentar antes que desaparecesse.

Ade terminou com a história do monte Silverheels e a porta para o mar, e apenas ria quando Yule a pressionava para obter detalhes específicos e datas.

– Esse é exatamente o tipo de bobagem que arruína uma boa história. Não, senhor. Está na hora de você me contar *a sua* história, não acha?

Ele estava deitado de bruços no chão frio de pedra, pernas emaranhadas em lençóis e antebraços manchados de tinta.

– Minha história é a sua, acho. – Yule deu de ombros.

– O que você quer dizer?

– Quero dizer... Eu mudei após aquele dia no campo, assim como você. Nós dois passamos a vida procurando os segredos das portas, seguimos histórias e mitos, não é? – Yule apoiou a cabeça no braço e olhou para ela, banhada em luz dourada, espalhada em sua cama. – Só que a minha busca envolveu muito mais tempo nas bibliotecas.

Contou a ela sobre sua infância sonhadora e juventude dedicada, suas respeitadas publicações acadêmicas (que nunca afirmavam categoricamente a existência de portas, mas apenas as apresentavam como construções mitológicas que oferecem valiosas ideias sociais), sua busca interminável por descobrir a natureza mais verdadeira das portas entre os mundos.

– E o que descobriu, Julian? – Ele se divertia com a maneira estrangeira e enrolada como ela dizia seu nome.

– Alguma coisa – ele respondeu, apontando para os muitos volumes de *Um estudo comparativo de passagens, portais e entradas na mitologia mundial* que estavam empilhados sobre a mesa. – E não o suficiente.

Ade se levantou e se debruçou sobre a mesa dele, examinando as palavras grafadas em um idioma estrangeiro na página. Seu corpo pareceu estranhamente rajado para Yule, sua pele passando dramaticamente de leite pálido para sardas queimadas.

– Tudo o que sei é que existem esses lugares... lugares, por assim dizer, mais tênues, difíceis de ver, a menos que você esteja olhando de uma certa maneira, e por onde é possível ir para outro lugar. Todos os tipos de outros lugares, alguns inclusive cheios de magia. E eles sempre *vazam*, então, tudo o que precisa fazer é seguir as histórias. O que mais você descobriu, Julian?

Yule se perguntou se todos os eruditos dedicavam suas vidas a perguntas que outras pessoas já haviam respondido casualmente e se elas achavam isso irritante ou agradável. Ele suspeitava que Ade se sentia frequentemente dos dois jeitos.

– Não muito – ele disse secamente. – Existem, como você diz, lugares mais tênues, onde os mundos sangram um no outro. Mas desconfio que esse vazamento é de alguma forma... importante. Vital, até.

Portas, ele disse a Ade, são mudanças, e mudança é uma necessidade perigosa. Portas são revoluções e convulsões, incertezas e mistérios, eixos em torno dos quais mundos inteiros podem ser girados. São o começo e o fim de toda história verdadeira, as passagens que levam a aventuras e loucuras e – aqui ele sorriu – até ao amor. Sem portas, os mundos ficariam estagnados, calcificados, sem histórias.

Yule terminou com a solenidade de um estudioso:

– Mas não sei de onde vêm as portas. Elas sempre estiveram lá ou foram criadas? Por quem e *como*? Pode custar a vida de uma artesã das palavras abrir o mundo assim! Embora... talvez não, se os mundos já estão pairando tão próximos. Talvez seja mais como afastar um véu ou abrir uma janela. Mas primeiro precisaria se convencer de que isso seria possível, e duvido...

– Por que importa tanto de onde elas vieram? – Ade se deitou ao lado dele enquanto falava, observando-o com uma mistura de admiração e frivolidade.

– Porque elas parecem tão *frágeis*. Tão facilmente fecháveis. E se puderem ser destruídas, mas não criadas, não haverá cada vez menos portas com o passar do tempo? Esse pensamento.., me assombrava. Pensei que talvez nunca te encontraria.

O peso de doze anos de buscas infrutíferas caiu sobre ambos. Ade atirou um braço e uma perna por cima das costas de Yule.

– Isso não importa mais. Eu te encontrei mesmo assim, e não haverá mais portas fechadas para nós. – Ela afirmou de uma forma tão feroz e destemida, um rugido de uma tigresa roncando em suas costelas, que Yule acreditou nela.

***

Demorou mais um punhado de dias para que Ade e Yule pudessem só ficar calados e quietos um ao lado do outro na cama, sem a frenética necessidade de se conhecer. Eles desenterraram a forma grosseira do amor entre si e se contentaram em deixar o resto prosseguir com mais tranquilidade, desenrolando-se como um mar sem fim diante de sua proa.

Para Ade, era uma espécie de regresso ao lar: depois de anos de perambulação sem raízes, anos vagando pelas trilhas sutis de histórias com uma dor impaciente no coração, finalmente ela se via contente em ficar quieta. Para Yule, foi uma partida. Ele vivera sua vida dentro dos limites confortáveis da pesquisa e da erudição, dedicado a prosseguir suas investigações com fervor obstinado, mas raramente levantando os olhos para o horizonte. Agora, entretanto, ele se encontrava à deriva, despreocupado – de que seus estudos importavam agora? O que eram os mistérios das portas em comparação com o mistério muito maior do calor branco do corpo esbelto de Ade estendido ao lado do seu?

– O que fazemos agora? – ele perguntou certa manhã.

Ade estava meio sonolenta na luz rosa-pérola do amanhecer. A preocupação em sua voz a fez rir.

– Qualquer coisa que quisermos, Julian. Você poderia me mostrar seu mundo, para começar.

– Tudo bem... – Yule ficou quieto por várias respirações longas. – Mas há algo que eu gostaria de fazer primeiro. – Ele se levantou e procurou em sua mesa uma caneta e um grosso e gelificado frasco de tinta. Agachou-se ao lado da cama e esticou o braço esquerdo contra os lençóis.

– Quando algo acontece, algo importante, nós anotamos. Se é algo importante que todo mundo deveria saber, escrevemos aqui. Ele deu uma batidinha na maciez do lado interno do pulso dela.

– E o que vai escrever?

Os olhos dele, quando encontraram os dela, ficaram solenes e escuros como lagos subterrâneos. Ade sentiu um leve tremor na barriga.

– Gostaria de escrever: *Neste dia de verão de 6920, Adelaide Lee Larson e Yule Ian Scholar encontraram o amor e juraram mantê-lo eternamente.* – Ele engoliu em seco. – Se você não se opuser, é claro. Escritas desta maneira, nesta tinta, as palavras duram algumas semanas, mas ainda podem ser lavadas. É apenas um tipo de promessa.

O coração de Ade martelava no peito.

– O que acontece se eu decidir que não quero lavá-las?

Em silêncio, Yule levantou o braço esquerdo. Tatuagens o envolviam em linhas estreitas e escuras, nomeando-o Scholar e listando suas publicações de maior prestígio. Ade olhou as marcações com muita seriedade por um momento, como uma mulher que via seu futuro e dava a si mesma uma última chance de recusar, depois encontrou o olhar de Yule.

– Por que se preocupar com a caneta, então... Onde podemos nos tatuar?

Uma grande bolha de alívio vertiginoso estourou no peito de Yule. Ele riu, e ela o beijou. Quando saíram da casa da lavadeira naquela tarde, havia uma tinta preta fresca circulando suas mãos entrelaçadas, explicando seu futuro para o mundo ver.

Eles passaram as horas seguintes fazendo compras no mercado de toldos de cores vivas de Plumm. Yule negociou frutas secas e aveia em frases curtas e práticas do idioma básico amárico, enquanto Ade reunia uma trilha de espec-

AS DEZ MIL PORTAS

tadores fascinados atrás deles como o rastro de espuma de um navio. Houve risos e gritinhos de crianças de braços magros, murmúrios de lástima de mulheres do mercado, comentários estrondosos dos pescadores que ouviram rumores sobre a mulher fantasma.

Yule alugou um carrinho vacilante para levar os suprimentos até a praia leste, onde o pequeno e gorducho barco de Ade ainda balançava na baía. Eles passaram a noite aconchegados sob um pedaço de lona sobressalente no fundo do barco, ouvindo o barulho das ondas contra o casco calafetado com alcatrão de pinheiro e observando a noite passar sobre suas cabeças como uma saia de dançarina cravejada de estrelas. Ade aninhou-se na suavidade do braço dele e pensou em doces finais felizes para sempre. Yule pensou em: *era uma vez um começo único e ousado.*

Ao amanhecer, eles partiram. Quando questionada sobre o que ela queria ver, Ade respondeu: *"Tudo"*, por isso Yule obedientemente traçou um caminho em direção a tudo. Atracaram primeiro na Cidade de Sissly, onde Ade pôde admirar as cúpulas rosadas das capelas locais e provar o gosto ardido da fruta gwanna fresca. Depois, ficaram três noites na ilha abandonada de Tho, onde as ruínas de uma cidade esquecida pairavam como dentes cinzentos e quebrados contra o sol, antes de pularem por uma série de ilhas baixas e cobertas de areia, pequenas demais para serem nomeadas. Passearam pelas ruas da Cidade de Yef, dormiram nas grutas frescas da Cidade de Jungil e atravessaram a famosa ponte que ligava as Cidades gêmeas de Iyo e Ivo. Navegaram para o norte e oeste, seguindo as correntes de verão do suarento calor do equador, e viram Cidades tão distantes que mesmo Yule só conhecia os seus nomes dos mapas.

A bolsa de estudos de Yule, destinada ao aluguel de quartos pequenos e à ingestão de refeições simples, não era tão generosa para que eles pudessem se abastecer somente nos mercados das Cidades. Então, Yule se forçou a recordar as lições de seu pai sobre nós e anzóis, e pescou o jantar. Ade cortou e dobrou finas mudas de árvore e construiu para eles uma espécie de caramanchão arqueado na popa do navio, onde podiam se abrigar do sol e da chuva. Na lotada Cidade de Caim, Yule comprou um carretel de linha encerada e uma agulha de ferro do tamanho da palma de sua mão. Eles passaram o dia flutuando no porto de Caim, enquanto Yule bordava bênçãos na vela escandalosamente nua. Ele escreveu todas as orações habituais por tempo bom e viagem segura, mas onde a maioria dos barcos acrescentava alguma consagração específica – "à pesca frutífera", "ao comércio lucrativo" ou "a viagens confortáveis" –, ele escreveu apenas *"ao amor"*. Ade viu a palavra enroscada em seu pulso refletida na vela e beijou sua bochecha, rindo.

Era difícil imaginar um final para aqueles meses dourados que eles passaram no *A Chave*. O calor do verão diminuiu e foi substituído pelos ventos frios e altos da temporada de comércio, quando o tráfego de navios no Amárico era tão intenso que o próprio mar ficava perfumado com especiarias, óleo e papel de linho fino. Yule e Ade traçaram espirais bêbadas de amor no balanço das correntes, voltando para o sul em ondas de cristas brancas, planejando não mais do que a próxima ilha, a próxima Cidade, a noite seguinte passada enrolados um no outro em uma praia vazia. Yule pensou que eles poderiam continuar assim para sempre.

Yule, é claro, estava enganado. O verdadeiro amor não é estagnado; é de fato uma porta pela qual todos os tipos de eventos milagrosos e perigosos podem entrar.

– Julian, amor, acorde. – Eles haviam passado a noite em uma pequena ilha coberta de pinheiros, ocupada apenas por lenhadores e pastores. Yule estava aninhado no fundo da cama de lona e tecido, suando o vinho de zimbro da noite anterior, mas abriu os olhos ao chamado de Ade.

– Hum? – ele perguntou articulado.

Ela estava sentada de costas para o mar, riscada pela luz do amanhecer que deslizava através dos galhos de pinheiro. Seus cabelos cor de palha pendiam dos ombros em uma linha irregular, onde ela fizera Yule cortá-lo com a faca de pesca, e sua pele adquirira um improvável tom de bronzeado avermelhado. Ela usava a prática indumentária de uma marinheira, mas ainda não havia dominado as dobras e as pregas necessárias, de modo que suas roupas pendiam ao redor do corpo como uma rede solta. Yule achava que ela era a coisa mais linda do mundo dele ou de qualquer outro mundo.

– Tem algo que preciso lhe contar. – Ade estava esfregando as palavras negras que ainda marcavam o seu pulso esquerdo. – Algo bastante importante, creio eu.

Yule olhou para ela com mais atenção e notou que sua expressão não era familiar. Nos meses que passaram juntos, ele a vira exausta e exultante, furiosa e mal-humorada, entediada e corajosa; mas nunca a vira com medo. A emoção parecia um turista estrangeiro nas feições de Ade.

Ela soltou um suspiro e fechou os olhos.

– Julian. Acho que... bem, eu *sei*, na verdade tenho certeza já faz um tempo... Vou ter um bebê.

O mundo parou em suspenso. As ondas cessaram de bater, os galhos de pinheiro não se roçaram mais, até as pequenas criaturas da terra pararam de escavar. Yule não tinha certeza de que seu coração ainda estava batendo, só que ele não parecia estar morto.

– Bem, você não precisa parecer tão surpreso. Quero dizer, duas pessoas fazendo o que estamos fazendo há meio ano, você teria que ser muito estúpido para pensar que não poderíamos... que eu não poderia... – Ade inspirou por entre os dentes cerrados.

Era difícil para Yule ouvi-la claramente, porque o silêncio momentâneo dera lugar a algo estridente e comemorativo, como se seu próprio coração gaguejante tivesse sido substituído por um desfile na Cidade. Ele se esforçou para responder gentilmente, com cautela.

– O que você vai fazer?

Os olhos de Ade se arregalaram e seus dedos se espalharam impotentes sobre a própria barriga, como se o afastassem.

– Parece que não tenho muita escolha, não é?[12] – Mas não havia amargura ou arrependimento em sua voz, apenas aquele medo frio. – Mas os homens têm, não têm? Deus sabe que meu pai não era... ele não foi... O que *você* vai fazer?

E só então Yule entendeu o que deveria ter sido óbvio: não era do bebê que Ade tinha medo, mas *dele*. Foi um alívio tão grande que Yule riu, um grande grito de alegria que espantou os pássaros empoleirados acima dos dois e fez Ade morder a própria bochecha com uma repentina esperança.

Yule jogou os cobertores para o lado e engatinhou até ela. Pegou suas mãos – cheias de cicatrizes, queimadas, com unhas quadradas e lindas – nas dele.

– Aqui está o que eu farei, se você me permitir: eu a levarei de volta a Nin e me casarei com você, e encontrarei um lugar para construir um lar para nós. E nós três... ou quatro? Ou seis? Espere até conhecer meus irmãos e irmãs... Passaremos nossos invernos em Nin e nossos verões navegando, e eu amarei você e nosso filho mais do que qualquer homem jamais amou. Nunca deixarei vocês enquanto viver.

Ele viu o medo no rosto de Ade desaparecer. Foi substituído por uma luminosidade ardente que fez Yule pensar nos mergulhadores do mar em pé nas bordas dos penhascos ou nos artesãos das palavras olhando para a página em branco.

– Sim – disse Ade, e toda a vida deles residia nessa única palavra.

---

12 De fato, ela tinha uma escolha. Ade talvez tivesse esquecido de que estava no mundo de Yule, e não no seu, e o mundo de Yule tinha artesãos das palavras. A gravidez é uma situação frágil e incerta, especialmente no início, e qualquer artesão das palavras suficientemente habilidoso e bem-remunerado geralmente pode afastar uma criança indesejada enquanto ela ainda é apenas uma débil faísca de potencial no corpo de sua mãe.

AS DEZ MIL PORTAS

Se ao menos Yule tivesse sido um homem melhor, ele poderia ter cumprido sua promessa – pelo menos à filha, se não à esposa.

***

A própria mãe de Yule tatuou os votos de casamento nos braços deles. Ela trabalhava com os cabelos brancos puxados para trás, debaixo de um lenço, as agulhas para cima e para baixo no mesmo ritmo que Yule conhecia desde a infância. Ainda lhe parecia uma espécie de magia ver palavras emergindo na trilha de sangue e tinta da agulha como o amanhecer seguindo a carruagem de algum deus antigo. Para Ade, o ritual carecia do peso da tradição, mas ela ainda perdia o fôlego com a estranha beleza das linhas escuras e retorcidas subindo pelo seu antebraço, e quando pressionou o braço contra o de Yule para que suas feridas vermelho-negras se tocassem, e pronunciou alto as palavras tatuadas, ela ainda sentia algo tectônico mudando sob seus pés.

A tradicional Assinatura das Bênçãos se seguiu aos votos. Os pais de Yule – ostentando expressões afáveis e confusas que indicavam que não entendiam como o filho se casara com uma estrangeira pálida como leite, com nada de seu a não ser o barco mais feio do mundo, mas que estavam felizes por ele assim mesmo – organizaram a reunião e todos os primos de Yule, tias corcundas e colegas de universidade vieram para registrar suas orações pelos noivos no livro de família. Eles ficaram por lá para comer e beber até o estupor tradicional, e Ade passou a terceira noite na Cidade de Nin espremida na cama de infância de Yule, observando suas estrelas recortadas em lata girando no teto.

Yule levou outra semana para combinar um novo acordo com a universidade. Anunciou que havia terminado suas pesquisas de campo e precisava de tempo e silêncio para compilar seus pensamentos, e também gostaria de uma bolsa grande o suficiente para sustentar uma esposa e um filho. Eles recusaram; ele insistiu. No final, e depois de muito resmungar sobre suas futuras e esperadas contribuições para a reputação da universidade, o mestre exigiu que ele ensinasse três vezes por semana na praça da Cidade e lhe pagou o suficiente para alugar uma pequena casa de pedra no alto da encosta norte da ilha.

A casa era uma estrutura gasta e estável, meio enterrada na colina atrás dela, que emitia um forte cheiro de cabras nas tardes quentes. Tinha apenas dois cômodos, um forno enegrecido ocupado por várias gerações de ratos e uma cama de lona recheada de palha. O pedreiro que esculpiu seus nomes na lareira de pedra pensou consigo mesmo que aquele era um lar sombrio e miserável para uma jovem família, mas para Yule e Ade era a construção mais bonita que já tivera quatro paredes e um telhado. Esse é o louco toque de Midas do amor verdadeiro, que transforma tudo que toca em ouro.

O inverno rastejava furtivamente sobre Nin, como um grande gato branco feito de brumas frias e ventos cortantes. Ade não ficou impressionada com o clima e riu de Yule enquanto ele enrolava panos de lã no peito e tremia junto ao forno de pão. Ela fazia longas caminhadas pelas colinas, vestida apenas com as roupas de verão e voltava com as bochechas fustigadas pelo vento.

– Você não quer vestir algo mais quente? – implorou Yule certa manhã. – Pelo bem dele? – E passou um braço em volta da suave protuberância da barriga dela.

Ade riu dele, afastando-se.

– Pelo bem *dela*, acho que você quer dizer.

– Hum. Bem, talvez você queira usar... isso? – ele perguntou, e tirou o outro braço de trás das costas, revelando um casaco de lona marrom, de aparência grosseira, tão estranho ao mundo dele quanto familiar ao dela.

Ade ficou sem reação.

– Você guardou? Todos esses anos?

– É claro – ele sussurrou no emaranhado de cabelos com cheiro de sal na parte de trás do pescoço dela, e a caminhada de Ade naquela manhã foi um pouco atrasada.

A primavera em Nin era uma estação de saturação. As chuvas quentes transformavam cada trilha em lama e cada pedra em musgo. As roupas bem dobradas mofavam em suas pilhas, e o pão nem bem esfriava, já ficava com gosto de pão dormido. Ade passava mais tempo na Cidade com Yule, zanzando para cima e para baixo pelas ruas molhadas de chuva e praticando seu péssimo amárico com todos os cidadãos que passavam, ou trabalhando com o pai de Yule na remoção de pequenos mariscos das quilhas dos barcos de pesca. Ela também cuidou do *A Chave*, ajustando-o e reconstruindo-o sob a orientação do pai de Yule, até que o barco se tornou bastante apresentável nas docas, com um mastro mais fino e mais alto e um casco bem vedado. Ela gostava de vê-lo balançar nas ondas e sentir seu bebê rolando sob as costelas. *Um dia este barco será seu*, Ade dizia a ela, *um dia você e* A Chave *sairão navegando no pôr do sol.*

No meio do verão, no mês ensolarado que Ade chamava de julho, Yule voltou para casa e a encontrou praguejando e se curvando, gotículas de suor escorrendo em sua pele.

– Ele está vindo?

– ... Ela – Ade ofegou e olhou para Yule com a expressão de um jovem soldado avançando em sua primeira batalha. Yule agarrou suas mãos, suas tatuagens entrelaçando como cobras gêmeas nos pulsos, e fez as mesmas orações desesperadas e silenciosas que todo pai faz naquele momento: que sua esposa sobrevivesse, que seu bebê nascesse íntegro e saudável, que ele pudesse abraçar a ambos antes do amanhecer.

E, no milagre mais repetido e transcendente do mundo, suas orações foram atendidas.

A filha deles veio ao mundo pouco antes do nascer do sol. Ela tinha a pele da cor da madeira de cedro e olhos de trigo.

Eles a batizaram com o nome de um velho deus meio esquecido do mundo de Ade, sobre o qual Yule havia estudado certa vez em um texto antigo preservado nos arquivos de Nin. Era um deus estranho, descrito no manuscrito desbotado como um ser de duas faces que olhavam simultaneamente em direções opostas. Ele não presidia um domínio em particular, mas sim os lugares intermediários – passado e presente, aqui e ali, finais e começos – portas, em suma.

Mas Ade achou que Jano era muito parecido com Jane, e nem por cima de seu cadáver permitiria que uma filha sua se chamasse Jane. Então, mudaram o nome para January, em honra ao mês de Janeiro, o mês consagrado ao deus Jano.

***

Oh, minha querida filha, minha perfeita January, eu imploraria por seu perdão, mas não tenho coragem.

Tudo o que posso pedir é que acredite. Acredite nas portas e nos mundos e no poder das palavras. Acredite acima de tudo em nosso amor por você – mesmo que a única evidência que lhe reste esteja contida no livro que você agora possui.

6

A porta de sangue e prata

Quando eu era criança, o café da manhã era vinte minutos de silêncio absoluto, sentada em frente à srta. Wilda, que acreditava que a conversa interferia na digestão e que geleia e manteiga eram apenas para as férias. Após a partida dela, juntei-me ao sr. Locke para o café da manhã em sua enorme e lustrosa mesa de jantar, onde fiz o possível para impressioná-lo com minha boa postura e o silêncio de uma dama. Então, Jane chegou e o café da manhã se tornou café roubado tomado numa sala de estar esquecida ou em um sótão bagunçado, onde tudo cheirava a pó e luz do sol e Bad podia soltar seus finos pelos de bronze nas poltronas sem ser censurado.

Em Brattleboro, o café da manhã era um respingo de mingau em tigelas de lata, a pálida filtragem de luz através das altas janelas, o barulho dos saltos das enfermeiras andando pelos corredores.

O bom comportamento me dera o direito de juntar-me ao bando de mulheres que comiam no refeitório. Eu estava sentada naquela manhã ao lado de duas mulheres brancas totalmente incompatíveis: uma delas era velha, delgada e de aparência enrugada, com os cabelos presos em um coque tão severo que repuxava suas sobrancelhas em pequenos arcos; a outra era jovem e corpulenta, com olhos cinzentos úmidos e lábios rachados.

Ambas me encararam enquanto eu me sentava. Era um olhar familiar: um olhar desconfiado, de o-que-exatamente-você-é, que parecia uma lâmina de faca pressionada na minha carne.

Mas não naquela manhã. Naquela manhã, minha pele brilhava como uma armadura, como pele de cobra prateada, invulnerável; naquela manhã, eu era filha de Yule Ian Scholar e Adelaide Lee Larson, e aqueles olhos não podiam me tocar.

– Você vai comer isso? – Pelo visto, a garota de olhos cinzentos tinha concluído que eu não era tão estranha que ela não pudesse pedir meu biscoito. Estava meio afundado no mingau, um caroço achatado da cor de escamas de peixe.

– Não.

Ela pegou o biscoito, sugando a umidade dele.

– Meu nome é Abby – ela se apresentou. – Esta é a senhorita Margaret. – A mulher mais velha não olhou para mim, mas seu rosto se contraiu ainda mais.

– January Scaller – eu disse educadamente, mas pensei: *January Scholar*. Como meu pai antes de mim. Tal pensamento raiou dentro do meu peito como o brilho de um farol, um brilho tão real que pensei que devia estar vazando de mim como luz em torno de uma porta fechada.

A senhorita Margaret deu uma bufada leve e esnobe, perfeitamente calibrada para ser confundida com uma fungada. Gostaria de saber o que ela teria sido antes de ser louca – uma herdeira? A esposa de um banqueiro?

– E que tipo de nome é esse, exatamente? – Ela ainda não estava olhando para mim, dirigindo sua pergunta ao ar.

O farol no meu peito brilhou mais forte.

– O meu! – Todinho meu. Dado a mim por meus verdadeiros pais, que se amavam, que me amavam… e que de alguma forma me abandonaram. O brilho do farol diminuiu um pouco, oscilando com uma súbita corrente de ar.

O que aconteceu com aquela casinha de pedra na encosta, com *A Chave*, com minha mãe e com meu pai?

Quase não queria saber. Queria ficar o máximo que pudesse no passado frágil e fugaz, naquele breve feliz para sempre, quando eu tinha uma casa e uma família. Na noite anterior, enfiei *As dez mil portas* debaixo do colchão, em vez de ler outra página e correr o risco de perder tudo.

Abby estava piscando os olhos úmidos no silêncio repentino.

– Recebi um telegrama do meu irmão hoje de manhã. Vou para casa na terça-feira, ou talvez quarta-feira – ela disse. Margaret bufou novamente. Abby a ignorou. – Você acha que vai ficar muito tempo? – ela me perguntou.

Não. Havia muito o que fazer – terminar meu bendito livro, encontrar Jane, encontrar meu pai, escrever para *consertar* tudo – para ficar trancada ali tal qual uma trágica garota órfã de um romance gótico. Além disso, se permanecesse ali depois do escurecer, tinha três quartos de certeza de que um vampiro subiria pela minha janela e me sugaria.

Eu tinha de encontrar uma saída. Não era eu a filha de Yule e Ade, nascida sob o sol de outro mundo? Não fui batizada em homenagem ao deus das entidades intermediárias e das passagens, o deus das Portas? Como eu poderia ser trancada, de fato? Meu próprio sangue era uma espécie de chave, uma tinta com a qual eu poderia escrever para mim uma nova história.

Ah! Sangue.

Um lento sorriso descascou meus lábios dos dentes.

– Não, acho que não – respondi alegremente. – Tenho muito o que fazer.

Abby assentiu contente e se lançou em uma longa e improvável história sobre o piquenique que faria quando voltasse para casa e como seu irmão realmente sentia muita falta dela, e que não era culpa dele, ela era mesmo uma irmã muito difícil.

Deixamos o refeitório na mesma fila cinzenta. Procurei encolher os ombros e curvar as costas como todas as outras e, quando a sra. Reynolds e outra enfermeira me escoltaram até meu quarto, eu disse "obrigada" em uma voz suave e dócil. Os olhos da sra. Reynolds cruzaram brevemente com os meus mas logo se afastaram. Elas não me algemaram na cama quando saíram.

Esperei até ouvir os passos delas ressoando no corredor até a próxima porta trancada, depois mergulhei a mão embaixo de meu colchão. Passei as pontas dos dedos ao longo da lombada do livro de meu pai, levemente, mas o deixei onde estava. Em vez dele, busquei a prata fria da moeda da Cidade de Nin.

Sentia-a pesando na minha palma, maior do que meio dólar e duas vezes mais grossa. A rainha sorriu para mim.

Devagar, esfreguei a borda da moeda contra o estuque áspero de cimento da parede ao lado da cama. Olhei-a contra a luz e vi que a curva suave da moeda havia sido desgastada, ainda que levemente.

Sorri – o sorriso desesperado de uma prisioneira cavando seu túnel de fuga – e voltei a pressionar a moeda contra a parede.

Pela hora do jantar, os músculos do meu braço eram trapos torcidos e as articulações dos meus dedos doíam onde se dobravam em torno da moeda. Só que não era mais uma moeda. Havia dois lados angulares que levavam a um único ponto e nada mais restava do rosto da rainha, exceto um olho sábio no centro. Continuei raspando depois do jantar, porque queria ter certeza de que estaria afiada o suficiente e também porque estava com medo.

Mas a noite estava chegando – vi a luz em minhas paredes nuas passar de rosa para amarelo pálido e depois para cinzento escuro – e Havemeyer retornaria em breve. Rastejando como um monstro pavoroso pelos corredores, estendendo os dedos frios para mim, bebendo o calor de minha carne...

Afastei os cobertores, pressionei os pés descalços no chão e me arrastei até a porta trancada.

A moeda limada brilhava na minha palma, transformada em uma pequena lâmina ou um afiado bico de pena de prata. Encostei-a levemente na ponta do dedo, pensei nos olhos famintos de Havemeyer e apertei.

Ao luar, o sangue parece tinta. Ajoelhei-me e passei o dedo pelo chão em uma linha trêmula, mas o sangue não se espalhava de forma homogênea no piso polido. Espremi minha mão, forçando as gotas relutantes a formar um *A* empoçado e manchado, mas eu já sabia que não daria certo: seria preciso muito sangue e muito tempo.

Engoli em seco. Coloquei meu braço esquerdo sobre os joelhos e tentei pensar nele como papel, argila ou ardósia, algo inanimado. Encostei a faca de prata na minha pele, exatamente onde os múscu-los tensos do meu antebraço se juntaram ao meu cotovelo.

Pensei no bilhete *Aguente firme, January* e comecei a escrever.

Doeu menos do que eu pensava. Não, mentira! Doeu exatamente o que você pensa que dói esculpir letras em sua própria carne, fundo o su-ficiente para o sangue aflorar como poços de petróleo vermelho; aconte-ce que, às vezes, a dor é tão inevitável, tão necessária, que não é sentida.

A PORTA

Tive o cuidado de talhar as linhas longe das veias grossas no meio do meu antebraço, com a leve noção de que poderia me esvair no chão do hospital e interromper tragicamente toda a minha tentativa de fuga. Mas também temia cortar muito superficialmente, como se isso pudesse indicar alguma hesitação ou descrença secreta. Lem-bre-se: acreditar é o que importa.

A PORTA SE ABRE PARA ELA.

A ponta da moeda picou e girou no ponto-final, e eu acreditei com todo o meu coração abalado.

A sala fez o mesmo remanejamento já quase familiar de si mes-ma, uma tensão sutil, como se uma dona de casa invisível estivesse puxando os cantos da realidade para esticar as rugas. Fechei bem os olhos e aguardei, a esperança latejando em minhas veias e pingando no chão, e que Deus me ajudasse se não funcionasse: pela manhã, eles me encontrariam deitada numa poça do meu próprio sangue – pelo menos, Havemeyer não teria mais calor para roubar...

A trava clicou. Abri os olhos, piscando de exaustão repentina. A porta se abriu levemente, como se empurrada por uma brisa fraca.

Eu me inclinei para frente e apoiei minha testa contra as lajotas do piso, sentindo ondas de fadiga rolando e estourando sobre mim. Meus olhos queriam fechar; minhas costelas doíam como se eu tivesse nadado até o fundo do lago e voltado.

Só que ele estava vindo, e eu não podia ficar.

Voltei cambaleando para a cama, rastejando sobre três membros, deixando um rastro vermelho atrás de mim, e procurei o meu livro. Abracei-o bem forte, apenas por um momento, respirando o cheiro de especiarias e oceano. Cheirava exatamente como o casaco velho e sem forma do meu pai, que ele deixava pendurado nas costas da cadeira durante o jantar sempre que estava em casa. Como eu nunca percebera isso antes?

Enfiei o livro debaixo do braço, segurei com força a moeda-faca na palma da mão e saí.

Não havia Limiar ali, é claro, mas sair do quarto para o corredor ainda era passar de um mundo para outro. Percorri o corredor com a camisola dura de goma farfalhando contra minhas pernas e o sangue escorrendo, deixando atrás de mim uma longa fileira de pingos. Pensei absurdamente em trilhas de migalhas de pão em florestas escuras de contos de fadas, e reprimi um desejo levemente histérico de rir.

Desci dois lances de escada e desemboquei no branco imaculado do saguão da frente. Passei por portas com letras douradas no vidro, espremendo os olhos desfocados para poder lê-las. Dr. Stephen J. Palmer. Tive um desejo irracional de entrar em seu consultório e bagunçar todos os seus arquivos e pastas arrumadinhos, rasgar todas as suas cuidadosas anotações – talvez roubar aquela caneta hedionda –, mas continuei avançando.

O mármore frio da entrada gelava sob os meus pés descalços. Estava alcançando as imponentes portas de vidro duplo, já sentindo o cheiro da grama do verão e da liberdade, quando percebi duas coisas simultaneamente: primeiro, que eu podia ouvir vozes elevadas ecoando no andar de cima, um clamor crescente de alarme, e que eu deixara uma trilha vermelha salpicada pelos corredores que levava diretamente às portas da frente. E, segundo, que havia um borrão parado do outro lado da porta, uma sombra destacada contra o luar. A silhueta alta e difusa de um homem.

Não.

Senti as pernas fracas e lentas, como se eu estivesse caminhando com areia até os joelhos. A silhueta ficou mais nítida conforme se aproximava. A maçaneta girou, a porta se abriu e Havemeyer ficou emoldurado na soleira. Ele abandonara a bengala e as luvas, e as mãos de aranha branca estavam nuas ao lado do corpo. Sua pele era cintilante e estranha na escuridão e, de repente, eu pensei como era surpreendente que ele parecesse tão humano à luz do dia.

Seus olhos se arregalaram quando me viu. Ele sorriu – um sorriso predador, sedento de vida, e Deus lhe ajude se você algum dia vir um sorriso como aquele em um rosto humano – e eu corri.

As vozes ficaram mais altas e as luzes elétricas estalaram e zumbiram na minha frente. Enfermeiras e funcionários vestidos de branco corriam em minha direção, gritando e repreendendo. Mas eu podia sentir Havemeyer atrás de mim como um vento malévolo e continuei correndo até ficar quase cara a cara com eles. Eles diminuíram a velocidade, mãos levantadas em gestos apaziguadores, vozes calmantes. Pareciam relutantes em me tocar, e eu tive uma breve visão desorientadora de mim mesma através dos olhos deles: uma garota feroz, uma criatura intermediária, com sangue manchando a camisola e palavras gravadas como orações em sua carne. Dentes à mostra, olhos da cor do medo. A boa garota do sr. Locke fora completamente substituída por outra pessoa.

Alguém que não estava preparada para se render. Saltei de lado para uma porta de madeira sem identificação. Vassouras e baldes caíram ao meu redor no escuro, senti um cheiro de amônia e soda cáustica: o armário do zelador. Puxei o cordão da lâmpada, acendendo-a, e enfiei uma escada debaixo da maçaneta da porta, sem muita habilidade. Os heróis sempre faziam isso nas minhas histórias, mas parecia muito mais precário na vida real.

ALIX E. HARROW

Passos apressados soaram do lado de fora da porta e a maçaneta chacoalhou violentamente, seguidos de palavrões e gritos. Um baque ameaçador sacudiu a escada. Meu pulso disparou e eu lutei contra o gemido de pânico na minha garganta. Não havia mais para onde correr, nem portas para abrir.

Aguente firme, January. A escada chacoalhava de maneira preocupante.

Eu precisava correr, para longe e rápido. Pensei na porta azul para o mar; no mundo do meu pai; no mundo de Samuel, sua cabana à beira do lago. Olhei para o meu braço esquerdo, agora latejando de dor, vibrando como os tambores de uma banda ao longe, e pensei: *Por que diabos não?*

Hesitei por meio segundo. *Isso tem um custo*, meu pai havia dito; *o poder sempre tem.* Quanto custaria abrir o mundo assim? Será que eu poderia pagá-lo, tremendo e sangrando em um armário de vassouras?

– Venha, agora, senhorita Scaller – uma voz sibilou através da porta. – Não seja infantil. – Era uma voz muito paciente, como um lobo rodeando um animal acuado numa árvore, esperando.

Engoli o terror frio e comecei.

Comecei bem alto no meu ombro, onde mal conseguia alcançar, e mantive minhas letras apertadas e pequenas. ELA ESCREVE UMA PORTA

As trovoadas na porta do armário pararam, e aquela voz fria disse: "Saiam do meu *caminho*". Então, houve o som de uma exaurida altercação, passos arrastados e baques muito mais fortes.

DE SANGUE

Para onde? Meus olhos pareciam distantes no meu crânio, como se desejassem voar alto e deixar meu corpo sangrando e machucado se virar por conta própria.

Eu não tinha um endereço, não conseguia sequer apontar para o local em um mapa, mas isso não importava. Acreditar é o que importa. Desejar.

E PRATA. Girei a lâmina depois da letra final e pensei em Samuel.

As novas letras se amontoaram ao lado da primeira frase que escrevi, de modo que tudo acontecesse junto numa única história em que eu, desesperada e loucamente, acreditava: *Ela escreve uma Porta de sangue e prata. A Porta se abre para ela.*

Houve um último e fatal rangido na escada. A porta forçou para dentro, contra materiais de limpeza derrubados e madeira quebrada. Mas eu não me importei, porque no mesmo momento senti o louco torvelinho do mundo se remodelando, seguido pela sensação mais improvável: uma brisa fresca nas minhas costas. Cheirava a agulhas de pinheiro, terra fresca e água morna do lago em julho.

Eu me virei e vi uma ferida estranha aberta na parede atrás de mim, um buraco que brilhava com ferrugem e prata. Tinha um formato feio, grosseiramente traçado, como se o desenho de giz de uma criança se tornasse real, mas eu a reconheci pelo que era: uma Porta.

A porta do armário já estava entreaberta e uma mão de dedos brancos entrava pela fresta. Eu me afastei para trás, escorregando no meu próprio sangue e percebendo pela estranha dor na minha mandíbula que eu estava dando um sorriso feroz e arrepiante, como Bad quando estava a poucos segundos de morder alguém. Senti a porta às minhas costas – uma ausência abençoada, uma promessa com cheiro de pinho – e me enfiei através dela, ombros raspando contra as bordas ásperas.

Caí de costas na devoradora escuridão e observei rostos e mãos invadindo o armário, como um monstro de muitos braços querendo me pegar. Então, o nada do Limiar me engoliu.

Eu esqueci quão vazio era. *Vazio* não é nem a palavra certa, porque algo vazio já pode ter estado cheio anteriormente e era impossível que alguma coisa já houvesse existido no Limiar. Não tinha nem mais certeza de que eu existia e, por um terrível instante, senti os limites do meu ser se dissipando, se desfazendo.

Esse momento me assusta mesmo agora, com madeira maciça embaixo dos pés e sol quente no meu rosto.

Mas senti o couro gasto de *As dez mil portas* sob os meus dedos pegajosos de sangue e pensei em minha mãe e meu pai mergulhando de um mundo para o outro como pedras saltando sobre um vasto lago negro, sem medo de cair. Depois, pensei em Jane, Samuel e Bad e, então, como se seus rostos fossem um mapa se desenrolando no vazio, lembrei-me para onde estava indo.

Senti bordas ásperas pressionadas contra mim novamente, e saí numa escuridão que era infinitamente menos escura que o Limiar. Um velho assoalho de madeira apareceu embaixo de mim. Caí para frente e cravei as unhas no chão, como se estivesse agarrada à face de um penhasco, as quinas do meu livro pressionando dolorosamente, maravilhosamente contra as minhas costelas. Meu coração, que parecia ter desaparecido no Limiar, voltou à existência.

– Quem está aí? – Uma silhueta se moveu pelo chão, lançando sombras sobre mim contra a luz do luar. Então:

– *January?* – Uma voz grave e feminina, percorrendo as vogais do meu nome de forma estrangeira e familiar. A palavra *impossível* me veio à mente, mas os últimos dias haviam enfraquecido fatalmente todo o meu conceito sobre o que era e o que não era possível, e a palavra se afastou furtivamente outra vez.

Uma luz dourada e oleosa brilhou. E lá estava ela: cabelos curtos delineados pela luz da lâmpada, vestido desalinhado, boca ligeiramente aberta quando se ajoelhou ao meu lado.

– *Jane.* – Minha cabeça estava pesada demais. Pousei-a no chão e dali mesmo falei: – Graças a Deus que você está aqui. Onde quer que aqui seja. Eu sei onde eu estava mirando, mas, com as Portas, nunca se sabe… – Minhas palavras soaram densas e arrastadas nos meus ouvidos, como se eu estivesse gritando debaixo d'água. A luz do lampião pareceu estar diminuindo. – Mas como você chegou aqui?

– Acho que a pergunta mais interessante é como *você* chegou aqui. Aliás, aqui é a cabana da família Zappia. – A secura de seu tom parecia frágil, forçada. – E o que aconteceu com você? Há sangue por todo lado…

Mas eu não estava mais prestando atenção nela. Ouvi um som nos cantos escuros da sala – um som de movimentos bruscos, de algo se arrastando, seguido pelo clique de unhas na madeira… e parei de respirar. Os passos se aproximaram, claudicantes. *Impossível.* Levantei a cabeça. Bad mancou para a claridade. Um olho estava inchado, a perna de trás pairava e tremia acima do solo, e mantinha a cabeça baixa por exaustão. Por um instante, que me pareceu muito longo, ele piscou atônito para mim, como se não tivesse certeza de que realmente era eu, e então mergulhamos um em direção ao outro. Nós colidimos, uma confusão desesperada de membros escuros e pelo cor de bronze. Meteu o focinho na dobra do meu pescoço e embaixo das axilas como se estivesse tentando encontrar um lugar em que pudesse se esconder, com um gemido rouco de filhote que eu nunca o vira fazer. Eu o abracei, descansando a minha testa contra seus ombros trêmulos, dizendo todas as palavras bobas e inúteis que se diz quando seu cachorro está machucado (*eu sei, meu amor, está tudo bem, eu estou aqui, me desculpe, sinto muito*). Alguma coisa partida no meu peito começou a se emendar.

Jane pigarreou.

– Odeio interromper, mas deveria haver alguma coisa… mais, saindo desse buraco?

Fiz silêncio. A cauda de Bad parou de bater no chão. Sons de alguém se esforçando ecoaram atrás de mim, como se estivesse se aproximando, rastejando. Olhei para minha porta – uma lágrima negra e irregular, como se a realidade tivesse sido descuidada e se prendido em uma unha solta – e vi, ou pensei ter visto, algo malévolo brilhando em suas profundezas, como um par de olhos famintos.

– Ele está vindo atrás de mim. – Minha voz soou calma, quase desinteressada, enquanto meus pensamentos aterrorizados corriam frenéticos. Havemeyer emergiria, branco e perverso, e pegaria o que quisesse de mim. Os outros o seguiriam quando reunissem coragem. Eles me trancariam para sempre, se ainda restasse algo de mim, e fariam o mesmo com Jane também, provavelmente. Com certeza, nada de bom aconteceria a uma mulher africana encontrada na companhia de uma fugitiva declarada clinicamente insana à meia-noite. E quem cuidaria do pobre e alquebrado Bad?

– Acho que tenho que… tenho que fechá-la. – Tudo que foi aberto pode ser fechado. Meu pai não descobrira isso quando a Porta se fechou entre a Cidade de Nin e o campo de minha mãe? Ele nunca soube por que ou como aconteceu, mas, então, meu pai era um erudito: suas ferramentas eram estudo cuidadoso, evidências racionais e anos e anos de documentação.

Minhas ferramentas eram palavras e vontade, e eu não tinha muito tempo. Busquei minha moeda-faca, cuja prata nem brilhava mais, coberta por uma crosta de sangue. Trouxe os joelhos para junto do corpo e estendi o meu pobre e dolorido braço diante de mim. Pressionei a moeda na minha pele uma última vez, piscando um pouco contra a estranha alternância da sala entre embaçamento e nitidez.

– *Não!* January, o que você está... – Jane puxou minha mão.

– Por favor! – Engoli em seco, oscilando um pouco. – Por favor, confie em mim. Acredite em mim. – Não havia razão alguma no mundo para ela fazer isso. Qualquer outra pessoa teria me arrastado alegremente de volta aos médicos com um bilhete preso no meu peito, sugerindo que me trancafiassem em uma pequena sala sem objetos pontiagudos durante o próximo século.

(Essa foi a verdadeira violência do sr. Locke contra mim. Você realmente não faz ideia de quão frágil e vulnerável é sua própria voz até ver um homem rico tirá-la tão facilmente quanto assina um empréstimo bancário.)

Os ruídos ficaram mais altos.

Os olhos de Jane se voltaram para o buraco na parede atrás de mim e para as letras em sangue coagulado no meu braço. Uma expressão estranha passou por seu rosto – astúcia, talvez? Um entendimento desconfiado? – e ela soltou a minha mão.

Escolhi um pedaço de pele nua e sem sangue e comecei a gravar uma única palavra: AP

Movimento na escuridão, o som áspero de respiração, uma mão de aranha branca saindo da escuridão em minha direção...

APENAS.

A Porta se abre apenas para ela.

Senti o mundo se recompor, como a pele se apertando ao redor de uma cicatriz. A escuridão recuou, a mão branca se contraiu – houve um grito terrível e inumano – e então lá estava eu olhando para nada além de um trecho de parede da cabana sem nada de especial.

A Porta estava fechada.

Então, minha bochecha foi pressionada no chão e a mão fria de Jane estava na minha testa. Bad mancou para mais perto e deitou-se com a coluna pressionada contra mim.

Minha última visão vacilante foi de três objetos estranhos e pálidos caídos em uma fileira nas tábuas do chão. Pareciam as pontas brancas de um cogumelo incomum, ou talvez tocos de velas. Já fechava os olhos e começava a adormecer quando me dei conta do que eram: três pontas de dedos brancos.

Por certo tempo, estava em outro lugar. Não sei exatamente onde, mas parecia outro tipo de Limiar: sem luz e sem fim, uma galáxia silenciosa sem estrelas, planetas ou luas. Exceto que eu não a estava atravessando; estava apenas... suspensa. Esperando. Lembro-me de uma vaga sensação de que era um lugar agradável, livre de monstros, sangue e dor, e eu gostaria muito de ficar por lá.

Mas algo continuava se intrometendo. Algo com uma respiração quente, algo que se aninhava ao meu lado e enfiava o focinho nos meus cabelos, soltando pequenos sons de choramingo.

Bad. Bad estava vivo, e precisava de mim.

Então, eu saí do estupor e abri os olhos.

– Olá, garoto. – Minha língua estava grossa e seca como algodão, mas as orelhas de Bad se levantaram. Ele fez aquele som lamentoso em seu peito novamente, e deu um jeito de se achegar mais a mim, apesar da ausência de centímetros extras, e deitei minha bochecha na laje quente de seu ombro. Fiz um movimento para abraçá-lo, mas desisti soltando um gritinho.

O movimento doera. Aliás, tudo doía: meus ossos estavam machucados e doloridos, como se tivessem sido forçados a suportar uma carga impossível; meu braço esquerdo ardia latejante, enrolado em tiras de lençol; até meu sangue pulsava preguiçosamente nos meus ouvidos. Considerando tudo, parecia um preço justo a pagar por reescrever a própria natureza do espaço e tempo e criar uma Porta de minha própria autoria. Pisquei para afugentar a vontade de rir ou possivelmente chorar, e olhei em volta.

Era uma cabana pequena, como Samuel dissera, e meio abandonada: as pilhas de cobertores estavam mofadas, o fogão enferrujava em flocos laranja, as janelas estavam cobertas de teias de aranha. Mas o cheiro – oh, o cheiro. Sol e pinheiros, água do lago e vento – era como se todos os cheiros do verão houvessem sido absorvidos pelas paredes. Era o oposto científico perfeito de Brattleboro.

Foi só então que notei Jane, sentada ao pé da cama com uma caneca de lata fumegante nas mãos, observando a mim e Bad com o canto da boca levantado. Algo nela havia mudado na semana em que estivemos separadas. Talvez fossem suas roupas – seu habitual e pesado vestido cinzento fora substituído por uma saia na altura da panturrilha e uma blusa de algodão solta – ou talvez fosse o brilho intenso de seus olhos, como se ela tivesse dispensado uma máscara que eu não sabia que ela usava.

De repente, vi-me insegura. Fitei as costas de Bad enquanto falava.

– Onde o encontrou?

– Na prainha, naquela pequena enseada perto da casa. Ele estava… – Ela hesitou, ergui os olhos e vi que o princípio de sorriso havia se achatado. – Não estava em muito boa forma. Meio afogado, sangrando, espancado… Creio que alguém o jogou do penhasco e esperava que ele se afogasse. – Ela ergueu um ombro. – Fiz o melhor que pude por ele. Não sei se essa perna algum dia irá se endireitar. – Meus dedos encontraram trechos de pelos cortados e linhas de pontos grossos. Uma perna traseira estava imobilizada e enfaixada.

Abri a boca, mas nenhuma palavra saiu. Há momentos em que um *obrigada* é tão inadequado, tão obscurecido pela magnitude da dívida, que as palavras ficam presas na garganta.

Jane, no caso de um dia você ler isso: *Obrigada.*

Engoli em seco.

– E como... como você veio parar aqui?

– Como você deve ter imaginado, o sr. Locke me chamou ao escritório dele para me informar que meus serviços não seriam mais necessários. Fiquei... agitada, e fui escoltada para fora da propriedade por aquele maldito e misterioso secretário dele, sem nem sequer poder arrumar meus pertences. Voltei naquela noite, é claro, mas você já não estava. Uma falha pela qual – suas narinas se inflaram – sinto profundamente.

Ela sacudiu os ombros.

– Bem. Brattleboro é uma instituição de brancos, me disseram. Não tive permissão para visitá-la. Então, procurei o garoto Zappia, imaginando que italiano seria próximo o suficiente de branco, mas a visita dele também foi negada. Ao que tudo indica, ele entregou o meu pacote por meios mais, hã, eficientes. – O sorriso de Jane reapareceu e se alargou o suficiente para mostrar o pequeno espaço entre os dentes. – Um amigo bastante dedicado, não é?

Não achei necessário responder a isso. Ela continuou, cerimoniosamente.

– E um jovem muito legal. Ele me deu esse endereço, um lugar para pensar e planejar, um lugar para dormir, já que eu não era mais bem-vinda na Mansão Locke.

– Sinto muito. – Minha voz soou baixa e fraca aos meus ouvidos.

– Eu não! – Jane disse com uma bufada. – Desprezei aquela casa e seu proprietário desde o momento em que cheguei. Eu o tolerava apenas por causa de uma barganha que seu pai e eu acertamos. Ele me pediu para protegê-la, em troca de... algo que eu queria muito.

Sua expressão se ensimesmou, ardendo com uma espécie de raiva sombria e sem fundo que me fez perder o fôlego. Ela engoliu em seco.

– E que ele não está mais em condições de fornecer.

Enrolei meu braço com mais força em Bad e tentei modular minha voz da maneira mais uniforme e neutra possível.

– Então você vai embora agora. Vai voltar pra casa.

Eu vi os olhos dela se arregalarem.

– Agora? E deixá-la doente e ferida, caçada sabe-se lá por quem? Julian pode ter quebrado os termos do nosso acordo, mas você e eu temos um acordo totalmente à parte! – Pisquei perplexa para ela. A expressão de Jane se suavizou o máximo que eu já vira. – Sou sua amiga, January. Não vou abandoná-la.

– Oh... – Nenhuma das duas falou por algum tempo. Deixei-me cair num cochilo entrecortado e suado; Jane trouxe o fogão à vida e reaqueceu o café. Ela voltou para a beirada da cama, afastando a extremidade traseira de Bad e sentou-se ao meu lado. Ela segurava *As dez mil portas* – meio amarrotado, com manchas cor de ferrugem – nos joelhos, um polegar acariciando a capa.

– Você deveria dormir.

Mas descobri que não conseguia. Perguntas zumbiam em meus ouvidos, como um mosquito: o que meu pai prometera a Jane? Como eles haviam se conhecido, de fato, e o que era o livro para ela? E por que meu pai viera para este mundo cinzento e sem graça?

Eu me remexi sob a colcha até Bad suspirar para mim.

– Você... Será que você poderia ler para mim? Acabei de terminar o quarto capítulo.

Aquele sorriso amplo de Jane se abriu, mostrando a falha entre os dentes.

– Claro.

Ela abriu o livro e começou a ler.

Capítulo Cinco

Sobre perda
Céu • Inferno

Ninguém se lembra realmente de suas próprias origens. A maioria de nós possui uma espécie de mitologia nebulosa sobre a primeira infância, um conjunto de histórias contadas e recontadas por nossos pais, entrelaçadas com nossas lembranças borradas de bebê. Eles nos contam sobre a ocasião em que quase morremos descendo a escada engatinhando atrás do gato da família; a maneira como costumávamos sorrir dormindo durante as tempestades; nossas primeiras palavras e passos e bolos de aniversário. Eles nos contam uma centena de histórias diferentes, que no fundo são a mesma história: *nós te amamos e sempre amaremos*.

Yule Ian, entretanto, nunca contou essas histórias à filha. (Permita-me, espero, a covardia prolongada da narração em terceira pessoa; é tolice, mas acho que diminui a dor.) Do que, então, ela se lembra?

Não daquelas primeiras noites em que seus pais assistiram à sua caixa torácica subindo e descendo com uma espécie de júbilo aterrorizado. Nem a sensação quente e sublime de tatuagens frescas em espiral sob a pele, soletrando novas palavras (*mãe, pai, família*). Tampouco o modo como às vezes se entreolharam na luz do alvorecer, depois de horas andando para lá e para cá, embalando e cantando músicas sem sentido em meia dúzia de idiomas, com todas as suas emoções estampadas no rosto – uma espécie de exaustão atordoada, uma ligeira histeria, um desejo indescritível de simplesmente se *deitar* – e reconhecendo-se como as almas mais profundamente sortudas em dez mil mundos.

É improvável que ela se lembre do anoitecer em que seu pai subiu de volta à casinha de pedra e a encontrou dormindo ao lado da mãe, na encosta da colina. Ela estava boquiaberta, nua, exceto pela fralda de pano de algodão amarrado à cintura, uma leve brisa passando por seus cachos. Ade estava enrolada ao seu redor, uma curva branco-dourada como uma leoa ou um náutilo, aninhada em seu hálito doce como leite. Era quase fim do verão e as sombras da noite se aproximavam dos dois nas pontas dos pés frios – mas ainda não os haviam alcançado. Os dois ainda estavam radiantes, intocados, inteiros.

Yule ficou parado na encosta, observando-as, sentindo uma alegria exultante e abafada com melancolia, como se já estivesse lamentando sua perda. Como se soubesse que não poderia viver no paraíso para sempre.

***

Dói-me falar sobre essas lembranças. Mesmo agora, enquanto escrevo estas linhas – encolhido na minha tenda no sopé das montanhas nos arredores de Ulã Bator, sozinho, a não ser pelo arranhar da caneta e pelo uivo gelado dos lobos –, estou cerrando os dentes contra ondas de dor, uma dor que se instala em meus membros e envenena minha medula.

Você se lembra da vez em que me perguntou sobre o seu nome e eu disse que sua mãe gostava? Você saiu irritada, insatisfeita, a linha de seu queixo tão precisamente definida quanto o dela que eu mal conseguia respirar. Tentei voltar ao meu trabalho, mas não consegui. Arrastei-me para a cama, atormentado e tremendo, pensando no formato da boca de sua mãe quando ela dizia o seu nome: January.

Pulei o jantar naquela noite e saí na manhã seguinte antes do amanhecer. Você foi tirada da cama para me ver partir, e seu rosto pela janela da carruagem – desalinhado pelo sono, vagamente acusativo – assombrou-me por meses depois. Na dor de minha própria perda, causei-lhe a dor da ausência.

Não posso preencher esse lugar vazio agora; não posso voltar atrás no tempo, forçar-me a abrir a porta da carruagem e correr de volta para você, aproximá-la de mim e sussurrar em seu ouvido: *Nós te amamos e sempre amaremos.* Deixei passar muito tempo e você está quase crescida. Mas posso lhe dar pelo menos um relato dos fatos, uma explicação há muito devida.

É por isso que você foi criada nas neves cobertas de pinheiros de Vermont, e não nas ilhas de pedra do mar Amárico, no mundo dos Escritos. É por isso que os olhos de seu pai tocam seu rosto apenas raramente e de leve, como se você fosse um pequeno sol que pudesse cegá-lo. É por isso que estou a quase seis mil milhas de você, com as mãos transidas de frio, sozinho, a não ser pelas harpias gêmeas do desespero e da esperança pairando sempre ao meu lado.

Eis o que aconteceu com Yule Ian Scholar e Adelaide Lee Larson após o nascimento de sua filha, na primavera do Ano Escrito de 6922.

***

Foi no início da primavera que Yule notou pela primeira vez uma expressão que nunca vira antes no rosto de sua esposa. Era uma espécie de melancolia, uma tendência a olhar para o horizonte e suspirar e esquecer, por um momento, o que estava fazendo. À noite, ela se contorcia e se irritava, como se a colcha fosse um peso incômodo sobre seu corpo, e acordava antes do amanhecer para fazer chá e olhar novamente pela janela da cozinha em direção ao mar.

Uma noite, enquanto estavam deitados, respirando juntos no escuro, envoltos no cheiro verde da primavera, Yule perguntou:

– Há algo errado, Adelaide?

Ele perguntou na língua da Cidade de Nin, e ela respondeu no mesmo idioma.

– Não. Sim. Não sei. – Ela voltou para o inglês. – É que não tenho certeza se gosto de ficar presa a um só lugar. Eu a amo, amo você, amo esta casa e este mundo, mas... Tem dias que me sinto como um cão raivoso em uma coleira curta. – Afastou-se dele rolando na cama. – Talvez todo mundo se sinta assim no começo. Talvez seja apenas a estação me incomodando. Eu sempre disse que a primavera foi feita para partir.

Yule não respondeu, mas ficou acordado ouvindo o suspiro distante do mar, pensativo. No dia seguinte, ele saiu de casa cedo, enquanto Ade e January ainda estavam esparramadas na cama e o céu não estava verdadeiramente claro, mas apenas sonhando sonhos pálidos. Ficou fora por várias horas, durante as quais conversou com quatro pessoas, gastou todas as suas modestas economias e assinou três declarações separadas de dívida e propriedade. Voltou à cabana de pedra sem fôlego e radiante.

– Como foi a aula? – Ade perguntou. ("Bá!", January acrescentou imperiosamente.)

Yule pegou a bebê dos braços de Ade, piscou e disse:

– Venha comigo.

Eles desceram até a Cidade, passaram pela praça e pela universidade, pelo estúdio de tatuagens de sua mãe e pelo mercado de peixes da costa, e foram até o píer aquecido pelo sol. Yule levou-a até a ponta e parou diante de um barquinho muito bem-feito, maior e mais elegante do que *A Chave*, com preces bordadas às pressas na vela por velocidade, aventura e liberdade. Havia suprimentos embalados em sacolas de lona – redes e lonas enceradas, barris de água e peixe defumado, maçãs secas, vinho zimbro, corda, uma brilhante bússola de cobre – e uma cabine coberta e arrumada em uma extremidade com um colchão de palha dentro.

Ade ficou quieta por tanto tempo que o coração de Yule começou a acelerar e palpitar de dúvida. Nunca é aconselhável tomar decisões antes do amanhecer ou sem consultar o cônjuge, e ele havia feito as duas coisas.

– Isso é nosso? – Ade perguntou, finalmente.

Yule engoliu em seco.

– Sim.

– Como você... por quê?

Yule abaixou a voz e deslizou sua mão na dela, de modo que suas tatuagens se fundiram em uma única página de tinta preta.

– Não serei a sua coleira, meu amor. – Ade então olhou para ele, com uma expressão tão tomada de amor que Yule sabia que tinha feito algo não apenas gentil, mas absolutamente vital.

(Me arrependo? Voltaria atrás, se pudesse? Diria a ela para se resignar com a casa e o lar, para desistir de seus caminhos errantes? Depende do que pesa mais: uma vida ou uma alma.)

January, que estava batendo palmas para um bando de gaivotas, começou a ficar entediada. O barco chamou sua atenção em vez disso, e ela emitiu um chiado que eles normalmente interpretavam como "Me dê isso imediatamente".

Ade pressionou sua testa na da filha.

– Concordo plenamente, querida.

Duas manhãs depois, a Cidade de Nin encolhia atrás deles e o horizonte leste se abria limpo e brilhante à sua frente, e Ade estava ajoelhada na proa, vestindo seu disforme casaco de fazendeiro e embalando a filha contra o peito. Yule não tinha certeza, mas pensou que ela estava sussurrando para January, dizendo-lhe qual era a sensação de ter ondas rolando sob seus pés, de ver as silhuetas de cidades estranhas destacadas contra o crepúsculo e ouvir línguas desconhecidas cantando no ar.

Eles passaram os meses seguintes como um pequeno bando de pássaros em uma migração tortuosa elaborada por eles mesmos, viajando de Cidade em Cidade, sem nunca pousar em lugar algum por muito tempo. A pele de Ade, que ficara clara

ALIX E. HARROW

como o leite no inverno, tornou-se sardenta e queimada novamente, e seu cabelo virou um emaranhado descolorido semelhante à crina de um cavalo. January adquiriu um tom marrom-avermelhado quente, como brasas ou canela. Ade chamou-a de "andarilha nata", com a teoria de que qualquer bebê que aprendesse a engatinhar no balanço suave das tábuas do convés, que se banhasse em água salgada e usasse uma bússola como mordedor, só podia estar destinado a uma vida itinerante.

À medida que a primavera se aprofundava e as ilhas verdejavam, Yule começou a suspeitar que suas viagens não eram inteiramente sem rumo. Eles pareciam estar indo para o leste, ainda que errática e indiretamente, por isso não ficou totalmente surpreso quando Ade anunciou, certa noite, que sentia falta da tia Lizzie.

– Eu só acho que ela deveria saber que não estou apodrecendo em uma vala perdida em algum lugar, e acho que ela gostaria de conhecer uma nova garota Larson. E um homem que não partiu. – O que ela não disse, mas que Yule suspeitava fortemente, era que estava com saudades de casa pela primeira vez em sua vida. À noite, ela falava sobre o cheiro do Mississippi numa tarde de verão, a cor azul ciano-claro do céu acima do campo de feno. Algo sobre ter um bebê a levar de volta às suas origens, como se estivesse desenhando um círculo a vida toda e agora era obrigada a fechá-lo.

Eles reabasteceram os suprimentos na Cidade de Plumm, onde Ade e Yule haviam se reencontrado no ano anterior. Alguns comerciantes lembravam-se deles, e espalhou-se a notícia de que a sereia havia se casado com o erudito e gerado uma menina (decepcionantemente normal), e quando eles partiram havia uma pequena multidão na praia. January alternou entre gritar de alegria para eles e enterrar o rosto no ombro da mãe, enquanto Ade fornecia respostas satisfatórias e sem sentido para suas perguntas ("Para onde estão indo? Para o topo de uma montanha no Colorado, se quer saber a verdade"). Ao pôr do sol, aquilo se tornara uma espécie de piquenique, e eles partiram com o brilho quente das fogueiras às suas costas. A multidão observou-os partir com expressões que variavam de curiosidade e hilaridade a apreensão, gritando advertências e votos de felicidades enquanto o céu transitava do seda cor-de--rosa ao veludo azul acima deles.

(Pensei com frequência nessas pessoas nos anos que se seguiram, observando-nos partir para o mar vazio do leste. Será que alguma delas foi nos procurar quando não retornamos? Um comerciante curioso ou um pescador preocupado? Em que parca esperança repousa meu coração.)

Yule não estava acostumado a causar tamanho rebuliço, mas Ade riu dele.

– Deixei uma trilha de rostos exatamente iguais a esses em três dezenas de mundos. É bom pra eles. Tentar explicar fatos que não podem ser explicados é o berço das histórias e dos contos de fadas, acho. – Ela olhou para January, aninhada em seu colo e mastigando pensativamente os próprios nós dos dedos. – Nossa menininha será um conto de fadas antes de aprender a andar, Jule. Isso não é incrível? Uma andarilha nata, se é que já houve alguma.

Ade traçou seu curso durante a noite, navegando pela luz das estrelas e pela memória, com January dormindo contra seu peito. Yule observava da cabine e sonhava com a filha como uma mulher adulta: como falaria seis línguas e superaria o pai, como teria o coração destemido e selvagem da mãe, como nunca ficaria enraizada em um único lugar, mas, em vez disso, dançaria entre os mundos em um caminho de sua própria criação. Ela seria forte, resplandecente e poderosa, maravilhosamente estranha, criada à luz de dez mil sóis.

Yule acordou antes do amanhecer, quando Ade se arrastou para dentro da cabine e aconchegou January entre os dois. Ele voltou a dormir com o braço sobre elas.

O vento ficou mais feroz e frio longe das ilhas da Cidade. Passaram os dias seguintes atravessando alguma corrente invisível, ondas batendo contra o casco como avisos e sua vela alternadamente inflada e fechada para o vento. Ade sorria na névoa salgada como um falcão de caça com a presa à vista. January engatinhava da popa à proa com uma corda amarrada à cintura, às vezes rolando com o balanço das ondas. Yule observava o horizonte procurando a porta de Ade.

Avistou-a ao amanhecer do terceiro dia: dois penhascos negros emergindo do mar como dentes de dragão, inclinados um para o outro com suas pontas de pedra quase se tocando, de modo que uma estreita passagem de mar aberto situava-se entre eles. A névoa da manhã pairava e rodopiava em torno da porta, ofuscando-a e, depois, revelando-a. *Parece evitar a descoberta fácil*, escreveu Yule em seu diário, *o que confirma minha premissa inicial*.

Guardou as anotações e ficou na proa com January enrolada em seus braços, o rosto sonolento espiando pelas dobras do casaco gasto de Ade. O mar estava calmo e silencioso; a proa deslizava sobre ele como uma caneta pela página. A sombra das pedras projetou-se sobre o barco. Pouco antes de deslizarem pela passagem, atravessarem o limiar e penetrarem na boca negra do espaço entre os mundos, Yule Ian virou-se para olhar para sua esposa.

Ade estava agachada no leme, ombros largos preparando-se para a corrente, a mandíbula firme, os olhos vivos com uma alegria intensa: pela emoção de mergulhar por outra porta, talvez, ou pela glória de uma vida sem fronteiras ou barreiras, ou pelo simples prazer de ir para casa. Seus cabelos estavam presos em uma frouxa trança cor do mel por cima de um dos ombros, enrolando-se com as linhas sinuosas de sua tatuagem. Ela havia mudado desde o primeiro dia em que Yule a vira no campo pontilhado de cedros, mais de uma década antes – estava mais alta, mais larga, com rugas de riso nos cantos dos olhos e os primeiros fios de cabelos brancos ondulando nas têmporas –, mas não menos radiante.

Oh, January, ela era tão adorável.

Ade olhou para cima quando cruzamos a escuridão e sorriu seu sorriso torto e selvagem para nós dois.

Esse sorriso, uma mancha de ouro branco contra a névoa, ainda paira como um retrato pintado diante dos meus olhos. Ele marca o último momento em que o mundo foi inteiro, o último momento de nossa breve e frágil família. O último momento em que vi Adelaide Larson.

A escuridão nos tragou. A sufocante ausência do intermediário. Fechei os olhos, meu covarde coração confiando que Ade nos veria através da escuridão.

E, em seguida, um som rasgado e fragmentado que não era um som, porque não podia haver som naquele lugar sem ar. Meus pés pesavam embaixo de mim e pensei loucamente em monstros marinhos e leviatãs, em enormes tentáculos cercando nosso navio – e então uma pressão enorme e sem origem desceu sobre nós. Era como se o espaço intermediário estivesse sendo mordido ao meio.

Eu estava sem fôlego, cego, em pânico. Mas houve uma fração de segundo – suspensa agora em minha memória como um eixo em torno do qual todo o resto gira – em que eu poderia ter escolhido de maneira diferente. Eu poderia ter voltado para a popa, em direção a Ade. Eu poderia ter morrido ou ter sido condenado a vagar no infinito espaço intermediário, mas pelo menos eu teria feito isso com Adelaide ao meu lado.

Em vez disso, firmei os pés e me enrolei em torno de você.

Penso nesse momento com frequência. Não me arrependo, January, nem nas horas que são mais sombrias e desesperadoras.

O momento passou. O esmagamento se intensificou, até que você e eu fomos achatados contra o casco que rangia, os pulmões vazios e os crânios doendo. Meus braços eram como um torno em volta de você e eu não tinha que são mais certeza se estava te protegendo ou esmagando – meus olhos pressionados para dentro... meus dentes cerrados uns contra os outros...

Ar. Rarefeito, gelado, com cheiro de pinheiros e neve. Atravessamos uma barreira invisível e nosso navio bateu no chão. Fomos lançados para frente, esmagados contra a terra fria de outro mundo.

Aqui minhas memórias se tornam oscilantes e confusas, piscando como uma lâmpada ruim em um projetor; creio que bati a cabeça contra alguma pedra ou madeira arremessada pelo impacto. Lembro-me de você, nervosa e gritando em meus braços e, portanto, milagrosamente, maravilhosamente viva. Lembro-me de me levantar cambaleando, girando de volta para os restos dispersos de nosso barco, procurando desesperadamente por algum *flash* branco ou dourado, só que os meus olhos não estavam focando direito e, então, eu estava novamente de joelhos. Lembro-me de procurar a grande porta com batentes de toras de madeira de que Ade me falara e não encontrar nada além de escombros e cinzas.

Lembro-me de gritar o nome dela e não receber resposta.

Lembro-me de uma figura aparecendo nas sombras, sua silhueta recortada contra o amanhecer.

Algo bateu na minha nuca e o mundo se fragmentou. Meu nariz chocou-se contra agulhas de pinheiro e pedra e o gosto oceânico de sangue encheu minha boca.

Lembro-me de pensar: *estou morrendo*. E lembro-me de sentir um alívio distante e egoísta, porque naquele momento eu sabia: Ade não atravessara a porta conosco.

7

A Porta de marfim

Como regra geral, não sou uma pessoa que chora muito. Quando era mais nova, chorava por causa de tudo, de zombarias a finais tristes, e certa vez até por causa de uma poça de girinos que secou ao sol, mas em certo momento aprendi o truque do estoicismo: você se esconde. Retira-se para o interior das muralhas de seu castelo, sobe a ponte levadiça e observa tudo a partir da torre mais alta.

Mas ali chorei: deitada, ensanguentada e exausta na cabana da família Zappia, com Bad ao meu lado e a voz de Jane ecoando sobre nós, contando a história de meu pai.

Chorei até meus olhos arderem e o travesseiro ficar encharcado. Chorei como se me houvesse sido designada a tarefa de chorar as lágrimas não derramadas de três pessoas em vez de uma: minha mãe, perdida no abismo; meu pai, perdido sem ela; e eu, perdida sem nenhum dos dois.

Jane terminou de ler e não disse nada, porque o que pode ser dito a uma mulher crescida que chora até cair no sono? Ela fechou o livro gentilmente, como se as páginas fossem pele que poderia estar machucada, e ajeitou a colcha rosa ao meu redor. Então, fechou as cortinas contra o sol do meio-dia e sentou-se em uma cadeira de balanço com seu café frio. Seu rosto era tão impassível que eu só podia suspeitar que emoções fortes espreitariam por baixo dele; ela também aprendera o truque do estoicismo.

Adormeci, observando-a através de olhos quentes e inchados, meu braço em torno das costelas de Bad, que subiam e desciam conforme ele respirava.

Tenho lembranças difusas de Jane se movimentado pela cabana, saindo uma vez e retornando com uma braçada de lenha para a noite fria, trabalhando à mesa em algo escuro e metálico, o rosto imperscrutável. A certa altura, levantei a cabeça para ver a porta aberta e Jane e Bad sentados na varanda, emoldurados pelo luar do verão como um par de estátuas de prata ou espíritos de guardiões. Dormi melhor depois disso.

Despertei completamente na manhã seguinte, quando o sol desenhava a primeira linha tênue contra a parede ocidental, uma luz pálida azulada que me dizia ser muito cedo para que as pessoas civilizadas estivessem acordadas. Assisti à linha ganhar um tom de rosa pálido e ouvi os pássaros começando a gorjear suas notas hesitantes e me senti, talvez pela primeira vez na vida, verdadeiramente segura.

Ah, eu sei: cresci em uma extensa propriedade rural, viajei o mundo com passagens de primeira classe, usei cetim e pérolas – dificilmente uma infância perigosa. Mas tratava-se de um privilégio emprestado e eu sabia disso. Eu era a Cinderela no baile, sabendo que toda a minha elegância era ilusória, condicional, dependente de quão bem-sucedida eu fosse em seguir um conjunto de regras não escritas. Ao badalar da meia-noite, tudo desapareceria e me deixaria exposta como eu realmente era: uma garota mestiça sem um tostão, sem ninguém para protegê-la.

E ali, naquela cabana – mofada, esquecida, empoleirada em um rochedo coberto de pinheiros a dezenas de quilômetros da cidade mais próxima –, eu me sentia verdadeiramente e enfim segura.

Jane expulsara Bad da cama em algum momento durante a noite e havia tomado o lugar dele ao meu lado, e apenas um pouco de seus cabelos negros estava agora visível. Tentei não a incomodar enquanto descia pela cabeceira da cama. Fiquei parada por um momento, tonta e nauseada por um cansaço que nada tinha a ver com o quanto eu havia dormido e então peguei um cobertor levemente mofado do canto. Sussurrei o nome de Bad, mancamos juntos até o degrau da frente e nos sentamos, observando a névoa da manhã subir do lago em grossas espirais brancas.

Os pensamentos giravam em minha mente, retornando repetidamente aos mesmos fragmentos e tentando encaixá-los como cacos de algo precioso quebrado: a Sociedade, as Portas que se fecham, o sr. Locke. Meu pai.

Ainda restava um capítulo para ler, mas não foi difícil preencher os anos que faltavam. Meu pai ficou preso neste mundo miserável com a filha ainda bebê, encontrou um emprego que lhe permitia viajar e passou dezessete anos procurando um caminho de volta para casa – de volta para ela. Minha mãe.

Mas *encontrei* a porta deles, não foi? A Porta azul no campo, com a moeda de prata esperando do outro lado, que se abrira tão brevemente. E meu pai nunca soube, talvez tivesse morrido procurando pela porta que sua própria filha havia aberto. Isso era tão… *estúpido*. Como uma daquelas peças trágicas em que todo mundo morre no final de uma série de mal-entendidos e envenenamentos evitáveis.

Embora talvez não tenha sido tudo evitável ou acidental. Alguém estava esperando do lado de fora daquela Porta do topo da montanha; alguém a havia fechado. O livro de meu pai estava repleto de referências a outras Portas que foram fechadas, a alguma força desconhecida seguindo seus passos.

Lembrei de Havemeyer me dizendo que desejava preservar o mundo como ele era, pensei em Locke me convidando para a Sociedade com um grande discurso sobre ordem e estabilidade. *Portas são mudanças*, meu pai havia escrito. Mas… eu realmente acreditava que a Sociedade Arqueológica da Nova Inglaterra era uma organização secreta de malévolos fechadores de Portas? E se fossem… será que o sr. Locke sabia? Seria ele o grande Vilão, com V maiúsculo, dessa história?

Não. Eu não queria, não podia acreditar. Ele era o homem que abrigara meu pai e a mim, abrira sua própria casa para nós. O homem que me providenciara babás, tutores e roupas caras, o homem que me deixara dezessete anos de presentes naquela arca azul do tesouro. E presentes especiais e atenciosos – bonecas de países longínquos, cachecóis com cheiro de especiarias, livros em idiomas que eu não conseguia ler –, perfeitamente adequados para uma garota solitária que sonhava com aventuras.

O sr. Locke me amava. Eu sabia que sim.

O fedor de amônia de Brattleboro parecia emanar da minha pele, um fedor entorpecente. Ele havia feito isso. Me enviara para aquele lugar, me trancafiara onde ninguém poderia me ouvir ou me ver. Para me proteger, foi o que ele disse, mas eu não tinha certeza se me importava com o motivo.

Quando Jane finalmente apareceu – apertando os olhos contra o sol, os cabelos levemente achatados de um lado –, minhas pernas estavam dormentes e a névoa do lago havia evaporado. Ela sentou-se ao meu lado sem dizer nada.

– Você sabia? – perguntei, após um breve silêncio.

– Sabia do quê?

Não me dei ao trabalho de responder. Ela deu um suspiro curto e resignado.

– Eu sabia de algumas coisas. Não da história toda. Julian era um homem reservado. – Aquele pretérito, esgueirando-se pelas frases como uma cobra na grama, esperando para me picar.

– Como você conheceu meu pai, de verdade? – Engoli em seco. – Por que ele te enviou aqui?

Um suspiro mais longo. Imaginei ter ouvido uma espécie de libertação nele, como o destrancar de uma porta.

– Conheci seu pai em agosto de 1909, em um mundo de gente--leopardo e ogros. Quase o matei, mas a luz estava fraca e meu tiro passou longe.

Até aquele momento, não achava que o queixo das pessoas realmente caía na vida real. Jane parecia bastante satisfeita consigo mesma, olhando-me de soslaio. Ela se levantou.

– Entre. Coma. Vou te contar tudo.

— Encontrei a porta na quarta vez que fugi da escola missionária. Não foi fácil encontrá-la: o lado norte do monte Suswa está cheio de cavernas e a porta estava escondida em um túnel tortuoso e estreito que só uma criança pensaria que vale a pena explorar. Ela brilhou para mim através das sombras, alta e branco-amarelada. Marfim.

Eu havia trocado a camisola engomada e ensanguentada da clínica por uma blusa e uma saia sobressalentes de Jane e passei os dedos pelos cabelos (o quê não produziu nenhum efeito perceptível) e agora estávamos sentadas à mesa empoeirada da cozinha uma de frente para outra. Era uma sensação quase de normalidade, como se estivéssemos escondidas em um dos sótãos da Mansão Locke, tomando café e conversando sobre a última edição da série *The sweetheart series: romantic adventures for young girls of merit*.

Só que era sobre a história de Jane que estávamos conversando, e ela não havia começado do início.

— Por que fugiu?

Os lábios dela se franziram um pouco.

— Pela mesma razão que todo mundo foge.

— Mas você não se preocupou com... quero dizer, e quanto aos seus pais?

— Eu não tinha pais. — Ela sibilou um pouco no *s*. Observei sua garganta se mover enquanto ela engolia a raiva. — Só havia sobrado minha irmã mais nova àquela altura. Nascemos nas terras altas da fazenda de minha mãe. Não tenho muitas recordações disso: a terra cultivada, negra como pele; o cheiro de painço fermentado; o raspar da lâmina de barbear no meu crânio. *Mucii*. Lar. — Jane deu de ombros. — Eu tinha oito anos quando a seca chegou, e também a ferrovia. Nossa mãe nos levou para a escola missionária e disse que voltaria junto com as chuvas de abril. Nunca mais a vi. Gosto de pensar que ela morreu de alguma febre nos campos de trabalho, porque só assim é possível perdoá-la. — Sua voz transbordava com a amargura do abandono, de uma espera interminável por uma mãe que nunca retornou; estremeci, reconhecendo a sensação.

– Minha irmã a esqueceu por completo. Ela era muito nova, e esqueceu nossa língua, nossa terra, nossos nomes. Os professores a chamavam de Baby Charlotte, e ela se apresentava como Baby. – Outro encolher de ombros. – Ela estava feliz. – Jane fez uma pausa, os músculos de sua mandíbula duros como bolas de gude, e ouvi o não dito *Eu não*.

– Então, você fugiu. Para onde foi?

Sua mandíbula se soltou.

– Para longe. Não tinha para onde ir. Voltei à missão duas vezes por vontade própria, porque fiquei doente, ou com fome ou cansada, e uma vez porque fui amarrada atrás do cavalo de um oficial após ser flagrada roubando pães do quartel. Na quarta vez eu era mais velha, tinha quase quatorze anos. Fui muito mais longe. – Por um breve momento, vi a mim mesma aos catorze anos, insegura, solitária, vestindo saias de linho passadas e praticando minha caligrafia, e descobri que não conseguia me imaginar correndo sozinha pela selva africana naquela idade. Ou em qualquer outra idade. – Percorri todo o caminho até minha casa, só que não era mais o meu lar. Havia apenas uma casa grande e feia com telhas e chaminés e crianças loiras brincando na frente. Uma mulher negra de avental branco as observava. – Jane deu de ombros novamente; comecei a enxergar tais movimentos como gestos práticos, projetados para tirar o peso do ressentimento que ameaçava se acomodar em seus ombros. – Então, continuei correndo. Em direção ao sul, onde as terras altas se dobram em vales e montanhas. Onde as árvores são secas e queimadas pelo vento e a comida é escassa. Emagreci. Os criadores de gado me observavam passar e não diziam nada.

Soltei um som, tipo um de estalar de língua de incredulidade, e Jane me olhou com pena.

– O império havia chegado àquela altura, com suas fronteiras, obras, ferrovias e metralhadoras Maxim. Eu não era a única criança selvagem e sem mãe correndo pelo mato.

Fiquei calada. Pensei nos discursos do sr. Locke sobre Progresso e Prosperidade. Nunca havia meninas órfãs, fazendas roubadas ou metralhadoras Maxim neles. Bad, deitado debaixo da minha cadeira, a perna imobilizada esticando-se rigidamente do corpo, mudou de posição de modo que sua cabeça cobrisse mais completamente o meu pé.

Jane prosseguiu.

– Encontrei a porta de marfim e a atravessei. A princípio, pensei que tinha morrido e passado para o mundo dos espíritos e deuses. – Seus lábios se abriram, esboçando um sorriso, e os olhos se apertaram com uma nova emoção... Saudade? Sentia falta de seu lar? – Eu estava em uma floresta tão verde que chegava quase a ser azul. A porta pela qual eu passara estava atrás de mim, entre as raízes expostas de uma frondosa árvore. Eu me afastei dela, penetrando mais fundo na floresta.

– Hoje sei como foi insensato fazer isso. As florestas daquele mundo estão cheias de criaturas cruéis e assustadoras, monstros de muitas bocas e uma fome sem fim. Foi por mera sorte, ou por vontade de Deus, como gostariam de pensar os missionários, que eu encontrei Liik e suas Caçadoras antes de qualquer outro ser me encontrar. Não pareceu ser tanta sorte assim na época: saí de um tronco de árvore e dei de cara com a ponta de uma flecha a centímetros do meu rosto.

Disfarcei minha arfada de surpresa com uma tossida, esperando parecer menos como uma criança pequena ouvindo uma história de acampamento.

– O que você fez?

– Nada. Sobrevivência geralmente é uma questão de reconhecer quando você está derrotado. Ouvi um farfalhar atrás de mim e sabia que outros estavam surgindo, que eu estava cercada. A mulher que segurava o arco estava sibilando para mim em um idioma que eu não conhecia. Pelo jeito, eu não parecia uma grande ameaça... Uma menina faminta, com um vestido de algodão branco com a gola rasgada... porque Liik abaixou a arma. Só então pude dar uma boa olhada em todos eles.

As linhas duras do rosto de Jane suavizaram-se um pouco, enternecidas pelas antigas lembranças.

– Eram mulheres. Musculosas, de olhos dourados, inacreditavelmente altas, com uma espécie de elegância que me fez pensar em leoas. A pele delas era manchada e pintada e os dentes eram afiados quando sorriam. Achei que eram as criaturas mais belas que eu já tinha visto. Elas me acolheram. Não podíamos compreender uma à outra, mas suas instruções eram simples: seguir, comer, ficar, esfolar esta criatura para o jantar. Fiz a ronda com elas durante semanas, talvez meses, e aprendi muitas coisas. Aprendi a rastejar pela floresta em silêncio, e a lubrificar as cordas dos arcos com gordura. Aprendi a comer carne crua e quente de sangue. Aprendi que todas as histórias de ogros que já tinha ouvido eram verdadeiras, e que monstros espreitavam nas sombras.

Sua voz se tornou rítmica, quase hipnótica.

– Aprendi a amar Liik e suas Caçadoras. E quando eu as vi se transformarem: as peles descamando e mudando, as mandíbulas se alongando, seus arcos espalhados e esquecidos no chão da floresta, eu fiquei com inveja, ao invés de medo. Fui impotente minha vida toda, e a imagem das mulheres-leopardo entrando em batalha era a imagem do *poder* escrita no mundo.

Acho que nunca tinha ouvido tamanha emoção na voz de Jane; nem quando um livro tinha um final péssimo, o café estava queimado ou um convidado da festa dizia algo mordaz por trás de sua mão enluvada. Ouvi-la agora parecia quase invasivo.

– A ronda acabou, e as mulheres me levaram para casa: uma vila cercada por árvores frutíferas e terras agrícolas, escondida no caldeirão de um vulcão extinto. Seus homens as receberam nas ruas com bebês gordos nos quadris e cerveja fresca em cântaros de barro. Liik falou com os maridos e eles me olharam com uma expressão de pena nos olhos. Levaram-me à casa de Liik e me alimentaram, e passei aquela noite, a próxima e as seguintes dormindo em uma pilha de peles macias cercada pelo ronco suave dos filhos de Liik. Eu me sentia – Jane engoliu em seco, e sua voz soou brevemente embargada – em casa.

Houve um breve silêncio.

– Então você ficou lá? Na vila?

Jane deu um meio-sorriso amargo.

– Fiquei. Mas Liik e suas Caçadoras não. Acordei certa manhã e descobri que todas elas haviam voltado para as florestas, para a ronda, e me deixado para trás. – O tom de Jane tornara-se brusco; imaginei o quanto esse segundo abandono devia tê-la magoado... – Já compreendia o suficiente da língua para entender o que os maridos estavam me dizendo: a floresta não era lugar para uma criatura como eu. Eu era muito pequena, muito fraca. Deveria ficar na vila, criar bebês e moer nozes tisi para fazer farinha e permanecer segura. – Outro meio-sorriso. – Mas àquela altura eu já era muito boa em fugir. Roubei um arco e três odres de água e voltei para a porta de marfim.

– Mas...

– Por quê? – Jane esfregou o dedo ao longo dos veios da madeira da mesa. – Porque não queria permanecer segura, suponho. Queria ser perigosa, descobrir o meu próprio poder e escrevê-lo no mundo.

Desviei o olhar em direção a Bad aos meus pés, agora soltando rosnados para inimigos imaginários enquanto dormia.

– Então, você deixou o mundo das mulheres-leopardo. Para onde foi?

As pessoas nunca permaneciam em seu País das Maravilhas, não é mesmo? Alice, Dorothy e os Darling, todos arrastados de volta ao mundo entediante e enfiados na cama por seus responsáveis. Como o meu pai, preso nesta realidade enfadonha.

Jane soltou um enorme e desdenhoso *rá*.

– Fui direto para o posto britânico avançado mais próximo, roubei um rifle Lee-Metford e o máximo de munição que pude carregar e voltei para a minha porta de marfim, atravessando-a. Duas semanas depois, retornei para a vila, com meu rifle por cima do ombro e um crânio fedido e coberto de sangue embaixo do braço. Estava faminta e magra novamente, minha roupa de algodão era uma manta esfarrapada ao redor da cintura, eu tinha quebrado duas costelas na luta, mas podia sentir meus olhos ardendo de orgulho. – E eles também ardiam naquele exato momento, brilhando perigosamente nas sombras da cabana.

– Encontrei Liik na rua da vila e rolei o crânio de ogro aos seus pés. – O espaço entre os seus dentes da frente se revelou enquanto o seu sorriso se alargava. – E assim rondei com as mulheres-leopardo pelos 22 anos seguintes. Contabilizava doze mortes em meu nome, dois maridos e uma esposa de caça, além de três nomes em três idiomas. Eu tinha um mundo inteiro, cheio de sangue e glória. – Ela se inclinou para mim, os olhos fixos nos meus como um gato preto caçador, a cauda invisível chicoteando. Quando voltou a falar, sua voz era mais grave, mais áspera. – Ainda teria tudo isso, se o seu pai não tivesse chegado em 1909 e fechado minha porta para sempre.

Vi-me completa e profundamente sem palavras. Não por timidez ou insegurança, mas porque todas as palavras aparentemente haviam sido sacudidas para fora do meu crânio e não deixaram nada para trás, a não ser um zumbido abafado de estática. Talvez, se tivéssemos tido mais tempo, eu me recuperaria, diria algo como *Meu pai, fechando Portas?* ou talvez *Como você sabe?* ou, talvez o comentário mais sincero e necessário de todos: *Sinto muito*.

Entretanto, não disse nada disso, porque houve uma batida repentina na porta da cabana. Uma voz gélida e arrastada anunciou:

– Senhorita Scaller, minha querida criatura, você está aí dentro? Ainda não terminamos a nossa conversa.

Houve um único e cristalino momento de quietude.

Então, a tranca se ergueu e a porta da cabana se abriu em nossa direção. A cadeira de Jane caiu para trás quando ela se levantou, as mãos mergulhando em suas saias. Bad colocou-se de pé com dificuldade, os pelos completamente eriçados e os dentes arreganhados. Meu próprio corpo parecia submerso em mel frio.

Havemeyer estava parado na soleira. E dificilmente se via nele o mesmo homem que participara das reuniões da Sociedade e nos desprezava nas festas de Natal: seu terno de linho estava amassado e levemente acinzentado pelos muitos dias de uso; sua pele estava corada; algo em seu sorriso tinha dado repugnantemente errado. Sua mão esquerda era um chumaço de gaze enrolada, encharcada e marrom de sangue. A mão direita estava nua.

Porém não foi Havemeyer quem me fez levantar cambaleando, estendendo as mãos inutilmente em direção à porta. Era o jovem que ele praticamente arrastava ao seu lado, alquebrado e atordoado.

Samuel Zappia.

As mãos de Samuel estavam amarradas atrás das costas e sua boca estava cheia de gaze de algodão. Sua pele, normalmente cor de manteiga queimada, tinha adquirido um tom amarelado doentio e os olhos reviravam em seu crânio. O pânico de animal caçado estampado neles era familiar para mim; se eu tivesse me olhado no espelho depois que Havemeyer me tocou, teria visto uma expressão idêntica em meu próprio rosto.

Samuel piscou na escuridão da cabana. Seus olhos se focaram em mim e ele emitiu um gemido rouco através da gaze, como se o simples fato de me ver tivesse sido um golpe invisível.

Jane já estava em ação. Tudo nela prometia violência – o ângulo de seus ombros, o comprimento de seu passo, a mão emergindo da saia com algo brilhando com discrição –, mas Havemeyer levantou a mão direita nua e a colocou ao redor do pescoço de Samuel, pairando logo acima do calor de sua pele.

– Ora, senhoras, acalmem-se. Eu não gostaria de fazer nada do que possamos nos arrepender.

Jane hesitou, ouvindo a ameaça, mas sem compreendê-la, e eu recuperei a minha voz.

– Jane, *não*! – Eu estava trêmula, os braços enfaixados estendidos, como se eu pudesse conter Jane ou Bad se eles avançassem contra Havemeyer. – Ele é uma espécie de... de vampiro. Não deixe que ele toque em você. – Jane ficou imóvel, irradiando uma tensão vermelha.

Havemeyer deu uma risada curta, e a risada parecia tão errada quanto o seu sorriso.

– Sabe, eu me sinto quase da mesma forma que esse animal horrível ao seu lado. Como foi que *ele* sobreviveu? Sei que Evans não é muito inteligente, mas achei que ele conseguiria pelo menos afogar um cachorro adequadamente.

A raiva me fez cerrar os punhos, cravar as unhas nas palmas e contrair minha mandíbula. O não sorriso de Havemeyer alargou-se.

– Enfim. Vim para continuar a nossa conversa, senhorita Scaller, já que você perdeu nosso compromisso anterior. Embora eu confesse que meus propósitos originais tenham sido ligeiramente alterados desde o seu truquezinho de mágica. – Ele acenou com a mão esquerda enfaixada e ensanguentada para mim, os olhos brilhando com malícia. Observei os músculos do pescoço de Samuel se moverem quando ele engoliu em seco.

– Parece que você é uma criatura notável... Somos todos indivíduos extraordinariamente talentosos, cada qual à sua maneira, mas nenhum de nós é capaz de abrir um buraco no mundo onde não havia um. Cornelius sabe disso? Seria bem a cara dele, coletar todas as melhores coisas e guardá-las naquele mausoléu que ele chama de casa. – Havemeyer balançou a cabeça afetuosamente. – Mas concordamos que ele não pode mais mantê-la para si. Gostaríamos muito de conversar mais com você.

Percorri a sala com o olhar – de Jane para Bad e deles para os dedos brancos de Havemeyer próximos à garganta de Samuel como uma lâmina de faca –, como se eu estivesse resolvendo uma equação matemática repetidamente, esperando uma resposta diferente.

– Venha comigo, imediatamente e sem causar problemas, e não sugarei a vida do seu pobre garoto da mercearia.

Havemeyer pousou as pontas dos dedos, com delicadeza obscena, na pele de Samuel. Era como observar uma chama tremulando ao vento: o corpo todo de Samuel foi dominado e estremeceu, respirando com dificuldade contra a gaze de algodão. Suas pernas cederam.

– Não! – Eu estava avançando, alcançando Samuel e tentando segurá-lo enquanto ele caía para a frente. Então, nós dois estávamos no chão, o peso trêmulo de Samuel largado sobre os meus joelhos, meu braço esquerdo ardendo quando os ferimentos que mal haviam cicatrizado se abriram e sangravam. Puxei o algodão encharcado de sua boca e ele respirou com mais facilidade, mas seus olhos permaneciam vagos e distantes.

Acho que devo ter sussurrado palavras (*não, não, Samuel, por favor*) porque Havemeyer zombou, estalando a língua.

– Não há necessidade de histeria. Ele está perfeitamente bem. Bom, não *perfeitamente*... Ele não foi muito cooperativo comigo quando o localizei ontem à noite. Mas fui insistente. – O não sorriso retornou. – Tudo o que tinha para prosseguir quando você desapareceu, levando um pouco de mim mesmo consigo, é claro, era o seu pequeno bilhete de amor. Que você tão cruelmente deixou em Brattleboro, e que ele tolamente escreveu no verso de um recibo da Mercearia Família Zappia.

Aguente firme, January. Um ato de bondade tão pequeno e corajoso, recompensado com sofrimento. Pensei que apenas os pecados é que eram punidos.

– Ele irá se recuperar, se nada mais lamentável lhe acontecer. Deixarei até mesmo o cachorro em paz, e a sua criada. – A voz de Havemeyer era confiante, quase casual; imaginei um açougueiro chamando uma vaca relutante para dentro do matadouro. – Basta você ir comigo agora.

Olhei para o rosto pálido de Samuel abaixo de mim, para Bad com a perna imobilizada, para Jane, sem emprego e sem lugar para morar por minha causa, e me ocorreu que, para uma garota órfã supostamente solitária, eu tinha um número surpreendente de aliados dispostos a sofrer por mim.

Já chega.

Deslizei Samuel para fora do meu colo o mais delicadamente que pude. Hesitei, depois me permiti afastar um cacho escuro de seus cabelos da testa pegajosa, porque provavelmente nunca teria outra chance de fazê-lo e uma garota deve viver um pouco a vida.

Fiquei de pé.

– Tudo bem. – Minha voz era quase um sussurro. Engoli em seco.
– Tudo bem. Irei com você. Contanto que não os machuque.

Havemeyer estava com os olhos pregados em mim. Havia uma espécie de confiança cruel em sua expressão, a arrogância de um gato perseguindo uma presa fraca e pequena. Ele estendeu a mão nua para mim, aquela mão branca faminta, e dei um passo em sua direção.

Houve um arranhar atrás de mim, um rosnado, e Bad passou por mim como um raio de músculos cor de bronze.

Tive uma súbita lembrança, como um filme passando na minha cabeça, da festa da Sociedade promovida pelo sr. Locke aos meus quinze anos, quando foi necessária a intervenção de vários convidados e um mordomo para soltar os dentes de Bad da perna de Havemeyer.

Não havia ninguém para intervir desta vez.

Havemeyer emitiu um grito estridente, não muito humano, e cambaleou para trás. Bad rosnou com a boca cheia de carne e firmou as patas como se estivessem brincando de cabo de guerra pela posse da mão direita de Havemeyer. Se Bad já não estivesse machucado, se sua perna imobilizada não tivesse dobrado embaixo de si, talvez ele tivesse vencido.

Só que Bad escorregou, ganindo, e Havemeyer puxou a mão respingando sangue enegrecido. Levou as duas mãos ao peito – a esquerda envolvida em gaze, faltando três pontas de dedos, a direita agora perfurada e rasgada – e olhou para Bad com uma expressão de tanta ira que eu sabia, com a mais perfeita clareza, que ele o mataria. Enterraria as mãos arruinadas nos pelos de Bad e as manteria lá até não restar mais calor, até que a luz âmbar de seus olhos ficasse fria e sem brilho...

Mas foi incapaz de fazê-lo, porque houve um clique metálico, como uma pederneira em atrito com metal – e então um repentino estrondo.

Um pequeno buraco apareceu no terno de linho de Havemeyer, diretamente acima de seu coração. Ele olhou para baixo, piscando de perplexidade e então ergueu os olhou com uma expressão de absoluta incredulidade.

O negrume se espalhou em torno do buraco em seu peito e ele caiu. Não foi uma queda teatral ou graciosa, mas uma queda meio que para o lado de vela derretida contra a porta.

Ele puxou o ar, uma respiração hedionda com um ruído encharcado, como se estivesse sugando piche através de um canudo, e encontrou meus olhos. E sorriu.

– Eles nunca vão parar de te procurar, garota. E garanto... – novamente o som de sugar piche, enquanto sua cabeça tombava para a frente – ... que eles te encontrarão.

Esperei o próximo suspiro gargarejado, mas ele não veio. Seu corpo parecia um pouco menor ali estendido, inerte, como um daqueles cadáveres de aranha ressequidos que se acumulam no peitoril da janela.

Virei-me devagar.

Jane tinha as pernas afastadas plantadas no chão, os braços levantados e perfeitamente firmes, as mãos segurando com força...

Sabe aquela sensação de quando você vê um objeto familiar fora de seu contexto habitual? Como se seus olhos não conseguissem compreender as formas que estão vendo?

Eu só tinha visto aquele revólver Enfield em sua caixa de vidro na mesa do sr. Locke.

Um único fio de fumaça oleosa subia do cano quando Jane a baixou. Ela inspecionou o revólver com uma expressão fria e indiferente.

– Estou um pouco surpresa que tenha disparado, para ser sincera. É uma relíquia. Mas também – ela sorriu, um sorriso cruel e alegre, e de repente eu a vi como ela deveria ter sido: uma jovem amazona divertindo-se com a emoção da caçada, uma grande felina espreitando as selvas de outro mundo –, o senhor Locke sempre mantinha suas coleções em muito boas condições.

De nós quatro – nós cinco? Havemeyer contava? –, apenas Jane parecia estar totalmente em posse do próprio corpo. Bad saltitava em círculos agitados sobre três patas em torno de Havemeyer e emitia ganidos e grunhidos, aparentemente reclamando porque o haviam privado de uma boa luta. Caí de joelhos ao lado de Samuel, que estava se mexendo debilmente, fazendo caretas e se contorcendo como se estivesse preso em uma desagradável batalha num sonho. Senti minha pulsação latejar com força no braço ensanguentado e enfaixado, e pensei, insanamente: *Não é nem um pouco como nas nossas histórias de ficção, Samuel*. Não deveria haver mais sangue? Mais confusão?

Jane não parecia preocupada. Pousou a mão fria no meu rosto e buscou os meus olhos com uma expressão de pesar, como alguém procurando avarias em uma boneca de porcelana que recentemente caíra. Ela assentiu uma vez – um diagnóstico questionável, porque me sentia bastante quebrada – e começou a se movimentar pela cabana com algum objetivo em mente. Em seguida estendeu um lençol comido de traça ao lado de Havemeyer, rolou o corpo dele com cuidado e o arrastou porta afora. Houve o som desagradável de uma série de pancadas e solavancos quando ele transpôs o limiar – *Limiares são lugares terrivelmente perigosos*, pensei, com um ataque de riso quase histérico –, depois nada além do silêncio de algo pesado sendo arrastado pelas agulhas de pinheiro.

Jane voltou com dois baldes enferrujados cheios de água do lago, as mangas arregaçadas até o cotovelo, parecendo, aos olhos do mundo, mais uma dona de casa trabalhadora do que uma assassina. Ela me viu e se deteve, suspirando um pouco.

– Cuide de Samuel, January – ela disse suavemente.

Pareceu-me que ela também estava dizendo: *Recomponha-se, garota*, e talvez *Vai dar tudo certo*. Assenti, um pouco trêmula.

Demorou meia hora para acomodar Samuel, mesmo com sua cooperação atordoada. Primeiro, tive que puxá-lo até a cama e persuadi-lo a ficar suficientemente desperto para que se arrastasse para cima dela. Então, tive que convencê-lo a relaxar o aperto frenético no meu pulso – "Está tudo bem, você está seguro, Havemeyer… Bem, ele se foi, de qualquer maneira… Meu Deus, Sam, isso *machuca*" – e depois acender o fogo e empilhar cobertores extras sobre suas pernas ainda trêmulas.

Houve um arranhão de madeira contra madeira quando Jane arrastou uma cadeira ao lado da minha. Ela usou um punhado da saia para esfregar as mãos ainda úmidas. As manchas que deixaram para trás eram de um rosa pálido.

– Quando seu pai me contratou para cuidar de você – Jane falou baixinho –, ele me disse que havia pessoas atrás dele, caçando-o. Disse que um dia eles poderiam capturá-lo. E depois poderiam vir atrás de sua filha, a quem mantinha a salvo o máximo que podia. – Ela fez uma pausa e seus olhos se voltaram para mim. – Eu lhe disse, a propósito, que filhas não querem ser mantidas a salvo, elas preferem ficar com seus pais... mas ele não respondeu.

Engoli em seco, reprimindo a criança dentro de mim que queria bater o pé e dizer: *Por quê?* ou se jogar nos braços de Jane e lamentar inconsolavelmente. É tarde demais para qualquer uma das duas coisas.

Em vez disso, eu disse:

– Mas o que meu pai estava *fazendo*? E se *havia* vilões misteriosos seguindo-o ao redor do mundo, e acho que eu não deveria revirar os olhos aqui, porque você acabou de matar um vampiro de verdade, quem são eles?

Jane não respondeu de imediato. Ela se inclinou para a frente e pegou o livro de meu pai, encadernado em couro, que estava no chão ao lado da cama.

– Não sei, January. Mas acho que eles podem ter encontrado seu pai, e estar vindo atrás de você. E acho que você deveria terminar este livro.

Nada mais apropriado que o momento mais aterrador da minha vida exigisse que eu fizesse o que faço de melhor: escapar para um livro.

Peguei *As dez mil portas* da mão dela, dobrei as pernas embaixo de mim e abri o livro para o capítulo final.

Capítulo seis

O nascimento de Julian Scaller
Um homem naufragado e salvo • Um homem que era caça e caçador • Um homem com esperança

Yule Ian flutuou na escuridão agitada, desancorado de seu corpo. Era melhor assim, sentiu, e decidiu permanecer à deriva o máximo que pôde.

Não foi fácil. A escuridão era maculada às vezes por vozes estranhas e luzes de lanterna, pelas demandas inconvenientes de seu corpo, por sonhos que o deixavam ofegante e acordado em um quarto que ele não conhecia. Por uma ou duas vezes, ouviu o choro familiar e penetrante de um bebê e sentiu uma pontada no peito, como cacos de cerâmica quebrados raspando uns contra os outros, antes de retornar para o vazio.

Mas – vacilante, relutante e lentamente – sentiu que estava se curando. Agora, havia períodos em que permanecia completamente acordado, imóvel e silencioso, como se a realidade fosse uma tigresa que poderia ignorá-lo se ele permanecesse suficientemente quieto. Não podia mais escapar do homem brusco e taciturno com uma valise de couro preta que vinha verificar a temperatura e trocar o curativo que envolvia o seu crânio. Mas podia ignorar suas perguntas e travar a mandíbula contra as tigelas fumegantes de sopa rala colocadas na mesa de cabeceira. Também podia ignorar a mulher baixa e atarracada que às vezes aparecia para importuná-lo sobre sua filha – Ele era o pai? Por que a levara para aquela montanha, sozinho? Onde estava a mãe dela? – pelo expediente grosseiro, mas eficaz, de pressionar o crânio ferido no colchão até que a dor e a escuridão o engolissem novamente.

(Entre as muitas facetas que me assombram de minha própria covardia, talvez a pior seja o conhecimento do que sua mãe teria dito se tivesse me visto naquela época. Sentia uma amarga satisfação ao pensar que ela se fora e eu, portanto, não poderia decepcioná-la.)

Yule acordou alguns dias ou semanas depois e se deparou com um estranho sentado ao lado da cama – um homem de aparência abastada trajando um terno preto, uma imagem ligeiramente embaçada em seus olhos semicerrados.

– Bom dia, senhor – disse o homem de forma simpática. – Chá? Café? Um pouco desse bourbon desagradavelmente forte que esses selvagens da montanha bebem?

Ele fechou os olhos.

– Não? Escolha sábia, meu amigo, há um leve cheiro de veneno de rato nele. – Yule ouviu um tinido e o som de líquido sendo vertido quando o estrangeiro serviu-se de uma dose. – O proprietário aqui me disse que você ficou confuso no acidente, que não conseguiu juntar duas palavras desde que o arrastaram para cá. Ele acrescentou que você está empesteando o melhor quarto dele, embora eu ache a palavra "melhor" altamente flexível nesse caso.

Yule não respondeu.

– Ele vasculhou seus pertences, é claro, ou pelo menos os pertences que puderam ser retirados do estranho naufrágio no topo da montanha. Corda, lona, peixe salgado, roupas um tanto esquisitas. E fardos e mais fardos de páginas escritas em algum tipo de rabisco aparentemente sem sentido, ou em código. A cidade está francamente dividida entre aqueles que acreditam que você é um espião estrangeiro enviando missivas para os franceses... mas quem já ouviu falar de um espião de cor? E aqueles que pensam que você já estava completamente louco antes de seu ferimento na cabeça. Eu, particularmente, suspeito que não seja nenhuma das duas coisas.

Yule começou a pressionar a cabeça contra o colchão com enchimento de palha. Pequenas constelações efervescentes estouraram contra suas pálpebras.

– Já chega, garoto. – O tom de voz do homem mudou, desfazendo-se de sua capa de civilidade adocicada como se deixasse cair um casaco de pele no chão. – Ocorreu-lhe perguntar-se por que está dormindo em um quarto quente e agradável, beneficiando-se das habilidades dúbias do médico local, em vez de morrer lentamente na rua? Você achou que era graças à boa vontade dos nativos? – Ele riu de maneira curta e desdenhosa. – A boa vontade não se estende aos negros... ou seja lá o que você for... tatuados e miseráveis. Receio que seja inteiramente a minha vontade, e o meu dinheiro, que o mantêm tão confortável. Então, eu acho – e Yule sentiu um aperto rude virar seu queixo na direção do estranho – que você me deve toda a sua atenção.

Mas Yule se encontrava muito além de qualquer um dos limites usuais de convenção social e reciprocidade, e seu pensamento principal era que seu caminho em direção à perfeita escuridão da morte seria muito mais rápido sem a intervenção daquele homem. Ele manteve os olhos fechados.

Houve uma pausa.

– Também estou fazendo pagamentos semanais a uma certa sra. Cutley. Se deixasse de fazê-los, sua filha seria jogada em um trem para Denver e metida em um orfanato estadual. Ou cresceria miserável e infestada de piolhos, ou morreria jovem de tuberculose e solidão, e ninguém neste mundo jamais se importaria com isso.

Aquele sentimento de cacos de cerâmica apunhalou o peito de Yule novamente, acompanhado por uma espécie de grito silencioso em seu crânio, que soou muito parecido com a voz de Adelaide dizendo *Só passando por cima do meu cadáver.*

Ele abriu os olhos. A fraca luz do sol poente o atingiu como centenas de agulhas inseridas em seu crânio, e a princípio tudo o que ele conseguiu fazer foi piscar e ofegar. O quarto entrou lentamente em foco: pequeno e sujo, mobiliado com madeira de pinho rústica. Sua cama era um emaranhado de lençóis manchados. Seus próprios membros, emergindo do emaranhado em ângulos descuidados e aleatórios, como escombros de uma enchente, pareciam finos e desgastados.

O estranho o observava com olhos pálidos como o amanhecer e um copo de jade em uma das mãos. Yule lambeu os lábios rachados.

– Por quê? – ele perguntou. Sua voz estava mais grave e mais áspera do que antes, como se tivesse substituído os pulmões por foles de ferro enferrujados.

– Por que agi de maneira tão magnânima em seu benefício? Porque calhou de eu estar pela região considerando investimentos em minerais, o mercado está saturado, a propósito, e eu desaconselharia isso agora, e ouvi rumores sobre um louco tatuado naufragado no topo de uma montanha, delirando a respeito de portas, mundos diferentes e uma mulher chamada, a menos que meus informantes estejam enganados, *Adelaide*. – O homem inclinou-se para a frente, o tecido fino de seu terno farfalhando levemente. – Porque sou um colecionador de artefatos únicos e valiosos, e suspeito que você seja ambas as coisas.

– Agora... – Ele providenciou um segundo copo, uma caneca de barro bem diferente de seu copo verde esculpido, e encheu-o com a bebida gordurosa. – Você vai se sentar e beber isso, e vou lhe servir outra dose e você irá bebê-la também. E aí vai me contar a verdade. Toda ela. – Com essas últimas palavras, o homem *literalmente* capturou o olhar de Yule.

Yule sentou-se. Bebeu o bourbon – um processo muito parecido com engolir fósforos acesos – e contou sua história. Vim pela primeira vez a este mundo em 1881, pelo seu calendário, e conheci uma garota chamada Adelaide Lee Larson.

– Sua voz abandonou-o brevemente e retornou como um sussurro: – Amei-a daquele dia em diante.

Yule falou devagar a princípio, em frases curtas e simples, mas logo se viu tropeçando em parágrafos e páginas, até estar falando num fluxo interminável e ofegante. Aquilo não lhe pareceu particularmente bom ou ruim, mas meramente necessário, como se aqueles olhos pálidos fossem pedras gêmeas pesando em seu peito, forçando as palavras a saírem de dentro de si.

Contou ao desconhecido sobre o fechamento da porta e sua subsequente dedicação ao estudo acadêmico das portas. Sobre as explorações da própria Adelaide e o reencontro dos dois na costa da Cidade de Plumm. Sobre a filha deles, e sua jornada de volta à porta do topo da montanha e a ruptura do mundo.

– E agora não sei... não sei o que fazer ou para onde ir. Tenho que encontrar outra porta para casa, preciso saber se ela sobreviveu... Tenho certeza de que ela sobreviveu, ela sempre foi tão durona... mas minha filhinha, minha January...

– Pare de choramingar, garoto. – Yule soluçou até parar, as mãos se torcendo em seu colo, esfregando as palavras em seu braço (*erudito, marido, pai*) e se perguntando se alguma delas ainda era verdadeira. – Sou, como disse antes, um colecionador. Como tal, emprego um punhado de agentes de campo para explorar o mundo coletando objetos: esculturas, vasos, pássaros exóticos etc. Agora, parece-me que essas... portas, como as chamou... poderiam levar alguém a objetos de particular raridade. Beirando o mitológico, até. – O homem se inclinou para a frente, irradiando ambição. – Não é verdade?

Yule piscou para ele, debilmente.

– Suponho que... sim, é verdade. Nas minhas pesquisas, observei que fatos comuns em um mundo podem ser percebidos como miraculosos em outro, devido à transição na compreensão cultural e contex...

AS DEZ MIL PORTAS

– Exatamente. Sim! – O homem sorriu, recostou-se e tirou um largo toco de charuto do bolso do casaco. Então, elevou-se o cheiro de enxofre de um fósforo aceso e o fedor azulado de tabaco. – Agora, parece-me que podemos chegar a um acordo mutuamente lucrativo, meu garoto. – Ele sacudiu o fósforo e o jogou no chão. – Você precisa de abrigo, comida, emprego e, a menos que eu esteja muito enganado, financiamento e oportunidade de procurar um caminho de volta para sua querida e provavelmente falecida esposa.

– Ela não está...

O homem o ignorou.

– Considere feito. Tudo isso. Acomodação e alimentação, e uma bolsa ilimitada para pesquisa e viagens. Você pode procurar a sua porta pelo tempo que quiser onde quiser, mas em troca... – Ele sorriu, os dentes brilhando marfim através da fumaça do charuto. – Você me ajudará a montar uma coleção que fará o Smithsonian parecer um sótão de um pobretão. Encontre o que for raro, estranho, impossível, sobrenatural... poderoso, até. E traga para mim.

Os olhos de Yule se concentraram no homem com mais clareza do que antes, seu pulso acelerado com uma repentina onda de esperança. Ele praguejou baixinho em seu próprio idioma.

– E talvez... uma ama de leite, para viajar comigo? Só durante um tempo, para minha filhinha...

O homem bufou por seu espesso bigode.

– Bem, quanto a isso... Este mundo não é um lugar particularmente seguro para meninas, você logo descobrirá. Creio que seria melhor ela ficar comigo. Minha casa é bem grande e... – ele tossiu, desviando o olhar de Yule pela primeira vez e fixando a vista na parede oposta – ... não tenho filhos. Não seria problema.

Ele voltou a encarar Yule.

– O que você me diz, senhor?

Yule não conseguiu falar por um momento. Era tudo o que ele poderia querer: tempo e dinheiro suficientes para procurar uma porta de volta ao Escrito, um lugar seguro para January, um caminho para fora da escuridão, mas se viu hesitando. O desespero, uma vez que cria raízes, pode ser bastante difícil de arrancar.

Respirou fundo e estendeu a mão da maneira que Adelaide lhe mostrara uma vez. O estranho a tomou, com um sorriso que revelou um número maior do que o necessário de dentes.

– E qual é o seu nome, meu garoto?

– ... Julian. Julian Scaller.

– Cornelius Locke. Animado por tê-lo a bordo, senhor Scaller.

***

Quando era mais novo no Escrito, Julian procurou portas com a confiança ilimitada de um jovem apaixonado que supõe que o mundo se contorcerá para acomodar seus desejos. Houve momentos – depois de semanas infrutíferas vasculhando os arquivos de uma Cidade distante, os olhos doendo de tanto investigarem em meia dúzia de diferentes idiomas, ou depois de quilômetros de caminhadas pelas encostas escarpadas sem o menor sinal de uma porta – em que sentiu a dúvida se manifestar de modo sorrateiro. Pensamentos traiçoeiros atravessaram sua mente enquanto ele permanecia na zona desprotegida entre o sono e o despertar, pensamentos como *E se eu envelhecer procurando por ela e nunca a encontrar?*

Pela manhã, no entanto, tais pensamentos haviam se dissipado como névoa ao amanhecer e não tinham deixado nada para trás. Simplesmente se levantava e continuava procurando.

Agora, preso no mundo de Adelaide, procuro com o desespero de um homem velho que compreende que o tempo é um

AS DEZ MIL PORTAS

tesouro precioso e finito, esgotando-se nas batidas do meu coração como um ponteiro dos segundos no meu peito.

Passei parte desse tempo aprendendo a navegar neste mundo – um lugar que acho desconcertante, às vezes cruel e profundamente hostil. Existem regras sobre riqueza e status, fronteiras e passaportes, armas e banheiros públicos e a tonalidade da minha pele, e todas mudam de acordo com a minha exata localização e momento. Em um determinado lugar, é perfeitamente permitido visitar a biblioteca da universidade e pegar emprestados alguns livros; no entanto, a mesma ação em outro lugar resultou em um telefonema para a polícia local, que não gostou da minha atitude, me prendeu e se recusou a me libertar até que o sr. Locke oferecesse desculpas e uma perturbadora quantia de dinheiro para a delegacia do Condado de Orleans. Sob certas condições, posso me encontrar com outros estudiosos em meu campo e discorrer sobre o valor arqueológico da criação de mitos; sob outras, sou tratado como um cachorro bastante esperto que aprendeu a falar inglês. Fui homenageado por príncipes persas por minhas descobertas; fui cuspido na rua por não ter desviado os olhos. Fui convidado para jantar à mesa de Cornelius, mas nunca para me juntar à Sociedade Arqueológica.

Para ser justo, também vi o belo e admirável neste mundo: um grupo de garotas empinando pipas em Gujarat, movendo-se em um borrão rosa e turquesa; uma garça azul me encarando com seu olhar dourado nas margens do Mississippi; dois jovens soldados se beijando em um beco escuro em Sebastopol. Não é um mundo de todo ruim, mas nunca será meu.

Perdi mais tempo cumprindo minha parte do pacto com Cornelius. E que pacto do diabo acabou se revelando: meus documentos na fronteira identificam minha ocupação como *pesquisador arqueológico exploratório*, mas poderiam mais precisamente dizer *ladrão de túmulos bem-vestido*. Certa vez, ouvi

240

os uigures da China se referirem a mim por um nome longo e complicado, cheio de fricativos e combinações impronunciáveis de consoantes – que significava *o devorador de histórias*.

Isto é o que sou, o que me tornei: um catador de lixo que vasculha a terra, escavando em seus lugares mais secretos e bonitos e colhendo seus tesouros e mitos. Devorando suas histórias. Arranquei com meu cinzel pedaços de arte sacra das paredes de templos; roubei urnas, máscaras, cetros e lâmpadas mágicas; desenterrei túmulos e roubei joias dos braços dos mortos – neste mundo e em centenas de outros. Tudo para abrilhantar a coleção de um homem rico do outro lado do mundo.

Que vergonha um erudito da Cidade de Nin tornar-se um devorador de histórias. O que minha mãe diria?

Eu faria coisas piores para encontrar o caminho de volta para Adelaide.

Mas estou ficando sem tempo. Seu rosto é minha ampulheta: cada vez que retorno para a Mansão Locke, é como se eu estivesse fora há décadas, em vez de semanas. Vidas inteiras floresceram e desapareceram para você, meses de provações e triunfos secretos que moldaram sutilmente seus traços em alguém que mal reconheço. Você ficou alta e silenciosa, com a quietude desconfiada de uma corça pouco antes de fugir.

Às vezes – quando estou muito cansado ou bêbado demais para desviar meus pensamentos de lugares perigosos –, fico imaginando o que sua mãe pensaria se pudesse vê-la. Suas feições são tão nítida e dolorosamente as dela, mas seu espírito está firmemente atado sob boas maneiras e o fardo invisível do não pertencimento. Ela sonhou para você uma vida diferente, uma vida profunda e perigosamente livre, sem limites, com todas as portas abertas diante de você.

Em vez disso, dei-lhe a Mansão Locke, Cornelius e aquela horrível mulher alemã que me olha como se eu fosse roupa suja. Deixei você sozinha, órfã, ignorante de tudo o que há de mais maravilhoso e terrível fervilhando logo abaixo da superfície da realidade. Cornelius diz que é melhor assim; diz que não é saudável que as meninas cresçam com a cabeça cheia de portas e outros mundos, que não é a hora certa. E depois de tudo o que ele fez – resgatando-nos, me empregando, criando você como o faria com sua própria filha –, quem sou eu para contestar?

E ainda: se um dia eu encontrar sua mãe novamente, será que ela vai me perdoar?

Isso é algo que não me permito pensar. Começarei outra vez em uma nova folha de papel, para que não veja as palavras me olhando feio da página.

***

Homens como eu não conseguem enxergar nada além de nossa própria dor; nossos olhos estão voltados para dentro, hipnotizados pela visão de nossos próprios corações partidos.

É por isso que não percebi durante tanto tempo: as portas estão se fechando. Ou, talvez mais precisamente, as portas estão sendo fechadas.

Eu deveria ter percebido isso antes, mas era ainda mais obcecado nos primeiros anos, convencido de que a porta seguinte se abriria para os mares cerúleos de minha terra natal. Segui mitos, histórias e rumores, procurei por perturbações e revoluções e, em suas raízes retorcidas, muitas vezes encontrava portas. Nenhuma delas me levou de volta para ela, então eu as abandonei o mais rápido que pude, demorando-me o suficiente apenas para catar lixo e saquear. Então, empacotava seus tesouros roubados em serragem, rabiscava 1628 CHAMPLAIN DRIVE, SHELBURNE, VERMONT no caixote e partia para o próximo navio a vapor, para a próxima história, para a próxima porta.

Não permanecia muito tempo para ver o que vinha a seguir: incêndios florestais inexplicáveis, demolições não programadas de prédios históricos, inundações, projetos de desenvolvimento imobiliário, desmoronamentos, vazamentos de gás e explosões. Desastres sem origem e sem culpados que transformaram as portas em escombros e cinzas e quebraram os elos secretos entre os mundos.

Quando finalmente reconheci o padrão – sentado na varanda de um hotel lendo um artigo no *Vancouver Sun* sobre um desmoronamento no poço da mina onde encontrara uma porta justo na semana anterior –, não culpei num primeiro momento a ação humana. Culpei o tempo. Culpei o século XX, que parecia determinado à autodestruição de Ouroboros. Pensei que as portas talvez não pertencessem ao mundo moderno, que mais cedo ou mais tarde todas as portas estavam destinadas a se fechar.

Eu deveria saber: o destino é uma história bonita que contamos a nós mesmos. Por baixo dela, espreitando, só existem pessoas e as terríveis escolhas que fazemos.

Talvez eu soubesse a verdade, mesmo antes de ter provas. Senti-me cada vez mais desconfiado, preocupado com o fato de estranhos me observarem nos restaurantes de Bangalore, ouvindo passos atrás de mim nos becos do Rio. Naquela época, comecei a escrever minhas missões para Cornelius em um código que eu mesmo inventei, convencido de que alguma entidade desconhecida estava interceptando meus relatórios. Não fez diferença alguma; as portas continuavam se fechando.

Pensei comigo mesmo: que importância tinha se essas portas em particular fossem destruídas? Eram todas portas erradas. Nenhuma delas me levaria de volta a Ade, à nossa casa de pedra acima da Cidade de Nin, àquele momento em que subi a colina e vi vocês duas aninhadas na colcha: douradas, inteiras, perfeitas.

Mas, mesmo nas profundezas da minha autopiedade, outro pensamento me ocorreu: *o que acontece com um mundo sem portas?* Não concluí que as portas introduzem mudanças quando eu era um estudioso e não um ladrão de sepulturas? Eu especulei que as portas eram vias fundamentais, permitindo que o misterioso e o milagroso fluíssem livremente entre os mundos.

Já imagino ver os efeitos da ausência de portas neste mundo: uma estagnação sutil, um ar parado, como uma casa que foi deixada trancada durante todo o verão. Existem impérios sobre os quais o sol nunca se põe, ferrovias que atravessam continentes, rios de riqueza que nunca secam, máquinas que nunca se cansam. É um sistema muito vasto e voraz para ser desmontado, como uma divindade ou um motor que engole homens e mulheres inteiros e lança fumaça negra no céu. Seu nome é Modernidade, me disseram, e carrega Progresso e Prosperidade em sua barriga alimentada a carvão – mas vejo apenas rigidez, repressão, uma resistência arrepiante à mudança.

Acredito que já sei o que acontece com um mundo sem portas.

Parar de procurar portas, no entanto, seria parar de procurar sua mãe, e *não posso*. Não posso.

Comecei a refazer os passos de Ade, dez anos antes, com a teoria de que a porta para o Escrito poderia estar escondida em outro mundo. Nem sempre era fácil reunir as histórias que ela me contara com histórias entreouvidas em ruas movimentadas ou bares sujos, encharcados de gim e barulhentos, mas eu era persistente. Encontrei a porta St. Ours, a porta haitiana, a porta selkie, uma dúzia de outras – todas elas agora se foram. Queimadas, desmoronadas, destruídas, esquecidas.

Foi só no ano de 1907 que vislumbrei meus perseguidores. Enfim havia encontrado a porta grega – uma laje de pedra fria em uma igreja abandonada – que levava a um mundo que Ade certa vez descrevera como um "abismo escuro do inferno".

Não tinha interesse em repetir suas experiências (ela quase fora, segundo seu relato, sequestrada por uma líder de olhar gélido) e, portanto, não me demorei muito tempo dentro dele. Vaguei por menos de um dia, rastejando receoso pela neve, mas não encontrei nada vivo e nada que valesse a pena roubar. Havia apenas filas intermináveis de pinheiros pretos, o distante horizonte cinza-escuro, e as ruínas destruídas de algum tipo de forte ou vila. Se havia outras portas naquele lugar, não permaneci para encontrá-las.

Arrastei-me de volta pela porta de pedra para o interior manchado de mofo da Igreja de São Pedro. Foi só depois que emergi – tremendo em espasmos intensos, inalando cheiro de sal e limão de uma noite mediterrânea – que notei algo parado no piso de ladrilhos que não antes estava lá: pés em um par de botas pretas.

Pertenciam a um homem alto e carrancudo, vestindo o uniforme de botões de latão e o gorro redondo de um policial grego. Ele não parecia particularmente surpreso ao ver um estrangeiro coberto de neve rastejando para fora da parede, apenas um pouco incomodado.

Coloquei-me de pé rapidamente.

– Quem é... O que você está fazendo aqui?

Ele deu de ombros e abriu as mãos.

– Exatamente o que eu bem entender. – Ele falou num inglês gutural e com sotaque. – Embora creio que tenha chegado um pouco cedo. – Ele suspirou e, com gestos exagerados, limpou um dos bancos e se sentou para esperar.

Engoli em seco.

– Sei por que você está aqui. Não tente fingir. E não permitirei que faça isso, não desta vez...

Seu riso zombeteiro esvaziou o meu pequeno e ousado discurso.

– Oh, não seja tolo, senhor Scaller. Volte para aquela cabaninha desagradável na praia, compre uma passagem para o navio a vapor pela manhã e esqueça este lugar, sim? Você já terminou por aqui.

Todas as minhas fantasias mais paranoicas se tornaram realidade: ele sabia o meu nome, sabia do barraco que eu alugara de uma pescadora, talvez conhecesse a verdadeira natureza das minhas pesquisas.

– Não. Não vou deixar isso acontecer de novo...

O homem esboçou um gesto de pouco caso, abanando a mão, como se eu fosse uma criança resistindo à hora de dormir.

– Sim, você irá. Você partirá sem nenhum estardalhaço. Não dirá coisa alguma a ninguém. E então irá farejar a próxima porta para nós como um bom cachorro.

– E por quê? – Minha voz ficou alta e tensa e eu desejei, intensamente, que Adelaide estivesse ali. Ela sempre foi a corajosa.

O homem me observou quase com pena.

– Filhos – ele suspirou. – Eles crescem tão rápido, não? A pequena January completará treze anos daqui a apenas alguns meses.

Ficamos em silêncio enquanto eu ouvia o som do meu próprio coração batendo e pensava em você, esperando por mim a um oceano de distância.

Parti.

Comprei minha passagem para o navio a vapor na manhã seguinte e adquiri um jornal na banca das Relações Exteriores em Valência, três dias depois. Na sexta página, impressa em caracteres gregos borrados, havia uma pequena coluna sobre um deslizamento de rocha repentino e inexplicável na costa de Creta. Ninguém ficou ferido, mas uma estrada foi soterrada e uma antiga igreja, quase esquecida, reduzida a escombros. O chefe de polícia local foi citado descrevendo o evento como "lamentável, mas inevitável".

ALIX E. HARROW

***

Você encontrará a seguir a reprodução parcial de uma lista registrada em minhas anotações em julho de 1907. É impulso de um estudioso lidar com uma situação perigosa e obscura sentando-se à sua mesa e elaborando uma lista. O que sua mãe teria feito?, eu me pergunto. Alguém poderia pensar: muito mais barulho e um monte de palavrões, e talvez um rastro de corpos.

Dei à página o título *Várias respostas à situação contínua em relação ao fechamento nefasto de portas e riscos potenciais para os membros da família imediata* e o sublinhei várias vezes.

A) Expor a trama. Publicar as descobertas até então (escrever para o *Times*? Publicar um anúncio?) e denunciar as atividades da organização sombria. Prós: poderia ser feito rapidamente; perturbação mínima à vida de January. Contras: probabilidade de fracasso total (os jornais publicariam as descobertas sem quaisquer evidências?); perda da confiança e proteção de Cornelius; perigo de represálias (violentas) de grupos desconhecidos.

B) Ir até Cornelius. Explicar meus medos mais detalhadamente e solicitar segurança adicional para January. Pró: os recursos consideráveis de Locke poderiam garantir um alto grau de segurança. Contras: ele não tem sido solidário com minhas preocupações até então; as expressões *paranoia delirante* e *besteiras ridículas* foram usadas.

C) Tirar January de lá e levá-la a um local seguro e secundário. Se ela estiver escondida em alguma outra fortaleza, muito discretamente, os perseguidores talvez não a encontrem. Pró: J. fica segura. Contras: dificuldade de encontrar um local seguro; dificuldade de gerenciar o apego de Cornelius a J.; incerteza de sucesso/risco à segurança de J.; perturbação máxima da vida diária.

AS DEZ MIL PORTAS

Acredito que ela ama a Mansão Locke, apesar de tudo. Quando era pequena, muitas vezes eu retornava de viagem e encontrava uma babá aflita e uma filha ausente, e ela seria encontrada horas depois construindo castelos de areia na margem do lago ou brincando sem parar com o filho do dono da mercearia. Agora eu a encontro andando pelos corredores deslizando a mão nos painéis de madeira escura, como se estivesse acariciando a coluna de uma grande fera, ou encolhida com seu cachorro em uma poltrona esquecida no sótão. Seria certo roubar o único lar que ela já conheceu, quando eu já roubei muito mais dela?

D) Fugir, refugiar-me em outro mundo. Eu poderia encontrar uma porta e atravessá-la, levando January comigo e construir uma nova vida para nós dois em um mundo mais seguro e melhor. Pró: segurança definitiva contra os perseguidores. Contras: ver o item anterior. E estou longe de ter certeza de que todos os mundos conectam-se uns aos outros – se fugíssemos para outro mundo, será que eu conseguiria encontrar o Escrito novamente? E se Ade encontrasse às duras penas o caminho de volta para casa, será que algum dia conseguiria nos encontrar?

Não havia um item *E) Continue exatamente como antes*, mas esse é o caminho que acabei escolhendo no fim das contas. A vida indubitavelmente tem uma espécie de impulso, descobri, um peso acumulado de decisões que se torna impossível mudar. Continuei roubando, arrancando com meu cinzel as histórias e encaixotando-as para que um homem rico se gabasse para seus amigos ricos; continuei minha busca desesperada, seguindo histórias e desenterrando portas; continuei permitindo que se fechassem atrás de mim. Parei de olhar por cima do ombro.

Fiz apenas três mudanças. A primeira envolveu uma porta de marfim nas montanhas da África Oriental Britânica e um encontro desconfortavelmente próximo com um rifle Lee-Metford, e terminou com a falsificação de um passaporte e compra de passagens de trem para uma tal srta. Jane Irimu. Não é necessário recontar a história completa de nosso encontro aqui, mas apenas observar que ela é uma das pessoas mais destemidas e ocasionalmente violentas que já conheci e que lhe causei um desgosto não intencional, mas terrível. Ela também tem uma empatia bastante particular com a sua situação e acredito que irá protegê-la com muito mais capacidade do que eu. Você deveria perguntar a ela sobre a história completa um dia.

A segunda mudança foi encontrar uma rota de fuga para vocês duas, um esconderijo que, espero, jamais vá precisar. Não vou descrevê-lo em detalhes aqui – com receio de que olhos intrometidos e hostis se deparem com este livro –, apenas dizer que há uma porta que encontrei que ainda não foi fechada. Viajei sob um nome falso para descobri-la e queimei minhas anotações e papéis uma vez que o havia feito. Culpei os mares revoltos pelo meu atraso em retornar e suponho que já havia estado tantas vezes ausente da Mansão Locke que nem Cornelius nem você exigiram maiores explicações. Falei do meu verdadeiro propósito para apenas uma alma viva; se precisar de um lugar para fugir, um lugar para se esconder do que quer que esteja me perseguindo – siga Jane.

A terceira mudança é este livro que agora você tem em mãos. (Supondo que tenha sido encadernado. Caso contrário, refiro-me a uma pilha bagunçada de papéis datilografados amarrados com barbante e embalado na pele trocada por uma cobra voadora, que achei em um mundo agressivamente desagradável por uma porta na Austrália.)

Agora passo as noites reunindo os pedaços dispersos e errantes de minha própria história – nossa história, é como devia chamá-la –, reunindo-os em uma linha reta e registrando-os da maneira mais organizada possível no papel. É um trabalho desgastante. Às vezes, estou exausto demais pelo dia infrutífero percorrendo a Amazônia ou as montanhas Ozarks para escrever mais do que uma frase antes de dormir. Às vezes, passo o dia inteiro preso em meu acampamento devido ao tempo ruim com nada além de caneta e papel como companhia, mas ainda assim não logro escrever uma única palavra porque fico preso nos corredores espelhados de minha própria memória e não consigo fugir (as curvas de náutilo do corpo de sua mãe em torno do seu; o borrão branco e dourado do sorriso dela no amanhecer nublado de Amárico).

Porém insisto em escrever, mesmo quando me sinto como se estivesse avançando por um espinheiro interminável, mesmo quando a tinta lembra uma mancha de sangue à luz do lampião.

Talvez continue escrevendo porque fui criado em um mundo onde as palavras têm poder, onde curvas e espirais de tinta adornam velas e pele, onde um artesão das palavras suficientemente talentoso pode estender a mão e remodelar seu mundo. Talvez não consiga acreditar que as palavras sejam totalmente impotentes, mesmo aqui.

Talvez eu simplesmente precise deixar algum registro, por mais divagador e infundado, para que alguma outra vivalma possa aprender as verdades que trabalhei tanto para descobrir. Para que outra pessoa possa ler e acreditar: há dez mil portas entre dez mil mundos e alguém as está fechando. E os estou ajudando a fazer isso.

Talvez eu escreva amparado na mais desesperada e ingênua esperança: a de que alguém melhor e mais corajoso do que eu possa expiar meus pecados e ter sucesso onde falhei. Que alguém possa lutar contra as maquinações sombrias daqueles que desejam separar este mundo de todos os seus primos e torná-lo estéril, racional, profundamente solitário.

Que alguém possa encontrar um meio, possa se forjar em uma chave viva e abrir as portas.

FIM

Pós-escrito

(Perdoe-me pela minha caligrafia – o que minha mãe diria? –, mas estou com muita pressa e não tenho tempo para datilografar e encadernar isso com o restante.)

Minha querida January,

Eu a encontrei. Eu a encontrei.

Estou acampado em uma das ilhas frias e varridas pelo vento ao norte do Japão. Perto da costa, há um agrupamento de cabanas de bambu e barracos de placas onduladas de metal que pode ser generosamente chamado de vila, mas nesta encosta da montanha não há nada além de um emaranhado de vegetação e alguns pinheiros secos que se agarram ao solo cinzento. Diante de mim, ergue-se uma formação interessante: alguns dos galhos das árvores se retorceram em uma espécie de arcada, sobranceira ao mar.

Se vista do ângulo certo, parece quase uma porta.

Encontrei-a seguindo as histórias: era uma vez um pescador que dobrou as páginas dos livros e os transformou em barcos à vela. Os barcos eram rápidos e leves, e suas velas estavam manchadas de tinta. Era uma vez um menininho que desapareceu no meio do inverno e retornou com a pele quente e queimada de sol. Era uma vez um sacerdote com orações escritas em sua pele.

Eu sabia aonde ela levava antes mesmo de atravessá-la. Os mundos, como as casas, têm cheiros muito peculiares, tão sutis, complexos e variados que você quase não os nota, e o cheiro de Escrito se infiltrava através dos galhos de pinheiro como uma delicada névoa. Sol, mar, o pó de lombadas de livros se desfazendo, o sal e as especiarias de mil navios comerciais. Lar.

Vou cruzá-la assim que puder. Esta noite mesmo. Tomei cuidado em minha jornada até aqui, mas receio que não tenha sido cuidadoso o bastante. Temo que eles me encontrem – aqueles que fecham as portas, que matam os mundos. Hesito até em desviar os olhos da porta e olhar para esta página, com receio de que alguma figura espectral salte das sombras e a feche para sempre.

No entanto, vou adiar o suficiente para terminar isto. Para lhe dizer para onde fui e por quê, e lhe mandar este livro através dos Baús Cerúleos de Tuya e Yuha – um par de objetos bastante útil que encontrei ao atravessar uma porta em Alexandria e um dos poucos tesouros que me recusei a ceder inteiramente a Cornelius. Entreguei-lhe um deles, mas fiquei com o outro.

Já lhe enviei antes bugigangas e brinquedos – você os reconheceu pelo que eram? As ofertas insuficientes de um pai ausente? Um covarde tentando dizer: *penso em você o tempo todo, eu te amo e me perdoe?* Eu temia sua decepção, sua rejeição aos meus presentes insignificantes e lamentáveis.

Este livro é meu último presente. Minha insuficiência final. É um trabalho profundamente imperfeito, como você já sabe muito bem a essa altura, mas é a verdade – algo que você merecia ter recebido muito antes, mas que não fui capaz de lhe dar. (Tentei, vez ou outra. Entrei no seu quarto, abri a boca para lhe contar tudo – e me vi impossibilitado de falar. Fugi de você e deitei ofegante na minha própria cama, quase engasgando com o peso das palavras não pronunciadas na minha garganta. Admito que realmente sou covarde a esse ponto.)

Bem, já chega de silêncios. Chega de mentiras. Não sei com que frequência você visita o Baú Cerúleo, então encontrei uma maneira de garantir que você encontre o livro no momento oportuno – os pássaros aqui são criaturas confiantes, não familiarizados com os perigos da humanidade.

Ele contém apenas uma inverdade da qual tenho conhecimento: a afirmação de que o escrevi pelo bem da Erudição, do Conhecimento ou da Necessidade Moral. Que estava tentando "deixar um registro para trás" ou "documentar as minhas descobertas" para algum futuro leitor obscuro, que bravamente poderia assumir meu manto.

A verdade é que o escrevi para você. Estava sempre escrevendo para você, a todo momento.

Lembra-se de quando tinha seis ou sete anos e voltei da expedição birmanesa? Foi a primeira vez que você não correu para os meus braços quando cheguei (e como ansiava e temia aquelas chegadas, quando seu querido rosto de ampulheta me dizia quanto tempo eu havia perdido). Em vez disso, você simplesmente ficou ali parada em seu vestidinho engomado, olhando para mim como se eu fosse um estranho em um vagão de trem lotado.

Vezes demais, seus olhos disseram. *Você me deixou vezes demais, e agora algo precioso e frágil se rompeu entre nós.*

Escrevi este livro com a esperança desvairada e deplorável de poder consertar isso. Como se eu pudesse reparar todos os feriados perdidos e as horas ausentes, durante todos os anos que passei envolto no egoísmo da tristeza. Mas aqui, no final, sei que não posso.

Estou deixando você de novo, mais profundamente do que jamais fiz antes.

Não posso lhe dar nada além deste livro e uma oração para que essa porta não se feche. Que você encontrará uma maneira de vir atrás de mim um dia. Que sua mãe está viva e esperando por nós, e um dia ela a abraçará novamente e o que está despedaçado será completo.

Confie em Jane. Diga a ela... diga a ela que sinto muito.

A porta me chama com a voz de sua mãe. Eu preciso ir.

Perdoe-me. Venha atrás de mim.

Y.S.

Não posso.

Tentei, January. Tentei te deixar. Mas fiquei paralisado no limiar da minha porta, sentindo o aroma do meu mundo natal e desejando dar o último e derradeiro passo adiante.

Não posso. Não posso te deixar. De novo, não. Estou arrumando minhas coisas, retornando à Mansão Locke. Trarei você de volta aqui comigo, e ou nós a atravessaremos juntos ou não faremos isso. Sinto muito, deuses, sinto muito – estou voltando.

Espere por mim.

FUJA, JANUARY
ARCÁDIA
NÃO CONFIE

8
A Porta de madeira flutuante

Encontrei Jane ao seguir o som ritmado de trituração e batida de uma pá na terra cheia de pedras. Ela trabalhava sem parar, cavando em um ponto baixo no centro da ilha, sozinha, exceto por um cheiro fétido de pântano e pelo zumbido de vários milhões de mosquitos.

E, claro, pelo sr. Theodore Havemeyer.

Ele não passava de um embrulho de lençóis manchados, branco e enlameado, e lembrando vagamente uma larva. Sua mão – uma garra incolor, pontilhada com furos gotejantes aproximadamente do tamanho dos dentes de Bad – saía do embrulho e projetava uma sombra muito grande à luz oblíqua do fim da tarde.

– Não poderíamos, sei lá, simplesmente jogá-lo no lago? Ou deixá-lo?

O barulho da pá mordendo o chão; o ruído da terra escorrendo dela. Jane não olhou para mim, mas um sorriso sem humor apareceu em seu rosto.

– Você acha que os Havemeyers do mundo simplesmente desaparecem? Você acha que ninguém vem procurar? – Ela balançou a cabeça e acrescentou de forma reconfortante: – Aqui está bom e é úmido; ele não vai durar muito.

Descobri que isso me fazia sentir um pouco enjoada, por isso, me empoleirei em uma pedra coberta de musgo e observei os corvos se juntando ao longo dos galhos de pinheiro acima de nós como convidados malcomportados de um funeral, grasnando e fofocando.

O cabo cheio de farpas da pá apareceu na minha visão. Peguei-o e fiz várias descobertas subsequentes: primeiro, que cavar é muito difícil e eu ainda estava fraca e nauseada por escapar de Brattleboro. Segundo, que os corpos humanos são bastante grandes e requerem buracos substanciais. Terceiro, esse processo de cavar deixa muito espaço em sua mente para pensar, mesmo quando o suor faz os olhos arderem e a pele das palmas das mãos arde daquele-jeito-que-você--sabe-que-vai-ficar-com-bolhas.

Meu pai não me abandonou. Ele voltou por mim. O pensamento era um pequeno sol refulgindo atrás dos meus olhos, brilhante demais para ser encarado sem proteção. Há quanto tempo ansiava por uma pequena prova de seu amor por mim? Mas seu amor por minha mãe, sua tristeza egoísta, sempre fora mais forte – até o último momento. Até que deixou de ser, e ele se afastou da Porta pela qual ansiara por dezessete anos.

Então, onde ele está? Vacilei um pouco nesse pensamento, lembrando o rabisco louco daquelas palavras finais – FUJA, JANUARY, ARCÁDIA, NÃO CONFIE – e recuei.

O que aquele capítulo final me dissera, de fato, que eu ainda não suspeitava? Bem, primeiro: que o sr. Locke sabia muito bem que meu pai estava caçando Portas e até o contratou especificamente para isso. Imaginei as salas do porão da Mansão Locke com seus intermináveis corredores de caixotes e estojos, os cômodos cheios de redomas de vidro e etiquetas bem organizadas – quantos desses tesouros haviam sido roubados de outros mundos? Quantos deles estavam impregnados de poderes estranhos ou magias misteriosas?

E quantos ele havia vendido ou trocado? Lembrei-me da reunião que vi em Londres quando menina, o leilão secreto de objetos valiosos. Havia membros da Sociedade presentes, tinha certeza – aquele ruivo com cara de furão, pelo menos – então, supunha que a Sociedade também sabia sobre meu pai, as Portas e os artefatos que ele roubou. E deve ter sido a Sociedade que o perseguiu, assombrando-o, fechando as Portas. Mas por que, se eles queriam tanto os tesouros que meu pai roubou? Ou talvez eles quisessem guardar os tesouros para si mesmos e selar as Portas contra qualquer vazamento adicional. Sei que gostariam disso; passei tempo suficiente em torno de homens ricos e poderosos para conhecer sua afeição por frases como *manter a exclusividade* e *suprir a demanda por raridade.*

Quase fazia sentido. Mas quem havia fechado a Porta da minha mãe, a primeira Porta do campo, tantos anos antes? E a Porta do topo da montanha? Meu pai nem era empregado do sr. Locke naquela época. Teria sido um infortúnio aleatório ou a Sociedade vinha fechando Portas por muito mais tempo do que a busca pessoal de meu pai? Eles mencionaram um Fundador, uma ou duas vezes, em tom reverente – talvez a Sociedade fosse muito mais antiga do que parecia.

Também não fazia sentido que eles prejudicassem seu exímio caçador de Portas, mas algo certamente impedira meu pai de voltar. Algo o levara a rabiscar aquelas três últimas linhas. E agora a Sociedade estava atrás de mim. *Eles nunca irão parar de te procurar, garota.*

Houve um barulho horrível de carne esmagada atrás de mim.

Eu me virei e vi Jane agachada sobre o corpo de Havemeyer com um martelo e uma expressão fria e analítica. Uma estaca de madeira descascada agora se projetava do embrulho branco, mais ou menos onde devia ficar o coração de Havemeyer.

Jane deu de ombros para mim.

– Apenas por precaução.

Oscilei um instante entre o horror e o humor, mas não pude evitar: ri. Foi uma risada exagerada, beirando a histeria. As sobrancelhas de Jane se levantaram de surpresa, mas então sua cabeça se inclinou para trás e ela riu junto comigo. Também ouvi um pouco do mesmo alívio em sua voz, e me ocorreu que sua atitude de sangue frio e confiança não poderia, de fato, ser totalmente verdadeira.

– Você anda lendo *demais* romances de terror baratos – eu a adverti. Ela deu de ombros novamente, sem se arrepender, e eu retomei a escavação. Parecia mais fácil agora, de certa forma, como se algo antes estivesse pesando sobre os meus ombros e tivesse se afastado ao som de nossas risadas.

Trabalhei em silêncio por mais um minuto, e então Jane começou a falar.

– No meu mundo, é mais sensato atirar em qualquer criatura estranha ou incomum que você possa encontrar nas florestas, e é por isso que quase matei o seu pai na primeira vez em que o vi. Meu primeiro tiro passou longe, no entanto. Dê isso para mim, se você não vai cavar.

Minhas pazadas tinham se tornado escassas e aleatórias; saí do buraco e Jane tomou o meu lugar. A voz dela se adequou ao seu ritmo de cavar e jogar a terra para o lado.

– Ele começou a gritar e a agitar os braços, alternando entre uma dúzia de idiomas. Um deles era o inglês; fazia muito tempo que eu não ouvia o idioma falado em voz alta, e nunca por um homem tatuado e de pele escura que parecia um professor. Então, não atirei nele.

O buraco estava agora bem acima da cintura de Jane, e cada pazada fazia um som denso de sucção. Mosquitos pairavam como afoitos convidados de jantar nas bordas do buraco.

– Levei-o para o meu acampamento, alimentei-o e trocamos histórias. Perguntou se eu já havia encontrado outra porta neste mundo ou se ouvira alguma história sobre palavras escritas se tornando realidade. Respondi que não e ele ficou desanimado. Senti que deveria me desculpar, mas não sabia pelo quê. Então, ele me deu um aviso: *As portas estão se fechando atrás de mim*, ele disse. *Alguém está me seguindo*. Me implorou para voltar ao meu mundo natal com ele. Disse que sabia como era ficar preso em um mundo que não é o seu, pediu que eu voltasse com ele. Recusei.

– Por quê? – Me empoleirei na beira do buraco, os braços em volta dos joelhos. Minha saia emprestada já estava irremediavelmente enlameada e manchada e, por um momento desorientador, senti como se tivesse sido empurrada para trás para uma época em que eu era jovem, obstinada e alegremente desleixada.

Jane saiu do buraco e sentou-se ao meu lado.

– Porque o lugar em que você nasceu não é necessariamente o lugar a que você pertence. Nasci em um mundo que me abandonou, me roubou, me rejeitou; é tão surpreendente que eu tenha procurado um melhor? – Ela suspirou fundo, arrependida. – Mas eu queria fazer uma última viagem pela porta, caso aquele louco estivesse certo e aquela fosse a minha única chance. Julian ficou acampado no sopé do monte Suswa enquanto eu buscava mais munição e... notícias de minha irmã. – Os olhos de Jane tremeluziram como lanternas em uma rajada de vento no inverno, e a pergunta *o que aconteceu com ela?* morreu na minha garganta. Houve um pequeno silêncio, e quando ela falou novamente, seu tom foi abrupto. – Voltei ao acampamento de Julian. Ele me pediu de novo para ficar e eu ri na cara dele: eu tinha visto o que o meu lar se tornara. Mulheres brancas me observando das janelas dos trens, caçadores usando chapéus tolos e posando para fotos ao lado de carcaças de animais, crianças barrigudas mendigando em inglês, *por favor, senhor, por favor, senhor*. Não. Julian me acompanhou de volta à minha porta de marfim para se despedir. Só que havia algo estranho esperando na caverna.

Jane ficou olhando para o túmulo, o rosto tenso.

– Pilhas de bastões cinzentos agrupados, fios sendo consumidos e um leve som de chiado. Seu pai gritou e me empurrou para longe e, então, tudo se desfez. Uma explosão que queimou as costas dos meus braços e jogou-nos longe como se fôssemos palitos de fósforo. Não sei se perdi a consciência, mas pareceu que pisquei e de repente havia um homem em cima de mim, vestindo um uniforme britânico marrom. E, atrás dele, onde deveria estar a caverna, não havia nada além de entulho e poeira. Seus lábios estavam se movendo, mas algo estava errado com meus ouvidos. Então, ele sacou a pistola e apontou para Julian. Ele deveria ter apontado para mim, que era quem estava com uma arma, mas não fez isso. – Os lábios de Jane se curvaram. – Quando eu morrer, espero que pelo menos não pareça tão surpresa quanto aquele desgraçado.

Não olhei para o corpo de Havemeyer, não pensei no primor do buraco que apareceu em seu peito.

– Nem esperei o corpo dele cair no chão: joguei-me na encosta da montanha, arrancando pedras e terra. Quando Julian me parou, minhas mãos estavam em carne viva. Ele me segurou e disse *Sinto muito, sinto muito* até que entendi: havia ficado presa aqui, neste mundo, para sempre.

Eu nunca vira Jane chorar, mas podia sentir uma espécie de tremor rítmico movendo-se através dela, como nuvens de tempestade correndo pela baía. Nenhuma de nós falou por algum tempo: apenas ficamos ali sentadas na noite fria, ouvindo o grasnado oco e triste de um mergulhão do outro lado do lago.

– Bem. Neste mundo, você não pode ser de pele negra e ser encontrada perto de um homem branco morto de uniforme. Usei uma pedra para esmagar o corpo e arrastei-o para perto dos escombros, para que não houvesse ferida de bala para escandalizar uma equipe de busca, e então corremos. Estávamos no trem para Cartum quando seu pai perguntou aonde eu iria a seguir. Eu disse a ele que queria encontrar outro caminho, uma porta dos fundos, e ele sorriu tristemente para mim e disse: *Estive procurando minha vida inteira por outra porta para o meu mundo natal, mas também vou procurar a sua, se você fizer algo por mim.* E ele me pediu para ir à casa de um homem rico em Vermont e proteger sua filha.

Outra onda silenciosa a sacudiu. Sua voz permaneceu perfeitamente inalterada.

– Cumpri minha parte no acordo. Mas, Julian... não.

Limpei minha garganta.

– Ele não está morto. – Senti-a ficar muito quieta ao meu lado, tensa de esperança. – Terminei o livro. Ele encontrou uma porta no Japão que levava de volta ao seu próprio mundo, mas não a atravessou, tentou voltar para mim – aquele pequeno sol brilhou outra vez, brevemente, depois vacilou –, mas não conseguiu, acho. Ele pede para eu lhe dizer – engoli em seco, sentindo o gosto da vergonha na língua – que ele sente muito.

O ar assobiou através da fenda nos dentes de Jane.

– Ele me prometeu. Ele *prometeu*. – A voz dela soou estrangulada, quase engolida pelas emoções: a mais amarga traição, inveja e o tipo de raiva que deixa corpos em seu rastro.

Encolhi-me e seus olhos se voltaram para mim; depois se arregalaram.

– Espere. January, você abriu uma passagem entre o hospício e esta cabana. Você poderia fazer isso por mim? Você poderia escrever para eu voltar para casa? – Seu rosto brilhava com uma esperança desesperada, como se ela esperasse que eu pegasse uma caneta do meu bolso e desenhasse a Porta no ar entre nós, como se estivesse prestes a ver seus maridos e esposa novamente. Ela parecia mais jovem do que eu jamais a vira.

Descobri que não podia olhar para ela enquanto respondia.

– Não. Eu... O livro de meu pai diz que há lugares onde os mundos se roçam, como os galhos de duas árvores, e é nesses pontos em que há Portas. Não acho que uma Porta aqui, em Vermont, possa alcançar o caminho para o seu mundo.

Ela fez um som impaciente e desdenhoso.

– Tudo bem, mas se você fosse comigo ao Quênia, à minha Porta de marfim...

Em silêncio, levantei o meu braço esquerdo enfaixado e segurei-o na altura dos olhos dela. Ele tremeu e estremeceu após uns poucos segundos, e depois de mais alguns eu o deixei cair de volta ao meu lado.

– Abrir o caminho do hospício até aqui quase me matou, acho – disse de um jeito brando. – E era uma porta dentro do mesmo mundo. Não sei o que é necessário para reabrir uma porta entre dois mundos, mas duvido que eu seja capaz.

Jane suspirou muito lentamente, olhando para a minha mão onde repousava na terra. Ela não disse nada.

Levantou-se bruscamente, espanando a saia e pegando a pá novamente.

– Vou terminar aqui. Vá ver Samuel.

Preferi fugir em vez de ver Jane chorar.

Parecia que Bad e Samuel haviam morrido e sido reanimados por um feiticeiro de habilidade questionável. Bad – salpicado de sangue seco, cheio de ataduras e pontos – havia se enfiado na cama entre Samuel e a parede, e agora dormia com o queixo apoiado com adoração no ombro de Samuel. A pele de Samuel tinha uma cor de cogumelo doentia, entre o branco e o amarelo, e sua respiração sob a colcha gaguejava e tremia.

Seus olhos se abriram como fendas viscosas quando me empoleirei na cabeceira. Inesperadamente, ele sorriu.

– Olá, January.

– Olá, Samuel. – Meu sorriso de retorno foi tímido e trêmulo.

Ele desembaraçou um braço de baixo da coberta e deu uns tapinhas no dorso de Bad.

– O que eu lhe disse, hein? Bad está do seu lado.

Meu sorriso se fortaleceu.

– Sim.

– E – ele disse de modo mais brando – eu também.

Seus olhos estavam firmes, brilhando com um calor sem origem; encará-los era como estender as mãos para uma lareira no rigor do inverno. Desviei o olhar antes de dizer ou fazer algo estúpido.

– Sinto muito. Pelo que aconteceu. Pelo que Havemeyer fez com você. – Minha voz sempre foi assim tão aguda?

Samuel deu de ombros, como se ser torturado e sequestrado fosse apenas uma cansativa inconveniência.

– Mas vai ter que me explicar exatamente o que ele era, é claro, e o que são essas portas que o perturbavam tanto, e como chegou aqui sem o meu resgate ousado. – Ele estava deslizando por baixo da colcha enquanto falava, ajeitando-se contra os travesseiros como se cada centímetro de seu corpo estivesse machucado.

– Resgate ousado?

– Seria espetacular – ele suspirou com tristeza. – Um ataque à meia-noite: uma corda pela janela, uma fuga em cavalos brancos...

bem, pôneis cinzentos... seria como uma de nossas histórias de aventura. Tudo desperdiçado.

Ri pela segunda vez naquela noite. E, então – hesitante e confusa, temendo que Samuel risse ou tivesse pena de mim – contei tudo a ele. Contei sobre a Porta azul no campo coberto de vegetação; sobre meu pai e minha mãe e como nenhum deles estava morto ou talvez ambos estivessem; sobre a Sociedade Arqueológica da Nova Inglaterra e o fechamento das Portas e o mundo moribundo. Sobre o sr. Locke mantendo meu pai como um cão na coleira e a mim como um pássaro na gaiola. Os habitantes do Escrito e o modo como certas pessoas obstinadas são capazes de reescrever a existência. E, depois, contei-lhe sobre a moeda de prata que se tornou uma faca e mostrei--lhe as palavras que escrevi em minha própria carne.

A pele debaixo das minhas ataduras estava pálida e enrugada com cascas frescas, como uma criatura do lago ferida que havia chegado à praia. Samuel tocou a curva irregular de um S gravado na minha pele.

– Você não precisava de resgate, então, ao que parece – disse ele, com um sorriso irônico. – *Streghe* escapam sozinhas em todas as histórias.

– *Streghe*?

– Bruxas – ele esclareceu.

– Oh. – Claro que eu esperava algo um pouco mais elogioso, mas *ele acreditara em mim*, sem um lampejo de dúvida sequer. Talvez todos aqueles anos de romances baratos de monstros quando ele deveria estar no balcão da loja houvessem apodrecido o seu cérebro, como sua mãe dissera que fariam. Ou talvez ele apenas confiasse em mim.

Samuel continuou, de forma especulativa.

– Elas sempre acabam sozinhas nas histórias... quero dizer, as bruxas... vivendo na floresta, nas montanhas ou trancadas em torres. Suponho que seria preciso um homem corajoso para amar uma bruxa, e os homens na maioria são covardes. – Ele olhou diretamente para mim quando terminou, com uma espécie de ousadia no queixo levantado que dizia: *Não sou covarde*.

Descobri que não conseguia dizer nada. Nem mesmo pensar.

Passado um momento, ele sorriu de novo, gentilmente, e disse:

– Então, essas pessoas da Sociedade... Eles vão continuar atrás de você, não é? Pelo que você sabe e pelo que pode fazer.

– Sim, vão. – A voz de Jane soou atrás de mim. Ela estava na porta, emoldurada pelos últimos raios vermelhos da luz do sol, sua boca uma linha reta sombria. Algo nela me lembrou o meu pai, a maneira como a dor curvava os seus ombros e vincava o seu rosto.

Jane moveu-se rigidamente para o balde de água para enxaguar os braços sujos de terra, dizendo:

– Precisamos de um plano e de um lugar para nos escondermos. – Ela se enxugou. – Sugiro Arcádia, o nome que seu pai me deu como esconderijo na costa sul do Maine. É inóspito e inacessível, ou pelo menos foi o que entendi, o que o torna um excelente lugar para desaparecer. Sei o caminho. – A voz de Jane soava perfeitamente uniforme, como se um mundo hostil e desconhecido fosse um destino perfeitamente comum, como o banco ou os correios.

– Mas com certeza não precisamos...

– January – ela interrompeu –, não temos dinheiro, lugar para morar, família. Sou negra em uma nação que abomina negros, estrangeira em uma nação que abomina estrangeiros. E o pior de tudo é que chamamos muita atenção: uma mulher africana e uma garota mestiça com cabelos rebeldes e um braço marcado. – Ela virou as palmas das mãos para cima. – Se a Sociedade quiser encontrar você, eles o encontrarão. E duvido que o senhor Havemeyer tenha sido o pior deles.

Samuel se remexeu nos travesseiros.

– Mas você está esquecendo... a senhorita January não é indefesa. Ela poderia escrever qualquer coisa que quisesse, parece-me. Uma fortaleza. Uma porta para Timbuktu, ou Marte. Um acidente infeliz para o senhor Locke. – Ele parecia bastante esperançoso com a última possibilidade; ele rosnou de forma muito semelhante a Bad quando lhe contei sobre Brattleboro.

Um sorriso azedo contorceu o rosto de Jane.

– Os poderes dela não são ilimitados, pelo que me foi dito.

Coloquei-me um pouco na defensiva, mergulhada em vergonha.

– Não são. – Minha resposta saiu um pouco sufocada. – Meu pai diz que trabalhar com palavras tem um custo. Não posso simplesmente rasgar as coisas e juntá-las da maneira que eu quiser. – Dei um olhar de soslaio para Samuel, minha voz baixa. – Receio que não seja muito bruxa.

Ele torceu a mão para que ela ficasse muito perto da minha nos cobertores, as pontas de nossos dedos quase se tocando.

– Que bom – ele sussurrou. – Não sou tão corajoso.

Jane pigarreou de forma bastante clara.

– Agora, chegar lá será difícil. Temos 320 quilômetros para percorrer sem sermos reconhecidas ou seguidas, e não há muito dinheiro para fazê-lo. Receio – ela deu um sorriso frio e tenso – que a senhorita Scaller terá que se acostumar com um padrão de vida bastante diferente.

Isso doeu.

– *Viajei* um pouco, você sabe. – Tinha malas com meu nome estampado em pequenas placas de latão; meu passaporte parecia um romance de bolso bem manuseado.

Jane riu. Não foi um som muito alegre.

– E em todas as suas viagens, você passou uma única noite na cama que fez? Cozinhou uma única refeição? Você já viu uma passagem de segunda classe? – Eu não disse nada, desgraçadamente, apenas fulminei-a com os olhos. – Nós iremos dormir na floresta e pedir carona, portanto ajuste suas expectativas de acordo.

Não consegui pensar em uma resposta especialmente inteligente, por isso, mudei de assunto.

– Não estou convencida de que deveríamos ir para esse lugar, Arcádia. Meu pai desapareceu no *Japão*, se você se lembra, e devemos procurá-lo, pelo menos…

Mas Jane estava balançando a cabeça, cansada.

– É justamente o que eles esperam. Talvez um dia, passado algum tempo, quando for mais seguro.

Para o inferno com mais segurança.

– Talvez... talvez possamos pedir ajuda ao senhor Locke. – Samuel e Jane soltaram um gemido de descrença e indignação. Continuei, de peito estufado. – Eu sei, eu sei... mas, vejam: não acho que ele queria que eu nem meu pai nos machucássemos ou morrêssemos. Só queria ficar um pouco mais rico e ter mais uns objetos raros para colocar em suas vitrines. Pode ser que ele nem saiba sobre a Sociedade estar fechando as Portas, ou talvez ele não se importe... e ele me amava, acho. Pelo menos, um pouco. Ele poderia ajudar a nos esconder, emprestar algum dinheiro, nos levar para o Japão... – me interrompi.

Os olhos de Jane se encheram de algo pegajoso e gotejante: piedade. É surpreendente como piedade pode machucar.

– Você gostaria de sair para se aventurar e salvar seu pai, como uma heroína de conto de fadas. Compreendo. Mas você é jovem, sem dinheiro e sem teto, e nunca viu o lado mais feio do mundo. Engoliria você inteira, January.

Ao meu lado, Samuel disse:

– E se o senhor Locke estava tentando protegê-la antes, ele fez um péssimo trabalho até agora. Acho que você deveria fugir.

Fiquei muda, sentindo todo o meu futuro se torcer e entortar vertiginosamente sob os meus pés. Estava esperando minha vida voltar ao normal, como se tudo o que tivesse acontecido desde o desaparecimento do meu pai fosse um filme e logo o último quadro exibisse a palavra FIM e as luzes voltassem a se acender e eu me encontrasse em segurança na Mansão Locke, relendo *The Rover boys on land and sea.*

Mas tudo isso ficara permanentemente no passado, como uma libélula preservada em âmbar.

Siga Jane.

– Tudo bem – sussurrei, e tentei não sentir como se tivesse sete anos novamente, eternamente fugindo. – Iremos para Arcádia. E você vai ficar lá comigo? Ou vai para casa?

Ela se encolheu.

– Não tenho casa. – Encontrei seus olhos e descobri que a piedade neles havia se misturado a algo esfarrapado e desesperado. Isso me fez pensar em ruínas antigas ou tapeçarias em decomposição, em coisas que perderam o fio de si mesmas.

Ela vacilou por um momento à beira de dizer algo mais – recriminações, reprimendas ou lamentações – depois virou e saiu da cabana com as costas muito eretas.

Samuel e eu ficamos calados na ausência de Jane. Meus pensamentos eram um bando de pássaros bêbados, ricocheteando entre o desespero (*nós duas ficaríamos sem casa para sempre? Eu passaria minha vida fugindo?*), uma emoção infantil e borbulhante (*Arcádia! Aventura! Fuga!*) e o calor perturbador da mão de Samuel ainda pousada ao lado da minha na colcha.

Ele pigarreou e disse, de forma não muito casual:

– Pretendo ir com você. Se me permitir.

– *O quê?* Você não pode! Deixar sua família, sua casa, sua, sua profissão… é muito perigoso…

– Nunca serei um bom merceeiro – ele interrompeu delicadamente. – Até minha mãe admite isso. Eu sempre quis algo mais, algo maior. Outro mundo serviria.

Dei uma meia risada exasperada.

– Nem sei para onde estamos indo ou por quanto tempo! Meu futuro está todo confuso e bagunçado, e você não pode se comprometer com tudo isso, *por bondade, piedade* ou…

– January! – Seu tom de voz ficou mais grave e mais urgente, o que fez meu coração dar um estranho pinote contra as minhas costelas. – Não ofereço por piedade. E acho que sabe disso.

Desviei o olhar, para fora da janela da cabana, para a noite azulada, mas não importava: ainda podia sentir o calor do seu olhar na minha face. As brasas haviam acendido e pegado fogo.

– Talvez – Samuel disse lentamente –, talvez eu não tenha sido claro antes, quando disse que estava do seu lado. Também quis dizer que gostaria de estar ao seu lado, de ir com você a todas as Portas e perigos, de correr com você em seu futuro bagunçado. Para – e uma parte distante de mim ficou satisfeita ao notar que a voz dele ficou instável e tensa – para sempre. Se quiser.

O tempo – uma criatura não confiável e fragmentada desde o hospício – agora se ausentava inteiramente. Deixando-nos flutuando, sem peso, como um par de partículas de poeira suspensas à luz do sol da tarde.

Vi-me pensando, sem nenhuma razão específica, em meu pai. Na sua aparência enquanto se afastava de mim o tempo todo, os ombros curvados e a cabeça baixa, o casaco empoeirado largo em seu corpo. Então, pensei no sr. Locke: o calor da mão dele no meu ombro, o estrondo jovial de sua risada. A pena em seus olhos quando me viu drogada e arrastada de sua casa.

Na vida, aprendi que as pessoas que você ama vão deixar você. Vão abandoná-lo, desapontá-lo, traí-lo, trancá-lo e, no final, você estará sozinho, novamente e sempre.

Samuel, no entanto, não tinha me deixado, tinha? Quando eu era uma criança presa na Mansão Locke sem ninguém como companhia além de Wilda, ele me passava as historietas de jornal e me trouxe o meu amigo mais querido. Quando eu era uma louca trancada em um hospício sem esperança ou auxílio, ele me levou uma chave. E agora, quando me tornava uma fugitiva perseguida por monstros e mistérios, ele estava me oferecendo a si próprio. *Para sempre.*

Senti a atração dessa oferta como um anzol no meu coração. Não estar mais sozinha, ser amada, ter essa presença calorosa sempre ao meu lado... Olhei avidamente no rosto de Samuel, me perguntando se era particularmente bonito e percebendo que já não saberia dizer. Foram apenas os olhos que vi, brilhantes como brasas, inabaláveis.

Seria tão fácil dizer que sim.

Mas hesitei. Meu pai havia escrito sobre o Amor Verdadeiro como se estivesse falando da lei da gravidade – algo que simplesmente existia, invisível e inevitável. Era o Amor Verdadeiro que fazia minha respiração ficar suspensa e meu coração palpitar? Ou eu estava apenas solitária e com medo, me recuperando da exaustão, agarrando-me a Samuel como uma mulher se afogando se agarra a uma boia?

Samuel estava vigiando o meu rosto, e o que ele viu o fez engolir em seco.

– Ofendi você. Perdoe-me. – Seu sorriso se encolheu de vergonha. – É apenas uma oferta. Considere-a.

– Não, não é isso… eu só… – Comecei a frase sem saber para onde estava indo, meio aterrorizada por onde ela poderia terminar, mas então, com um *timing* que beirava o divino, Jane retornou.

Ela trazia um monte de lenha musgosa e tinha uma expressão fechada, como uma ferida suturada. Ela nos viu e fez uma pausa, as sobrancelhas erguendo-se numa expressão do tipo *ora, ora, o que foi que interrompi*, mas seguiu para o fogão sem comentar. Abençoada seja.

Depois de um minuto ou dois (durante os quais Samuel e eu suspiramos e afastamos nossas mãos), Jane disse suavemente:

– Deveríamos dormir cedo esta noite. Partimos de manhã.

– Claro. – A voz de Samuel soou perfeitamente uniforme. Ele se levantou da cama, o rosto empalidecendo com o esforço e baixou a cabeça graciosamente em minha direção.

– Oh, não, você não precisa… Posso dormir no chão.

Ele fingiu surdez, estendendo alguns cobertores malcheirosos no canto e rastejando para dentro deles. Virou o rosto para a parede da cabana, encolhendo os ombros.

– Boa noite, Jane. January. Ele proferiu meu nome com cuidado, como se tivesse farpas.

Subi na cama ao lado de Bad e deitei-me rígida e dolorida, cansada demais para dormir. Minhas pálpebras estavam inchadas e quentes; meu braço latejava. Jane instalou-se na cadeira de balanço em frente ao fogão com o revólver do sr. Locke no colo. Uma leve luz de carvão brilhava na lareira, desenhando os planos de seu rosto em laranja suave.

Ela estava mais abertamente triste agora que não era observada. Tinha a mesma expressão que eu vira tantas vezes no rosto de meu pai, quando ele parava de escrever e olhava pelas janelas cinzentas como se desejasse poder criar asas e mergulhar por elas.

Era o único futuro que me restava esperar? Estava condenada a uma sobrevivência sombria em um mundo que não era meu? De luto, sem pouso certo, terrivelmente sozinha?

Bad deu um bocejo macio e se esticou ao meu lado.

Bem, não totalmente sozinha, pelo menos. Adormeci com o rosto pressionado no cheiro de sol de seu pelo.

Viajar com Jane pela Nova Inglaterra não se comparava em nada a viajar com o sr. Locke, exceto pelo fato de que os dois tinham ideias igualmente claras sobre quem estava no comando. Jane emitia ordens e instruções com a confiança serena de quem está acostumada a vê-las seguidas, e me perguntei se ela chefiava seus próprios grupos de caçadoras em seu mundo adotivo, e quão difícil teria sido para ela representar uma empregada neste daqui.

Ela acordou Samuel e a mim na escuridão antes do amanhecer, e já estávamos no meio do lago antes que o primeiro raio de sol surgisse acima do horizonte. Nós quatro nos amontoamos no barco a remo dos Zappia, em vez de nos arriscarmos a despertar olhares curiosos na balsa, e nos revezamos nos remos em direção ao brilho fraco da iluminação a gás da costa.

Descobri que remar é tão difícil quanto cavar com pá.

Quando o casco finalmente se chocou contra a areia grossa, minhas mãos já haviam passado do ponto de bolhas e estavam quase ensanguentadas, e Samuel se movia como alguém várias décadas mais velho do que ele de fato era. Jane parecia perfeitamente bem, exceto pela terra da cova e o sangue ainda manchando sua saia.

Eu deveria ter previsto que as pessoas se afastariam de nós quando chegamos à cidade, segurando seus chapéus e murmurando. Formávamos um grupo inquietante: uma mulher negra armada, um jovem macilento, um cachorro bravo e uma garota de cor estranha, malvestida e sem sapatos. Tentei perguntar a uma das mulheres que se apressavam como chegar à estação de trem mais próxima, mas Jane pisou no meu pé descalço.

— Bem, desculpe-*me*, mas não foi você quem disse que iríamos pegar o trem?

– Sim – Jane suspirou para mim –, mas como não compraremos passagens, é melhor não chamarmos atenção. – Ela indicou com a cabeça a ferrovia que serpenteava a leste para fora da cidade. – Sigam-me! – Ela foi em frente sem esperar aquiescência.

Samuel e eu nos entreolhamos praticamente pela primeira vez desde a nossa conversa na noite anterior. Ele arqueou as sobrancelhas, os olhos brilhando de divertimento, e me fez uma grande reverência do tipo você-primeiro.

Jane nos conduziu a um pequeno pátio de trem quase vazio, onde nos escondemos a bordo de um vagão de carga em que se lia MONTPELIER LUMBER CO. e esperamos. Dentro de uma hora, estávamos rumando velozmente para o leste, ensurdecidos pelo barulho dos trilhos, cobertos de fumaça e poeira de carvão, sorrindo como crianças ou loucos. A língua de Bad pendia ao vento.

Os dois dias seguintes estão embaçados em minha memória, perdidos em uma névoa de calor, pés doloridos e o medo sempre presente de que havia olhos pousados na minha nuca, me caçando. Lembro da voz de Jane, calma e decidida; da noite passada encolhida num campo coberto de vegetação com o céu pairando como uma colcha estrelada sobre mim; dos sanduíches gordurosos de peixe comprados em uma birosca na estrada; da carona de um fazendeiro que transportava mirtilos em uma carroça puxada por mulas a caminho de Concord, e de outra, de um carteiro tagarela no final de sua rota.

E lembro-me de Jane levantando o rosto para a brisa, enquanto mancávamos por uma estrada sem nome logo acima da divisa do estado do Maine.

– Sente esse cheiro? – Ela perguntou.

Sentia: salmoura, pedra fria e espinhas de peixe. O oceano.

Seguimos a estrada até que ela se transformou em pedras lisas e pinheiros atrofiados pelo sal, nossos passos silenciosos ao luar. Jane parecia estar navegando pelas instruções de meu pai, e não por qualquer mapa ou memória própria. Ela murmurava para si mesma, ocasionalmente estendendo a mão para tocar uma pedra de formato estranho ou apertando os olhos para as estrelas. O barulho ritmado do mar ficava mais próximo.

Contornamos uma densa parede de pinheiros, descemos um pequeno penhasco, e lá estava ele.

Estive na praia dezenas de vezes: passeei pelas praias do sul da França e tomei uma limonada na costa de Antígua; peguei barcos a vapor do outro lado do Atlântico e observei a perfeita separação do mar à nossa frente. Até tempestades pareciam pequenas e distantes quando contempladas de dentro de um hotel ou casco de aço. Pensava no oceano como algo agradável e bonito, uma versão um pouco maior do meu próprio e familiar lago. Mas parada ali na saliência rochosa com ondas quebrando embaixo de mim e a vastidão do Atlântico se agitando como o conteúdo obscuro do caldeirão de uma bruxa – ele parecia ser algo completamente diferente. Selvagem, secreto, capaz de engolir você por inteiro.

Jane estava descendo por um caminho escorregadio de líquen, abraçando a face do penhasco. Samuel e eu a seguimos, Bad se arrastando à nossa frente. Meus pulmões pareciam estranhamente contraídos, meu pulso estremecia de expectativa: *uma Porta*. Uma Porta de verdade, real, a primeira que eu via desde que era uma criança meio selvagem correndo pelos campos.

Uma Porta que meu pai deixara escondida e aberta apenas para mim. Mesmo agora, quando ele estava preso, enjaulado ou morto do outro lado do planeta, ele não havia me abandonado. Não por completo. Tal pensamento me aqueceu, como uma chama de vela protegida contra o açoite do vento marítimo.

Jane havia desaparecido em uma fenda baixa e úmida. Inclinei-me para a frente com ansiedade, mas Jane voltou puxando uma pilha de tábuas e cordas podres atrás de si. E suspirou profundamente.

– Bem, seria demais esperar que durasse nesse clima. Podemos colocar os suprimentos para flutuar ao nosso lado com o que sobrou.

– E então ela começou, metodicamente e sem vergonha, a se despir.

– Jane, o que você está... Onde está a Porta?

Ela não respondeu, apenas apontou para o mar.

Segui seu dedo e vislumbrei um borrão cinzento encaroçado no horizonte, com trechos de rocha nua brilhando prateadas à luz das estrelas.

– Uma ilha? Mas sem dúvida não podemos... Você não está pensando em *nadar* até lá, está?

– Lugar inacessível. Inóspito. Assim como anunciado, creio. – Seu tom era seco e ela já estava mergulhando no mar, as roupas íntimas brilhando brancas, os membros desaparecendo no escuro. Bad mergulhou alegremente atrás dela.

Virei-me para Samuel em busca de um aliado e o encontrei desabotoando a camisa.

– Aposto o último pedaço de pão que posso derrotá-la – ele murmurou, como se fôssemos crianças brincando no lago, em vez de adultos cansados e desesperados, de pé na costa de um mar frio, fugindo de só-Deus-sabe-o-quê. Eu ri, impotente.

Vislumbrei a curva brilhante de seu sorriso de resposta, a palidez de seu peito, e então ele estava entrando na água atrás de Jane e Bad. Não restava nada a fazer além de segui-lo.

Não deveria ter me surpreendido com o frio – era verão, mas o verão no Maine é uma criatura fugaz e cautelosa que desaparece assim que o sol se põe – mas não acho que seja possível entrar numa água tão fria sem ficar surpreso. Nadar nela era como nadar através de uma nuvem de insetos picando. Nós nos agarramos às pranchas da balsa podre com dedos congelados, puxando nossos pertences ao nosso lado, a respiração saindo em finos suspiros. Até Bad estava erguendo a cabeça para fora da água, como se tentasse levitar em vez de nadar. O sal se infiltrou pelas minhas ataduras, penetrando nas palavras talhadas em meu braço. Se eu pudesse voltar, se pudesse desistir e voltar para casa, para as lareiras rosadas da Mansão Locke, eu o faria. Mas não podia. Então, continuei dando braçadas enregeladas no frio mar negro, aproximando-me muito vagarosamente do borrão cinzento da ilha.

E, então, quando menos esperava, meus joelhos estavam se arranhando nas pedras, Jane puxava a balsa até a costa e eu ouvia

Samuel ofegando fortemente ao meu lado. Ele se arrastou alguns metros mais adiante e desabou com a pele toda arrepiada e o rosto pressionado nos seixos da praia.

– Eu não... – ele engasgou – ... gosto do frio. Não mais.

Lembrei-me do frio penetrante do toque de Havemeyer, do rosto doentio de Samuel quando sucumbiu e, tomada de medo, arrastei-me até ele. Toquei suas costas, com os dedos dormentes.

– Você está bem?

Ele se apoiou em um cotovelo e ergueu a cabeça, cansado. Piscou várias vezes, limpando a água salgada dos olhos, e seu rosto ficou curiosamente sem expressão. Percebi que o oceano transformara minhas roupas íntimas de sacos disformes de algodão em algo parecido com uma segunda pele, colante e quase translúcida. Nenhum de nós se mexeu. Senti-me congelada, capturada por seus olhos ardentes – até Bad se posicionar a certa distância e se sacudir, espargindo-nos com água gelada e salgada.

Samuel fechou os olhos muito deliberadamente e voltou a pousar a testa nas pedras.

– Sim. Estou – ele suspirou. Então, esforçou-se para se levantar e foi mancando até a balsa. Ele voltou com a própria camisa praticamente seca e a colocou sobre os meus ombros, tomando cuidado para não deixar seus dedos roçarem minha pele. Cheirava a farinha e suor.

– Quase lá. Creio que temos de prosseguir mais um pouco, antes de acampar. – Até Jane parecia cansada agora.

Seguimos aos trancos e barrancos atrás dela, subindo a costa e escalando um penhasco baixo com as pernas trêmulas. O vento nos secou com seus açoites, deixando uma geada branca de sal na minha pele.

Do outro lado da ilha, empoleirado como o esqueleto de algum guardião morto há muito tempo, um farol jazia em ruínas. Sua torre estava afundada e inclinada e sua pintura branca e vermelha, que um dia devia ter sido alegre, adquirira o mesmo tom marrom-acinzentado da rocha embaixo dele. Onde deveria haver uma porta, havia apenas uma boca aberta. Jane passou por ela primeiro, abrindo caminho por cima de vigas caídas e tábuas faltantes do piso, e Bad e eu a seguimos.

Estar lá dentro era como estar na caixa torácica apodrecida de uma criatura marinha, escura e cheia de algas. Um único raio de luar brilhava através da janela quebrada e iluminava uma porta na parede ocidental, onde não havia porta do lado de fora. Meu coração estremeceu no peito.

A Porta tinha aparência antiga, ainda mais antiga do que o próprio farol em decomposição, construída com pedaços de madeira trazidos pela correnteza e tiras recurvas de marfim. Uma brisa fraca assobiava através de suas fendas, carregando um cheiro quente e seco de campos de feno sob o sol de agosto.

Jane puxou a maçaneta de osso de baleia e a Porta se abriu suavemente em sua direção, lubrificada e silenciosa. Ela olhou para nós, deu um sorriso aberto e adentrou a escuridão.

Descansei uma mão na cabeça de Bad e estendi a outra na direção de Samuel, em um impulso.

– Não tenha medo e não me solte.

Ele encarou-me nos olhos.

– Não vou soltar – ele disse, e seus dedos apertaram os meus.

Atravessamos o Limiar juntos. O nada era tão aterrorizante, tão vazio, tão sufocante quanto antes – mas também parecia menos vasto com Samuel e Bad ao meu lado. Navegamos no escuro como um trio de cometas, como uma constelação de muitas pernas girando pela noite e depois nossos pés já amassavam grama seca.

Ficamos ali parados no crepúsculo laranja e desconhecido de outro mundo. Tive um único segundo para contemplar a interminável planície dourada, o céu tão aberto que parecia um oceano suspenso acima de mim – antes que uma voz áspera falasse.

– Só por Deus, é um maldito desfile! Muito bem, pessoal, vocês vão ficar paradinhos onde estão e se virar bem devagar. E então vão me dizer qual é a de vocês e como, em nome do bom Deus, encontraram a nossa porta.

9

A Porta incendiada

Quando você adentra um mundo desconhecido, está com frio e com os membros fracos e apenas meio vestida, tende a fazer o que lhe mandam. Nós três nos viramos devagar.

À nossa frente, estava um velho magro e esfarrapado, muito parecido com um espantalho, se espantalhos tivessem barba branca irregular e empunhassem lanças. Ele usava um casaco cinzento de aparência vagamente militar, um par de sandálias toscas feitas de corda e borracha, e uma vistosa pena enfiada no emaranhado branco de seus cabelos. Ele grunhiu, espetando a ponta da lança na direção da minha barriga.

Levantei as mãos trêmulas.

– Por favor, senhor, estamos apenas tentando… – comecei a dizer, e não precisei fazer esforço algum para soar patética e aterrorizada. O efeito, contudo, foi um pouco prejudicado por Bad, que emitia um som semelhante a um motor em ponto morto, os pelos eriçados, e Jane, que havia sacado o revólver do sr. Locke e o apontava diretamente para o peito do velho.

Ele desviou os olhos com rapidez para a arma e depois voltou a fixá-los em mim, endurecendo.

AS DEZ MIL PORTAS

– Vá em frente, senhorita. Mas aposto que conseguiria estripar essa garota antes de me esvair em sangue. Quer apostar? – Houve uma breve quietude, durante a qual imaginei como seria desagradável ser estripada por uma lança caseira e enferrujada, e silenciosamente amaldiçoei meu pai por seu mau julgamento, e então Samuel colocou-se entre nós.

Ele se inclinou suavemente para a frente até a ponta da lança afundar sua camisa.

– Senhor, não há necessidade disso. Não queremos fazer mal a ninguém, juro a você. – Ele fez um nítido gesto de *Abaixe sua arma, mulher* para Jane, que o ignorou completamente. – Estamos apenas procurando, hã, um lugar para nos escondermos durante um tempo. Não tínhamos a intenção de invadir sua propriedade. – Os olhos do velho continuaram apertados e desconfiados, um par de bolinhas de gude azuis úmidas em profundas pregas de carne.

Samuel lambeu os lábios e tentou de novo.

– Vamos tentar mais uma vez, sim? Eu sou Samuel Zappia, da Mercearia Família Zappia, em Vermont. Este é o senhor Sindbad, mais frequentemente chamado de Bad; a senhorita Jane Irimu, que abaixará a sua arma *muito em breve*, tenho certeza; e a senhorita January Scaller. Disseram-nos que este era um bom lugar para...

– Scholar? – O homem cuspiu a palavra, inclinando o queixo para mim.

Confirmei por cima do ombro de Samuel.

– Então você é a filha de Julian?

Minha pele formigou ao som do nome do meu pai. Concordei de novo com a cabeça.

– Minha nossa! – E baixou abruptamente a ponta da lança em direção à terra. O homem apoiou-se confortavelmente contra ela, cutucando os dentes tortos com uma unha e apertando os olhos de um jeito amigável para nós. – Desculpe assustá-la, querida, o erro foi meu. Mas o propósito de um vigia é vigiar, não é verdade? E nunca é demais ser cuidadoso. Por que vocês não me seguem para lhes darmos um prato de comida quente e um lugar para descansar? A menos que... – e aqui ele apontou na direção da árvore retorcida e arruinada pelo tempo logo atrás de nós, para a Porta estreita abrigada em suas raízes –, existe alguma chance de alguém vir atrás de vocês por ela?

Samuel e eu o encaramos em um silêncio atordoado, mas Jane fez um som de quem considerava a probabilidade.

– Não de imediato, eu diria. – O revólver desapareceu de novo em suas saias amarradas com firmeza e os rosnados de Bad se transformaram em resmungos intermitentes. Sua cauda deu uma mínima abanada, não indicando afabilidade, mas um cessar das hostilidades abertas.

– Bem, vamos lá então. Podemos voltar a tempo para o jantar se nos apressarmos. – O homem virou-se para o sol poente, inclinou-se para pegar uma bicicleta vermelha enferrujada no meio da grama alta, e começou a conduzi-la por uma trilha estreita. Assobiou desafinadamente enquanto caminhava.

Trocamos uma série de olhares, que exprimiam desde *mas que diabos...?* até *pelo menos ele não está mais tentando nos matar*, e o seguimos. Atravessamos a planície com os últimos raios de sol vermelhos aquecendo nossas bochechas, expulsando o gelado do Atlântico de nossos ossos. O velho alternava entre assobiar e conversar, totalmente indiferente ao nosso silêncio de cansaço e irritação.

Seu nome, ficamos sabendo, era John Solomon Ayers, chamado de Sol por seus amigos, e ele nascera no Condado de Polk, Tennessee, no ano de 1847. Ingressara no 3º Regimento da Infantaria do Tennessee quando tinha dezesseis anos, desertara aos dezessete, quando percebeu que provavelmente morreria miserável e faminto em nome de algum produtor de algodão rico que não daria um centavo por ele, e foi imediatamente preso pelos ianques. Passou alguns anos em uma prisão de Massachusetts antes de fugir e correr para a costa. Deparou-se com este mundo e ficou aqui desde então.

– E você ficou aqui, hum, sozinho? Até meu pai aparecer? – Deduzi que isso explicaria algumas das qualidades mais excêntricas de Solomon. Imaginei-o agachado sozinho em um casebre de terra, assobiando para si mesmo, talvez sendo evitado pelos nativos... Aliás, onde *estavam* os nativos deste mundo? Será que se atirariam sobre nós em uma horda estrondosa? Olhei para o horizonte vazio, mas não vi nada mais alarmante do que uma linha baixa de colinas e um amontoado de pedras cor de areia à frente.

Solomon gargalhou.

– Santo Deus, não. Arcádia (é assim que a chamamos, quem sabe como costumava ser chamada) está a meio caminho de ser uma verdadeira cidade hoje em dia. Não que eu tenha visto muitas delas. Estamos quase chegando agora.

Ninguém respondeu, mas o rosto de Jane expressava o mais profundo ceticismo. As pedras caídas foram ficando maiores à medida que caminhávamos, transformando-se em rochas maciças que se apoiavam umas nas outras em ângulos precários. Alguns pássaros – águias, talvez, ou falcões, da mesma cor dourada e reluzente da pena no cabelo de Sol – nos observavam desconfiados de seus poleiros escarpados. Eles levantaram voo quando nos aproximamos, parecendo sumir no céu devido a algum efeito da luz poente.

Solomon nos conduziu a uma abertura entre as duas maiores pedras, que formavam um túnel sombreado com uma estranha e cintilante cortina amarrada na frente. Foi só quando ficamos diante da abertura que percebi que na verdade não se tratava de um tecido, mas de dezenas de penas douradas amarradas e balançando como macios sinos de vento. Eu podia enxergar através delas o outro lado das pedras verticais: algumas colinas vazias, um mar de grama infinito e ondulante, o último brilho rosa do sol que se punha. Nada de cidades secretas.

Solomon encostou a bicicleta na pedra e cruzou os braços, encarando as penas como se esperasse que algo acontecesse. Bad soltou um ganido impaciente.

– Com licença, senhor Ayers – comecei a dizer.

– Pode me chamar de Sol – ele disse distraidamente.

– Certo. Hum, com licença, Sol, o que você está... – Mas antes que eu pudesse encontrar uma maneira educada de perguntar se ele era um lunático que passava o tempo livre tricotando penas e transformando-as em cortinas, ou se ele tinha um destino real em mente, ouvi passos. Eles vinham da escuridão por detrás da cortina, mas não havia nada lá, exceto pedra e terra poeirenta...

Até que uma mão larga afastou as penas para o lado e uma mulher atarracada, usando uma cartola preta, apareceu e parou diante de nós, com os braços cruzados e um olhar ameaçador. Jane disse uma série de palavras que não reconheci, mas que tinha certeza de que eram indelicadas.

A mulher era corpulenta e amarronzada, com mechas grisalhas no cabelo. Usava um conjunto de roupas tão heterogêneas quanto as de Solomon – incluindo um fraque de botões prateados, calças feitas de estopa, e uma espécie de colar de contas de cores vivas –, mas, apesar disso, ela era imponente e não cômica. E olhou feio para cada um de nós, com seus olhos de pálpebras caídas.

– Convidados, Sol? – Ela pronunciou a palavra *convidados* como se em referência a *pulgas* ou *gripe*.

Solomon fez uma exagerada reverência.

– Permitam-me apresentar-lhes nossa estimada chefe... Não rosne para mim, querida, você sabe que é; a senhorita Molly Netuno. Molly, você se lembra daquele sujeito negro com as tatuagens, de nome Julian Scholar? Que chegou aqui alguns anos atrás e mencionou uma filha? – Ele virou ambas as palmas para mim como um pescador exibindo uma captura particularmente grande. – Ela finalmente veio nos procurar.

Molly Netuno parecia apenas levemente aplacada.

– Entendo. E esses outros?

Jane empinou o nariz.

– Somos seus companheiros. Encarregados de mantê-la viva e segura.

Companheiros. Está vendo a curva desse *C* como um par de braços estendidos? Sugeria o tipo de amigos que matariam dragões ou se aventurariam em buscas fadadas ao fracasso ou fariam juramentos de sangue à meia-noite. Contive o desejo de me abraçar Jane em gratidão.

– Não me parece que vocês têm feito um bom trabalho até agora – Molly observou, passando a língua pelos dentes. – Ela está meio afogada, seminua e toda machucada.

Jane contraiu a mandíbula e tentei puxar os punhos das mangas da camisa de Samuel para baixo, sobre a bandagem acinzentada em torno do meu pulso.

A mulher suspirou.

– Bem, nunca deixe que digam que Molly Netuno não cumpre sua palavra. – E, com um floreio ligeiramente zombeteiro, ela afastou a cortina de penas.

A paisagem que víamos entre as pedras – aquele trecho triangular de céu e grama sem nada de especial – foi substituída por um amontoado confuso de formas. Mergulhei debaixo do braço de Molly e entrei no túnel curto, forçando a vista para trazer foco às imagens. Escadas íngremes subindo ladeiras; telhados de palha e tijolos de barro; um murmúrio crescente de vozes.

Uma cidade.

Ligeiramente boquiaberta, saí em uma praça de arenito. As colinas vazias tinham repentinamente dado lugar a uma extensa e bagunçada área de construções e ruas, como se uma criança gigantesca tivesse jogado seus blocos de montar no vale e ido embora. Tudo nela – as ruas estreitas, os muros, as casas baixas e os templos abobadados – era feito de barro amarelo e grama seca. Brilhava como ouro no crepúsculo: um El Dorado secreto escondido na costa do Maine.

Exceto pela estranha atmosfera de morte que pairava sobre o lugar, como se eu estivesse pisando nos ossos remanescentes de uma cidade e não no povoado em si. Tijolos caídos e prédios em ruínas pontilhavam as encostas, cercados por estátuas quebradas de homens alados e mulheres com cabeça de águia. Em alguns lugares, árvores retorcidas tinham se enraizado em telhados de palha apodrecidos, e tufos de grama brotavam das ruas rachadas. As fontes estavam todas secas.

Uma ruína. Mas não era uma ruína vazia: crianças riam e gritavam enquanto rolavam um pneu de borracha por um beco; roupas secavam em varais que ziguezagueavam de janela em janela no que pareciam ser fios de telégrafo; uma fumaça com cheiro de comida pairava sobre a praça.

– Bem-vinda a Arcádia, senhorita Scholar. – Molly estava me olhando com uma expressão levemente arrogante.

– Eu... Que lugar é esse? Vocês construíram tudo isso? – Gesticulei um pouco descontroladamente para as estátuas com cabeça de águia, as fileiras de casas de barro. Samuel e Jane surgiram atrás de nós com expressões similares de espanto e admiração.

Molly negou suavemente com a cabeça.

– Nós o encontramos. – Um sino tocou duas vezes em algum ponto da cidade e ela acrescentou: – O jantar está pronto. Venham.

Segui-a, me sentindo uma mistura de Alice, Gulliver e um gato de rua. Perguntas buzinavam na minha cabeça – se essas pessoas não construíram a cidade, quem a construiu? E onde estavam agora? E por que todo mundo estava vestido como um cruzamento estranho de artista de circo e mendigo? –, mas uma exaustão pesada e muda se abatera sobre mim. Era o peso de um novo mundo pressionando meus sentidos, talvez, ou, quem sabe, o quilômetro de oceano gelado que atravessara a nado.

Juntamo-nos a um bando de outras pessoas que nos olhavam curiosas. Fitei-as de volta, embasbacada; nunca vira um grupo tão incrivelmente díspar de humanos na minha vida. Lembrou-me a estação de trem de Londres quando eu era menina – *um zoológico humano*, como Locke havia chamado.

Havia uma mulher ruiva e sardenta usando um vestido amarelo--canário e carregando uma criança pequena enganchada no quadril; um grupo de garotas risonhas com os cabelos trançados em redemoinhos intrincados em torno de suas cabeças; uma anciã negra falando um idioma que envolvia estalos de língua periódicos; um par de homens mais velhos andando com os dedos entrelaçados.

Solomon me viu contemplando e sorriu.

– Fugitivos, como eu disse. Todo tipo de pessoa que já precisou de um lugar para o qual fugir, mais cedo ou mais tarde veio parar em Arcádia. Temos aqui alguns índios, algumas irlandesas que não davam a mínima para os moinhos de algodão, indivíduos de cor cujos ancestrais pularam dos navios que os levavam para serem leiloados como escravos, e até mesmo alguns chineses. Depois de algumas gerações, todos nós nos misturamos. Tome como exemplo a senhorita Molly: seu avô era um curandeiro indígena, mas sua mãe era uma escrava da Geórgia que fugiu para o norte. – Solomon explicou bastante orgulhoso, como se ele próprio a houvesse inventado.

– Então, nenhum de vocês é mesmo *daqui*. Deste mundo. – Jane ouvia tudo do outro lado de Solomon com o cenho franzido.

Foi Molly que respondeu.

– Quando meu avô chegou a este lugar pela primeira vez, não havia ninguém, exceto pelas águias e os ossos. Nem uma única vivalma, tampouco comida ou água… Mas também nenhum homem branco. Servia perfeitamente para ele.

– Embora alguns de nós, homens brancos, tenham entrado de fininho desde então – Solomon sussurrou. Molly deu-lhe um tapa sem nem olhar para trás e ele se esquivou, e algo na tranquilidade dos movimentos dos dois me deu a impressão de que eram amigos há muito tempo.

Comemos ao ar livre, sentados a uma série de longas mesas de madeira desgastada pelo tempo que pareciam, suspeito eu, já terem pertencido ao piso do farol. Estávamos atordoados e exaustos demais para fazer algo além de mastigar, e os arcadianos pareciam contentes em nos deixar em paz. Eles conversavam e discutiam como uma grande e desorganizada família, rindo enquanto passavam tigelas fartas de comida: pão escuro com uma textura parecida com pão ázimo, batatas-doces assadas, espetos de carne não identificável, que Bad aprovou com voracidade, e um troço alcoólico servido em latas de sopa que apenas Jane se atreveu a beber.

Meu ombro encostou no de Samuel enquanto o céu escurecia e o vento esfriava, e me percebi completamente incapaz de me afastar. Era tão quente, tão familiar neste mundo desconhecido. Samuel não olhou para mim, mas vi o canto de seus olhos se enrugarem num sorriso.

Dormimos aquela noite em uma das casas sem dono, deitados no chão de barro em um ninho de mantas e colchas emprestadas. Fiquei olhando para as estrelas que brilhavam através das lacunas no teto de palha, para todas as constelações que eu não conseguia identificar.

– Jane? – sussurrei.

Ela resmungou, meio adormecida.

– Quanto tempo acha que teremos de ficar aqui até que a Sociedade desista de vir atrás de nós? Quando será seguro procurar pelo meu pai?

Houve um breve silêncio.

– Acho que você deveria dormir, January. E aprenda a viver com o que tem.

O que eu tinha? O livro de meu pai e minha moeda-lâmina de prata, ambos embrulhados em uma fronha roubada. Bad, roncando levemente ao meu lado. Jane. Samuel. Minhas próprias palavras não escritas, esperando para mudar a imagem do mundo.

Com certeza tudo isso compensava o que eu não tinha: mãe, pai, um lar. Seria o suficiente.

Acordei abruptamente, sentindo-me como um destroço que a maré trouxera até a praia e deixara para curar ao sol: salgada, suada, com um cheiro de azedo. Eu poderia ter me forçado a voltar a dormir por pura força de vontade, só que Bad latiu em saudação.

– Bom dia para você também, cachorro! – Era a voz lenta e grave de Molly Netuno.

Eu me sentei. Samuel também. Jane debateu-se debilmente, como um peixe encalhado na praia, depois pressionou o rosto mais fundo nos cobertores.

– Foi a cerveja de Sol que ela bebeu noite passada. Ela vai sobreviver. – Molly atravessou o limiar e se sentou de pernas cruzadas no chão. – Provavelmente. – Ela nos trouxe dois potes de ameixas em conserva e meio filão de um pão massudo. – Comam. E então nós conversaremos.

– Sobre o quê?

Molly tirou a cartola e me considerou gravemente.

– Não é fácil sobreviver neste mundo, January. Não sei quanto seu pai lhe contou – *muito pouco, como sempre* –, mas é uma terra seca e árida. Não temos certeza do que aconteceu com os antigos habitantes, mas meu avô tinha uma teoria de que essa era a Terra do Amanhecer original de que nossas histórias falam, e que nossos ancestrais se comunicavam estreitamente com esse povo. Talvez, na época, eles tenham padecido das mesmas doenças e mazelas que nos acometeram. Só que eles não sobreviveram.

Ela encolheu os ombros.

– Isso, na verdade, não tem importância. Mas significa que todos aqui devem fazer sua parte para impedir que sigamos o mesmo caminho. Precisamos determinar qual pode ser a parte que cabe a vocês.

Senti uma pontada de dúvida – no que eu poderia contribuir para aquelas pessoas duronas e práticas? Contabilidade? Aulas de latim? –, mas Samuel estava assentindo de maneira confortável.

– Que tipo de trabalho há aqui em que eu possa contribuir?

– Oh, todos os tipos. Nós transportamos água de uma nascente ao norte, cultivamos o que podemos, caçamos ratos-da-pradaria e veados… Confeccionamos tudo o que precisamos. Bem, quase tudo. – Molly nos encarava com olhos penetrantes, atentos, como se testasse nossa inteligência.

Eu não me sentia inteligente.

– Então… o que vocês fazem? Se não é suficiente?

Mas foi Samuel quem respondeu. Ele ergueu o pote de ameixas contra a luz e passou o polegar sobre o vidro em relevo. CONSERVAS BALL MASON CO., dizia.

– Eles roubam. – Ele não parecia particularmente perturbado com isso.

As rugas ao redor dos olhos de Molly se aprofundaram com humor sombrio.

– Nós coletamos, garoto. Nós encontramos, pegamos emprestado, compramos. E às vezes roubamos. E depois de tudo o que o seu mundo roubou de cada um de nós, não fará mal algum nos devolver um pouco.

Tentei, mas não consegui imaginar os arcadianos passeando casualmente pelas pequenas cidades do Maine sem serem notados no mesmo instante, interpelados e possivelmente presos.

– Mas como vocês...?

– Com muito cuidado – Molly respondeu de um modo seco. – E se as coisas não saírem conforme o planejado, nós temos isso. – Ela enfiou dois dedos na gola sob o colar de contas e puxou uma brilhante pena dourada. – Vocês viram as águias quando entraram, não? Cada uma delas solta apenas uma única pena na vida. As crianças vasculham as planícies todas as manhãs e todo fim de tarde e, quando encontram uma pena, convocamos uma reunião com toda a cidade para decidir quem irá carregá-la. São os nossos bens mais preciosos. – Ela tocou com delicadeza a ponta da pena. – Se eu estivesse assustada ou encurralada, e se soprasse contra essa pena, vocês não me veriam mais sentada aqui. Isso engana os olhos de alguma forma que não compreendemos e, francamente, não nos importamos. Tudo o que sabemos é que, para o observador casual, você se torna praticamente invisível. – Molly sorriu. O sonho de um ladrão. – Ninguém jamais nos seguiu até o farol.

Jane, que se apoiava com dificuldade sobre um cotovelo e agora ouvia, esforçando-se para abrir os olhos inchados, soltou um grunhido de entendimento.

– Mas, então, como Julian encontrou vocês? – ela perguntou. Sua voz soou como se sua garganta houvesse sido revestida de areia durante a noite.

– Bem, ainda existem rumores. Histórias sobre espíritos travessos que assombram a costa, roubando tortas de peitoris de janelas e leite de vacas. Julian sabia seguir uma história. Temos a sorte de haver poucos homens como ele. Bem – Molly se levantou, espanando o pó do casaco –, não creio que podemos mandar vocês três coletarem se são criminosos procurados.

– Nós não somos… – Samuel começou a protestar.

Molly o interrompeu com um gesto de mão, aborrecida.

– Existem pessoas poderosas atrás de vocês? Pessoas com dinheiro, influência e paciência? – Entreolhamo-nos desconfortavelmente. – Então, logo vocês serão criminosos, se já não forem, e podem ter a mais absoluta certeza de que não temos penas de sobra. Teremos de encontrar outro trabalho para vocês.

Essa ameaça provou-se sincera e imediata: nós três passamos a semana seguinte trabalhando ao lado dos arcadianos.

Eu – na qualidade de membro do grupo com menor número de habilidades práticas – fui enviada para trabalhar com as crianças. As crianças se divertiram desnecessariamente com isso. Elas me ensinaram a esfolar ratos-da-pradaria e a transportar água com entusiasmo quase ofensivo, e ficaram encantadas ao descobrir que eu era mais lenta e desajeitada do que qualquer arcadiano médio de nove anos.

– Não se preocupe – aconselhou uma garota de olhos cinzentos e pele escura na minha segunda manhã. Ela usava um vestido de renda encardido e um par de botas de trabalho masculinas. – Levei anos para me tornar boa de verdade em equilibrar os baldes de água. – Demonstrando maturidade e grandeza, resisti à vontade de derrubar o balde da cabeça dela.

Até Bad era mais útil do que eu; assim que sua perna ficou suficientemente curada para remover a tala, ele foi recrutado para se juntar a Jane e aos caçadores. Eles trotavam pelas planícies todas as manhãs antes de o sol nascer, armados com uma variedade verdadeiramente aleatória de armas e armadilhas, e retornavam com fileiras de cadáveres peludos pendurados sobre os ombros. Jane não sorria, mas se movimentava com uma desenvoltura predatória que nunca testemunhei nos corredores estreitos da Mansão Locke. Gostaria de saber se era assim que ela rondava pelas florestas de seu mundo perdido, caçando com as mulheres-leopardo; perguntei-me se a Porta dela estaria fechada para sempre. Ou se eu poderia abri-la, se tivesse coragem suficiente para tentar.

Samuel parecia estar trabalhando em todos os lugares com todo mundo simultaneamente. Vi-o consertando um telhado de palha; curvado sobre um caldeirão de cobre fumegante nas cozinhas; estofando colchões com grama recentemente seca; lavrando os jardins e levantando nuvens de poeira amarela no ar. Ele estava sempre sorrindo, o tempo todo rindo, os olhos brilhando como se participasse de uma grande aventura. Ocorreu-me que talvez ele estivesse certo: ele não daria um bom dono de mercearia.

– Você conseguiria ser feliz aqui? De verdade? – perguntei-lhe na quarta ou quinta noite. Era o período de menor movimento, logo após o jantar, quando todos descansavam, de barriga cheia, e Bad mastigava contente os pequenos ossos de ratos-da-pradaria.

Samuel deu de ombros.

– Talvez. Isso dependeria.

– Do quê?

Ele não me respondeu de imediato, mas olhou para mim de um jeito sério, firme, o que fez minhas costelas se comprimirem.

– Você conseguiria ser feliz aqui? – Também dei de ombros, desviando os olhos. Após um breve silêncio, fui me sentar com Yaa Murray, a garota de olhos cinzentos, e a convenci a trançar o meu cabelo. Fiquei quieta sob o hipnótico torcer e puxar de seus dedos.

Será que conseguiria ser de fato feliz sem nunca saber o destino de meu pai? Nunca ver os mares do Escrito ou os arquivos da Cidade de Nin? Deixar para lá a Sociedade com suas maquinações obscuras, seu malévolo fechamento de Portas?

Mas, para ser sincera, o que mais eu *poderia* fazer? Eu era uma fugitiva desajustada, como todo mundo em Arcádia. Era jovem, fraca e inexperiente. Garotas como eu não enfrentam o peso esmagador do destino; não caçam vilões ou se lançam em aventuras; elas se encolhem, sobrevivem e encontram a felicidade onde podem.

O som de alguém correndo ressoou pela rua e os dedos de Yaa ficaram paralisados no meu cabelo. O confortável burburinho dos arcadianos cessou.

Um garoto entrou em disparada na praça, com o peito arfando e os olhos desvairados. Molly Netuno se levantou.

– Algo errado, Aaron? – Sua voz era um ligeiro murmúrio, mas seus ombros estavam rígidos de tensão. O garoto se curvou, ofegando, olhos arregalados.

– É... Tem uma velha senhora perto da árvore, completamente transtornada, dizendo que um homem a perseguiu pela porta. Até agora não há nenhum sinal dele. – O medo fechou minha garganta. *Eles nos encontraram.*

O garoto ainda estava tentando falar, olhando nos olhos de Molly e movendo os lábios sem produzir som algum.

– O que mais, garoto?

Ele engoliu em seco.

– É o Sol, senhorita. A garganta dele foi cortada. Ele está morto.

Se havia algo que o sr. Locke fora muito bem-sucedido em me ensinar era a ficar quieta quando eu queria uivar, gritar ou arrancar em tiras o papel de parede. Meus membros endureceram como apêndices estofados pregados em algum animal mal empalhado, e um silêncio vibrante encheu minha mente. Esforcei-me para não pensar em nada.

Enquanto Molly gritava ordens e Jane e Samuel se colocavam a postos para ajudar – eu não pensei: *Oh, meu Deus, Solomon.* Eu não pensei em sua elegante pluma dourada, suas roupas de espantalho, suas piscadelas cordiais.

Quando a multidão bateu em retirada, deixando o pátio quase vazio, exceto pelas crianças e suas mães, não senti o medo deslizando como cobra na minha barriga, não pensei: *Será que serei a próxima? Eles já estão aqui?*

E quando eles retornaram, quando a própria Molly Netuno deitou a figura magricela e envolvida em tecido branco em cima da mesa, com os olhos parecendo sepulturas abertas, não pensei: *Minha culpa. É tudo minha culpa.* Bad encostou seu peso quente na minha perna e senti um tremor percorrer o meu corpo, um arrepio de tristeza.

Samuel chegou ao pátio caminhando devagar, conduzindo uma idosa de aparência frágil, trajando longas saias cinzentas. Ela se agarrava pateticamente ao braço dele, piscando os olhos lacrimejantes sobre a ponte torta do nariz. Ele a ajudou a sentar-se com cuidado, ajustando o xale com tanta ternura que me perguntei se ele estaria pensando em sua própria avó – um corvo crocitante em forma de mulher que eu tinha visto empoleirada na varanda dos Zappia, murmurando palavrões em italiano para o Buick do sr. Locke enquanto ele passava. Perguntei-me se Samuel algum dia a veria outra vez. *Minha culpa.*

Os olhos da velha passaram de rosto em rosto até que pousaram em mim. Sua boca estava aberta, úmida e desagradável, e me encolhi. Era uma sensação familiar – fui encarada por velhas brancas e rudes por dezessete anos enquanto elas especulavam se eu era do Sião ou de Cingapura –, mas me incomodou. Já havia me acostumado ao luxo da invisibilidade entre os arcadianos.

Jane estava falando em voz baixa e urgente com Molly e os outros caçadores, discutindo rondas alternadas e vigias durante a noite. Um bando de mulheres aproximou-se da velha senhora, dirigindo-se a ela com a voz cheia de pena. Respondeu às perguntas com uma voz trêmula e tímida – sim, ela estava remando ao longo da costa, mas havia se perdido; sim, um homem de casaco escuro a perseguira; não, não sabia para onde ele tinha ido. Seus olhos deslizavam para os meus com muita frequência enquanto falava. Desviei o olhar, mas ainda podia sentir a sensação pegajosa de seus olhos na minha pele.

Notei-me ressentida com a velha. Como encontrara o farol? Por que invadira aquele paraíso minúsculo e frágil, trazendo a morte em seu encalço?

A certa altura, Samuel veio me buscar, como um pastor recolhendo uma ovelha rebelde.

AS DEZ MIL PORTAS

– Não há mais nada que possamos fazer hoje à noite, a não ser dormir. – Eu o segui pelas ruínas das ruas escuras.

Várias vezes pensei ter ouvido passos arrastando-se atrás de nós, saias longas roçando sobre as pedras ou a respiração ruidosa de um peito envelhecido. Repreendi a mim mesma – *não seja estúpida, ela é uma velha inofensiva* –, até que notei Bad imóvel como uma estátua de cobre, olhando para trás com os dentes arreganhados e um rosnado irradiando de seu peito.

Um frio silencioso apoderou-se de mim, como quando você mergulha muito profundamente no lago e agita as águas geladas de inverno do fundo. Cutuquei Bad com o joelho, a boca seca.

– Vamos, garoto.

Deitei-me ao lado de Samuel na escuridão iluminada por faixas de luar da nossa casa adotiva, fabricando pensamentos como *com certeza não* e *é impossível* e depois refletindo sobre a palavra *impossível* e suas muitas variações bruscas nos últimos dias, enquanto continuava a encarar o teto sem conseguir dormir.

Jane chegou em algum momento depois da meia-noite e se arrastou para a pilha de cobertores. Esperei que a respiração dela ficasse pesada, pelo assobio suave de seu ronco que não era exatamente um ronco, e depois rastejei para o seu lado. Puxei o revólver do sr. Locke com cuidado de suas saias e enfiei-o na minha cintura. Ele repousava frio e pesado contra minha coxa quando deixei a casa e saí na noite negra e brilhante.

Segui a nossa rua, subindo-a, Bad trotando ao meu lado, até que ela terminou em tufos de grama e tijolos tombados. As planícies se estendiam ao meu redor, pintadas de prata pela lua minguante. Caminhei pela relva, tentando ignorar o suor pinicando as minhas mãos, o tremor na minha barriga que dizia que aquela era uma ideia muito, mas muito estúpida mesmo.

Então, parei. E esperei.

E como esperei. Os minutos se passaram medidos em batimentos cardíacos muito acelerados. *Seja paciente. Seja corajosa. Seja como Jane.* Tentei me postar do jeito que ela faria, rígida e preparada como uma felina caçadora de pernas longas, em vez de uma corça trêmula e insegura.

Ouvi um barulho abafado atrás de mim, tão suave que poderia ter sido uma pequena criatura correndo pela grama. Bad rosnou, baixo e profundo, e acreditei nele.

Saquei o revólver da minha saia, virei-me e apontei para a figura encurvada atrás de mim. Vi o longo desvio de seu nariz, as pregas de carne flácida na garganta, o tremor das mãos enquanto as levantava.

Aproximei-me a passos largos.

– Quem é você? – sibilei.

Que clichê mais patético. Mesmo com o sangue latejando no meu crânio e a garganta sufocada pelo terror, estava consciente de minha péssima representação de um dos Rover Boys, se os Rover Boys alguma vez já ameaçaram velhinhas inocentes.

A mulher estava sem fôlego e gaguejando de medo.

– Meu… meu nome é senhora Emily Brown e me perdi, juro, por favor, não me machuque, senhorita, por favor…

Quase acreditei nela. Comecei a recuar, só que… havia algo de errado com sua voz. Na verdade, não *soava* como a voz de uma mulher idosa, agora que eu estava perto dela; soava como uma pessoa mais jovem fazendo uma imitação um tanto tosca de uma velha, aguda e trêmula.

Sua mão começou a rastejar em direção às saias, a voz ainda balbuciando de terror. Algo prateado brilhou para mim por entre as escuras dobras de tecido. Congelei, tive um rápido vislumbre de como Jane ficaria decepcionada se eu deixasse uma velhinha cortar a minha garganta… Então, afastei a mão dela e arranquei a faca do bolso do vestido. Havia uma crosta escura e coagulada na lâmina.

Joguei-a na escuridão e apontei de novo a arma para o seu peito. Ela parou de balbuciar.

– Quem. É. Você? – Soou muito melhor desta vez, quase ameaçador. Eu só gostaria que a arma parasse de tremer.

A boca da mulher se fechou em uma linha hedionda. Ela me encarou feio por um momento, estreitando os olhos, depois estalou a língua de repulsa. Pescou um cigarro do bolso e acendeu um fósforo, tragando até a ponta brilhar e crepitar. A fumaça branca foi exalada de suas narinas em um suspiro.

– Eu disse...

– Agora entendo por que Cornelius e Havemeyer tiveram tanta dificuldade com você. – Seu tom de voz agora era muito mais grave e com um som mais limpo, ligeiramente bajulador. – Você é uma coisinha encrenqueira, não é mesmo?

É uma sensação estranha comprovar que suas suspeitas mais malucas eram verdadeiras. É gratificante descobrir que você não é doida, é claro, mas também é um pouco desanimador perceber que você está mesmo sendo caçada por uma organização sombria de alcance aparentemente ilimitado.

– Quem... Você é da Sociedade, não é? Você matou Solomon?

A mulher arqueou as sobrancelhas e bateu as cinzas do cigarro em um gesto casual e masculino.

– Sim.

Engoli em seco.

– E você é algum tipo de... de metamorfo?

– Mas que imaginação! – Ela levou a mão atrás da cabeça e fez um estranho gesto de torção no ar, como se estivesse desatando um nó invisível, e...

O rosto dela deslizou e caiu. Ela o apanhou, mas sua mão não era mais enrugada e com manchas de senilidade, e a boca que agora sorria desagradavelmente para mim não era uma fenda úmida. Apenas os olhos úmidos permaneceram inalterados.

Era o homem ruivo das reuniões da Sociedade do sr. Locke: o furão de rosto magro, agora vestindo um terno de viagem escuro, em vez de saias cinzentas.

Ele me fez uma reverência falsa, totalmente desprovida de sentido na escuridão vazia de um mundo morto, e ergueu a máscara para o luar prateado. Uma crina de cavalo pendia dela em mechas emaranhadas.

– Um troço indígena... um rosto falso, acho que é assim que o chamam. Seu querido pai o adquiriu para nós muito tempo atrás, de uma ruptura ao sul do lago Ontário, e o achamos *bastante* útil. Velhas feias são criaturas que passam tão despercebidas. – Ele enfiou a máscara no bolso do peito.

Contive o choque, tentei fazer minha voz parecer ameaçadora, em vez de atordoada.

– E como me achou?

– Há um consenso geral de que sou o melhor caçador, quando as coisas precisam ser caçadas. – Ele fungou de um jeito dramático, inalando fumaça, e riu. Bad rosnou, o som rolando pela planície, e o sorriso confiante do senhor Ilvane diminuiu um pouco.

Ele enfiou a mão no bolso do peito outra vez e retirou algo manchado e verde-acobreado.

– E tenho isto aqui, é claro.

Avancei rápido, agarrei o objeto de sua mão, e dei um passo para trás novamente. Era uma espécie de bússola, só que não havia letras ou números nem mesmo pequenas marcações indicando os graus. A seta fixou-se abruptamente, apontando em uma direção que eu tinha quase certeza de que não era o norte. Atirei-a na grama, ouvi-a bater contra a faca dele.

– Mas *por quê*? – Gesticulei com a arma um pouco descontroladamente, observando seus olhos acompanharem-na nervosos. – Não estou fazendo mal algum a vocês. Por que não me deixam em paz? O que *querem*?

Ele deu de ombros de uma maneira sonsa, sorrindo da minha frustração, do meu medo.

Senti-me de súbito tão cansada e farta disso – de segredos, mentiras e meias-verdades, fatos que eu meio que sabia e meio que suspeitava, histórias remendadas que nunca foram contadas em ordem do começo ao fim. Parecia ser um acordo tácito no mundo que garotas sem dinheiro nem recursos eram simplesmente insignificantes demais para que lhes contassem tudo. Até o meu próprio pai esperou até o último momento para me contar toda a verdade a respeito de si.

Já chega. Senti o peso da arma na palma da mão, uma autoridade de ferro que significava – apenas por um momento – que eu poderia mudar as regras. Limpei a garganta.

– Senhor Ilvane. Por favor, sente-se.

– Como disse?

– Pode ficar de pé se quiser, mas vai me contar uma história muito longa, e eu detestaria que suas pernas se cansassem. – Ele se abaixou para o chão, com as pernas cruzadas e o rosto carrancudo.

– Agora – mirei o cano diretamente sobre o seu peito –, conte-me tudo, desde o início. E se fizer qualquer movimento brusco, juro que deixarei Bad te comer. – Os dentes de Bad estavam à mostra e brilhavam num tom branco-azulado; e a garganta de Ilvane subiu e desceu quando ele engoliu em seco.

– Nosso Fundador chegou por sua própria ruptura em 1700 e alguma coisa, na Inglaterra ou na Escócia, não me lembro. Ele possuía uma habilidade extraordinária de arregimentar pessoas para sua causa; não demorou muito para ele se erguer no mundo e enxergá-lo como realmente era: uma bagunça. Revoluções, levantes, caos e derramamento de sangue. *Desperdício.* E na origem de tudo isso estavam as aberrações: buracos antinaturais que permitiam todo tipo de dano. Ele começou a corrigi-los onde quer que os encontrasse. No início, o Fundador trabalhou sozinho. Mas logo começou a recrutar pessoas: alguns como ele próprio, que eram imigrantes neste mundo, outros que simplesmente compartilhavam de seu interesse em cultivar a ordem. – Imaginei o sr. Locke, jovem, ambicioso e ganancioso… Um recruta ideal. Deve ter sido fácil. – Juntos, nos esforçamos para limpar o mundo e mantê-lo seguro e próspero.

– E para roubar artefatos, é claro – acrescentei.

Ele fez uma espécie de beicinho irônico.

– Descobrimos que certos objetos e poderes, quando usados com moderação por mãos sábias, poderiam nos ajudar em nossa missão, assim como outras formas materiais de riqueza. Todos nós trabalhamos para obter posições de prestígio e poder. Reunimos nosso dinheiro e financiamos expedições em todos os cantos do mundo, procurando por rupturas. Nos anos sessenta, adotamos um nome e uma função respeitável: a Sociedade Arqueológica da Nova Inglaterra. – Ilvane fez um leve gesto com as mãos indicando *surpresa!* e continuou com fervorosa urgência: – E tem funcionado. Os impérios estão crescendo. Os lucros estão aumentando. São poucos os revolucionários e agitadores. E não podemos deixar, não iremos deixar, que uma intrusa mimada como *você* arruíne todos os nossos esforços. Então, diga-me, garota, que objetos ou poderes você tem? – E fixou os olhos em mim, úmidos e brilhantes.

– Isso... isso não importa. Agora, levante-se... – Dei um passo para trás. Não tinha certeza do que ia fazer... Marchar com ele de volta à cidade e entregá-lo a Jane como um gato trazendo uma presa desagradável para seu dono? –, mas Ilvane sorriu de repente.

– Sabe, seu pai pensou em frustrar nossos planos. E olhe só o que aconteceu a ele... – Ilvane estalou a língua.

Parei de me mexer. Devo ter parado até de respirar.

– Você o matou, não foi? – Toda aquela autoridade que parecia vir de uma mulher adulta tinha escorrido da minha voz.

O sorriso do sr. Ilvane ficou mais amplo e mais nítido, como o de uma raposa.

– Ele encontrou uma ruptura no Japão, como tenho certeza de que você percebeu. Em geral, era costume dele passear por um dia ou dois e voltar com algumas bugigangas interessantes para Locke, e depois partir. Mas desta vez ele permaneceu. E fiquei cansado de esperar, cansado de usar essa coisa nojenta... – Ele bateu no bolso do peito sobre a máscara de velha.

– Um dia, ele me avistou na encosta da montanha. E me reconheceu. – Ilvane encolheu os ombros, desculpando-se falsamente. – O olhar no rosto dele! Eu diria que ele ficou branco como um lençol, mas com aquela tez dele... "Você!", ele gritou. "A Sociedade!". Bem, não posso culpá-lo, imagine ser surpreendido depois de dezessete anos mantido na coleira. Então, ele disse algumas coisas bastante descomedidas e cansativas. Ameaçou nos expor... Quem acreditaria nele, eu lhe pergunto? Esbravejou sobre salvar sua filhinha, disse-me que manteria aquela porta aberta nem que fosse a última coisa que faria... Tudo muito dramático.

Meu pulso sussurrou *não-não-não*. A arma tremia de novo.

– Então, ele voltou correndo para o acampamento, completamente alucinado. Eu o segui.

– E o matou. – Agora minha voz era mais baixa do que um sussurro, uma respiração estrangulada. Depois de tanta esperança e espera e não saber, depois de tudo isso... imaginei o corpo de meu pai congelado e esquecido, sendo comido aos poucos por aves marinhas.

Ilvane ainda estava sorrindo, sorrindo.

– Ele tinha um rifle, sabe. Encontrei-o nos pertences dele, depois. Mas nem tentou pegá-lo... Ele estava *escrevendo* quando eu o arrastei para fora de sua barraca, escrevendo como se sua vida dependesse disso. Lutou com unhas e dentes comigo apenas para colocar seu diário de volta na caixa. Honestamente, você deveria estar me agradecendo por ter te libertado de um sujeito tão instável.

Eu quase podia ver a mão dele, escura e entrelaçada de tinta, rabiscando aquelas últimas palavras desesperadas: FUJA, JANUARY, ARCÁDIA, NÃO CONFIE. Tentando me avisar.

Agora, o sorriso brilhante de Ilvane chegava para mim embaçado.

– Incendiei a ruptura. Era pinho seco, queimou tal qual uma tocha. Seu pai chorou, January, ele *implorou*, antes que eu o empurrasse para dentro dela. Tive um rápido vislumbre de suas mãos, agitando-se e retornando pelas chamas, depois mais nada. Ele nunca voltou.

Ilvane concluía seu relato me devorando com os olhos famintos. Ele queria lágrimas, eu sabia. Queria sofrimento e desespero, porque meu pai estava preso para sempre em outro mundo e eu estava permanente e terrivelmente sozinha. Mas...

Vivo, vivo, vivo. Papai está vivo. Não destroçado e apodrecendo em alguma encosta desconhecida, mas *vivo*, e por fim foi para casa, para seu mundo verdadeiro. Mesmo que eu nunca mais o visse.

Fechei os olhos e deixei as ondas gêmeas de perda e alegria quebrarem-se sobre mim, deixei minhas pernas bambas e meus joelhos esmagarem a terra. O focinho de Bad fungou preocupado no meu pescoço, buscando por ferimentos.

Tarde demais, ouvi o farfalhar de Ilvane se mexendo. Abri os olhos para encontrá-lo procurando freneticamente a faca e a bússola de cobre.

– Não! – eu gritei, mas ele já estava correndo de volta para a cidade, uma sombra preta e vermelha disparando pela grama. Disparei a arma no meio da noite, vi-o se abaixar e ouvi o eco de seus pés na rua vazia. Ele desapareceu no emaranhado de casas abandonadas.

Bad e eu disparamos atrás dele. Eu mal sabia o que faria se o apanhasse – o revólver pendia pesado na minha mão, e a imagem do corpo coberto de branco de Solomon passou de modo doentio diante de mim –, mas eu não podia deixá-lo partir, não podia deixá-lo contar para a Sociedade onde eu estava, onde Arcádia estava...

Duas figuras altas surgiram na rua à frente. Jane estendeu um braço para me segurar.

– Ouvimos um tiro... o que...

– Ilvane. Da Sociedade. Foi naquela direção... Acho que ele está tentando voltar para a Porta... – Minhas palavras se atropelaram entre arquejos. Jane não esperou esclarecimentos, apenas correu, descendo a ladeira em um galope de longas passadas muito mais rápidas do que as minhas. Samuel entrou em ritmo comigo e Bad, tropeçando em tijolos e rachaduras.

Saímos derrapando no pátio e encontramos Jane agachada diante do túnel com a cortina de penas, os lábios abertos num sorriso triunfante de uma caçadora. Ilvane estava a alguns passos de distância, os olhos desvairados e as narinas dilatadas com um desespero animal.

– Já chega disso – disse Jane com frieza, e enfiou a mão no bolso da saia para apanhar o revólver de Locke. Mas, então, seu rosto desabou. Seu sorriso de mulher-leopardo desapareceu.

Porque ele não estava lá. Porque eu o pegara.

Por um único e demorado segundo me atrapalhei com a arma na mão, o polegar suado escorregando no cão da pistola, e Ilvane observou a mão vazia de Jane emergir de suas saias. Ele sorriu. E então atacou.

Houve um golpe de prata, o brilho de algo molhado e cor de vinho ao luar – e então se foi, a cortina dourada tremulando em seu rastro.

Jane caiu de joelhos com um suspiro suave e surpreso.

Não. Não me lembro se gritei, se a palavra estilhaçou-se contra as ruínas de barro e ecoou pelos becos, se houve gritos de alarme e passos apressados.

Lembro-me de ajoelhar ao lado dela, segurando o contorno longo e aberto do corte, vendo minhas próprias mãos se encharcarem de sangue. Lembro-me da expressão distante de surpresa no rosto de Jane.

Lembro-me de Samuel agachado do outro lado dela, seu sibilar gutural – *"Desgraçado"* – e a visão de suas costas desaparecendo através da cortina indo atrás de Ilvane.

E havia outras mãos pressionando ao lado das minhas – mãos competentes que sondavam – e um cheiro fresco de hortelã esmagada.

– Está tudo bem, criança, me dê um pouco de espaço. – Recuei para deixar a mulher de cabelos grisalhos se aproximar de Jane, uma lamparina antiquada tremulando ao seu lado. Mantive minhas mãos grudentas de sangue de um jeito desajeitado longe do corpo, como se esperasse que alguém lhes dissesse o que fazer.

A mulher pediu algodão limpo e água fervida e alguém correu para atendê-la. Sua voz era tão calma, tão sem pressa, que uma minúscula onda de esperança se desenrolou no meu estômago.

– Ela está... ela vai... – Minha voz soava em carne viva, como algo recentemente esfolado.

A mulher lançou um olhar incomodado por cima do ombro.

– Tudo isso parece pior do que é, garota. Ele não conseguiu atingir nada de que ela vá precisar. – Pisquei de perplexidade e ela suavizou o tom. – Ela vai ficar bem, desde que consigamos impedir a infecção.

Fiquei aliviada, os músculos se desenrolando como fios cortados. Pressionei as palmas pegajosas contra os meus olhos, segurando as lágrimas histéricas que borbulhavam logo abaixo da superfície e pensei: *Ela está viva. Não a matei.*

Permaneci assim, meio caída sobre os joelhos e frouxa de alívio, até a cortina de penas farfalhar novamente. Era Samuel, e eu sabia pela linha sombria de seus lábios que o sr. Ilvane havia escapado pela Porta.

Samuel não olhou para as pessoas que agora enchiam a praça com sussurros medrosos, nem para o brilho rubi do sangue à luz da lanterna. Ele caminhou direto para mim, os pés descalços e a camisa parcialmente abotoada, os olhos agitados exprimindo alguma emoção tenebrosa. Foi só quando ele ficou diretamente acima de mim que eu soube o que era: medo.

– Eu o persegui até a árvore – ele disse com suavidade. – Tentei segui-lo mais longe, tentei atravessá-la para ir atrás dele. Mas – e eu sabia o que ele diria, sabia com tanta certeza como se eu estivesse ao lado dele naquela planície vazia –, não havia nada, não havia como atravessar.

Samuel engoliu em seco.

– A porta está fechada.

10

A Porta solitária

Samuel falara baixinho, com voz cansada, mas a tragédia tem seu próprio e terrível volume. Ela rola e se espalha, sacode o chão sob seus pés, permanece no ar como um trovão de verão.

Os arcadianos reunidos no pátio ficaram em silêncio, os olhos voltados para nós em uma dúzia de tons de incredulidade e terror. O silêncio se esticou, tenso como uma corda de piano, até que um homem emitiu um palavrão abafado. Então, elevou-se um clamor crescente de vozes em pânico.

– O que faremos?

– Meus bebês, meus bebês precisam...

– Vamos morrer de fome, todos nós.

Uma criança acordou e chorou nos braços de sua mãe, que olhou para o rosto contraído do filho com um desespero apático. Então, uma volumosa silhueta passou por ela e deslocou-se até a frente da multidão. Molly Netuno não estava usando a cartola e o brilho do lampião pintava com sombras cavidades em seu rosto.

Ela levantou as duas mãos.

– Já chega. Se o caminho estiver fechado, encontraremos outro caminho. Encontraremos outra maneira de sobreviver. Não somos todos aqui sobreviventes, não é o que sempre fomos? – Ela os examinou com um tipo de amor feroz, desejando força em seus membros trêmulos. – Mas não esta noite. Hoje à noite descansaremos. Amanhã, planejaremos.

Eu me vi confiando no que dizia sua voz estrondosa, deixando-a fazer retroceder a maré de culpa e horror que ameaçava me engolir – até que seus olhos encontraram os meus, e vi todo o calor abandonar o seu rosto como tinta escorrendo na chuva. Não restou nada a não ser um arrependimento amargo. Arrependimento por um dia ter conhecido meu pai, talvez, ou por ter oferecido Arcádia como refúgio; arrependimento por ter me deixado pôr os pés em seu frágil reino com monstros atrás de mim.

Ela se virou e dirigiu-se à mulher ainda inclinada sobre Jane.

– Ela vai sobreviver, Iris?

Iris baixou a cabeça.

– É provável que sim, senhora. Só que é profundo em alguns pontos, e bagunçado, e... – Vi o dardo rosa de sua língua enquanto ela umedecia os lábios, o movimento temeroso de seus olhos em direção à cortina emplumada. – E estamos sem iodo. Até a água salgada poderia dar conta disso, mas nós, nós não podemos... – Sua voz descambou para um sussurro.

Molly Netuno apoiou a mão gentilmente em seu ombro e balançou a cabeça.

– Não adianta se preocupar agora. Você fará o melhor que puder por ela, e é isso. – Ela chamou dois rapazes para ajudar a enrolar Jane em um lençol e levá-la para uma casa próxima.

Iris seguiu atrás deles, as mãos pendendo ensanguentadas e vazias ao seu lado.

Os olhos de Molly correram sobre nós mais uma vez e seus lábios tremeram como se quisesse dizer alguma coisa, mas ela se virou e seguiu o último grupo de arcadianos pelas ruas escuras. Somente agora, quando seu povo não podia vê-la, ela permitiu que seus ombros se curvassem demonstrando abatimento.

Eu a observei até que ela desaparecesse nas profundezas de sua bela e condenada cidade. Gostaria de saber quanto tempo eles poderiam durar sem suprimentos de seu mundo natal, e se uma segunda cidade morreria ali entre os ossos da primeira.

Fechei os olhos contra o peso da culpa recaindo sobre os meus ombros, ouvi o clique de unhas e o arrastar de sapatos gastos quando Samuel e Bad se aproximaram. Eles se postaram cada qual de um lado meu, quentes e constantes como um par de sóis. O que aconteceria com eles, presos naquele mundo faminto? Imaginei Bad com costelas aparentes e pelo opaco; Samuel com o brilho de brasa embotado nos olhos. Jane poderia ser consumida pela febre antes que pudesse sentir a mordida desesperada da fome em sua barriga.

Não. Eu não deixaria isso acontecer. Não quando havia a chance – mesmo a mais tênue e mais louca – de que eu pudesse impedir isso.

– Samuel... – Eu esperava parecer corajosa e resoluta, mas soei cansada. – Você poderia voltar para casa e pegar o livro do meu pai para mim? E uma caneta-tinteiro.

Ele ficou muito quieto ao meu lado, e eu sabia que ele entendia o que eu pretendia fazer. Uma pequena e traiçoeira parte de mim esperava que ele segurasse as minhas mãos e me implorasse para não fazê-lo, como um ator em um filme romântico, mas não o fez. Acho que ele também não queria morrer em Arcádia.

Ele se levantou devagar e deixou a praça. Sentei-me embaixo da lua minguante, com o braço apertado ao redor de Bad e esperei.

Quando voltou com o livro encadernado em couro e uma caneta nas mãos, pulei para as últimas páginas em branco no final do volume e as arranquei delicadamente da encadernação, sem olhar para os preocupados olhos escuros de Samuel, sua boca solene.

– Você... você vem comigo?

Ele estendeu a mão para a minha em resposta e hesitei – eu nunca chegara a aceitar a sua oferta, nunca dissera a ele que sim –, mas então refleti que ambos estávamos presos em um mundo agonizante pelo resto de nossas curtas vidas e entrelacei meus dedos nos dele.

Caminhamos juntos para fora da cidade e para a noite azul profundo, com Bad deslizando pela grama à nossa frente como um fantasma de olhos cor de âmbar. Era tão tarde que a lua estava se escondendo perto do horizonte e as estrelas pareciam pairar baixas e próximas ao nosso redor.

A árvore emergiu da escuridão como mão retorcida e com muitos dedos alcançando o céu. Pranchas de madeira alinhadas aninhavam-se entre as raízes bulbosas, parecendo estranhamente abandonadas – uma Porta, agora reduzida a uma mera porta. Um fedor pesado de fumaça e carvão infiltrava-se através dela, e eu sabia que o farol estava em chamas do outro lado. Imaginei que a última Porta de meu pai tivesse o mesmo cheiro de pira funerária.

Caminhei até estar tão perto que poderia passar os meus dedos ao longo da madeira escura da porta e parei. Fiquei imóvel, palmas das mãos suando contra as páginas amassadas, a caneta pesando na minha mão.

Samuel deixou o silêncio prolongar-se e depois perguntou:

– O que há de errado?

Eu ri – um suspiro desesperado e sem humor.

– Estou com medo. Com medo de fracassar, de que não vá funcionar, de que eu vá… – parei, o amargor férreo do medo enchendo minha boca. Eu me lembrava da profunda exaustão em meus membros, o cômodo girando de forma doentia ao meu redor depois de escrever o meu caminho para fora do hospício. Quanto seria necessário para abrir um caminho entre dois mundos?

Meu pai dissera que as Portas existiam em lugares de "ressonância particular e indefinível", lugares diluídos onde dois mundos roçavam com delicadeza um no outro. *Talvez seja mais como afastar um véu ou abrir uma janela.* Uma mera suposição na qual estava prestes a apostar minha vida.

Samuel estava apertando os olhos para as estrelas, com expressão tranquila.

– Não faça isso, então.

– Mas Jane… Arcádia…

– Vamos encontrar uma maneira de sobreviver, January, confie em nós. Não se arrisque se acha que pode não funcionar. – A voz dele era estável e calma, como se estivéssemos discutindo a probabilidade de chover ou a falta de pontualidade dos trens.

Olhei para baixo, insegura e envergonhada pela minha indecisão. Mas, então, senti um toque hesitante embaixo do queixo, um empurrão gentil quando Samuel inclinou meu rosto para cima com dois dedos. Seus olhos eram sinceros, sua boca meio curvada num sorriso de lado.

– Mas se estiver disposta a tentar, acredito em você. *Strega*.

Um calor inebriante chiou dentro de mim, como se eu estivesse no centro de uma fogueira ardente. Não o reconheci, não sabia como chamá-lo – ninguém nunca acreditara em mim antes. Ou acreditaram em outra versão menos capaz de mim. Locke, meu pai e Jane haviam acreditado na January tímida que assombrara a Mansão Locke, que precisava desesperadamente de sua proteção. Mas Samuel estava olhando para mim agora como se esperasse que eu engolisse fogo ou dançasse para chamar nuvens de chuva. Como se ele esperasse que eu fizesse algo miraculoso, corajoso e impossível.

Era como se eu usasse uma armadura ou asas que se abriam, estendendo-se além dos meus próprios limites; parecia muito com o amor.

Olhei em seu rosto por mais um ávido segundo, deixando sua fé embeber a minha pele, depois me virei para a porta. Inspirei o ar da fumaça e do oceano em meus pulmões, senti a confiança de Samuel nas minhas costas como um vento quente enchendo a vela de um barco e toquei a caneta na página.

A Porta se abre, escrevi, e acreditei em cada letra.

Acreditei no brilho negro da tinta na noite, na força dos meus próprios dedos em torno da caneta, na realidade daquele outro mundo esperando do outro lado de uma cortina invisível. Acreditei em segundas chances, em corrigir erros e reescrever histórias. Acreditei na crença de Samuel.

Um vento soprou silenciosamente pela planície quando levantei a caneta e me afastei da porta. As estrelas pulsavam acima de mim e as sombras da lua desenhavam padrões loucos na terra. Percebi que estava sorrindo, distante, e então tudo deslizou para o lado e os braços de Samuel estavam quentes ao meu redor.

– Está… Você…

Assenti. Não havia necessidade de checar; eu já ouvia o quebrar rítmico do Atlântico, já sentia o infinito vazio do Limiar se estendendo além da Porta.

Uma risada triunfante retumbou no peito de Samuel, estrondando contra a minha bochecha, e então eu estava rindo com ele porque *funcionara*. Funcionara e eu não estava morta – tinha sido quase fácil, em comparação com as palavras que gravara em meu próprio braço em Brattleboro. Como afastar um véu.

Cambaleamos de volta para a cidade, tontos de alívio, inclinando-nos como bêbados um no outro. Eu quase podia fingir que éramos dois jovens comuns em um passeio clandestino após o toque de recolher – com certeza iríamos ouvir um sermão pela manhã –, mas empolgados demais para nos importar.

Até Samuel dizer baixinho:

– Significa que estamos seguros, não é? Acham que este mundo se foi para sempre, então não virão procurar. Poderíamos ficar, pelo menos por um tempo.

Havia uma pergunta em seu tom, mas eu não a respondi. Pensei na bússola de cobre giratória de Ilvane e a maneira como ele farejava o ar como um cão fareja um rastro. Ele me encontraria novamente.

E, quando o fizesse, eu estaria me escondendo em outro mundo? Escondendo-me atrás da proteção de pessoas melhores e mais corajosas? Um rolo de filme girou e estalou na minha mente: Samuel caindo pálido e sem vida no chão da cabana; Solomon embrulhado naquele lençol branco; Jane deitada no próprio sangue, olhos nas estrelas.

Não.

Eu podia ser jovem, inexperiente, não ter um tostão e tudo o mais, mas – apertei a caneta na mão até meus dedos ficarem brancos – não era impotente. E agora eu sabia que nenhuma Porta estava de fato fechada.

Olhei de lado para a silhueta de Samuel no quase amanhecer.

– Sim – respondi. – Claro que vamos ficar.
Sempre fui uma boa mentirosa.

Escrevi três cartas antes de partir.

Caro sr. Locke,
Quero que você saiba que não estou morta. Quase não escrevi esta carta, mas imaginei você preocupado e irritado, andando de um lado para o outro pelo escritório ou gritando com o sr. Stirling ou fumando muitos charutos, e percebi que lhe devia isso.

Quero que também saiba que não o odeio. Acho que até deveria: você sabia a verdadeira história de meu pai, mas a escondeu de mim; você faz parte de uma sociedade arqueológica que, na verdade, é uma espécie de culto malévolo, demitiu Jane, deixou que machucassem Sindbad, enviou-me para Brattleboro – mas não o odeio. Por pouco.

Não te odeio, mas também não confio em você – você estava realmente tentando me proteger? De criaturas como Havemeyer e Ilvane? Nesse caso, precisa saber que sua proteção foi lamentavelmente inadequada – então, perdoe-me por não lhe dizer exatamente para onde vou a seguir.

Gostaria de poder voltar para a Mansão Locke, para aquele pequeno quarto cinzento no terceiro andar, mas não posso. Em vez disso, estou seguindo meu pai. Estou indo para casa.

Lamento não poder mais ser sua boa menina. Mas não muito.
Com amor,
J.

Jane,
Só por garantia: oficialmente, deixo a você toda a minha coleção de livros. Considere esta carta como um contrato legal vinculativo. Talvez um dia você possa aparecer em uma venda aberta, mostrá-la

ao leiloeiro e sair de lá com a primeira edição de *O livro da selva* ou toda a série de *Pluck and Luck*.

É engraçado – todo esse tempo passei desejando uma chance de escapar, de me lançar no horizonte sem fim, sem me preocupar em manter minhas saias bem passadas, usar o garfo certo ou deixar o sr. Locke orgulhoso – e agora... Agora acho que poderia trocar tudo isso por mais uma tarde chuvosa relendo romances com você, encolhidas nas torres da Mansão Locke como clandestinas em algum enorme navio terrestre.

No entanto, olhando para trás, percebo que nós duas estávamos esperando secretamente. Mantendo-nos em uma suspensão cuidadosa e dolorosa, como mulheres em pé na estação com a bagagem bem-arrumada, olhando com ansiedade para os trilhos.

Mas meu pai jamais retornou por mim ou por você, e agora é hora de parar de esperar. Deixe a bagagem na estação e corra.

Jane: você está livre das promessas que fez a ele. Sou minha própria guardiã agora.

Gostaria que você se mudasse para Chicago e encontrasse um emprego confortável como segurança de banco, ou voltasse para o Quênia e encontrasse uma jovem simpática que a ajudasse a esquecer as mulheres-leopardo e suas caçadas selvagens – mas sei que não fará isso. Sei que você continuará procurando sua Porta de marfim. Seu lar.

E – embora a palavra de uma Scholar possa não valer muito mais para você – quero que você saiba:

Eu também.

Com amor,

J.

S...

Eu gostaria que tivéssemos mais

Eu sempre te am

É tão típico da minha parte deixar a carta mais difícil por último, como se tudo fosse magicamente se tornar mais fácil. Como não tenho muito espaço, serei breve:

Minha resposta é sim. Para sempre.

Só que há monstros me perseguindo, assombrando meus passos, respirando no meu cangote. E não vou, não posso colocar você no caminho deles. Sou forte o suficiente para enfrentar meus monstros sozinha – você me mostrou isso, apenas algumas horas atrás. (E descobri que justamente por amá-lo sou corajosa o suficiente para deixá-lo. Há uma terrível ironia nisso, não acha?)

Então, volte para casa, Samuel. Vá para casa e fique são, salvo e vivo, e esqueça toda essa loucura perigosa sobre Portas, vampiros e sociedades secretas. Finja que é apenas a trama de um livro de bolso particularmente estranho, algo de que podemos rir à margem do lago.

E cuide de Bad, está bem? Parece que não tenho cuidado muito bem dele até agora, e acho que ele estaria mais seguro com você.

J.

P.S.: Na verdade, Bad está vindo comigo. Não o mereço, mas é assim que os cães são, não é?

Esgueirei-me na cozinha e roubei um saco de aveia, quatro maçãs e alguns pedaços salgados de rato-da-pradaria para Bad. Coloquei tudo na fronha junto à minha moeda-faca de prata e o livro de meu pai e escapuli de volta para as ruas de Arcádia, que agora brilhava em rosa no amanhecer. Já tinha quase alcançado a cortina de penas quando uma voz zangada me deteve.

– Já de pé tão cedo?

Bad e eu congelamos como um par de cervos apanhados pelos faróis do Model 10 de Locke.

– Ah. Bom dia, senhorita Netuno.

Molly também parecia não ter dormido: as rugas em seu rosto eram teias de aranha gravadas profundamente e seu cabelo era um emaranhado preto e prateado – mas havia recuperado a cartola alta e o colar de contas. Ela apertou os olhos faiscantes para mim.

– Você não vai durar três dias nas planícies, garota. Eu ficaria, se fosse você.

Ela pensou que eu estava fugindo para as colinas, fugindo da minha culpa. Senti meus ombros se endireitarem e um sorriso curvar os meus lábios.

– Agradeço, mas há negócios de que preciso tratar para voltar para casa. Vou voltar pela Porta.

Observar a percepção transparecer em seu rosto era como assistir a uma mulher envelhecer ao contrário. Sua coluna ficou ereta e os olhos tornaram-se redondos de esperança.

– Não... – ela sussurrou.

– Abrimos a Porta na noite passada – disse a ela baixinho. – Não queríamos acordar todo mundo, então nós... bem, Samuel... iria lhes contar pela manhã.

Molly fechou os olhos, depois escondeu o rosto nas mãos, os ombros convulsos. Eu me virei para sair.

– Espere! – Sua voz soou embargada e trêmula, ao contrário de seu rosnado habitual. – Não sei quem ou o que está perseguindo você, e não sei como isso a seguiu até aqui, mas tenha cuidado. Sol... – Ouvi-a engolir em seco, sufocando a dor. – A pena de Solomon, a que ele usava no cabelo... desapareceu.

Um calafrio formigou na minha espinha quando pensei na pena dourada na mão de Ilvane, o horror de ser caçada por algo que não pode ser visto. Forcei-me a reagir calmamente.

– Sinto muito pela perda da pena. Obrigada por me avisar.

Ajustei a fronha no meu ombro, sem olhar para ela.

– Não conte a Samuel, por favor. Eu não gostaria que ele... se preocupasse.

Molly Netuno baixou a cabeça.

– Boa sorte, January Scholar.

Deixei-a sentada ao sol quente, velando a cidade como uma mãe observando os filhos adormecidos.

A Porta parecia de certa forma menor durante o dia, escura, estreita e terrivelmente solitária. Ela roçou suavemente a grama quando a fechei atrás de mim e adentrei o vazio entre os mundos.

Ao viajar com dinheiro, você segue um caminho suave e bem previsível pelo mundo. Os vagões com lambris de madeira levam a táxis pretos lustrosos, que levam a quartos de hotel com cortinas de veludo, um passo seguindo o outro sem o menor esforço. Quando viajei com Jane e Samuel, o caminho se tornou estreito, retorcido e com frequência aterrorizante.

Agora eu estava sozinha, e o único caminho era o que eu deixava atrás de mim.

Bad e eu detivemo-nos por um instante no esqueleto carbonizado do farol, olhando através da névoa para a costa acidentada e pontilhada. Eu me sentia como um explorador no precipício de algum mundo novo e selvagem, armada apenas de tinta e esperança; me senti como a minha mãe.

Só que ela não havia sido perseguida por monstros invisíveis com sorrisos de dentes de raposa. O sorriso deslumbrado desapareceu do meu rosto.

Coloquei minha fronha em uma prancha de madeira não queimada do farol e voltei para o mar gelado com Bad ao meu lado.

As nuvens se assentavam como um edredom à nossa volta, uma névoa espessa que engolia tudo: o som de minhas braçadas, a visão da praia, o próprio sol. Foi apenas pelo arranhão áspero de pedra embaixo dos meus dedos que soube que havíamos alcançado o outro lado.

Subimos o penhasco com pernas bambas, encontramos a estrada e começamos a caminhar. Pelo menos eu tinha botas dessa vez, apesar de ter tido dificuldade em identificá-las como tal quando Molly as apresentou para mim – pareciam mais os restos de criaturas pequenas e desafortunadas. Pensei logo nos sapatos de verniz que o sr. Locke havia me comprado quando menina, com o bico estreito e calcanhares duros; não senti falta deles.

Lá pelo meio da manhã, constatei que menos caminhões ou carros estavam dispostos a parar para uma garota mestiça e seu cachorro de aparência feroz sem a respeitável brancura de Samuel por perto. As pessoas se desviavam de mim sem diminuir a velocidade; era como se eu tivesse caído nas fendas, num submundo invisível que pessoas decentes preferiam ignorar.

Foi uma carroça e um cavalo que finalmente pararam ao meu lado, com um emaranhado de arreios e um "Droga, Rosie, eu disse *eia*". O condutor era uma mulher branca esfarrapada, quase desdentada, usando botas amarelas e uma estranha espécie de poncho feito em casa. Ela deixou Bad subir na carroça entre as batatas e vagens, e até me presenteou com um saco delas quando me deixou perto de Brattleboro.

– Não sei para onde você está indo, mas parece longe. – Ela fungou e ofereceu um conselho: "Mantenha seu cão por perto, não pegue carona com homens em carros bacanas e evite a lei." Suspeito que ela também havia caído pelas fendas.

Quando atravessei a divisa do estado de Nova York já estava escurecendo. Só peguei mais uma carona, empoleirada na traseira de um caminhão de madeira vazio com uma dezena ou mais de homens muito fortes e cobertos de serragem que fizeram o possível para me ignorar. Um deles alimentou Bad com as sobras de seu sanduíche de bacon. Ele levantou uma mão numa espécie de saudação quando me deixaram numa encruzilhada.

Dormi naquela noite em um abrigo de três lados para ovelhas. Os animais baliam desconfiados para nós, observando Bad com seus olhos esquisitos e laterais, e adormeci sentindo falta dos sons suaves de Jane e Samuel ao meu lado.

Sonhei com os dedos brancos tentando me pegar, um sorriso com dentes de raposa e a voz do sr. Havemeyer: *Eles nunca irão parar de te procurar*.

Levei cinco dias percorrendo mais de 480 quilômetros, com um mapa roubado da estação de trem de Albany, escapando da polícia local por um triz em pelo menos quatro ocasiões, para chegar ao extremo oeste do estado de Nova York. Talvez eu tivesse viajado mais rápido, se não fosse pelo cartaz de "Procura-se".

Parei em uma estação de correios na segunda manhã para enviar a carta do sr. Locke, depois de alguma hesitação do lado de fora, com as mãos suadas. Mas ele merecia saber que eu não estava presa para sempre em um mundo estranho e desolado, não é? E se ele tentasse me seguir, minha carta o levaria a um desvio bastante inconveniente para o Japão. Locke não sabia que havia outro caminho para casa, uma Porta dos fundos esperando para ser destrancada.

Empurrei a carta pelo balcão e depois o vi: um cartaz branco estalando de novo pregado na parede. Meu próprio rosto me encarou do alto, impresso em preto e branco borrado.

CRIANÇA DESAPARECIDA. January Scaller, dezessete anos, desapareceu de sua casa em Shelburne, Vermont. Seu tutor procura urgentemente informações relacionadas ao seu paradeiro. Ela tem um histórico de histeria e confusão e deve ser abordada com cautela. Ela pode estar na companhia de uma mulher de cor e de um cachorro malcomportado. RECOMPENSA SUBSTANCIAL OFERECIDA. Entrar em contato com o sr. Cornelius Locke. 1611 Champlain Drive, Shelburne, Vt.

Era a foto tirada na festa do sr. Locke, a que meu pai detestava. Meu rosto parecia redondo e jovem, e meu cabelo tão ferozmente repuxado que minhas sobrancelhas estavam levemente arqueadas. Meu pescoço se destacava na gola engomada como uma tartaruga espiando timidamente pelo casco. Conferi o meu reflexo na janela dos correios – suja de poeira e escurecida pelo sol, meus cabelos suspensos em um nó indisciplinado de tranças torcidas – e achei improvável que alguém me reconhecesse.

Ainda assim, um medo frio e arrepiante percorreu minha espinha ao pensar que qualquer estranho na rua poderia saber o meu nome, que todo policial estaria procurando a garota tímida da foto. Tive a impressão de que a Sociedade não precisava realmente de máscaras, penas e magias roubadas quando tinham todos os mecanismos ordinários da sociedade civil na ponta dos dedos.

Depois disso, ative-me às sinuosas estradas vicinais e peguei menos caronas.

Quando cheguei a Buffalo, porém, estava com fome e cansada o suficiente para me arriscar. Entrei cambaleando no escritório da Buffalo Laundry Co. e implorei por um trabalho remunerado, meio que esperando ser escorraçada.

Mas, pelo jeito, havia três trabalhadoras doentes e uma grande quantidade de uniformes chegara recentemente do reformatório público, por isso, a proprietária me entregou um avental branco engomado, informou-me que eu ganharia 33 centavos e meio por hora e me colocou sob a supervisão de uma mulher branca robusta e muito séria chamada Big Linda. Ela me olhou com uma expressão de profunda desconfiança e me levou para sacudir as roupas molhadas e passá-las pelo espremedor de roupas.

– E mantenha suas mãos longe dos rolos, se tem amor aos seus dedos – acrescentou.

Foi difícil. (Se você acha que lavar roupa não é difícil, nunca carregou várias centenas de uniformes de lã encharcados no calor úmido de uma lavanderia no verão.) O ar parecia algo que você bebia mais do que respirava, um vapor de algodão que parecia formar poças nos meus pulmões. Meus braços estavam frouxos e trêmulos depois de uma hora, doloridos depois de duas e entorpecidos depois de três. Certas casquinhas se soltaram dos cortes ainda não completamente cicatrizados e eles sangraram um pouco.

Segui em frente, porque a viagem daquela semana me ensinara muito: como seguir em frente, mesmo quando seus quadris doem e o andar manco de seu cão se transformou num penoso saltitar em três patas; mesmo quando tudo que você conseguiu para o jantar foram três maçãs ainda verdes; mesmo quando qualquer estranho e toda rajada de vento podem ser seu inimigo, finalmente te alcançando.

E, no entanto – ali estava eu. Suada e dolorida nas entranhas da Buffalo Laundry Co., mas viva, sem amarras, inteiramente eu mesma pela primeira vez na vida. E completamente sozinha. Tive uma breve visão da noite em que reparei nas mãos de Samuel, seus olhos escuros iluminados pela chama do cigarro – e senti um repentino vazio no peito, uma crueza como o espaço deixado para trás por um dente arrancado.

Ninguém falou comigo durante o turno inteiro, exceto uma mulher de pele escura com sorriso de meia-lua e sotaque sulista. Mas seu sorriso desapareceu quando ela me viu de verdade. Apontou para mim com o queixo.

– O que exatamente aconteceu com você? – perguntou, medindo minha saia coberta de poeira, minha magreza de espantalho. – Eu diria que tem andado um bocado por aí e de estômago vazio.

Confirmei que sim.

– Tem mais caminhada a fazer? – De novo, fiz que sim com a cabeça. Ela contraiu os lábios, pensativa, jogou outro fardo de roupas no meu carrinho, e saiu sacudindo a cabeça.

Big Linda me disse que eu podia dormir na pilha de trapos. – *Mas apenas hoje à noite, lembre-se, isto aqui não é um maldito hotel* – e Bad e eu dormimos enrolados no outro como uma dupla de pássaros em um ninho com cheiro de soda cáustica. Acordamos com a campainha do primeiro turno soando antes do amanhecer, e descobri duas coisas esperando ao lado do nosso ninho: uma substancial junta de porco com toda a gordura e cartilagem ainda penduradas para Bad e uma panela inteira de bolo de milho para mim.

Trabalhei outro meio turno, fazendo uma multiplicação grosseira na minha cabeça, depois fui até o escritório e informei à proprietária que sentia muito, mas teria de partir agora, e se poderia, por favor, receber meu pagamento em cheque. Ela apertou os lábios e me disse o que pensava sobre vagabundos, andarilhos e meninas que não sabiam dar valor a algo bom quando o encontravam – mas fez o cheque.

Do lado de fora, no beco, peguei a caneta-tinteiro na minha fronha e pressionei o cheque contra a parede de tijolos. Mordendo meu lábio, adicionei um zero trêmulo e algumas letras extras. O cheque tremulou com um vento repentino que não estava lá, as letras embaçando e ondulando, e eu apoiei a cabeça no tijolo aquecido no vapor, tonta. Não deveria ter funcionado – a tinta era de uma cor diferente e estava visivelmente comprimida no espaço em branco, e quem já ouviu falar de uma lavadeira com um cheque de 40 dólares em vez de 4 dólares? – mas *acreditei* quando escrevi e também o caixa do banco.

No meio da tarde, estava embarcando na Nova York Central Line, com uma preciosa passagem de trem na mão onde se lia LOUISVILLE, KY em tinta vermelha nítida.

Minha fronha parecia ainda mais manchada e suja ao lado das malas de couro reluzentes no compartimento de bagagens, como um convidado malvestido que tentava passar despercebido. Eu mesma me sentia manchada e suja; todos os demais passageiros usavam linho bem passado e vestidos de gola alta, chapéus empoleirados em ângulos da moda e sapatos recém-engraxados reluzindo.

Um estremecimento estrondoso agitou o vagão, como um dragão se sacudindo ao despertar, e o trem saiu da sombra da estação Buffalo Central rumo à preguiçosa luz do sol de uma tarde de verão. Encostei a testa contra o vidro quente e adormeci.

Sonhei, ou talvez apenas me lembrei: um trem diferente indo na mesma direção, dez anos antes. Uma cidade decadente no Mississippi; uma porta solitária em um campo; uma cidade que cheirava a sal e cedro.

A cidade do meu pai. A cidade da minha mãe, se ela por acaso estivesse viva. Será que poderia ser a minha cidade? Supondo que eu pudesse abrir a Porta outra vez, mesmo que ela agora não fosse nada além de uma pilha de cinzas. Supondo que a Sociedade não me pegasse antes.

Eu cochilava e acordava, interrompida pelas paradas do trem em todas as estações, os avisos gritados pelo comissário-chefe e as exigências periódicas para ver minha passagem, o barulho de passageiros partindo e chegando. Nenhum deles se sentava ao meu lado, mas eu sentia seus olhos em mim. Ou pensei que sentia; várias vezes virei a cabeça para o lado, tentando pegá-los me observando, mas seus rostos estavam todos educadamente desviados. Bad deitava-se tenso sobre os meus pés, orelhas em pé.

Enfiei a mão na minha fronha e segurei a moeda-faca de prata com firmeza no meu punho fechado.

O trem permaneceu parado por meia hora em Cincinnati, enquanto o vagão ficava abafado e cheio de novos passageiros. A certa altura, o comissário-chefe abriu caminho pelo corredor, estendeu uma corrente na parte de trás do vagão e pendurou um belo cartaz branco: ASSENTOS PARA PASSAGEIROS DE COR.

O sr. Locke não estava ali para me proteger agora. Nada de compartimento privativo com refeições entregues por comissários sorridentes, nenhum véu confortável de dinheiro entre mim e o restante do mundo.

Então o comissário caminhou de volta pelo corredor cutucando as pessoas com um bastão curto: uma mulher de pele marrom e seus três filhos, um idoso com um tufo de cabelos brancos, um par de homens jovens com ombros largos e expressão rebelde. O comissário-chefe bateu o bastão contra o compartimento de bagagens.

– Este trem cumpre as leis estaduais, rapazes, e a próxima parada é no Kentucky. Vocês podem ir para o fundo do vagão ou descer do trem, para mim tanto faz. – Eles foram para o fundo do vagão.

O comissário hesitou ao chegar a meu assento, avaliando minha pele avermelhada como se estivesse consultando mentalmente uma cartela de cores. Mas então olhou para a bainha suja da saia, as cicatrizes no meu braço e o cachorro totalmente mal-encarado e fez um gesto com a cabeça me indicando o fundo do vagão.

Parecia que, sem dinheiro, eu não era perfeitamente única, intermediária ou de cor indefinível; eu era simplesmente de cor. Senti um calafrio tomar conta de mim mediante esse pensamento, um peso de regras, leis e perigos que pairavam sobre os meus membros, pressionavam os meus pulmões. Arrastei-me para trás sem protestar. De todo modo, não planejava ficar presa neste mundo estúpido com essas regras estúpidas por muito mais tempo.

Agarrei-me à extremidade de um banco superlotado bem no fundo do vagão, a moeda úmida no meu punho fechado. Foi só quando o trem estava em movimento de novo que notei Bad olhando fixamente para o corredor ao meu lado, um rosnado levíssimo em sua garganta. Não havia ninguém ali, mas pensei ouvir um farfalhar suave e constante, quase como uma respiração.

Lembrei da pena dourada de Solomon que desaparecera e apertei minha fronha com mais força, sentindo o canto do livro de meu pai pressionado contra minha barriga. Permaneci fitando com cautela os campos verde-azulados da paisagem lá fora.

Quarenta minutos depois, o comissário-chefe gritou da frente do vagão:

– Turners Station, última parada até Louisville. – O trem diminuiu a velocidade. A porta se abriu. Hesitei, mal respirando, e então mergulhei para a saída com Bad logo atrás de mim.

Senti meu ombro bater em algo sólido no ar, ouvi uma imprecação murmurada.

E então senti algo afiado e frio pressionado contra minha garganta. Fiquei imóvel.

– Não desta vez – sibilou uma voz no meu ouvido. – Vamos sair dessa multidão, ok? – Algo me pressionou para a frente e tropecei na plataforma de tábuas de madeira. Fui conduzida para a estação, com o hálito quente no meu ouvido e a ponta da faca no meu pescoço. Bad me olhava preocupado e feroz. *Ainda não*, pensei para ele.

A voz sem corpo me conduziu através de uma porta branca descascada rotulada DAMAS para um recinto escuro, com azulejos verdes.

– Agora, vire-se devagar, como uma boa garota.

Só que eu não era mais uma boa garota.

Arremeti meu punho para cima e para trás por cima do ombro, a moeda-lâmina presa entre os nós dos dedos. Houve um *estalo* pavoroso e úmido embaixo da minha mão e um grito lancinante. A lâmina se arrastou para longe da minha garganta e caiu tilintando pelo piso.

– Sua *maldita*...

AS DEZ MIL PORTAS

Bad, parecendo decidir que mesmo criaturas invisíveis podiam ser mordidas com algum esforço, rosnava e tentava morder o ar. Seus dentes enfim se fecharam em torno de um bocado de algo e ele rosnou de satisfação. Mergulhei para pegar a faca, segurei-a com força nas mãos escorregadias de sangue e chamei Bad. Ele trotou para o meu lado, lambendo o vermelho de seus beiços e fulminando com o olhar sua presa invisível.

Só que ela não era mais invisível. Se prestasse bastante atenção, quase podia ver um brilho tortuoso no ar, um peito arfante e um rosto magro do qual escorria uma umidade escura. Um único olho cheio de ódio estava fixo em mim.

– Sua bússola, senhor Ilvane. Dê para mim.

Ele sibilou, baixinho e malicioso, mas apontei a faca em sua direção e ele pegou algo acobreado no bolso e a deslizou com rancor pelo chão.

Agarrei-a sem tirar os olhos dele.

– Agora vou sair. Aconselho que não me siga novamente. – Minha voz quase não tremeu.

– E para onde vai correr, garotinha? – Ele deu uma risada sinistra. – Você não tem dinheiro, não há amigos para protegê-la, nem pai…

– O problema de vocês – observei – é que acreditam em *permanência*. Que um mundo ordeiro continuará assim; que uma porta fechada permanecerá fechada. – Balancei a cabeça, alcançando a porta. – É muito… limitante.

Saí.

Em meio à agitação aristocrática da estação, encostei-me na porta do banheiro como quem não quer nada e peguei a caneta de Samuel na minha sacola de fronha. Segurei-a com firmeza por um momento, sentindo um eco do calor rememorado, depois enterrei a ponta na pintura descascada da porta.

A porta se tranca e não há chave.

As palavras foram arranhadas profundamente na tinta, oscilando ao longo do veio de madeira. O ruído surdo de metal sobre metal reverberou pela porta, uma espécie de rangido permanente, e soltei um pequeno suspiro sentindo uma repentina exaustão pesando em meus membros. Apoiei a testa na madeira, os olhos fechados, e levantei a caneta novamente.

A porta é esquecida, escrevi.

E então me vi pestanejando no chão, joelhos doendo onde caí. Fiquei ali por um tempo, imóvel, me perguntando se o inspetor da estação viria investigar a pobre garota andarilha desabada ali no chão, ou se eu poderia dormir por mais ou menos uma hora. Meus olhos doíam; minha garganta estava dura com gosto de sangue seco.

Mas... funcionou! A porta do banheiro tornou-se vaga e borrada, algo muito banal para merecer um olhar mais demorado. Ninguém mais na pequena estação parecia enxergar a porta.

Desabafei um *isso!* de triunfo, tímido e cansado, e me perguntei quanto tempo aquilo duraria. Tempo suficiente para fugir, calculei. Contanto que eu pudesse me levantar.

Arrastei-me para um banco na plataforma e esperei com a minha passagem marcada em tinta vermelha apertada na mão. Embarquei no trem seguinte para o sul.

Sentei-me e contemplei o campo se tornar fértil e úmido, as colinas subindo e mergulhando como grandes baleias cor de esmeralda, e pensei: *Estou indo, pai.*

11

A Porta da minha mãe

Os últimos trezentos quilômetros passaram como se eu estivesse usando um par daquelas botas mágicas que levam sete léguas a frente a cada passo. Só me lembro deles como uma série de baques estrondosos.

Baque. Estou saindo do trem para a suarenta plataforma da Union Train Station, em Louisville. Até o céu é ocupado com uma confusão entrecruzada de linhas elétricas, pináculos de igrejas e ondas tremeluzentes de calor. Bad se cola aos meus joelhos, odiando tudo aquilo.

Baque. Estou em um terreno empoeirado do lado de fora da estação, pedindo carona a um caminhão com as palavras CERVEJARIA BLUE GRASS pintadas na lateral em letras maiúsculas pretas. O motorista me diz para voltar de onde eu vim; seu amigo faz sons obscenos de beijo.

Baque. Bad e eu estamos balançando rumo ao oeste em uma carroça rangente abarrotada de caules de cânhamo cheirando a terra fresca e verdejante. Um homem negro sério e sua filha igualmente séria sentam-se no banco na frente. As roupas deles têm aquele aspecto descombinado e malhado que só se consegue quando o tecido foi remendado e remontado até quase nada restar de original, e eles me lançam olhares de preocupação e advertência.

Baque. Ninley, finalmente.

O lugar mudara e não mudara na última década. O mundo também, eu supunha.

Ainda tinha aparência decadente e atrasada, e os habitantes da cidade ainda lançavam olhares carrancudos meio de soslaio, mas as ruas haviam sido pavimentadas. Os automóveis circulavam nelas para cima e para baixo, assim como os novos ricos em seus ternos de três peças e relógios de bolso embaraçosamente grandes. O rio estava lotado de vapores e batelões. Uma espécie de moinho – uma geringonça enorme e feia – agora assomava na praia. Vapor e fumaça pairavam acima de nós, transformados em nuvens oleosas e rosadas pelo sol poente. Progresso e prosperidade, como diria Locke.

Fora impetuosa e perseguida na minha jornada até ali, mas agora que tinha chegado, sentia-me estranhamente relutante em dar os últimos passos. Comprei um saco de amendoins no Armazém Junior's River com o restante do dinheiro da lavanderia e encontrei um banco para sentar. Bad postou-se como uma sentinela de bronze aos meus pés.

Um apito soou anunciando a troca de turnos e avistei mulheres de rosto magro, cujos dedos pareciam garras calejadas ao lado do corpo, correndo para dentro e para fora do moinho. Observei as costas curvadas de homens negros carregando carvão em vapores ancorados, e o brilho do arco-íris de óleo na superfície do rio.

Até que um homenzinho suado de avental manchado acabou saindo da cozinha para me dizer que o banco era reservado a clientes pagantes e para sugerir fortemente que eu deveria ir embora de Ninley antes do anoitecer se soubesse o que era bom para mim. Isso nunca teria acontecido se o sr. Locke estivesse comigo.

Mas, também, se o sr. Locke estivesse comigo, eu decerto não teria permanecido insolentemente no banco, encarando o homem com a mão na parte de trás da cabeça de Bad, que rosnava baixinho. Eu não teria me levantado e me aproximado um pouco demais dele, saboreando o modo como ele se encolhia como uma criancinha assustada. Eu com certeza não curvaria os lábios e diria:

– Já estava mesmo de saída. *Senhor.*

O homenzinho correu de volta para a sua cozinha e caminhei de volta para o centro da cidade. Enxerguei de relance o meu reflexo numa vitrine: botas enormes e cheias de lama, suor desenhando linhas úmidas na poeira da estrada em minhas têmporas, cicatrizes branco--rosadas rolando aleatoriamente do pulso ao ombro, e ocorreu-me que meu eu de sete anos – aquela adorável garota temerária – teria se sentido bastante atraída pelo meu eu de dezessete anos.

Talvez o gerente do Grand Riverfront Hotel tenha me reconhecido, porque não ordenou de imediato que o meu eu-andarilha fosse atirada para fora do estabelecimento. Ou talvez Bad fizesse as pessoas hesitarem em me atirar para fora de qualquer lugar.

– Boa noite. Estou tentando encontrar, hã, a fazenda da família Larson. Fica ao sul daqui, creio?

Ele arregalou os olhos à menção do nome, mas hesitou, como se estivesse debatendo a moralidade de direcionar uma criatura como eu para uma família inocente.

– Qual seria o assunto a tratar? – ele cedeu.

– São… parentes. Pelo lado da minha mãe.

Ele reagiu com um olhar do tipo você-não-é-uma-boa-mentirosa, mas, pelo jeito, as mulheres Larson não haviam inspirado lealdade o suficiente no povo da cidade para impedi-lo de me direcionar para o sul, além do moinho, a três quilômetros de distância. Ele deu de ombros.

– Não restou muita coisa, hoje em dia. Mas ela ainda estava lá, da última vez que ouvimos.

Aqueles três quilômetros finais foram mais longos do que quilômetros normais. Pareciam distendidos e frágeis sob meus pés, como se um passo mais pesado pudesse quebrá-los e me deixar presa no lugar nenhum do Limiar. Talvez eu estivesse cansada de andar. Talvez eu estivesse com medo. Uma coisa é ler uma versão da vida de sua mãe num livro de histórias e optar por acreditar; outra coisa é bater na porta de estranhas e dizer: *Olá, eu tenho muitas boas razões para acreditar que vocês sejam minhas tias-avós (tias-bisavós?).*

Deixei meus dedos roçarem a coluna de Bad enquanto caminhávamos. O crepúsculo caiu sobre nossos ombros como um cobertor roxo e úmido. O rio – a agitação e o barulho do tráfego de barcos, o silêncio da água e o cheiro penetrante de peixe e lama – foi sobrepujado de modo vagaroso por madressilva, cigarras e um pássaro que arrulhava as mesmas três notas repetidamente.

Era tudo tão familiar e ao mesmo tempo tão estranho. Imaginei uma jovem garota de vestido azul de algodão correndo por essa mesma estrada com pernas de pau de canela. Então, imaginei outra garota, branca e de queixo quadrado, correndo antes dela. Adelaide. *Minha mãe.*

Eu teria perdido a entrada para a fazenda se não estivesse prestando atenção: um caminho de terra estreito, com sarças e galhos não aparados de ambos os lados. Mesmo depois de seguir a trilha até o fim, estava na dúvida: quem viveria em uma cabana tão compacta e depauperada, meio coberta por hera e uma espécie de roseira selvagem? As telhas de madeira do revestimento das paredes estavam verdes de musgo; o celeiro havia desmoronado por completo.

Uma única mula velha ainda estava no quintal em um cochilo de três pernas, e algumas galinhas pousavam nas ruínas do celeiro, cacarejando sonolentas entre si. Uma luz – mortiça, quase totalmente obscurecida por cortinas brancas sujas – ainda tremeluzia na janela da cozinha.

Subi os degraus da frente e fiquei imóvel diante da porta da frente. Bad sentou-se ao meu lado e encostou-se na minha perna.

Era uma porta velha, nada além de uma série de pranchas cinzentas tão desgastadas pelo tempo que os veios da madeira haviam se transformado em cristas, como as espirais das impressões digitais. A maçaneta era uma tira de couro marrom escuro; a luz de velas espiava através das fendas e dos buracos como uma dona de casa curiosa.

Era a porta da minha mãe e a porta da mãe dela.

Suspirei, levantei a mão para bater e hesitei no último momento, porque: e se tudo não passasse de uma linda mentira, um encantamento de conto de fadas que seria quebrado no momento em que a minha mão tocasse na realidade inexorável daquela porta – e se um velho homem atendesse e dissesse: "Adelaide quem?", ou o que aconteceria se a própria Adelaide abrisse a porta e eu descobrisse que, afinal de contas, ela havia encontrado o caminho de volta para este mundo, mas nunca fora me procurar?

A porta se abriu antes que eu reunisse coragem para bater.

Uma mulher muito velha, de aparência muito ranzinza, estava parada no limiar, olhando para mim com uma expressão que era (impossivelmente, vertiginosamente) familiar. Era uma aparência de vovozinha que fala coisas do tipo a-juventude-de-hoje-em-dia, tão amassada e enrugada quanto uma noz. Tive uma sensação descon- certante de tê-la visto de um ponto de vista muito mais baixo, talvez quando criança...

E, então, eu me lembrei: a velha em quem esbarrei quando tinha sete anos. A mulher que me encarara com uma expressão de árvore atingida por um raio e me perguntou quem diabos eu era.

Fugira dela na ocasião. Não fugi agora.

Seus olhos – avermelhados, lacrimejantes, borrados por nuvens azul-esbranquiçadas – encontraram os meus e se arregalaram. Sua boca se torceu.

– Adelaide, menina, o que você fez com o seu *cabelo*?

Ela piscou perplexa para a massa semitrançada empilhada atrás da minha cabeça, circundada por uma auréola avermelhada e difusa de fios fugitivos. Então, ela franziu a testa novamente e voltou a se concentrar no meu rosto, seu olhar circulando como uma agulha de bússola incapaz de encontrar o norte verdadeiro.

– Não, não, você não é minha Ade...

– Não, senhora. – Minha voz saiu muito aguda, ressoando como um sino num quieto entardecer. – Não. Sou January Scholar. Acho que você pode ser minha tia. Adelaide Larson é... era... minha mãe.

A velha soltou um único som – uma expiração suave, como se o golpe para o qual se preparara finalmente tivesse chegado – e depois desmaiou no limiar, imóvel e amassada como uma pilha de roupa suja jogada de lado.

O interior da casa Larson combinava com o exterior: desalinhado e pouco cuidado, com pouquíssimas evidências de habitação humana. Trepadeiras se arrastavam pelos peitoris das janelas podres e potes de conservas brilhavam em dourado escuro à última luz da tarde. Algum animal havia se aninhado nas vigas e deixado manchas brancas nas tábuas do chão.

A velha (minha tia?) era como um pássaro nos meus braços, de ossos ocos e frágeis. Acomodei-a na única peça de mobiliário que não estava coberta de retalhos de tecido ou louça suja – uma cadeira de balanço tão antiga que havia sulcos cavados nas tábuas do piso – e brevemente considerei usar algum expediente drástico para despertá-la, como aqueles que se veem em romances baratos, como jogar água fria em seu rosto. Em vez disso, deixei-a ali e vasculhei a cozinha, o que provocou muitos deslizamentos e guinchos de seus ocupantes, seguidos pelo estalido desagradável das mandíbulas de Bad. Desenterrei três ovos, uma cebola manchada de mofo e quatro batatas tão murchas e encarquilhadas que poderiam estar em uma das caixas de vidro do sr. Locke (*Orelhas amputadas, 4 exemplares, provavelmente não comestíveis*). Uma voz muito parecida com a de Jane sibilou na minha cabeça: *Você já cozinhou uma única refeição sequer?*

Quão difícil poderia ser?

A resposta – como você pode ou não saber, dependendo da sua experiência com frigideiras de ferro enferrujadas, luz vacilante de velas e fogões caprichosos que ou não esquentam direito ou atingem a temperatura do próprio sol – é: muito difícil mesmo. Fechei e abri a portinhola da lenha centenas de vezes para atiçar o fogo. Experimentei tampar e destampar a panela, o que pareceu não ter efeito nenhum. Pesquei um pedaço de batata e constatei que estava simultaneamente queimado e malcozido; até Bad hesitou em comê-lo.

Foi tudo uma distração muito eficaz. Minha mente mal tinha espaço para pensamentos como: *Minha mãe deve ter estado bem aqui onde estou*; ou, *será que ela ainda está viva e será que meu pai a encontrou*; ou, *gostaria que um deles tivesse me ensinado a cozinhar.* Nem sequer pensei muito na Porta azul, agora tão perto que imaginei poder ouvir suas cinzas sussurrando e lamentando.

– Não consegui decidir se você está tentando queimar a casa ou fazendo o jantar.

Larguei o atiçador que estava segurando, corri para a portinhola do fogão, me queimei e virei para encarar a velha. Ela ainda estava largada na cadeira de balanço, mas, à luz das velas, seus olhos estavam abertos como pequenas fendas. Ela chiou para mim.

Engoli em seco.

– Hã. Fazendo o jantar, senhora...

– É tia-avó Lizzie, para você.

– Sim. Tia-avó Lizzie. Gostaria de um pouco de batatas com ovos? É o que esses flocos marrons crocantes entre as batatas são. Acho que talvez um pouco de sal ajude. – Raspei a comida da frigideira dividindo-a em dois pratos de lata e peguei água do barril no balcão. Tinha um gosto de verde e de cedro.

Comemos em silêncio, exceto pelo ranger de comida queimada entre os dentes. Eu não conseguia pensar em nada para dizer, ou em centenas de coisas para dizer e não conseguia escolher dentre elas.

– Sempre achei que Adelaide voltaria para casa, um dia – Tia Lizzie falou muito tempo depois que Bad terminou de lamber os nossos pratos, e as janelas mudaram de índigo para veludo preto. – Esperei.

Pensei em todas as várias verdades que poderia contar a ela sobre o destino de sua sobrinha – naufragada, apartada, presa em um mundo que não era o seu – e decidi pela mais amável e mais simples:

– Ela morreu quando eu era muito pequena, em um terrível acidente. Na verdade, não sei muito sobre ela... – Lizzie não respondeu. Acrescentei: – Mas sei que ela queria voltar para casa. Estava tentando chegar aqui, ela só... não conseguiu.

Lizzie resfolegou como antes, como se tivesse sido atingida no peito, e disse apenas:

– Oh.

Então, ela começou a chorar, muito repentinamente e muito alto. Eu não disse nada, mas aproximei minha cadeira e coloquei a mão nas costas dela.

Quando os soluços diminuíram para arquejos roucos de muco, eu disse:

– Estava pensando se a senhora... se você poderia me falar sobre ela. Sobre a minha mãe.

Tia Lizzie ficou quieta novamente por tanto tempo que pensei que a tivesse ofendido de alguma maneira inescrutável, mas então ela se levantou, pegou um jarro de vidro marrom da despensa e me serviu num copo engordurado algo que cheirava e tinha gosto de óleo de lamparina. Ela voltou para a cadeira de balanço com a garrafa e se acomodou.

Então, começou a falar.

Não vou contar tudo o que ela me falou, por dois motivos: primeiro, porque há uma boa chance de você morrer de tédio. Ela me contou histórias sobre os primeiros passos de minha mãe e a vez em que ela subiu no celeiro e pulou porque achava que podia voar; de seu ódio por batatas-doces e de amor por favos de mel fresco; sobre as noites perfeitas de junho que as mulheres Larson passaram observando-a dar estrelinhas e correr pelo quintal.

Segundo, porque cada uma dessas histórias é preciosa e dolorosa para mim de uma maneira secreta, que não sei explicar, e ainda não estou pronta para mostrá-las a mais ninguém. Quero retê-las por um tempo nas correntes silenciosas de mim mesma, até que suas bordas estejam desgastadas como seixos de rio.

Talvez eu as reconte para você um dia.

– Ela adorava o campo de feno no extremo da fazenda e aquela cabana velha e podre, antes de nós os vendermos. Vou lhe dizer: é algo de que me arrependo.

– De quê? De vender o campo de feno?

Lizzie fez que sim e tomou um gole contemplativo do licor de óleo de lamparina. (O meu permaneceu intocado; o cheiro sozinho foi suficiente para chamuscar minhas sobrancelhas.)

– O dinheiro foi bom, não vou mentir, mas aquele homem da cidade grande não valia nada. Nunca fez nada com a propriedade, apenas derrubou a cabana e deixou o local apodrecer. Ade parou de ir lá, depois disso. Sempre nos pareceu que lhe fizemos um mal, de certa forma.

Pensei em lhe dizer que ela tinha vendido a propriedade a um membro sombrio da Sociedade e fechado a porta entre duas crianças apaixonadas, condenando ambos a existências de peregrinação sem fim.

– Pelo menos, você não tem vizinhos – acabei dizendo, sem convicção.

Ela zombou.

– Bem, ele nunca fez nada com a propriedade, mas ainda aparece a cada dez anos, mais ou menos. Diz que está checando seu investimento, bah. Sabe que lá pelos idos de 1902, 1901, ele teve o desplante de bater na minha porta e perguntar se eu tinha visto algum indivíduo suspeito por perto. Disse que houve algum tipo de *atividade* em sua propriedade. Disse-lhe *não, senhor*, e acrescentei que um homem que podia pagar por luxuosos relógios de ouro e tinturas de cabelo, porque devo dizer que ele não tinha envelhecido um *dia* sequer desde que assinamos o contrato, poderia muito bem construir uma maldita cerca, se estava tão preocupado, e não ficar incomodando senhoras idosas. – Ela tomou outro gole da garrafa de vidro marrom e resmungou baixinho, reclamando de gente rica, gente jovem, gente intrometida, ianques e estrangeiros.

Parei de ouvir. Algo na história dela estava me incomodando, formigando nas profundezas cansadas do meu cérebro como um carrapicho preso no algodão. Uma pergunta estava se formando, subindo à superfície.

– Ao inferno com todos eles, é o que digo – concluiu Lizzie. Ela enroscou a tampa de volta em sua repugnante garrafa marrom. –

Hora de irmos dormir, criança. Você pode ficar no andar de cima; eu durmo aqui. – Uma pausa, enquanto as rugas amargas que emolduravam a boca de Lizzie se suavizavam. – Escolha a cama abaixo da janela, no lado norte, está bem? Sempre quisemos nos livrar da maldita coisa, uma vez que entendíamos que ela não voltaria, mas, não sei por quê, nunca o fizemos.

– Obrigada, tia Lizzie.

Já subira dois degraus da escada quando Lizzie falou:

– Amanhã, quem sabe, você possa me contar como uma garota de cor com um amontoado de cicatrizes e um cachorro mal-encarado acabaram na minha porta. E por que demorou tanto?

– Sim, senhora.

Adormeci na cama da minha mãe, com Bad junto a mim, cheiro de pó no nariz e aquela pergunta sombria ainda pairando, não inteiramente formulada, na minha mente.

Tive aquele pesadelo sobre a Porta azul e as mãos se estendendo para me pegar, só que desta vez as mãos não eram brancas e parecidas com aranhas, mas tinham dedos grossos e familiares: as mãos do sr. Locke, esticando-se em direção à minha garganta.

Acordei com o focinho de Bad fungando sob o meu queixo e a luz do sol esverdeada, filtrada pelas trepadeiras que cobriam a janela. Permaneci deitada por algum tempo, acariciando as orelhas de Bad e deixando meu coração bater de um modo mais calmo. O quarto ao meu redor era como uma exposição em um museu sujo. Uma escova de cerdas duras estava sobre a cômoda, com alguns fios brancos ainda enrolados nela; um daguerreótipo emoldurado de um soldado rebelde sem queixo estava apoiado em um aparador; uma série de tesouros de crianças (um pedaço de ouro dos tolos, uma bússola quebrada, uma pedra incrustada por fósseis brancos opacos, uma fita de cetim mofada) empoleiravam-se em uma linha organizada no peitoril da janela.

O mundo inteiro da minha mãe, até ela fugir para encontrar outros. Era em direção a isto que ela estava navegando antes de morrer, a esta casa caindo aos pedaços, com cheiro de velhinha e gordura de bacon. O lar dela.

Eu tinha um lar para onde retornar? Pensei na Mansão Locke – não nos estúpidos salões suntuosos, repletos de tesouros roubados, mas na minha poltrona favorita, velha e disforme. A pequena janela arredondada por onde eu podia observar tempestades atravessando o lago. O jeito como a escada sempre cheirava a cera de abelha e óleo de laranja.

Eu tinha um lar. Só não podia voltar para ele. *Tal mãe, tal filha.*

O café da manhã de Lizzie parecia não passar de um café ferozmente amargo, fervido e coado em um pedaço de pano manchado de preto. Nunca experimentei beber cianeto, mas imaginei que a sensação daquele líquido quente queimando as paredes do meu estômago devia ser similar.

– Então, vamos ouvir – disse Lizzie, e fez um gesto cansado e impaciente, do tipo que dizia "ande logo com isso".

Então, contei-lhe como uma garota mestiça acabou na sua porta vinte e poucos anos depois que sua sobrinha desaparecera.

Mas não disse a verdade – porque senão a minha única parente remanescente pensaria que eu era louca, e eu tinha desenvolvido uma espécie de alergia a pessoas que pensavam que eu era louca –, mas procurei garantir que todas as partes importantes fossem verdadeiras. Meu pai era um estrangeiro ("Bah", resmungou Lizzie) que conheceu minha mãe por puro acaso quando estava passando por Ninley. Eles se encontraram novamente depois de anos de busca, casaram-se legalmente ("Bem, agradeço a Deus por isso") e viveram do salário de meu pai como professor de história (silêncio cético). Estavam viajando de volta para Kentucky quando houve um acidente terrível e minha mãe morreu (outra vez aquele som como se ela fosse atingida no peito), e meu pai e eu fomos mais ou menos apadrinhados por um rico patrono (outro silêncio cético). Meu pai passou a última década e meia realizando pesquisas em todo o mundo; ele nunca se casou novamente (um ruído de aprovação relutante).

– E cresci na Mansão Locke, em Vermont. Eu tinha tudo o que qualquer garota poderia querer. – *Exceto família ou liberdade, mas quem se importa?* – Viajei para vários lugares com meu, hã, pai de criação. Até vim aqui uma vez, não sei se você se lembra.

Lizzie apertou os olhos para mim e então soltou um pequeno *hum* de reconhecimento.

– Ah! Não pensava que você fosse real. Eu costumava ver Adelaide em toda parte, mas sempre acabava sendo uma garota com uma trança loura ou um homem com um casaco velho. Ela costumava perambular com o meu casaco, a coisa mais feia que você já viu... Bem. Quando foi isso? Como foi que você veio parar aqui?

– Era 1901. Vim com meu pai de criação para...

O número *1901* ecoou estranhamente quando o pronunciei.

Lizzie havia dito na noite anterior que seu misterioso comprador de propriedades reapareceu em 1901, e não era estranho que estivéssemos ambos em Ninley no mesmo ano? Talvez estivéssemos aqui ao mesmo tempo. Talvez nossos caminhos tivessem se cruzado no Grand Riverfront Hotel – poderia ter sido aquele governador com a coleção de crânios? Tentei me lembrar como o livro do meu pai o havia descrito: bigode bem aparado, terno caro, olhos frios. Olhos da cor de luas ou moedas...

Meus pensamentos desaceleraram, como se estivessem atolados em melado até o quadril.

A pergunta – aquele fantasma escuro e sem forma que vinha me assombrando desde a noite passada – subitamente tornou-se clara. E eu sabia quando ela me ocorreu que era algo que eu desesperadamente desejava não formular.

– Desculpe, mas... sabe o homem que comprou os acres nos limites da propriedade? Qual era mesmo o nome dele?

Lizzie piscou de perplexidade para mim.

– O quê? Bem, nunca soubemos o primeiro nome dele, e isso é ou não é estranho, vender sua terra sem saber o nome de batismo de um sujeito? Mas havia algo de excêntrico nele, e aqueles olhos... – Ela estremeceu só um pouco, e imaginei um par de olhos glaciais fixos sobre ela.

– Mas no contrato diz exatamente o nome da empresa dele: W. C. Locke & Co.

É difícil lembrar exatamente como reagi.

Talvez eu tenha gritado. Talvez tenha arfado e coberto a boca com as mãos. Talvez tenha caído para trás na minha cadeira em águas profundas e frias e continuei caindo e caindo, uma última e cintilante fileira de bolhas escapando em direção à superfície...

Talvez eu tenha limpado a garganta e pedido à minha tia Lizzie que repetisse o que havia dito, por favor.

O sr. Locke. Foi o sr. Locke que conheceu a minha mãe aos quinze anos após o culto dominical, que a interrogou sobre meninos-fantasmas e portas de cabanas, que comprou os acres nos limites da propriedade das mulheres Larson e fechou a Porta deles.

Você está mesmo assim tão surpresa? A voz na minha cabeça era ácida e soava um tanto adulta. Acho que esclarecia um argumento válido: eu já sabia que o sr. Locke era mentiroso, ladrão e vilão. Sabia que ele era membro da Sociedade e, portanto, dedicado à destruição de Portas; sabia que ele havia recrutado meu pai com todo o interesse insensível de um homem rico comprando um cavalo de corrida, e havia lucrado com seu tormento por dezessete anos; sabia que seu amor por mim era condicional e frágil, substituído tão facilmente quanto vender um artefato em leilão.

Não sabia, todavia, ou me permiti não saber, que ele era tão cruel. Cruel o bastante para fechar de maneira consciente a Porta do meu pai não apenas uma, mas duas vezes...

Ou talvez ele não soubesse que a Porta azul era algo especial. Talvez nunca a tenha associado ao sujeito estrangeiro e tatuado que encontrou anos depois. (Isso, reconheço agora, era uma esperança desesperada e absurda de descobrir um indício qualquer que redimisse o sr. Locke e o tornasse de novo a figura quase paternal, distante, mas amada, da minha infância.)

Despejei o conteúdo da minha fronha fedorenta e suja, ignorando Lizzie grasnando "Não na minha mesa da cozinha, criança!". Peguei o livro encadernado em couro, o livro do meu pai, o livro que me havia lançado naquela jornada louca e errante de volta às minhas próprias origens. O livro tremeu um pouco nas minhas mãos.

Abri-o no capítulo final, na parte em que o sr. Locke aparece milagrosamente para resgatar o meu pai em luto. E lá estava: *1881... uma garota chamada Adelaide Lee Larson.* Sem dúvida, Locke reconhecera o nome e a data. Uma sensação de encurralamento e pânico subiu pela minha garganta, como uma criança pequena cujas desculpas se esgotaram.

Ele sabia. Locke *sabia.*

Quando conheceu o meu pai, em 1895, já sabia tudo sobre as Larson, seus acres nos limites da propriedade e a Porta no campo. Foi ele quem a fechou, afinal de contas. Mas não disse nada ao meu pobre e tolo pai. Nem mesmo – e desta vez me senti ofegar de fato, e ouvi a língua de Lizzie estalar de irritação –, nem mesmo quando ele encontrou a Porta aberta novamente em 1901.

Se o sr. Locke amasse meu pai e a mim de verdade, teria deixado minha Porta azul em pé e lhe enviado um telegrama em menos de uma hora: *Volte para casa Julian PARE Achei a sua bendita porta.* Meu pai teria deslizado pelo Atlântico como uma pedra atirada quicando sobre a água. Teria irrompido na Mansão Locke e eu corrido para os seus braços e ele teria sussurrado no meu cabelo, *January, meu amor, estamos indo para casa.*

Mas o sr. Locke não fez nada disso. Ao contrário, ele queimou a Porta azul até reduzi-la a cinzas, me trancou no meu quarto e levou meu pai na rédea curta por mais dez anos.

Ah, papai. Você se considerava um cavaleiro sob o patrocínio generoso de algum barão ou príncipe abastado, não é? Quando na verdade você era um cavalo com bridão correndo debaixo do chicote.

Eu ainda segurava o livro. Meus polegares estavam esbranquiçados de tanta força com que pressionava as páginas. Um calor sufocante se acumulou na minha garganta – uma fúria crescente se apoderava de mim diante da traição terrível e definitiva – e uma parte distante de mim estava quase assustada com a absoluta imensidão dela.

Mas eu não tinha tempo para fúria alguma, porque havia acabado de me lembrar da carta que enviara ao sr. Locke. *Estou indo para casa*, disse a ele. Imaginei, quando a escrevi, que o sr. Locke presumiria que eu estava indo para a Porta que Ilvane destruíra no Japão, ou até mesmo a Porta que a Sociedade havia fechado no Colorado. Achava que ele não sabia dessa primeira Porta, fechada décadas antes, exceto como uma referência passageira na história de meu pai.

Oh, que inferno.

– Preciso ir. Agora mesmo. – Eu já estava de pé, cambaleando em direção à porta com Bad apressando-se para me alcançar. – Pra que lado fica aquele velho campo de feno? Não importa, eu vou encontrá-lo... perto do rio, não é? – Vasculhei livremente as coisas de Lizzie enquanto falava, puxando as gavetas emperradas pelo calor do verão, procurando; *achei*. Algumas páginas desbotadas de papel de jornal. Enfiei-as na minha fronha de volta com todo o restante: a bússola esverdeada de Ilvane, a minha moeda-lâmina de prata, o livro de meu pai, a caneta de Samuel. Teria de ser suficiente.

– Espera aí, garota, você está seminua... – Eu estava três quartos vestida, pelo menos. Só não estava usando sapatos e minha blusa estava abotoada de lado. – O que você quer com esse lugar, afinal?

Virei-me a fim de encará-la. Tia Lizzie parecia tão encolhida e frágil em sua cadeira de balanço, como uma criatura arrancada de sua concha que se fossilizava devagar. Seus olhos sobre mim estavam vermelhos e ansiosos.

– Sinto muito – eu lhe disse. Sabia como era estar sempre sozinha, sempre esperando alguém voltar para casa. – Mas tenho que ir. Já posso estar atrasada. Mas voltarei a visitá-la, eu prometo.

As linhas em torno de sua boca se torceram em um sorriso amargo e magoado. Era o sorriso de alguém que já ouvira promessas antes e sabia que não devia acreditar nelas. Eu também sabia o que era aquilo.

Sem pensar, voltei para a cadeira de balanço e beijei minha tia Lizzie na testa. Era como beijar a página de um livro antigo, com cheiro de mofo e ressecado.

Ela bufou uma meia risada.

– Meu Deus, mas você é igualzinha à sua mãe. – Então, ela fungou. – Estarei aqui quando você retornar.

E saí da casa da minha mãe com a fronha apertada com firmeza na mão e Bad voando como uma elegante lança de bronze ao meu lado.

12

A Porta de cinzas

Ele já estava me esperando, é claro. Sabe essa sensação de estar em um labirinto e achar que está quase conseguindo sair, mas depois dobra uma esquina e *bam*, está de volta ao início? A sensação distorcida e assustadora de ter voltado atrás no tempo?

Era assim que me sentia ao ver o campo coberto de vegetação alta e a silhueta de terno preto me esperando no centro dele. Como se eu tivesse cometido um erro em algum ponto e voltara ao dia em que tinha sete anos e encontrei a porta.

Só que a cena havia mudado sutilmente. Quando eu tinha sete anos, a vegetação estava alaranjada e seca no outono, e agora tinha várias centenas de tons de verde, salpicada de dourado. Antes, eu estava elegantemente vestida em algodão azul, sentindo-me irremediavelmente solitária, a não ser pelo meu pequeno e bonito diário de bolso, e agora estava descalça e suja, com Bad caminhando silenciosamente ao meu lado.

E, naquela ocasião, estava fugindo do sr. Locke, ao passo que agora ia em direção a ele.

– Olá, January. Sindbad, sempre um prazer. – O sr. Locke tinha um aspecto pouco amarrotado pela viagem, mas, fora isso, era precisamente o mesmo: trajes conservadores, olhos pálidos, extremamente confiante. Lembro-me de me surpreender, como se esperasse que ele estivesse usando uma capa preta forrada com seda vermelha ou enrolando o bigode comprido com um sorriso sinistro, mas era apenas o confortável e familiar sr. Locke.

– Olá, senhor – sussurrei. O hábito de sermos educados, de manter a civilidade e a normalidade era mais forte. Às vezes me pergunto quanto mal se permite ocorrer sem controle simplesmente porque seria rude interrompê-lo.

Ele sorriu de uma forma que devia acreditar ser encantadora e amigável.

– Estava começando a suspeitar que sentia sua falta, e você vagabundeando por só-Deus-sabe-onde.

– Não, senhor. – Senti a ponta irregular da caneta pressionando minha palma.

– Que sorte. E... Só por Deus, garota, o que fez em seu braço? – Ele apertou os olhos. – Tentou copiar as tatuagens do papai usando uma faca de açougueiro, foi?

O *não, senhor* seguinte ficou preso na minha garganta e se recusou a sair. Baixei os olhos para o círculo de cinzas, quase todas desaparecidas, cobertas por ervas daninhas, que outrora fora minha Porta azul, e diante de mim estava o homem que a queimara, traíra o meu pai, me trancafiara num hospício. E eu não lhe devia boas maneiras. Não lhe devia nada.

Empertiguei os ombros curvados e ergui a cabeça.

– Eu confiava em você, sabe? Meu pai também.

A jovialidade escorreu do rosto de Locke como se fosse uma maquiagem de palhaço lavada pela chuva. Seu olhar em mim tornou-se atento, quase ameaçador. Ele não respondeu.

– Pensava que você estava nos ajudando. Pensava que você se *importava* conosco. *Comigo*.

Então ele levantou a mão num gesto apaziguador.

– Claro que me importo.

– Mas nos traiu no final. Usou o meu pai, mentiu para ele, trancou-o para sempre em outro mundo. E então mentiu para mim, me disse que ele estava *morto*... – Minha voz estava subindo, fervendo do meu peito. – Disse que estava me *protegendo*...

– January, eu a protegi desde o momento em que você veio a este mundo! – Locke se aproximou de mim, as mãos estendidas como se pretendesse colocá-las nos meus ombros. Dei um passo para trás e Bad ficou de pé, pelos eriçados, arreganhando os dentes. Se o sr. Locke não estivesse firmemente inscrito em sua lista de *Por favor, nunca morda*, acho que seus dentes teriam encontrado sua carne.

Locke recuou.

– Pensei que Theodore tivesse jogado esse animal no lago. Afogar-se não parece ter melhorado muito seu temperamento, não é? – Bad e eu o fulminamos com o olhar.

Locke suspirou.

– January, ouça-me: quando você e seu pai se espatifaram por aquela porta no Colorado, bem no momento em que nós a fechávamos, meus associados eram todos a favor de esmagar seus crânios e deixá-los mortos na encosta da montanha.

– No que diz respeito ao meu pai, vocês fizeram uma boa tentativa – respondi com frieza.

Locke desprezou meu comentário abanando a mão, como se espantasse um mosquito.

– Um mal-entendido, garanto-lhe. Estávamos lá porque sua mãe havia causado muita polêmica nos jornais. Todo mundo zombava da louca e de seu barco nas montanhas, mas suspeitávamos que havia mais do que isso... e estávamos certos, não estávamos? – Ele limpou a garganta. – Admito que meu empregado, hã, excedeu-se um pouco com o seu pai, mas o pobre sujeito estava derrubando uma porta quando metade de um maldito barco passou por ela! E, de qualquer modo, não houve danos duradouros. Cuidei bem de vocês enquanto conferenciava com os outros.

– A Sociedade, você quer dizer. – Locke inclinou a cabeça numa reverência requintada. – E então todos o aconselharam a cometer duplo homicídio? E eu deveria estar... *agradecida* por você não ter feito isso? – Minha vontade era cuspir nele, gritar até que ele entendesse como era se sentir pequeno, perdido e sem valor. – Eles concedem medalhas por não matar bebês? Talvez apenas um belo certificado?

Esperava que ele gritasse comigo, acho que até ansiava que o fizesse. Queria que ele abandonasse a falsa aparência de boa vontade e boas intenções, gargalhasse de satisfação. Era isso que os vilões deveriam fazer; era isso que dava aos heróis permissão para odiá-los.

O sr. Locke, no entanto, apenas olhou para mim com uma expressão de comiseração.

– Você está aborrecida comigo. Entendo. – Eu duvidava disso sincera e profundamente. – Mas compreenda que vocês eram exatamente o que nos esforçáramos tanto para impedir, o que juramos combater: um elemento aleatório e estranho, com potencial para instigar todo tipo de problemas e perturbações, um problema que deveria ser erradicado.

– Meu pai era um estudioso em luto. Eu era um bebê meio órfão. Que tipo de problema poderíamos causar?

Locke fez outra mesura, com um sorriso um pouco mais tenso.

– Foi o que argumentei. Acabei convencendo todos eles... sou *muito* persuasivo quando desejo ser. – Uma pequena e sinistra risada. – Expliquei sobre as anotações e os papéis de seu pai, e sua motivação particular e pessoal para procurar fraturas adicionais. Sugeri que eu mesmo poderia tomar conta de você, observá-la com cuidado quanto a talentos úteis e incomuns e direcioná-los para os nossos propósitos. Salvei você, January.

Quantas vezes ele me dissera isso, enquanto eu crescia? Quantas vezes recontou a história sobre encontrar meu pobre pai e tomá-lo sob sua proteção, sobre nos dar roupas finas e quartos espaçosos, e como eu ousava falar com ele dessa maneira? E toda vez eu murchava de culpa e gratidão, como animal de estimação cuja coleira foi puxada.

Mas agora eu estava livre. Livre para odiá-lo, livre para fugir dele, livre para escrever minha própria história. Virei a caneta na minha mão.

– Ouça, January, está ficando quente. – Locke enxugou teatralmente as gotículas de suor da testa. – Que tal voltarmos para a cidade e discutirmos tudo em um ambiente mais civilizado, hein? Tudo isso não passou de uma série de mal-entendi...

– Não! – Suspeitava que ele queria me tirar dali, afastar-me do campo verde e dos restos carbonizados da Porta. Ou talvez só quisesse me fazer voltar para a cidade, onde poderia chamar a polícia ou a Sociedade. – Não. Acho que não temos o que conversar, na verdade. Melhor você ir embora.

Minha voz tinha soado tão sem emoção que poderia ter sido o anúncio de um condutor num trem, mas o sr. Locke levantou as mãos em defesa.

– Você não entende... Você sofreu uns infortúnios pessoais, admito, mas tente não ser tão egoísta. Pense no bem do *mundo*, January! Pense no que essas "portas"... fraturas, como as chamamos, ou aberrações... promovem: perturbações, loucura, magia... elas transtornam a *ordem*. Sei como é um mundo sem ordem, definido pela constante competição por poder e riqueza, pelas crueldades da mudança.

Agora ele de fato se aproximara de mim, apoiando a mão sem jeito no meu ombro e ignorando o rosnado de Bad. Seus olhos – quase sem cor, glaciais – encararam os meus.

– Desperdicei a minha juventude em um mundo assim.

O quê? Meus dedos se afrouxaram em volta da caneta.

Ele falou devagar, quase com gentileza.

– Nasci em um mundo frio e cruel, mas escapei e encontrei um mundo melhor. Um mundo mais suave, cheio de potencial. Dediquei minha vida, e a melhor parte de dois séculos, à sua melhoria.

– Mas você... dois *séculos*?

Agora havia pena em sua voz, adocicada e rançosa.

– Viajei na minha juventude, sabe? Aconteceu de eu me deparar com uma fratura no meio da Antiga China e um copo de jade muito especial... Creio que você já o tenha visto, com certeza. Tem a propriedade de prolongar a vida. Talvez indefinidamente. Vamos ver. – Pensei em Lizzie dizendo que ele não envelhecera um único dia; pensei nos cabelos grisalhos de meu pai, nas rugas emoldurando sua boca.

Locke suspirou e disse baixinho:

– Vim a este mundo em 1764, nas montanhas do norte da Escócia. *Na Inglaterra ou na Escócia, não me lembro.*

Senti como se voltasse ao início do meu próprio labirinto. Pensei que sabia onde estava. Mas agora tudo se distorcia estranhamente em minha visão e percebi que ainda estava vagando no coração do labirinto, completamente perdida.

– Você é o Fundador – sussurrei.

E o sr. Locke sorriu.

Cambaleei para trás, agarrando o pelo de Bad.

– Mas como poderia... Não. Não importa, não ligo. Estou indo embora.

Busquei apressada as páginas do jornal, segurei a caneta com força nos dedos trêmulos. *Fuja, fuja.* Estava farta deste mundo e de suas crueldades, seus monstros, traições e ridículos assentos para passageiros de cor em seus trens estúpidos.

– É assim que você faz? Algum tipo de tinta mágica? Palavras escritas? Deveria ter suspeitado disso. – A voz de Locke era cordial, bastante calma. – Acho que não, minha querida. – Ergui a vista para ele, a ponta dividida da pena já tocando a página e seus olhos me pegaram como dois anzóis de prata. – *Largue isso*, January, e *fique quieta.* – A caneta e o papel caíram das minhas mãos.

Locke os pegou, enfiou a caneta no bolso do casaco, rasgou o jornal e jogou os restos para trás. Eles flutuaram como mariposas branco-amareladas na grama.

– Agora você vai me ouvir. – A pulsação batia túrgida e relutante em meu crânio. Senti-me suspensa, como uma garota pré-histórica azarada, preservada para sempre em uma geleira.

AS DEZ MIL PORTAS

– Quando terminar de ouvir, você entenderá o trabalho ao qual dediquei a minha vida. E, espero, poderá me ajudar.

E então ouvi, porque tinha que ouvir, porque seus olhos eram anzóis, facas ou garras presas com firmeza em minha carne.

– Como é que suas histórias sempre começam? *Era uma vez* um menino muito azarado que nasceu em um mundo desagradável, brutal e amargo, um mundo por demais absorto em matar e ser morto até para escolher um nome para si. Os habitantes do seu mundo o chamaram de Ifrinn, como descobri mais tarde, e era isso mesmo que ele era: inferno. Se o inferno fosse escuro e gelado.

Ele oscilava estranhamente entre sotaques, seu tom alternando entre a seca narração e raiva amarga. Era como se o sr. Locke com quem eu cresci – sua voz, seus maneirismos, sua postura – fosse apenas uma espécie de máscara de festa, por trás da qual espreitava alguém muito mais velho e estranho.

– Esse garoto azarado lutou em quatro batalhas antes dos quatorze anos. Você pode imaginar? Meninos e meninas vestidos com peles de animais sarnentos, meio selvagens, correndo entre os soldados como catadores famintos… É claro que você não pode. Lutávamos por recompensas tão escassas: alguns acres cobertos de neve de um bom terreno de caça, boatos de tesouros, ou apenas por orgulho. Às vezes, nem sabíamos por que lutávamos, era só porque nossa líder assim havia decidido. Como nós a amávamos. E como a odiávamos. – Minha expressão deve ter mudado, porque Locke riu. Foi uma risada perfeitamente normal, o mesmo estrondo jovial que eu ouvira centenas de vezes, mas que desta vez fez os pelos finos dos meus braços se arrepiarem.

– Sim, *as duas emoções*. Sempre as duas. Imagino que seja assim que se sinta em relação a mim, de fato, e não pense que a ironia disso me escapa. Mas nunca fui cruel com você da forma como eram nossos governantes. – Agora, seu tom se tornara quase ansioso, como se tivesse medo de que um de nós dois não acreditasse nele, ou ambos. – Nunca te obriguei a fazer nada contra seu próprio interesse. Mas em Ifrinn eles nos *usavam*, como soldados usam balas. Era frio demais para sobreviver sem clã e com fome, mas poderíamos ter tentado de qualquer maneira, se não fosse pelo Direito Inato.

Ouvi a letra *D* maiúscula pressionando a sentença do sr. Locke, lançando uma sombra bulbosa atrás dela, mas não a entendi.

– Eu deveria ter começado falando sobre o Direito Inato. Baguncei tudo... – O sr. Locke enxugou o suor dos lábios. – Essa bobagem de contar histórias é mais difícil do que parece, não é? O Direito Inato. Por volta dos dezesseis ou dezessete anos, pouquíssimas crianças em Ifrinn manifestam uma, hã, habilidade particular. É fácil, a princípio, confundir as crianças com valentões ou encantadores. Mas eles possuem algo muito mais raro: o poder de governar. De influenciar a mente dos homens, dobrar suas vontades como ferreiros dobram ferro quente... E depois há os olhos, é claro. O sinal definitivo.

O sr. Locke inclinou-se para mim e arregalou os olhos diáfanos como gelo para minha inspeção. Com suavidade, perguntou:

– De que cor você diria que são? Nós tínhamos uma palavra para a qual o inglês não possui equivalência, que se referia a um tipo muito particular de neve que caiu e recongelou, de modo exibe uma translucidez cinzenta nele...

Não, pensei, mas a palavra ecoava fraca e distante na minha cabeça, como alguém pedindo socorro muito longe. Uma haste de grama quebrada espetou o arco nu do meu pé; pressionei-a, senti-a descascar um semicírculo de pele, senti a ardência da carne viva ao ar livre.

O rosto do sr. Locke ainda estava perto do meu.

– Você já sabe tudo sobre o Direito Inato, é claro. Você era uma garotinha voluntariosa.

Como ferreiros dobram ferro quente. Vi-me brevemente como um pedaço de metal trabalhado brilhando laranja opaco, martelado e martelado.

O sr. Locke se endireitou novamente.

– O Direito Inato era um convite para governar. Esperava-se que desafiássemos nossa líder atual em uma batalha de vontades, ou nos desgarrássemos e forjássemos o nosso próprio clã miserável.

Eu a desafiei o mais rápido que pude, a velha megera, deixei-a chorando e arrasada, e reivindiquei o meu Direito Inato aos dezesseis anos. – Sua voz soava selvagem de satisfação.

– Mas nada durava naquele mundo. Sempre havia novos clãs, novos líderes, novas guerras. Desafiantes ao meu governo. Dissidência. Houve uma incursão noturna, uma batalha de vontades, que perdi, e fugi e… Você sabe o que encontrei, é claro.

Minha boca se moveu, sem som. *Uma Porta.*

Ele sorriu com indulgência.

– Isso mesmo. Uma fenda em uma geleira que levava a outro mundo. E, oh, que mundo era esse! Rico, verde, quente, habitado por pessoas de olhos fracos que cediam à minha menor sugestão… tudo o que Ifrinn não era. Demorou apenas algumas horas até eu voltar à fratura e reduzi-la a cascalho com as minhas mãos nuas.

Ofeguei, com os olhos arregalados, e o sr. Locke zombou.

– O quê? Você acha que eu deveria ter deixado tudo aberto, para que algum filho da mãe de Ifrinn pudesse se esgueirar por ela atrás de mim? E arruinar o meu adorável e suave mundo? *Não!* – Ele soava estridente e cheio de princípios, como um sacerdote que se esforça para salvar seu rebanho pecaminoso. Só que havia algo mais ofegando por baixo da pregação, algo que me fez pensar em cães encurralados e homens se afogando, uma espécie de intenso terror. – É isso que estou tentando lhe dizer, January: você as chama de "portas", como se fossem necessárias, algo cotidiano, mas elas são exatamente o oposto. Elas deixam entrar todo tipo de criaturas perigosas.

Como você. Como eu?

– Encontrei uma cidade grande o suficiente para me proporcionar um pouco de anonimato. Roupas e comida eram fáceis de adquirir para um homem de Direito Inato. Da mesma forma, uma casa bastante agradável e uma jovem obsequiosa para me ensinar o idioma. – Um sorriso presunçoso. – Ela me contou histórias sobre grandes cobras aladas que viviam nas montanhas com reservas de ouro, e como você nunca deve olhá-las nos olhos para que não roubem a sua alma.

– Uma risadinha afetuosa. – Confesso que sempre gostei de coisas boas... O que é a Mansão Locke se não um tesouro de dragão?

O sr. Locke começou a andar em círculos irregulares, pescando um charuto meio mastigado do bolso do casaco e gesticulando contra o céu azul do meio-dia. Ele me contou sobre os seus primeiros anos empregados em aprender a língua, geografia, história, economia; suas viagens ao exterior e sua descoberta de aberrações adicionais, que ele saqueou e destruiu de uma só vez; sua conclusão de que seu novo mundo ainda era atormentado por todo tipo de bagunça e descontentamento ("Primeiro os americanos, depois os malditos franceses, até os haitianos! Um após o outro!"), mas estava melhorando constantemente sob a orientação de novos impérios ordeiros.

Eu escutava, com o sol pulsando em minha pele como um batimento cardíaco amarelo e quente e as palavras *fique quieta* circulando dentro da minha cabeça como harpias. Eu me senti com doze anos de novo, ouvindo um sermão em seu escritório e olhando para o revólver Enfield em sua caixa de vidro.

Ele ingressou na Honorável Companhia das Índias Orientais em 1781. Subiu rapidamente na hierarquia, é claro – "E nem tudo foi devido ao meu Direito Inato, não me olhe assim" –, acumulou uma grande fortuna, conduziu empreendimentos próprios, aposentou-se e voltou com outras identidades à Companhia várias vezes para acalmar suspeitas sobre sua idade, construiu casas para si em Londres, Estocolmo, Chicago e até uma pequena propriedade rural em Vermont na década de 1790. Ele se alternava entre suas casas, é claro, vendendo-as e recomprando-as meia dúzia de vezes.

Por um longo tempo, pensou que seria o suficiente.

Mas, em 1857, um certo grupo de súditos coloniais rebeldes organizou um levante, incendiou alguns fortes britânicos e correu vitorioso pelo campo por quase um ano, antes de ser brutalmente subjugado mais uma vez.

– Eu estava lá, January. Em Délhi. Falei com todos os amotinados que pude encontrar... que não eram muitos, pois o capitão os atirara de canhões... e todos me contaram a mesma história: uma velha bengali de Meerut havia deslizado por um arco estranho e retornado doze dias depois. Ela havia falado com um tipo de oráculo que lhe dissera que ela e todo o seu povo um dia ficariam livres do domínio estrangeiro. E então eles pegaram em armas contra nós.

As mãos do sr. Locke elevaram-se no ar em indignação ao lembrar.

– Uma fratura! Uma maldita porta, escondida embaixo do meu nariz! – Ele exalou com força e enfiou os polegares atrás do cinto, como se quisesse se acalmar. – Percebi a urgência da minha missão, a importância de fechar as fraturas. Decidi recrutar outros para a minha causa.

E assim foi formada a Sociedade, uma associação secreta de poderosos: um velho em Volgogrado que mantinha seu coração em uma caixinha de veludo; uma rica herdeira na Suécia; um sujeito nas Filipinas que se transformava em um grande javali preto; um punhado de príncipes e uma dúzia de membros do Congresso; uma criatura de pele branca da Romênia que se alimentava de calor humano.

O sr. Locke, andando de um lado para o outro, virou-se para me encarar, prendendo os meus olhos com os seus.

– Desempenhamos nosso trabalho muito bem. Durante meio século, agimos nas sombras para manter este mundo seguro e próspero... fechamos dezenas de fraturas, talvez centenas... ajudamos a construir um futuro estável e brilhante. Mas, January – seu olhar se intensificou –, não basta. Ainda existem murmúrios de descontentamento, ameaças à estabilidade, flutuações perigosas. Francamente, precisamos de toda a ajuda que pudermos obter, em especial agora que seu pai se foi.

Sua voz baixou para um sussurro estrondoso.

– Ajude-nos, querida criança. *Junte-se* a nós.

Já passava do meio-dia e nossas sombras começaram a rastejar cautelosamente projetando-se sob nossos pés, fragmentando-se em fusos escuros na grama alta. O rio e as cigarras produziam uma espécie de tamborilar apressado sob as solas dos meus pés, como se a terra estivesse zumbindo para si mesma.

O sr. Locke suspirou, esperando.

Palavras formigavam no céu da minha boca, palavras como *Obrigada* ou *Sim, é claro, senhor* ou talvez *Dê-me algum tempo para pensar*. Eram palavras de satisfação, lisonjeiras, transbordando de gratidão infantil por ele me amar, confiar em mim e me querer ao seu lado.

Perguntei-me se tais palavras vinham mesmo de mim ou do sr. Locke, transmitidas por meio de seus olhos fixos e gélidos. Tal pensamento foi repugnante, atordoante – enfurecedor.

– *Não*. Obrigada – sibilei entre os dentes cerrados.

– Não seja imprudente, garota. – Locke estalou a língua. – Você acha mesmo que lhe seria permitido vagar por aí livremente, com o seu hábito de abrir passagens que devem ficar fechadas? A Sociedade não toleraria que uma criatura assim continuasse vivendo.

– O senhor Ilvane já deixou isso bem claro. Assim como o senhor Havemeyer.

Locke bufou de exasperação.

– Sim, sinto muito por Theodore e Bartholomew. Ambos eram propensos a extremos, e a soluções violentas. Ninguém sentirá muita falta de Theodore, eu lhe garanto. Admito que houve algumas preocupações a respeito da senhorita Seja-lá-qual-for-seu-nome e seu garotinho da mercearia, mas eu já cuidei deles.

Já cuidei deles – mas eles deveriam estar seguros, escondidos em Arcádia – um som suave de lamento ecoou em meus ouvidos, como se eu estivesse ouvindo alguém chorando muito longe dali. Dei um passo à frente, tropeçando em algo enterrado no monte de cinzas.

– Jane… S-Samuel… – Eu mal conseguia pronunciar o nome deles.

– Os dois estão perfeitamente bem! – Fiquei bamba de alívio e me peguei caindo de joelhos nas cinzas, com Bad me apoiando de um lado. – Nós os encontramos rastejando pela costa do Maine atrás de você. Mal tivemos um vislumbre da senhorita Seja-lá-qual-for-seu-nome… como é rápida aquela ladra vadia!, mas nós a encontraremos mais cedo ou mais tarde, tenho certeza. O garoto, no entanto, foi bastante cooperativo.

Um silêncio estridente. As cigarras prosseguiam no seu chichiar.

– O que você fez com ele? – indaguei num sussurro.

– Ora, ora, seria isso é uma paixonite, depois de uma década bancando a senhorita Deixe-me em Paz, Eu Estou Lendo? – *Se você o matou, vou escrever uma faca na minha mão, juro que vou...* – Acalme-se, January. Meus métodos de interrogatório são muito menos, digamos, primitivos do que os de Havemeyer. Eu simplesmente lhe fiz perguntas e constatei que você imprudentemente havia contado a ele tudo sobre os negócios da Sociedade, então pedi-lhe que esquecesse essa história toda. O que ele tratou obedientemente de fazer. Nós o mandamos logo para casa sem a menor preocupação.

O sorriso do sr. Locke – reconfortante, seguro – me dizia que ele não compreendia o que havia feito.

Ele não compreendia o horror daquilo, o tamanho da violação. Não compreendia que penetrar na mente de alguém e moldá-la como argila é uma espécie de violência muito pior que a de Havemeyer.

Foi isso que havia feito comigo durante toda minha vida? Forçar-me a me tornar outra pessoa? Uma menina obediente, recatada e boazinha, que não corria para os campos de feno nem brincava às margens do lago com o filho do dono da mercearia nem implorava semanalmente para se aventurar com o pai?

Seja uma boa garota e coloque-se em seu lugar. Oh, como eu tentei. Como me esforcei para me encaixar dentro dos limites estreitos da garota que o sr. Locke me disse para ser, como lamentei pelas minhas falhas.

Ele não compreendia o quanto eu o odiava naquele momento, ajoelhada nas cinzas e no mato alto, minhas lágrimas se transformando em pasta lamacenta escorrendo por minhas bochechas.

– Portanto, como você bem vê, já está tudo resolvido. Junte-se à Sociedade e toda essa bobagem será esquecida. O convite ainda está aberto, como prometi. – Eu mal podia ouvi-lo sob o rugido profundo da minha fúria. – Você não percebe que está *destinada* a fazer isso?

Criei você ao meu lado, deixei-a ver o mundo, ensinei tudo o que pude. Nunca achei que seria totalmente sensato... hã... – Locke tossiu em breve embaraço – ... ter um filho meu... E se ele também tivesse o Direito Inato? E se viesse a desafiar a minha liderança? Mas olhe só para você! Minha filha adotiva acabou se tornando quase tão voluntariosa, quase tão poderosa quanto qualquer filho meu legítimo poderia ser. – Seus olhos estavam iluminados de orgulho, como um proprietário admirando o seu melhor cavalo. – Não sei exatamente do que você é capaz, admito, mas vamos descobrir juntos! Junte-se a nós. Ajude-nos a proteger este mundo.

Eu sabia que para o sr. Locke proteger era trancafiar, sufocar, preservar como um membro amputado em uma redoma de vidro. Ele me protegera a minha vida inteira e isso quase me matou, ou pelo menos quase matou a minha alma.

Eu não deixaria que ele continuasse fazendo isso com o mundo. *Não deixaria.* Mas como não se ele podia moldar a minha vontade com um mero olhar? Enterrei as mãos nas frágeis cinzas ao meu redor, um lamento surdo preso na garganta.

Foi nesse momento que fiz duas descobertas interessantes: a primeira foi um pedaço de carvão escondido sob a camada superficial de cinzas e lama dissolvidas pela chuva. A segunda foram os restos queimados e apodrecidos do meu diário de bolso. O diário que meu pai havia colocado no baú azul uma década antes, só para mim.

A capa, que já havia sido do mais macio couro de bezerro, agora estava dura e rachada, queimada e preta nas bordas. Apenas as três primeiras letras do meu nome ainda estavam visíveis (está vendo a curva desenrolada daquele *J*, como uma corda pendurada na janela de uma prisão?). Partes dele desmoronaram e se despedaçaram quando o abri; as páginas internas estavam sujas e comidas pelo fogo.

– O que é isso? O quê... Largue isso no chão, January. Estou falando sério. – Os pés de Locke retumbaram na minha direção. Levei o carvão até a página, tracei algo parecido com um ancinho. *Deus, espero que isso funcione.*

– Não estou brincando... – Uma mão suada envolveu o meu queixo e forçou meu rosto para cima. Encontrei aqueles olhos pálidos e penetrantes. – *Pare*, January.

Era como estar submersa em um rio em pleno inverno. Um peso incalculável me tragou para baixo, me pressionou, puxou minhas roupas e meus membros e os impeliu em uma única direção – e não seria muito mais fácil se eu apenas deixasse o rio me levar, em vez de cerrar a mandíbula e me recusar? –, eu poderia retornar para *casa* novamente, poderia me encolher de volta ao meu antigo lugar de boa garota tal qual um cãozinho leal aos pés de seu dono.

Tornou-se uma questão, enquanto eu olhava nos olhos pálidos como ossos do sr. Locke, de quão inteiramente ele conseguira me fazer ser uma boa garota que sabia o seu lugar. Será que a vontade dele suplantaria por completo a minha? Será que ele havia limado o meu eu natural até não restar nada a não ser uma versão de mim do tipo boneca de porcelana? Ou será que simplesmente me colocou uma fantasia e me forçou a desempenhar um papel?

Pensei de repente no sr. Stirling – o vazio sinistro dele, como se não houvesse nada espreitando sob sua máscara de bom assistente. Seria esse o meu futuro? Havia sobrado algo daquela menina obstinada e temerária que encontrara uma Porta no campo, tantos anos antes?

Pensei em minha fuga desesperada de Brattleboro; o nado à meia-noite até o farol abandonado e minha errante e perigosa jornada a caminho do sul. Pensei em todas as vezes em que desobedeci Wilda ou levei escondido para o escritório de Locke uma das edições com histórias empolgantes em vez de ler *A história do declínio e queda do Império Romano*; das horas que passei sonhando com aventura, mistério e magia. Pensei em mim mesma ali, agora, ajoelhada na terra do lar da minha mãe desafiando Havemeyer, a Sociedade e o próprio sr. Locke – e suspeitei que sim, havia, sim, sobrado.

Eu poderia escolher, agora, quem eu queria ser?

O rio se avolumara e me engolia com violência, puxando-me cada vez mais pra baixo – mas era como se eu tivesse me transformado em algo incrivelmente pesado, uma estátua de chumbo de uma garota e seu cachorro juntos, imperturbável pelo rio esmagador.

Afastei a mão de Locke do meu queixo, desviei meus olhos dos dele. O carvão se moveu na página. ELA...

Locke cambaleou para trás e eu o ouvi buscando algo em sua cintura. Eu o ignorei. ELA ESCREVE...

Então, houve o suave ruído do metal roçando no couro e um *clique clique* sutil, mas enfático. Eu conhecia aquele som; ouvi-o na cabana da família Zappia, pouco antes de o estrondo matar Havemeyer; ouvi-o nos campos de Arcádia, quando disparei selvagemente contra Ilvane.

– January, eu não sei exatamente o que você está fazendo, mas não posso permitir. – Notei, remotamente, que nunca tinha ouvido a voz do sr. Locke vacilar antes, mas não me importei; estava distraída com o objeto em suas mãos.

Um revólver. Não o velho e amado Enfield que Jane havia roubado, mas uma arma muito mais elegante e de aparência mais nova. Olhei em silêncio para o túnel preto de seu cano.

– Apenas coloque isso no chão, querida.

Seu tom era tão calmo e autoritário que poderia estar presidindo uma reunião da Sociedade, exceto pelo tremor sutil em sua voz. Estaria com medo... de mim? Ou das Portas, e da ameaça sempre presente de que algo mais poderoso do que ele estava à espreita do outro lado? Talvez todos os homens poderosos sejam no fundo uns covardes, porque sabem em seu íntimo que o poder é temporário.

Ele sorriu ou tentou sorrir; sua boca se esticou em uma careta de dentes à mostra.

– Receio que essas suas portas devam permanecer fechadas.

Não, não devem. Os mundos nunca foram destinados a serem prisões, trancadas, sufocantes e seguras. Os mundos deveriam ser grandes casas labirínticas, com todas as janelas abertas e o vento e a chuva de verão entrando por elas, com passagens mágicas em armários e baús secretos nos sótãos. Locke e sua Sociedade haviam passado um século correndo loucamente por aquela casa, fechando janelas e trancando portas.

Eu estava tão cansada de portas trancadas.

ELA ESCREVE UMA PORTA DE...

Suponho, olhando em retrospecto, que nunca tive medo de verdade do sr. Locke. Meu coração infantil se recusava a acreditar que o homem que se sentou ao meu lado em centenas de diferentes trens e navios a vapor e balsas, que cheirava a charuto, couro e dinheiro, que sempre esteve lá quando meus pais não estavam – poderia realmente me machucar.

Poderia até estar certa, porque o sr. Locke não mirou em mim. Em vez disso, vi o brilho preto do cano girar para a direita. Fez uma pausa, apontou para Bad, para o ponto onde os pelos da cabeça se encontravam em uma costura ondulada em seu peito.

Eu me mexi. Meu grito foi sufocado por um estalo estrondoso.

E, então, o sr. Locke estava gritando, praguejando para mim, e eu estava correndo meus dedos sobre o peito de Bad sussurrando *oh, Deus, não* e Bad estava ganindo, mas não havia ferimento, nem buraco, sua pele tão lisa e intacta quanto antes...

Então, de onde vinha todo aquele vermelho lambuzado?

Oh...

– Será que você nunca, ao menos uma única vez, vai se colocar no seu maldito *lugar*...

Sentei-me sobre os calcanhares, vendo o sangue escorrer pela pele cor de terra do meu braço em córregos nítidos, como um mapa de ruas de uma cidade estrangeira. Os bigodes de Bad, passaram por eles enquanto investigava o buraco escuro no meu ombro, com as orelhas em pé de preocupação. Tentei estender a mão esquerda para confortá-lo, mas era como puxar a corda de uma marionete quebrada.

Não doeu, ou talvez tenha doído, mas a dor não queria ser insistente. Esperou educadamente nos cantos da minha visão, como uma hóspede bem-educada.

Larguei o pedaço de carvão. Minha frase jazia inacabada ao lado de uma pequena poça de vermelho que se formava na ponta dos meus dedos.

Bem. Teria que servir, porque eu certamente não permaneceria neste mundo cruel de dentes brancos onde as pessoas que você amava eram capazes de atos tão terríveis contra você.

Sempre fui boa em fugir.

Estendi meu dedo, quase preguiçosamente, e o aproximei da poça de sangue lamacenta. Escrevi na própria terra, em letras de lama vermelha que reluziram na tarde de verão. As cigarras fizeram os ossos da minha mão zumbirem.

ELA ESCREVE UMA PORTA DE CINZAS. ELA SE ABRE.

Acreditei nisso da mesma forma como as pessoas acreditam em Deus ou na gravidade: com uma intensidade tão inabalável que mal percebem que o estão fazendo. Acreditei ser uma artesã das palavras, e que a minha vontade poderia remodelar a trama da própria realidade. Acreditei que as Portas existiam em raros lugares de ressonância entre mundos, onde os céus de dois planetas sussurravam um contra o outro. Acreditei que veria o meu pai outra vez.

Um vento leste soprou de súbito da margem do rio, mas não cheirava a peixe e umidade como deveria. Em vez disso, tinha uma fragrância seca, fresca e carregada de especiarias, como canela e cedro.

O vento moveu-se com agilidade sobre a pilha de cinzas. Elas rodopiaram, como um dos estranhos redemoinhos que às vezes vemos brincando com as folhas no ar, e cinzas, carvão apodrecido pela chuva e terra lançaram-se para cima. Pairaram por um momento entre mim e o sr. Locke, um arco emoldurado no céu azul do verão. Observei o rosto do sr. Locke desabar, sua arma tremendo.

Então, as cinzas começaram a se... espalhar? Fundir? Era como se cada grão de terra ou carvão fosse, na verdade, uma gota de tinta na água, e agora delicados tentáculos estavam se espiralando uns em direção aos outros, conectando-se, fundindo-se, escurecendo, formando uma linha curva no ar até que...

Uma arcada estava diante de mim. Parecia estranhamente frágil, como se pudesse desmoronar de volta às cinzas ao menor toque, mas era uma Porta. Eu já podia sentir o cheiro do mar.

Estendi a mão para pegar a minha fronha e levantei-me vacilante, a exaustão embaçando meus olhos, fragmentos de terra e grama incrustrados nos meus joelhos. Vi a mão do sr. Locke firmar-se em torno do revólver novamente.

– Agora, apenas… apenas pare. Ainda podemos consertar tudo. Você ainda pode voltar comigo, voltar para casa… tudo ainda pode ficar bem…

Era uma mentira; eu era perigosa e ele era um covarde, e os covardes não deixam criaturas perigosas morarem em seus quartos de hóspedes. Às vezes, não os deixam nem sequer viver.

Fui em direção à porta de cinzas e olhei nos olhos do sr. Locke pela última vez. Eram brancos e áridos como um par de luas. Tive uma vontade súbita e infantil de lhe perguntar – *Algum dia você realmente me amou?* –, mas, então, o cano da arma elevou-se de novo e concluí: *Acho que não*.

Mergulhei pela arcada de cinzas com Bad pulando junto, colado a mim; meu coração batia forte no peito, e o estalo de um segundo disparo ecoou nos meus ouvidos, seguindo-me na escuridão.

13

As Portas abertas

Adentrara o Limiar quatro vezes antes. *Talvez*, pensei, ao cair na escuridão retumbante, *a quinta vez não seja tão ruim*.

Eu estava, é claro, errada. Assim como o céu não fica menos azul por mais que você o olhe, o nada sem átomos e sem ar do espaço entre os mundos não fica menos aterrorizante.

A escuridão me engoliu como uma criatura viva. Inclinei-me para a frente, caindo, mas não caindo, porque para cair tem que haver um alto e um baixo, e no limiar há apenas o infinito e o escuro do nada. Senti Bad passando por mim, pernas remando sem eficácia contra o vazio e o abracei. Ele manteve os olhos fixos em mim. Ocorreu-me que os cães provavelmente nunca se perdem no intermediário, porque sempre sabem com precisão para onde estão indo.

E, dessa vez, eu também. Senti o livro de meu pai apertado contra minhas costelas e segui o cheiro de cedro e sal de seu mundo natal, *meu* mundo natal, em direção àquela cidade de pedra branca.

Ainda podia sentir o puxão faminto da escuridão, mas era como se algo brilhante e reluzente em mim finalmente houvesse se desenrolado e me preenchesse até o limite. Eu estava fraca, cheia de dores – traição, abandono, o buraco negro no meu ombro, uma nova sensaçãо-muito-errada no meu quadril esquerdo em que eu não queria pensar – mas eu era totalmente eu mesma e não tinha medo.

Até sentir uma mão agarrar o meu tornozelo.

Não achei que ele me seguiria. Quero que você entenda isso – não quis que isso acontecesse, nada disso. Pensei que ele ficaria para trás em seu mundinho seguro e reduziria minha Porta de volta a cinzas e carvão. Pensei que ele suspiraria com pesar, riscaria o meu verbete em seu livro de registro (*garota intermediária, suspeita-se de poderes mágicos, valor desconhecido*) e depois voltaria para suas paixões gêmeas de acumular riqueza e fechar Portas. Mas ele não fez isso.

Talvez ele me amasse, afinal.

Acho que até peguei um vislumbre de amor quando me virei para olhar para o seu rosto – ou pelo menos um desejo possessivo, condicional, de domínio –, mas foi rapidamente absorvido por uma fúria crescente. Não há nada como a raiva de alguém muito poderoso que foi frustrado por alguém que deveria ser fraco.

Seus dedos se enterraram na minha carne. A outra mão ainda segurava o revólver brilhante, e vi o polegar dele se mover. Não há som no Limiar, mas imaginei que podia ouvir aquele sinistro clique-clique novamente. *Não, não, não* – podia me sentir desacelerando, debatendo-me na escuridão, o medo embaçando o meu objetivo.

Mas eu tinha esquecido de Bad. Meu primeiro amigo, meu querido companheiro, meu terrível cachorro que sempre considerou a lista *Por favor, nunca morda* como um documento fundamentalmente negociável. Ele arqueou para trás, olhos amarelos brilhando na alegria feroz de um animal fazendo o que mais ama e cravou os dentes no pulso do sr. Locke.

A boca do sr. Locke se abriu em um grito silencioso. Ele me soltou. E então lá estava ele flutuando, caindo sozinho na vastidão vazia do Limiar e seus olhos ficaram brancos e arregalados como pratos de porcelana.

Considerando todas as Portas que ele fechou, eu me perguntei quanto tempo havia passado desde que ele de fato atravessara uma, desde que vira o Limiar. Ele parecia ter esquecido sua raiva, sua orientação, a arma na mão: agora não havia nada em seu rosto a não ser um terror selvagem.

Ele ainda poderia ter me seguido.

Mas estava com muito medo. Tinha medo de mudanças e incertezas, do próprio Limiar. De coisas fora de seu poder, e coisas intermediárias.

Vi a escuridão morder delicadamente as bordas dele. Sua mão direita e o revólver desapareceram. Todo o seu braço. Seus olhos – aqueles poderosos olhos gélidos, que lhe proporcionaram tanta riqueza e status, que subjugaram inimigos, convenceram aliados e até remodelaram por um tempo jovens obstinadas – nada podiam contra a escuridão.

Eu me virei. Não foi fácil afastar-me; uma parte de mim ainda queria estender a mão para ele, salvá-lo; outra parte queria vê-lo desaparecer, pedaço por pedaço, para pagar por toda traição e mentira. Mas sentia meu mundo natal ainda me esperando, certo e firme como a Estrela do Norte, e não poderia ir em direção a ele se ainda estivesse olhando para trás.

Meu pé descalço encontrou uma pedra sólida e quente.

Não sabia de mais nada além de luz do sol e cheiro do mar.

Era pôr do sol quando abri os olhos. Pude ver o sol se pondo como um carvão em brasa no oceano ocidental. Tudo era macio nas bordas, iluminado por um brilho róseo dourado que me lembrou por um breve momento da colcha que meu pai me dera quando eu era menina. *Oh, pai, sinto tanto a sua falta.*

Devo ter suspirado alto, porque houve uma pequenina explosão ao meu lado, era Bad se levantando como se tivesse sido disparado de um canhão de cachorros. Ele caiu desajeitadamente sobre a pata ruim, ganiu e se contentou em se contorcer e enterrar o rosto no meu pescoço.

Joguei meus braços em volta dele, ou tentei – apenas o meu braço direito obedeceu com algum entusiasmo real. O esquerdo meio que caiu, como um peixe, e ficou imóvel. Foi em tal momento, enquanto eu olhava com um leve desânimo para o meu braço desobediente, que a dor que até então aguardara com educação pigarreou, deu um passo à frente e se apresentou.

Droga, pensei, educadamente. Então, depois de mais alguns batimentos cardíacos, durante os quais eu pude sentir cada fibra de músculo rasgado no meu ombro e todo osso trêmulo no meu quadril esquerdo, reformulei: *Merda!*

Na verdade, isso ajudou um pouco; o sr. Locke me proibira de praguejar quando eu tinha treze anos e me pegou mandando o novo garoto da cozinha tirar suas malditas mãos de cima de mim. Perguntei-me por quanto tempo ainda descobriria essas pequenas e insignificantes leis que governavam a minha vida e se elas se revelariam apenas para serem quebradas. Foi um pensamento um tanto alegre.

E então me perguntei quanto tempo levaria para eu parar de ver o sr. Locke devorado pela escuridão encarnada e fiquei séria.

Levantei-me – lenta e dolorosamente e soltando muitos palavrões a mais – e coloquei *As dez mil portas* debaixo do braço. A cidade se estendia abaixo de mim. Como eu a descrevi antes? Um mundo de água salgada e pedra. Prédios em espirais caiadas de branco, livres de fumaça de carvão e sujeira.

Uma floresta de mastros e velas ao longo da costa. Tudo ainda estava lá e quase inalterado. (Me pergunto, agora, o que o fechamento das Portas significou para os outros mundos, não apenas para o que me era familiar.)

– Vamos? – murmurei para Bad. Ele liderou o caminho pela encosta escarpada, para longe do arco de pedra e da cortina esfarrapada por onde passamos, para longe das manchas de sangue cozidas pelo sol, lascando e rachando no chão, e descendo para a Cidade de Nin.

Estava completamente escuro quando nossos pés alcançaram os paralelepípedos do calçamento da cidade. A luz cor de mel dos lampiões escorria pelas janelas e as conversas na hora do jantar cruzavam o ar como andorinhas. A linguagem tinha um ritmo familiar de subidas e descidas, um movimento lânguido que me lembrava a voz do meu pai. Os poucos transeuntes também se pareciam com ele – de um negro-avermelhado, olhos pretos, com espirais de tinta rodeando seus antebraços. Cresci pensando em meu pai como fundamentalmente estrangeiro, excêntrico, diferente de qualquer outro; agora via que ele era apenas um homem muito longe de casa.

A julgar pelas pessoas que me olhavam, murmuravam e passavam apressadas, *eu* ainda estava fora do lugar, não propriamente encaixada. Não conseguia parar de me perguntar se eu sempre teria a cor errada e estaria na zona intermediária, não importa aonde fosse, antes de me lembrar que estava usando roupas estrangeiras em um estado de considerável deterioração e que Bad e eu estávamos mancando, sujos e sangrando.

Rumei vagamente para o norte, observando novas estrelas piscarem com malícia para mim em suas desconhecidas constelações. Na verdade, eu não sabia para onde estava indo – *uma casa de pedra na encosta norte* era uma indicação imprecisa em termos de endereço –, mas parecia um obstáculo pequeno e superável.

Recostei-me contra uma parede de pedra branca e tirei a bússola verde-acobreada do sr. Ilvane da minha fronha. Segurei-a firme na palma da mão e pensei em meu pai. A agulha girou para o oeste, apontando diretamente para o mar calmo e cinzento. Tentei de novo, imaginando um entardecer dourado dezessete anos antes, quando estava deitada com a minha mãe em uma colcha banhada pelo sol, quando eu tinha um lar, um futuro e pais que me amavam. A agulha hesitou, tremendo sob o vidro, e apontou para o norte.

Eu a segui.

Encontrei uma trilha de terra que parecia se alinhar bem com a minha pequena agulha de cobre e a segui em direção à lua de foice cor de palha. Era um caminho bem percorrido, mas íngreme, e às vezes eu fazia uma pausa para dar vazão aos apelos da dor e deixá-la gritar nos meus ouvidos, antes de silenciá-la e continuar.

Mais estrelas surgiram, como brilhantes volteios de escrita no céu. E então o contorno baixo e escuro de uma casa apareceu à nossa frente. Meu coração – e acho que nenhum coração jamais esteve tão exausto e seco na história do mundo – saltou para a vida em meu peito.

Da janela vazava uma claridade tremeluzente que iluminava duas figuras: um homem alto, embora encurvado pela idade, cabelos brotando em tufos brancos ao redor do crânio e uma velha com um lenço no cabelo e braços pretos até o ombro com tinta.

Nenhum deles era o meu pai ou minha mãe. Claro. Você só se dá conta do tamanho das suas esperanças ao vê-las caindo por terra.

Qualquer pessoa racional teria se virado, retornado à cidade propriamente dita e implorado, por meio de mímica se preciso, por uma refeição quente, um lugar para dormir e cuidados médicos. Sem dúvida não teria cambaleado adiante, com lágrimas escorrendo silenciosamente pelas bochechas. Não teria parado diante da porta que não era deles, uma tábua de madeira cinzenta e preservada no sal, com um gancho de ferro no lugar de maçaneta e nem teria erguido a mão boa para bater.

E quando a mulher idosa atendesse, o rosto enrugado inclinado interrogativamente para cima e olhos esbranquiçados e semicerrados, essa pessoa racional não teria se desmanchado em lágrimas falando num discurso pronunciado de forma indistinta:

– Desculpe incomodá-la, senhora. Só estava pensando se por acaso conhece o homem que morava aqui. Percorri um longo caminho e queria... queria vê-lo. Julian era o nome dele. Yule Ian, quero dizer...

Vi a boca da velha mulher se apertar numa linha fina, como uma ferida suturada. Ela sacudiu a cabeça.

– Não! – Então, quase com raiva: – Quem é você, para perguntar sobre o meu Yule, hein? Não o vemos há quase vinte anos.

Eu queria uivar para a lua ou me encolher ali na soleira da porta e chorar como uma criança perdida. Meu pai nunca voltara para casa e nem minha mãe, e o que estava quebrado jamais seria consertado; as palavras da velha eram um veredicto final e cruel.

Elas também haviam sido faladas, misteriosamente, em inglês.

Senti formigamento tolo e perigoso em meus membros. Como ela conhecia uma língua do meu mundo? Alguém a ensinara? Eu estava completamente louca ou ela e eu compartilhávamos as mesmas maçãs do rosto, talvez a mesma inclinação em nossos ombros – mas então a multidão de perguntas ficou em silêncio.

Havia mais alguém na casinha de pedra na encosta. Ao meu lado, Bad ficou de orelhas em pé.

Vislumbrei um movimento por trás da silhueta da velha senhora recortada contra a luz do lampião – um branco dourado brilhou na escuridão, como trigo de verão – e havia outra mulher parada na porta.

Agora, com o benefício calmante do tempo e da familiaridade, posso descrevê-la facilmente: uma mulher cansada e de aparência durona, com cabelos louros branqueados nas têmporas, pele tão sardenta e queimada que quase poderia passar por uma nativa, e com feições fortes e pouco atraentes que os romancistas chamam de *cativantes*.

Naquele momento, entretanto, de pé no limiar da casa em que nasci, sentindo um aperto no peito, como se alguém tivesse atravessado minhas costelas e agarrado o meu coração, olhei para ela de forma desordenada e urgente. Suas mãos: dedos grossos, marcados e cortados com cicatrizes brancas e brilhantes, com três unhas faltando completamente. Seus braços: músculos tensos envoltos em tinta preta. Seus olhos: de um azul suave e sonhador. O nariz, a mandíbula quadrada, as sobrancelhas retas: exatamente como eu.

Ela não me reconheceu, é claro. Era absurdo desejar que reconhecesse, depois de quase dezessete anos em diferentes planetas. Desejei assim mesmo.

– Olá, Adelaide. – Ou deveria tê-la chamado de *mãe*? A palavra me pareceu pesada e desconhecida na minha boca. Eu a conhecia melhor como personagem do livro de meu pai.

Ela contraiu as sobrancelhas na expressão incerta de alguém que não consegue se lembrar do seu nome e não quer ofender – sua boca se abriu para dizer algo do tipo *Como disse?* ou *Já nos conhecemos?* e eu sabia que seria como levar um tiro de novo, uma dor excruciante que pioraria com o tempo – mas então seus olhos se arregalaram.

Talvez porque eu falava inglês, ou talvez por causa das minhas roupas familiares de outro mundo, mas ela começou a olhar para mim, *realmente* olhar para mim, com uma fome ávida e desesperada no rosto. Percebi os seus olhos executando a mesma dança frenética que os meus alguns momentos antes haviam feito – meu coque bagunçado de cabelos trançados, meu braço coberto de sangue seco, meus olhos, nariz, queixo...

E então me reconheceu.

Notei a chegada do reconhecimento, maravilhoso e terrível. Na minha lembrança, Ade tem duas faces totalmente diferentes ao mesmo tempo, como o deus em honra do qual ela me batizou: em uma das faces há uma alegria desenfreada, brilhando para mim como o próprio sol. Na outra, o luto mais profundo, a dor cruel e viva de alguém que procurou algo por muito tempo e achou tarde demais.

Ela estendeu a mão em minha direção e vi sua boca se mover. *Jan-u-ary*.

Tudo vacilou, como os quadros trêmulos finais de um rolo de filme, e eu me lembrei de como estava mortalmente cansada, o quanto estava dolorida, quantos passos eu tinha dado para chegar precisamente àquele lugar. Tive tempo de pensar, *Olá, mãe*, e então estava desabando numa escuridão indolor.

Não tenho certeza, mas tive a impressão de sentir alguém me amparando quando caí. Pensei sentir braços fortes e açoitados pelo vento em volta de mim, como se nunca mais fossem me largar, senti o batimento cardíaco de outra pessoa contra a minha bochecha – senti a coisa quebrada e estragada no centro de mim se recompor e começar, talvez, a se consertar.

E agora: sento-me nesta mesa de pau-amarelo com uma caneta na mão e uma pilha de páginas de algodão à espera, tão limpas e perfeitas que cada palavra é um pecado, um passo maculando a neve recém-caída. Uma velha bússola sem marcas está no parapeito da janela, ainda apontando teimosamente para o mar. Estrelas de lata recortada estão penduradas acima de mim, cintilando e girando sob o sol âmbar que se põe pela janela. Observo pequenos rastros de luz dançarem sobre as cicatrizes peroladas do meu braço, o curativo limpo no meu ombro, as almofadas cuidadosamente empilhadas em volta do meu quadril. Ainda dói, uma fisgada violenta e profunda que nunca se extingue verdadeiramente; o médico – Vert Bonemender, acho que foi assim que o chamaram – disse que vai ficar desse jeito para sempre.

Pareceu-me justo, de certa forma. Acho que quando se escreve para abrir uma Porta entre os mundos e condena seu guardião-carcereiro à eterna escuridão do Limiar, você não deveria se sentir exatamente como era antes.

E, seja como for, agora Bad e eu estávamos combinando. Consigo vê-lo agora, esfregando as costas contra a encosta pedregosa da colina daquela maneira extasiada dos cães que faz você pensar que talvez devesse tentar aquilo também. Seu pelo cor de bronze está macio e brilhoso outra vez, sem os pontos irregulares e caroços por todo o corpo, mas uma pata ainda não parece se esticar por completo.

Olhando além dele, vejo o mar. Cinzento como as pombas, coroado de dourado à luz do sol. Anos antes, Adelaide anexara esse quarto à casa de pedra na encosta; não acho que seja por acaso que as janelas estejam voltadas para o mar, para que ela possa manter os olhos sempre no horizonte, observando, procurando, esperando.

É o décimo sexto dia que estou aqui. Meu pai não chegou.

Convenci Ade (Ade ainda é mais fácil para mim do que dizer *mãe*; ela não me corrige, mas às vezes a vejo se encolher, como se seu nome fosse uma pedra que atirei nela) a não carregar seu barco e navegar para o desconhecido procurando por ele, sem mapa e sem rumo, mas por pouco não consegui. Lembrei-a de que nenhuma de nós sabia em que lugar do Escrito dava a Porta dele, que todo tipo de perigo poderia ter se abatido sobre ele nesse ínterim, que ela se sentiria uma verdadeira idiota se navegasse para longe de Nin no momento em que papai estava navegando em sua direção. Então, ela ficou, mas seu corpo inteiro tornou-se outra agulha de bússola apontando para o mar.

– Não é tão diferente, na verdade – ela me disse no terceiro dia. Estávamos na penumbra de pedra de seu quarto, nas suaves e sussurrantes horas que antecediam o amanhecer. Eu estava apoiada em travesseiros, muito febril e atormentada pela dor para dormir, e ela sentou-se no chão com as costas contra a cama e a cabeça de Bad em seu colo. Ela não saía de lá há três dias, pelo que eu podia dizer; toda vez que eu abria os olhos, via a linha quadrada de seus ombros, o emaranhado grisalho de seus cabelos.

– Antes, eu estava sempre procurando por ele, buscando por ele. Agora estou esperando por ele. – Sua voz estava cansada.

– Então você... você realmente tentou... – lambi meus lábios rachados – ... nos encontrar.

Esforcei-me para manter a amargura e a mágoa afastadas da minha voz, o *Onde você esteve durante todos esses anos* e o *Nós precisávamos de você*. Sim, eu sei que não é justo culpar minha mãe por eu ficar presa em outro mundo a minha vida inteira, mas corações não são tabuleiros de xadrez e não seguem as regras, mas ela as ouviu mesmo assim.

A linha firme de seus ombros vacilou, depois se curvou para dentro. Ela apertou as palmas das mãos contra os olhos.

– Filha, tentei encontrar vocês todo santo dia durante dezessete anos.

Eu não disse nada. Não consegui, na verdade.

Depois de um momento, ela prosseguiu.

– Quando aquela porta se fechou... quando aquele filho da mãe a fechou, pelo que você me contou... fiquei presa naquele pedacinho de rocha por... dias e dias. Não sei por quanto tempo, para dizer a verdade. Sem comida, só com um pouco de água que encontrei flutuando nos destroços. Meus seios doendo, depois vazando, depois secando, e eu não conseguia chegar até você, não conseguia encontrar o meu bebê... – Ouvi-a engolir em seco. – O sol começou a me afetar, depois de um tempo, e comecei a pensar que talvez pudesse escavar a pedra e encontrar uma passagem até você. Se eu tentasse com bastante afinco. Acho que foi assim que eles me encontraram: uma doida varrida, cravando as unhas em rocha sólida, chorando.

Adelaide enrolou as mãos sobre o peito, escondendo as unhas que lhe faltavam. Aquela coisa recém-emendada no meu peito doeu.

– Foram uns pescadores da Cidade de Plumm que nos viram navegando para longe e ficaram preocupados quando não retornamos. Me acolheram, me alimentaram, suportaram muitos palavrões e gritos. Mantiveram uma corda amarrada na minha cintura, para que não mergulhasse de volta no mar. Não... me lembro muito desse período.

Em algum momento, no entanto, ela se recuperou ou pelo menos ficou boa o bastante para traçar planos. Comprou a passagem de volta para a Cidade de Nin, contou aos pais de Yule Ian o que aconteceu – "Contei toda a verdade, como uma idiota, mas eles apenas pensaram que o filho e a neta se perderam no mar e ficaram de luto" –, ganhou, pediu e roubou fundos suficientes para equipar *A Chave*, e lançou-se ao mar em busca de outro caminho para casa.

Os primeiros anos foram de escassez, frenéticos. Contam-se ainda histórias sobre a viúva louca que ficou branca de sofrimento, que navega incessantemente pelos mares em busca de seu amor perdido. Ela assombra lugares afastados – grutas marinhas, minas abandonadas e ruínas esquecidas –, chamando por sua filhinha.

Ela se deparou com dezenas de Portas. Viu felinos alados que falavam através de enigmas, dragões marinhos com escamas de madrepérola, cidades verdes que flutuavam na altura das nuvens, homens e mulheres feitos de granito e alabastro. Mas nunca encontrou a única Porta que desejava. Ela não tinha nem sequer certeza de que tal Porta existia ou se encontraria o marido e a filha do outro lado. ("Pensei que talvez vocês tivessem se perdido no espaço intermediário – às vezes, pensava que talvez eu devesse mergulhar nele atrás de vocês.")

No fim das contas, ela iniciou uma pequena atividade comercial para custear suas viagens pelo Escrito. Ganhou a reputação de marinheira disposta a ir muito longe por muito pouco dinheiro ou, às vezes, pelo preço de uma ou duas boas histórias, que ocasionalmente se atrasava por dias ou semanas, mas em geral reaparecia com mercadorias estranhas e maravilhosas para vender. Ela nunca ganhou muito dinheiro porque se recusava a percorrer rotas regulares para os mesmos lugares, como qualquer comerciante são o faria, mas não passou fome.

E continuou procurando. Mesmo quando sabia que sua filha teria dez, doze, quinze anos... – e seria uma completa estranha para ela; mesmo depois que os pais de Yule sugeriram, gentilmente, que ela ainda poderia ter outro filho caso se casasse de novo, logo. Mesmo depois que ela esqueceu o formato exato das mãos de Yule Ian em torno de sua caneta, a maneira como ele se debruçava sobre seu trabalho, ou a forma como seus ombros tremiam quando ele ria (eu já o vi alguma vez rir assim?).

– Volto para cá algumas vezes por ano, entre trabalhos, durmo em minha própria casa, lembro como é ficar parada. Visito os pais de Julian, que se mudaram para cá quando Tilsa desistiu de seu estúdio de tatuagens. Mas, na maior parte do tempo, apenas... estou em movimento.

O sol já havia despontado àquela altura, derramando-se em uma linha de luz cor de limão pelo chão. Sentia-me como um objeto há pouco desmontado, escovado, limpo, e remontado, só que nada estava exatamente onde costumava ficar. Ainda havia alguma amargura pairando por ali, e um pouco de mágoa, mas havia também algo leve como uma pluma e resplandecente – perdão, talvez, ou compaixão.

Eu não falava há tanto tempo que minha voz rangeu um pouco, como uma dobradiça em desuso.

– Eu sempre costumava sonhar com uma vida assim. Perambulando por aí, livre.

Minha mãe bufou, rindo com tristeza.

– Uma andarilha nata, como eu sempre disse. – Ela acariciou a cabeça de Bad, coçando seu ponto favorito sob o queixo. Ele se tornou uma poça de bronze peluda no colo dela, remando debilmente no ar com uma pata. – Mas vá por mim: a liberdade não vale porcaria nenhuma se não for compartilhada. Passei tanto tempo desejando que jamais tivéssemos navegado por aquela porta, January. Mas nos momentos mais feios e mais egoístas, desejei que tivesse sido eu de pé naquela proa, com você. Pelo menos Julian tinha *você*. – Sua voz era tão baixa que eu mal podia ouvi-la, sufocada por dezessete anos de dor cruel.

Pensei no meu pai. No quão raramente eu o via, e como o rosto dele tinha o mesmo cansaço de vazio interior que minha mãe, e como seus olhos desviavam do meu rosto como se doesse se olhasse por muito tempo.

– Eu... Sim, ele tinha a mim. Mas não era suficiente. – Estranho... Isso costumava me deixar com tanta raiva, mas agora toda a raiva havia escorrido e amolecido, como cera derretida.

Um suspiro furioso e áspero irrompeu de minha mãe.

– Mas você *deveria* ser, caramba! Ele era... ele foi... – Eu sabia que ela ia perguntar: *Ele era um bom pai?*, e descobri que não queria responder; parecia desnecessariamente cruel.

– Eu teria sido suficiente para *você*? – perguntei. – Você teria parado de procurar pelo papai?

Ouvi a mudança em sua respiração, mas ela não respondeu. Não precisava.

– Tome. – Vasculhei entre as almofadas e as colchas, encontrei a capa de couro de *As dez mil portas*. – Acho que você deveria ler isso. Para que você possa... *perdoá-lo*... entendê-lo.

Ela o apanhou.

Ainda a flagro relendo passagens, correndo os dedos sobre as palavras impressas como se fossem milagres ou encantamentos mágicos, seus lábios se movendo em algo muito parecido com uma oração. Acho que isso ajuda. Bem, não exatamente *ajuda* – acho que dói demais reler a narrativa de sua vida, com todas as suas promessas quebradas e oportunidades perdidas, de ler sobre o homem que meu pai se tornou e as escolhas que ele fez.

Mas ela continua lendo. É uma espécie de prova, imagino, de que ele ainda vive e ainda a ama, que está se esforçando para encontrar o caminho de volta para ela. Que o que foi quebrado se tornará inteiro novamente.

Então, agora, somos nós duas olhando fixamente para o mar. Aguardando. Motivadas pela esperança. Observando barcos surgirem na curva do horizonte, lendo os redemoinhos negros de bênçãos bordadas em suas velas. Minha mãe as traduz para mim, às vezes: *Para muitos peixes gordos. Para negócios vantajosos para ambos os lados. Para viagens seguras e correntes fortes.*

Às vezes, meus avós sentam-se conosco e observam o mar também. Não conversamos muito, provavelmente porque estamos ocupados sendo ambos surpreendidos com a existência um do outro, mas gosto da sensação de tê-los sentados perto de mim. Tilsa, minha avó, muitas vezes segura a minha mão, como se não estivesse convencida de que sou real.

Às vezes, quando estamos só nós duas, minha mãe e eu conversamos. Contei a ela sobre a Mansão Locke, a Sociedade e o hospício, sobre papai, Jane e bastante sobre você. Contei a ela sobre a tia Lizzie morando sozinha na fazenda Larson. ("Meu Deus, como eu gostaria de vê-la", minha mãe suspirou. Lembrei-lhe de que a Porta estava aberta e que ela podia atravessá-la em qualquer dia da semana, e seus olhos se arregalaram. Mas ela não foi embora; continuou olhando na direção do horizonte.)

Agora, na maior parte do tempo ficamos em silêncio. Ela conserta lonas rasgadas, relê o livro de meu pai, fica na encosta com o vento salgado secando os rastros de lágrimas em seu rosto.

Escrevo. Espero. Penso em você.

Há uma vela surgindo no horizonte agora, como lua de dentes afiados. Suas preces são tortas e de aparência grosseira, como se bordadas às pressas por alguém sem habilidade com agulha e linha.

É somente quando a embarcação vai ficando maior que eu me dou conta: não preciso que essas preces sejam traduzidas. Eu mesma posso lê-las, em inglês claro: *Para casa. Para o verdadeiro amor. Para Adelaide.*

Eu estou vendo – não estou? Estou imaginando? – a figura de um único marinheiro destacada pelo sol, parado na proa. Ele se inclina em direção à cidade, em direção à casa de pedra na encosta, em direção ao desejo de seu coração.

Oh, papai. Você está em casa.

E agora: me aninho no interior de *A Chave*, escrevendo à claridade prateada da lua cheia e estrangeira. A madeira cheira a cravo, tanino e zimbro. Cheira a pôr do sol em horizontes desconhecidos, a constelações sem nome, agulhas de bússola girando e as fronteiras esquecidas nos confins do mundo. Não pode ser inteiramente coincidência que o barco de minha mãe cheire exatamente como o livro de meu pai.

Bem, suponho que não seja mais o barco de minha mãe, não é mesmo? Ela o deu para mim e Bad.

– Acho que esse barco merece uma boa última navegada – ela havia dito, com uma espécie de meio-sorriso triste. Então, o braço de meu pai envolveu firmemente os seus ombros e o sorriso se endireitou como uma gaivota voltando de um mergulho, subindo em direção ao sol.

Os dois pareciam tão jovens enquanto eu navegava para longe deles.

Eles queriam que eu ficasse, é claro, mas eu não podia. Em parte – e te proíbo de lhes contar isso – porque ficar ao lado de meus pais não é diferente de ficar ao lado de uma fornalha incandescente. Quando desvio os olhos deles, minhas bochechas parecem em carne viva e queimadas, e meus olhos ardem como se eu estivesse olhando diretamente para o sol.

Tem sido assim desde o momento em que meu pai saiu do barco. Bad e eu ainda estávamos descendo devagar pelas ruas de pedra, mancando cada um no seu ritmo, suando no calor da tarde; minha mãe já estava no píer, os pés descalços correndo pelas tábuas, os cabelos esvoaçando como flâmula atrás de si. Uma figura escura corria aos tropeções em direção a ela, vestindo um familiar casaco disforme, os braços erguidos e as mãos envoltas em bandagens grosseiras. Eles se moviam como se atraídos um para o outro pela lei da física, como duas estrelas em iminente colisão – e então meu pai cambaleou até parar.

Ele estava a poucos centímetros de distância de minha mãe. Inclinou-se para ela e levantou uma mão enrolada em um pano, pairando-a acima da curva de sua face, mas não a tocou.

Eu tinha parado de andar, observando-os a cem metros de distância, sibilando baixinho *vai, vai, vai.*

Mas meu pai, por algum motivo, resistiu àquilo que o mantivera desesperadamente em movimento durante dezessete anos, que o arrastara por dez mil mundos e finalmente o trouxera até a Cidade de Nin em 1911, segundo os meus cálculos, ou 6938 pelos dele, ficando parado ali, olhando nos olhos de céu de verão de seu verdadeiro amor. Era como se seu próprio coração houvesse se partido em dois e tivesse entrado em guerra contra si mesmo.

Ele afastou a mão do rosto da minha mãe. Sua cabeça inclinou-se para a frente e seus lábios se moveram. Não pude ouvir as palavras, mas depois minha mãe me contou o que ele disse: *Eu a deixei. Deixei nossa filha para trás.*

Observei a coluna da minha mãe se empertigar, a cabeça inclinada para o lado. *Sim*, ela disse a ele. *E se pensou que poderia voltar rastejando para mim sem a nossa filhinha e que tudo ficaria bem – rapaz, é melhor pensar duas vezes.*

A cabeça dele baixou ainda mais, suas pobres mãos queimadas pendendo impotentes nas laterais de seu corpo.

Então, minha mãe abriu um sorriso e quase pude sentir o orgulho fulgurante dele de onde eu estava. *Felizmente para você*, ela disse, *nossa filha cuidou do problema por conta própria.*

Meu pai não entendeu, é claro. Mas foi nesse momento que Bad apareceu mancando em seu campo de visão. Vi meu pai congelar ao notá-lo, como um homem que acabou de encontrar uma impossibilidade matemática e está lutando para entender como dois mais dois de repente é igual a cinco. Então, ele olhou para cima, para cima... seu rosto iluminado com uma esperança ardente e frenética.

E ele me viu.

E, então, desabou no píer, chorando. Minha mãe ajoelhou-se ao lado dele, envolveu seus ombros convulsos com os mesmos braços fortes e queimados de sol com os quais havia me amparado naquela primeira noite e pressionou sua testa contra a dele.

Provavelmente foi apenas na minha cabeça que um trovão silencioso rolou sobre as ondas, que todos nas ruas da Cidade de Nin pararam seus afazeres e ficaram de pé, olhando na direção da costa, e sentiram seus corações vibrarem no peito. Provavelmente.

Mas quem está contando esta história sou eu, não é?

Tornei-me meio craque em contar histórias, eu acho. Quando enfim contei a meu pai minha própria história, ele me fitava com tanta intensidade que deve ter se esquecido de piscar, porque as lágrimas continuavam escorrendo pela lateral do seu nariz e pingando em silêncio no chão.

Ele não disse nada quando terminei, apenas estendeu a mão para percorrer as palavras gravadas no meu braço. Seu rosto, que ainda estava magro e com aparência famélica mesmo depois de dias da formidável comida da minha mãe, estava atormentado pela culpa.

– Pare com isso – ordenei-lhe.

Ele piscou de perplexidade para mim.

– Parar...?

– Eu *venci*, sabe. Escapei de Brattleboro, Havemeyer e Ilvane, sobrevivi ao sr. Locke... – Meu pai interrompeu com impropérios em várias línguas e algumas expectativas que soavam um tanto violentas para a eterna vida após a morte de Locke. – Acalme-se, a questão não é essa. A questão é que eu estava com medo, machucada e às vezes sozinha, mas, no fim, venci. Estou... livre. E se esse foi o preço de ser livre, paguei por ele. – Fiz uma pausa, sentindo-me um pouco dramática. – E gostaria de continuar pagando.

Meu pai olhou para o meu rosto por vários segundos inescrutáveis, depois olhou além de mim, para a minha mãe. Algo irritantemente telepático fluiu entre eles, e então ele disse com brandura:

– Eu não deveria estar orgulhoso, porque não criei você... mas estou. – A coisa emendada no meu peito ronronou.

Eles não se esforçaram muito para me impedir de partir depois disso. Bem, eles tinham suas preocupações (meu pai e minha avó me imploraram para ficar e ser aprendiz de um verdadeiro artesão das palavras, com o argumento de que eu havia realizado feitos impossíveis e poderosos com as minhas palavras e que deveria ser devidamente instruída; argumentei que é muito mais fácil quebrar as regras da realidade quando você não sabe exatamente quais são elas, e de qualquer maneira eu já havia encerrado com essa coisa de estudos e aulas), mas não tentaram me trancafiar. Em vez disso, forneceram-me tudo que eu precisava para fazer o que eu ia fazer. Mesmo que fosse perigoso, assustador e talvez um pouco maluco.

Minha avó me deu várias dúzias de bolos de mel que ela mesma assou e se ofereceu para esconder as minhas cicatrizes sob tatuagens, se eu quisesse. Considerei a ideia, percorrendo com os dedos as linhas brancas protuberantes das palavras em minha pele (ELA ESCREVE UMA PORTA DE SANGUE E PRATA. A PORTA SE ABRE APENAS PARA ELA) e neguei com a cabeça. Então, perguntei se ela poderia tatuar em torno das cicatrizes sem encobri-las, e agora há errantes ramificações de palavras deslizando pelo meu braço, costurando por entre as letras de corte branco como videiras pretas. *January Artesã das Palavras, filha de Adelaide Lee Larson e Yule Ian Scholar, nascida na Cidade de Nin e predestinada ao Intermediário. Que ela viaje, mas sempre retorne para casa, que todas as suas palavras escritas sejam verdadeiras, que todas as portas se abram diante dela.*

Minha mãe me deu *A Chave* e três semanas inteiras de aulas de navegação. Papai tentou argumentar brevemente que, na qualidade de marinheiro mais experiente, era ele quem deveria me ensinar, mas minha mãe simplesmente o encarou daquela maneira fixa e enérgica e disse: "Não é mais, Julian", e ele ficou quieto e não interrompeu novamente.

Meu pai me deu um livro intitulado *Contos do mar Amárico*. Está escrito em um idioma que eu não falo, com um alfabeto que não reconheço, mas ele parece pensar que idiomas são coisas que você simplesmente "pega", como se pega um produto numa prateleira. Ele também me deu seu casaco disforme e remendado, que costumava ser da minha mãe, alegando que o mantivera aquecido em lugares distantes e sempre o acompanhou no retorno seguro para casa, e talvez agora fizesse o mesmo por mim. Além disso, ele havia encerrado suas andanças por aí.

– E, January – sua voz era tensa e fraca, como se estivesse vindo de muito longe –, me desculpe. Por deixá-la todas aquelas vezes, e por deixá-la da última vez. Eu-eu tentei voltar, na última, eu-eu amo... – Ele parou, sufocado pelas lágrimas, os olhos fechados de vergonha.

Eu não disse *Está tudo bem*, ou *Eu te perdoo*, porque não tinha certeza se estava tudo bem ou se eu o havia perdoado. Em vez disso, falei apenas:

– Eu sei.

E me atirei nele do jeito que fazia quando era criança e ele retornava de suas viagens ao exterior, do jeito que eu não fiz quando tinha sete anos. Ficamos assim por algum tempo, meu rosto molhado de lágrimas contra o peito dele, seus braços bem apertados ao meu redor, até que eu me afastei.

Enxuguei minha face.

– De qualquer forma, não vou embora para sempre. Virei visitá--los. É a sua vez de esperar.

O restante da minha família (está vendo esse *f* com a ponta enrolada, como uma folha se abrindo à luz do sol?) me deu comida, água fresca em barris de barro, mapas do Amárico, uma bússola que apontava de maneira confiável para o norte, um conjunto de roupas novas feitas com lona de vela e que se aproximavam bastante grosseiramente de calças e camisas, confeccionadas por costureiras que nunca viram nenhuma dessas peças na vida real. São uma espécie de roupa estranha e intermediária, uma perfeita colcha de retalhos de dois mundos; acho que me caem muito bem.

Afinal, pretendo passar o resto da vida mergulhando para dentro e para fora do indômito espaço intermediário – encontrando estreitos e despercebidos pontos que conectam os mundos, seguindo a trilha de Portas trancadas que a Sociedade deixou para trás e reabrindo-as. Deixando toda a loucura bela e perigosa fluir livremente entre os mundos de novo. Forjando a mim mesma numa chave viva e abrindo as Portas, exatamente como meu pai disse.

(Esta é a segunda razão pela qual eu não podia ficar em Nin com meus pais, é claro.)

Aposto que você consegue adivinhar que Porta eu vou abrir primeiro: a porta da montanha que minha mãe atravessou em 1893, que o sr. Locke destruiu em 1895; a Porta que despedaçou minha pequena família e nos fez seguir sozinhos numa terrível escuridão. É um erro antigo que precisa ser corrigido, e uma jornada longa o suficiente para que eu possa terminar este bendito livro a tempo. (Quem diria que escrever uma história seria tão *trabalhoso*? Tenho um respeito recém-descoberto por todos aqueles injustiçados escritores de folhetins e romancistas.)

Você deve estar se perguntando por que me dei ao trabalho de escrevê-lo. Por que estou aqui, debruçada sobre um maço de papéis iluminados pela lua, com cãibras na mão, tendo por companhia apenas o meu cachorro e a imensidão prateada do oceano, escrevendo como se a minha própria alma dependesse disso. Talvez seja uma compulsão de família.

Talvez seja simplesmente medo. Medo de que eu possa fracassar em meus objetivos elevados e não deixar nenhum registro para trás. A Sociedade, afinal, é uma organização de seres muito poderosos e muito perigosos que rastejaram pelas fendas do nosso mundo, todos eles querendo muito que as Portas permaneçam fechadas. E seria tolice supor que nosso mundo tenha sido o único a atrair tais criaturas ou a inflamar tais ideias. Nos meus pesadelos, estou em um interminável labirinto de espelhos cheio de Havemeyers, estendendo suas mãos brancas na minha direção através de mil reflexos; nos meus pesadelos mais pavorosos, os espelhos estão cheios de olhos pálidos, e posso sentir minha força de vontade se desfazendo dentro de mim.

É perigoso, é o que estou dizendo. Então, escrevi esta história como uma espécie de apólice de seguro estendida, para o caso de eu estragar tudo.

Se você é um estranho que tropeçou neste livro por acaso – talvez apodrecendo em uma pilha de lixo estrangeira, trancado em um baú de viagem empoeirado ou publicado por uma pequena e equivocada editora e arquivado por engano como Ficção –, eu peço a todos os deuses que você tenha a coragem de fazer o que precisa ser feito. Espero que você encontre as fendas no mundo e as abra ainda mais, para que a luz de outros sóis brilhe através delas; espero que você mantenha o mundo rebelde, bagunçado, cheio de magias estranhas; espero que você atravesse cada Porta aberta e conte histórias quando voltar.

Mas essa não é a razão pela qual escrevi isso, é claro.

Escrevi para você. Para que você possa ler e se lembrar de tudo o que lhe disseram para esquecer.

Você se lembra de mim agora, não lembra? E se lembra da oferta que me fez?

Bem. Agora, pelo menos, você pode olhar com uma visão esclarecida para o seu próprio futuro, e escolher: ficar na segurança do seu lar, como qualquer pessoa racional faria – juro para você que vou entender...

Ou fugir comigo em direção ao horizonte brilhante e louco. Dançar neste eterno e luxuriante pomar, onde dez mil mundos pairam maduros e vermelhos para a colheita; passeie comigo por entre as árvores, cuidando delas, extraindo as ervas daninhas, arejando.

Abrindo as Portas.

Epílogo
A Porta na névoa

É final de outubro. Linhas irregulares de geada se acumulam e florescem em cada vidraça, e mechas de vapor sobem do lago; o inverno em Vermont é impaciente.

Está amanhecendo e um jovem carrega sacos da "inigualável farinha branca" Washington Mills em uma caminhonete. A caminhonete é preta e lustrosa, com letras douradas pintadas na lateral. O jovem é moreno e tem um olhar sério. Ele baixa o gorro para se proteger do frio, a névoa formando gotículas em sua nuca.

Ele trabalha no ritmo confortável de alguém familiarizado com o trabalho duro, mas há rugas tênues e infelizes em torno de sua boca. As rugas parecem novas, como se tivessem chegado recentemente e ainda não soubessem como se comportar. Elas o envelhecem.

Sua família atribui as rugas a uma lenta recuperação de sua doença durante o verão. Certa noite, no final de julho, ele simplesmente desapareceu – depois de um comportamento muito estranho e de uma conversa urgente com aquela mulher africana da Mansão Locke – e voltou para casa cambaleando quase duas semanas depois, desorientado e abalado. Ele não se lembrava de onde estivera nem por que partira, e o médico (na verdade, o veterinário do cavalo, que prescrevia tônicos mais vigorosos pela metade do preço) especulou que uma febre poderia ter fervido seu cérebro e recomendou purgativos e dar tempo ao tempo.

O tempo ajudou, um pouco. A confusão mental e o atordoamento de julho se dissiparam em uma vaga incerteza, uma leve nebulosidade em seus olhos e uma tendência a encarar o horizonte como se estivesse esperando que algo ou alguém aparecesse lá. Mesmo suas amadas histórias de jornal não conseguiam prender sua atenção por muito tempo. Sua família supõe que isso vai acabar passando, e o próprio Samuel espera que a dor no peito desapareça também, bem como a persistente sensação de que perdeu algo muito querido, mas que não consegue se lembrar do que era.

Três semanas antes, acontecera algo que fez a sensação piorar: uma mulher se aproximou do jovem enquanto ele fazia uma entrega na Shelburne Inn. Ela era obviamente estrangeira, negra como petróleo e parecia familiar demais para uma completa estranha. Ela disse uma porção de coisas que não faziam sentido para ele – ou melhor, faziam, mas não faziam, como se as palavras estivessem cedendo e desaparecendo em sua mente, e ele quase podia ouvir uma voz dizendo *Esqueça tudo, garoto* – e a mulher acabou ficando irritada com ele.

Ela havia pressionado um pedaço de papel na mão dele com um endereço rabiscado em tinta vermelha e sussurrou:

– Para o caso de…

– Para o caso de quê, senhora? – ele perguntou.

– Para o caso de você se lembrar. – Ela suspirou, e algo no suspiro o fez se perguntar se ela também tinha um buraco no coração. – Ou no caso de você vê-la novamente. – E então a mulher se foi.

Desde então, ele sentia a dor no peito como uma janela aberta no inverno.

Era pior nas manhãs como aquela, quando ele está sozinho e o crocitar dos corvos são entrecortados e frios. Ele pensa, sem motivo algum, nos pôneis cinzentos que conduzia quando menino, levando a carroça pelo caminho até a Mansão Locke e olhando para a janela do terceiro andar esperando ver… – ele não se lembra do que esperava ver. Tenta pensar apenas nas rotas de entrega, na farinha e na melhor forma de posicionar o saco furado, para que não derrame.

Um movimento o assusta. Duas figuras emergem, de repente, da névoa no final do beco de paralelepípedos. Um cachorro, de mandíbulas fortes e pelo cor de bronze, e uma jovem mulher.

Ela é alta e cor de castanha, tem o cabelo trançado e enrolado de uma forma que ele nunca viu antes. Está vestida como uma combinação de mendiga e debutante: uma fina saia azul presa com botões de pérola, um cinto de couro pendurado sobre os quadris, um casaco disforme que parece vários séculos mais velho do que ela. Ela manca ligeiramente; o cachorro também.

O cachorro late para ele, alegre, e Samuel se dá conta que está encarando os dois. Desvia o olhar com firmeza para os sacos de farinha. Mas há algo nela, não é? Uma espécie de luminosidade, como a luz brilhando ao redor de uma porta fechada...

Ele a imagina usando um vestido champanhe, bordado com pérolas, cercada pela agitação de uma festa chique. Ela parece muito infeliz nessa imagem, como um animal enjaulado.

Mas não parece infeliz agora; de fato, está radiante, seu sorriso um tanto selvagem brilhando como uma fogueira. Ele leva um momento para perceber que ela parou de andar, e que sorri para ele.

– Olá, Samuel – diz ela, e sua voz é como uma batida naquela porta fechada.

– Senhora – ele responde. E Samuel sabe de imediato que foi a coisa errada a dizer, porque o sorriso de fogueira diminui um pouco. O cachorro não está preocupado; aproxima-se de Samuel como se fossem velhos amigos.

O sorriso da mulher é triste, mas sua voz é firme.

– Tenho algo para você, senhor Zappia. – Ela tira do casaco um pacote grosso de papéis amarrados com o que parece ser barbante marrom, um pano e um fio de arame. – Desculpe a bagunça. Não fui paciente o bastante para mandar imprimir e encadernar.

Samuel pega a pilha de papel, porque não parece haver mais nada a fazer. Ele percebe que o pulso esquerdo dela é um labirinto de tinta e cicatrizes.

– Sei que tudo isso deve parecer muito estranho para você, mas, por favor, simplesmente leia. Como uma espécie de favor para mim, embora eu creia que isso não faça muito sentido agora. – A mulher bufa, meio que ensaiando uma risada. – Leia, mesmo assim. E, quando terminar, venha me encontrar. Você sabe... você ainda se lembra onde fica a Mansão Locke, não é?

Samuel se pergunta se talvez aquela jovem esteja um pouco louca.

– Sim. Mas o sr. Locke está ausente há meses... A casa está vazia, os funcionários começaram a partir... Há boatos sobre o seu testamento e sobre o seu retorno...

A mulher faz um gesto despreocupado com a mão.

– Oh, ele não voltará. E o testamento dele foi recentemente, hã, descoberto. – Ela dá um sorriso malicioso, travesso, com um pequeno toque de vingança. – Quando os advogados terminarem de assinar a papelada e extraírem o máximo de dinheiro possível, a casa será minha. Acho que vai servir muito bem aos meus propósitos, depois que eu me livrar de suas horríveis coleções. – Samuel tenta imaginar aquela jovem selvagem como a herdeira legítima da fortuna de Locke, não consegue, e se pergunta se ela seria louca *e* criminosa. E por que essa possibilidade não o incomoda mais. – Acho que devo devolver os artefatos dele aos devidos proprietários, sempre que possível, o que exigirá muita viagem a alguns lugares muito estranhos e surpreendentes. – Seus olhos se iluminam e faíscam com o pensamento.

– Vamos para a África Oriental primeiro, é claro. Precisamos que Jane nos mostre o local exato, mas imagino que ela vai aparecer. Você a viu por acaso? – Ela continua a falar antes que Samuel possa responder. – Sentirei muita falta dela quando ela voltar para casa, mas talvez eu possa fazer algo a respeito... Afinal, existem muitas portas na Mansão Locke... quem pode dizer para onde elas levam?

Ela aperta os olhos como uma mulher redecorando sua sala de estar.

– Uma para a África, uma para o Kentucky, talvez até uma para uma certa cabana no extremo norte do lago, se você quiser. Elas vão me custar, mas valeria a pena pagar o preço. E estou ficando mais forte, acho.

– Ah… – diz Samuel.

Aquele sorriso radiante de verão retorna, brilhando para ele como um pequeno sol.

– Leia rápido, Samuel. Temos trabalho a fazer. – Ela estende a mão, sem medo, e toca a face do rapaz. Seus dedos estão quentes como brasa contra a pele fria de Samuel, e ela está muito perto dele agora e seus olhos estão acesos e o buraco no coração dele está uivando, chilreando, doendo…

E então vê o rosto dela, apenas por um momento, olhando-o do terceiro andar da Mansão Locke. *January*. A palavra é uma porta se abrindo em seu peito, despejando luz naquela terrível ausência.

Ela o beija – um calor suave, tão fugaz que ele não tem certeza se imaginou aquilo – e se afasta. Samuel se vê totalmente incapaz de falar.

Samuel observa a mulher e seu cachorro voltarem pelo beco. Ela para e desenha no ar com o dedo, como se estivesse escrevendo algo no céu. A névoa gira e serpenteia ao seu redor como um grande gato pálido. Ele toma a forma de um arco ou uma porta.

Ela atravessa e se vai.

Agradecimentos

Livros, como bebês, exigem aldeias. Por meio de uma combinação de sorte, privilégio e bruxaria, por acaso tenho a melhor aldeia da história do mundo. Receio que isso seja matemática elementar.

Sou grata à minha agente, Kate McKean, que respondeu a todos os meus e-mails com paciência e elegância, mesmo aqueles com marcadores, código de cores e estatísticas históricas nada essenciais. A Nivia Evans, editora que sabe a diferença entre portas e Portas e cujo principal negócio é construir mais delas para os leitores atravessarem. E a Emily Byron, Ellen Wright, Andy Ball, Amy Schneider e toda a equipe da Orbit/Redhook, que sabem como fazer com que essas Portas brilhem na prateleira.

Para Jonah Sutton-Morse, Ziv Wities e Laura Blackwell, as primeiras pessoas a lerem este livro que não tinham a obrigação de serem gentis por parentesco ou casamento, mas que foram gentis mesmo assim.

Aos departamentos de história do Berea College e da Universidade de Vermont, que não deveriam ser responsabilizados pelo meu fantasioso uso dos fatos, mas que provavelmente deveriam ser responsabilizados pelas notas de rodapé.

À minha mãe, por nos dar dez mil mundos para escolher – Terra Média e Nárnia, Tortall e Hyrule, Barrayar, Jeep e Pern – e meus irmãos por vagarem comigo por eles. Ao meu pai, por acreditar que poderíamos construir o nosso, e por ficar ao meu lado naquele campo de feno negligenciado no oeste do Kentucky.

Ao Finn, que nasceu no meio exato deste livro, e ao Felix, que nasceu no final. Nenhum dos dois fez nada para ajudar, a não ser invadir o meu coração, derrubando paredes e deixando a luz entrar.

E ao Nick, primeiro e último e sempre. Porque não dá para escrever de coração até encontrá-lo.